W0323592

Deux ennemis pour un empire

L'étau du passé

CATHERINE MANN

Deux ennemis pour un empire

Traduction française de
MARINA BRANCHE

PASSIONS

HARLEQUIN

Collection : PASSIONS

Titre original :
THE BABY CLAIM

Ce roman a déjà été publié en 2019

© 2018, Catherine Mann.
© 2019, 2024, HarperCollins France pour la traduction française.

Ce livre est publié avec l'autorisation de HARLEQUIN BOOKS S.A.

Tous droits réservés, y compris le droit de reproduction de tout ou partie de l'ouvrage, sous quelque forme que ce soit.
Toute représentation ou reproduction, par quelque procédé que ce soit, constituerait une contrefaçon sanctionnée par les articles 425 et suivants du Code pénal.

Si vous achetez ce livre privé de tout ou partie de sa couverture, nous vous signalons qu'il est en vente irrégulière. Il est considéré comme « invendu » et l'éditeur comme l'auteur n'ont reçu aucun paiement pour ce livre « détérioré ».

Cette œuvre est une œuvre de fiction. Les noms propres, les personnages, les lieux, les intrigues sont soit le fruit de l'imagination de l'auteur, soit utilisés dans le cadre d'une œuvre de fiction. Toute ressemblance avec des personnes réelles, vivantes ou décédées, des entreprises, des événements ou des lieux serait une pure coïncidence.

HARPERCOLLINS FRANCE
83-85, boulevard Vincent-Auriol, 75646 PARIS CEDEX 13
Service Clients — www.harlequin.fr
ISBN 978-2-2805-0127-9 — ISSN 1950-2761

Composé et édité par HarperCollins France.
Imprimé en janvier 2024 par CPI Black Print (Barcelone)
en utilisant 100% d'électricité renouvelable.
Dépôt légal : février 2024.

FSC
www.fsc.org
MIXTE
Papier issu de sources responsables
FSC® C159065

Pour limiter l'empreinte environnementale de ses livres, HarperCollins France s'engage à n'utiliser que du papier fabriqué à partir de bois provenant de forêts gérées durablement et de manière responsable.

1

— Tu as décidé de dédier ta vie à m'exaspérer ou ce n'est qu'un passe-temps entre deux conquêtes ?

Glenna Mikkelson-Powers posa ses mains à plat sur son agenda pour se calmer et ne pas bondir sur Broderick Steele.

Être aussi proche de cet homme n'avait jamais été une bonne idée. Son aura était bien trop puissante pour qu'une femme y résiste longtemps sans devenir folle.

Il portait par-dessus son costume un manteau de laine, un chapeau de cow-boy et des bottes en cuir légèrement usées. Ses cheveux sombres trahissaient son sang inuit. Son charme et sa force étaient aussi étendus que la toundra de l'Alaska qui les avait tous deux vus naître.

Dans un État aussi immense, il devait bien y avoir assez de place pour eux deux. Théoriquement, ils n'auraient même jamais dû se croiser. Mais la querelle permanente qu'entretenaient leurs familles pour savoir qui dominerait l'industrie du pétrole les faisait fréquenter les mêmes cercles.

Bien trop souvent pour la paix de son esprit.

Mais jusqu'à présent, il ne s'était encore jamais présenté à son bureau.

Elle s'appuya encore plus fermement sur ses paumes et le fixa de son regard le plus glacial.

— J'ai un assistant, Zeke, qui aurait pu t'annoncer. Ou tu aurais pu frapper. Ou au minimum faire semblant de me saluer normalement.

Mais rien n'était jamais calme ou normal quand il s'agissait de Broderick.

— D'abord, dit-il en posant son chapeau couvert de neige sur son bureau, je ne souhaite exaspérer personne. Ensuite, ton assistant n'était pas là.

Glenna jeta un œil à la porte restée ouverte et comprit qu'il avait raison. Mais il aurait pu attendre que Zeke revienne plutôt que faire irruption.

— Enfin..., reprit-il tout en ôtant lentement ses gants de ses mains calleuses.

En plus de sa force physique, il était un extraordinaire directeur financier qui participait largement à la réussite de sa compagnie familiale.

— Je suis bien trop occupé pour avoir le genre de vie sexuelle que tu me prêtes.

Cela coupa court à tout ce qu'elle aurait pu répondre et lui noua la gorge bien plus que cela n'aurait dû.

— Glenna, j'ignore complètement pourquoi tu te comportes comme la victime alors que je suis celui qui a trouvé une bombe posée sur son bureau ce matin, dit-il en se penchant vers elle, permettant ainsi à l'odeur musquée de son parfum de troubler ses sens. Mais une fois que nous aurons réglé ce problème, nous pourrons en revenir à ton obsession concernant ma vie intime.

La lumière du matin faisait briller la malice dans son regard, révélant des reflets ambrés dans ses prunelles sombres tandis qu'un sourire provocateur courbait ses lèvres pleines.

— Tu es incroyablement peu professionnel, dit-elle en haussant les sourcils, contrariée par sa propre réaction face à son habituelle arrogance.

Leurs regards se défièrent et le temps s'arrêta. Elle ne se souvenait que trop bien de cette sensation depuis leur aventure romantique à l'université. Une histoire vouée à l'échec dès le départ.

Pourtant... ces souvenirs n'avaient jamais pâli.

Un week-end pourtant si lointain. Deux jours de passion dans son appartement sous les toits, le feu flamboyant dans l'âtre tandis que la neige s'accumulait sur la verrière. Et la vapeur qui s'échappait de la cabine de douche qu'ils avaient partagée.

Toutefois, ces deux jours n'étaient rien en comparaison de l'amour qu'elle avait éprouvé pour feu son mari durant leurs six années de mariage. Une union profonde et respectueuse, ponctuée d'efforts pour surmonter les obstacles.

Et cette douleur qu'ils avaient partagée face à leur incapacité à concevoir un enfant.

Désormais, son travail était tout pour elle. Glenna refusait de le mettre en péril, surtout pour Broderick.

Il était son rival. Il voulait que sa société familiale domine le marché du pétrole et elle ne pouvait en aucun cas l'autoriser. Elle était la directrice financière de Mikkelson Oil et elle ferait ce qui était nécessaire pour que *sa* société soit leader sur le marché.

Ni le regard hypnotique de Broderick ni sa propre tendance à la nostalgie ne la détourneraient de ses objectifs.

Elle s'adossa de nouveau à son fauteuil.

— C'est la dernière fois que je te le demande. Que fais-tu dans mon bureau ?

— Comme si tu l'ignorais, dit-il en laissant tomber une large enveloppe sur son agenda. Comment appelles-tu cela ?

— Du courrier ? dit-elle pour se donner un moment afin de deviner à quel jeu il jouait.

Tant de choses avaient été bouleversées depuis la crise cardiaque de son père deux ans plus tôt. De trop nombreux deuils… D'abord son père, puis ensuite son époux. Elle était restée chancelante. Mais elle avait refusé de laisser le chagrin la dévorer pour éviter que Mikkelson Oil soit offerte sur un plateau à… Broderick.

— Cela t'ennuierait de développer ? demanda-t-elle.

Il haussa les épaules et le tissu de sa chemise se tendit sur ses muscles.

— Ce sont des plans avec des informations bidon sur un rachat de nos actions. Cela n'a aucun sens, mais mon équipe en a remonté l'origine jusqu'à vos bureaux.

Elle ouvrit un tiroir et en sortit un dossier qu'elle posa à côté de l'enveloppe.

— Vraiment ? fit-elle. Parce que je pourrais te poser la même question sur un rachat dans l'autre sens.

Il plissa le front avant de s'asseoir dans l'un des fauteuils qui faisaient face à son bureau.

— Nos sociétés échangent des actions ? C'est totalement absurde.

Elle pointa un doigt parfaitement manucuré vers lui.

— Ton père prépare quelque chose et je n'apprécie pas ce genre de tentative d'intimidation depuis la mort du mien. C'est sexiste de penser que nous sommes devenus plus faibles parce qu'une femme est aux commandes, souligna-t-elle en le défiant du regard.

— Tu parles beaucoup de sexe, répondit-il en penchant son visage arrogant sur le côté pour désigner le canapé d'un air suggestif.

— Tais-toi et écoute-moi ! dit-elle en s'empêchant de taper du pied.

— Je le fais, mais c'est amusant de te voir rougir. Et ma mère m'a toujours dit que c'était grossier de dire aux gens de se taire, ajouta-t-il avec un sourire ironique.

— Grossier ? Ce qui est grossier c'est de parler de sexe pendant un rendez-vous d'affaires, dit-elle en soulevant un presse-papiers en forme d'ours qui lui venait de son père.

Le faire passer d'une main à l'autre avait toujours été un rituel curieusement réconfortant. Mais peut-être pas tant que cela puisque son père lui avait dit que la statue donnait du pouvoir à son détenteur. Et après deux ans de deuils successifs, Glenna avait besoin de toute la chance et de toute la force qu'elle pourrait trouver.

— Je ne compte pas rejoindre la longue liste des femelles célibataires d'Alaska prêtes à se pâmer devant toi.

— Je ne te l'ai pas demandé, et tu n'as pas besoin de me menacer. Tu es en sécurité avec moi, dit-il avant que toute expression d'humour quitte son visage pour redevenir professionnel. Mais comme tu sembles aussi perplexe que moi devant cette affaire, allons parler à ta mère.

— Très bien, faisons cela. Nous allons tirer les choses au clair.

Le plus tôt serait le mieux si elle voulait que Broderick disparaisse enfin de son bureau.

Broderick y allait un peu fort avec Glenna, mais cette femme le perturbait plus qu'aucune autre ne l'avait jamais fait. Quand ils étaient à l'université, il avait cru que c'était la guerre entre leurs deux familles qui les avait poussés l'un vers l'autre, comme l'attrait du fruit défendu. Sauf qu'il était toujours fou d'elle à l'heure actuelle.

D'ordinaire, il parvenait à maîtriser ses sentiments en se tenant le plus éloigné possible de la blonde incendiaire. Mais aujourd'hui il avait reçu un rapport alarmant sur un échange d'actions.

— Tu es prête à aller parler immédiatement à ta mère de cette affaire ? Nous devons savoir qui dans ta compagnie ou la mienne essaie de lancer une offensive.

Elle leva vers lui son regard d'un bleu aussi glacial que le ciel d'Alaska après une tempête.

— Absolument, répondit-elle en se redressant. Elle est là aujourd'hui, je l'ai vue ce matin.

Il faillit s'étouffer. La jupe crayon qui soulignait ses courbes enflamma son imagination. Sa veste de tailleur plongeante, bien qu'elle porte un haut blanc qui couvrait presque toute sa peau, ce V... Il dut détourner le regard pour rester correct et conserver son sang-froid.

— Après toi, lui dit-il.

Il se concentra pour se maîtriser et rester calme mais il se sentit vaciller quand elle regarda par-dessus son épaule en faisant voler ses longs cheveux blonds.

— Le bureau de ma mère se trouve deux étages plus haut. Nous allons régler cela. Il n'y a pas d'inquiétude à avoir.

Et sans un mot de plus, elle franchit la porte, le bruit de

ses talons hauts étouffé par la moquette épaisse. Le mur de vitres qui suivait le couloir offrait une vue spectaculaire sur les montagnes environnantes. C'était peut-être le printemps dans le reste de l'Amérique, mais en Alaska la neige couvrait encore les sommets.

Le soleil illuminait le couloir et la silhouette de Glenna. Pour ne pas rester hypnotisé par le balancement de ses hanches, il se concentra sur les tableaux accrochés au mur. Une fois encore, il fut frappé par la différence entre le bâtiment de la société Mikkelson Oil et celui de sa famille de l'autre côté du quartier d'affaires d'Anchorage. Le siège de la compagnie Steele était bien plus moderne, moins massif et plus haut. Comme une sculpture de glace remplie de charbon, de gravier et d'or.

Les bureaux des Mikkelson témoignaient du passé de l'Alaska avec leur élégance rustique, leurs tapis épais et les meubles en bois plein qui rappelaient que rien de fragile ne pouvait survivre sur ces terres.

Le dossier qu'il tenait en main lui rappela les raisons de sa visite. Qu'est-ce que son père savait ? Broderick n'avait pas réussi à le contacter de la matinée malgré de nombreuses tentatives.

Dernièrement, son père s'était montré curieusement distrait et inaccessible. C'était non seulement inhabituel, mais cela tombait aussi au pire moment. Les offres étaient en train de monter pour l'exploitation d'un gigantesque oléoduc entre le Dakota et l'Alaska. Et ce n'était pas qu'une histoire d'argent et d'indépendance. Il s'agissait aussi de garder le projet dans le respect de l'écologie afin d'être sûr que le pays qu'il adorait reste protégé.

Il était d'une famille d'ingénieurs et d'écologistes qui travaillaient comme des fous pour mettre en place un plan d'exploitation équilibré. Broderick savait qu'il avait la réputation d'être un requin sans cœur, mais il ne voyait pas l'intérêt d'être impliqué émotionnellement dans quoi que ce soit, ou avec qui que ce soit, en dehors de son travail.

Quelque chose s'était brisé chez lui après la mort de sa sœur. Il en était conscient, mais cela n'y changeait rien. Peut-être que, si elle n'avait pas disparu en même temps, sa mère aurait pu l'aider à se sortir de ce labyrinthe où il sabotait toutes ses relations l'une après l'autre. Désormais sa vie amoureuse s'arrêtait aux femmes qui ne cherchaient pas plus qu'une aventure.

Glenna déclarait souvent d'un air catégorique que seul son travail comptait. Comme il la comprenait… Raison pour laquelle cette rumeur ridicule de fusion devait être étouffée dans l'œuf.

— Tu ne te comportes pas comme la plupart des gestionnaires obsédés par les chiffres.

— Tu veux dire, de façon logique ? répondit-il en penchant la tête.

— J'imagine. Tu es tellement… excessif et imprévisible.

— Alors que toi tu ressembles vraiment à une comptable avec tous les boutons du col bien fermés, dit-il en sentant un feu se réveiller en lui quand il se rappela le nombre de fois où il l'avait effeuillée.

Elle sembla lire dans ses pensées.

— Garde les yeux devant toi, cow-boy.

— Tu as peur que j'aie caché une caméra pour voler les formules secrètes de ton entreprise ?

Elle le fixa. Le bleu profond de ses yeux le toucha et fit jaillir de sa bouche des paroles incontrôlables.

— Mais j'adorerais connaître tes désirs les plus secrets.

Sa respiration s'accéléra, et sa poitrine se mit à se soulever et à s'abaisser plus rapidement tandis qu'elle mordait sa lèvre inférieure.

— Je préfère que nous restions sur un terrain professionnel. Crois-tu pouvoir respecter cette demande au moins pour la prochaine demi-heure ? Sinon, nous ferons cette réunion par vidéoconférence.

Il acquiesça et se recula d'un pas, conscient qu'il jouait avec le feu. Néanmoins elle avait raison quand elle disait qu'il était imprévisible. Car malgré ces complications, il sentait qu'il cherchait un moyen d'obtenir plus d'elle. Plus tard, bien sûr. Ce n'était qu'une question d'instant propice.

— Bien sûr, je respecterai tes vœux.

— J'aimerais pouvoir te faire confiance, répondit-elle doucement en se dirigeant vers l'ascenseur.

Ces mots le heurtèrent. Avait-elle vraiment une si mauvaise opinion de lui ?

Il la rejoignit dans l'ascenseur et l'observa tandis qu'elle semblait réfléchir. Ses cheveux, relevés d'un côté par une épingle, retombaient en cascade d'or sur son épaule. Son vernis rose pâle était à peine perceptible. Raffiné. Discret. Tout comme elle.

— Je ne peux pas m'empêcher d'être nerveuse à l'idée que tu puisses jeter un œil à nos services financiers, dit-elle alors que la porte de l'ascenseur s'ouvrait.

Il la suivit dans l'espace circulaire qui offrait une vue panoramique sur le port, où quelques bateaux flottaient toujours entre des blocs de glace.

— Tu devrais plutôt t'inquiéter pour tes fichiers. Il existe des tas de dispositifs de piratage pour les ordinateurs et…

— Je demanderai au service de sécurité de te déshabiller entièrement pour te fouiller.

Et juste quand il se dit qu'elle avait choisi ces mots par accident, elle lui jeta un regard malicieux par-dessus l'épaule.

— Tu superviseras toi-même cette fouille au corps ? Quelle chance que je porte mon boxer préféré avec des personnages de dessin animé.

Elle haussa légèrement un sourcil. Elle avait toujours su remettre les gens à leur place avec élégance.

— Tu te flattes.

— Non, je rêve, gente dame, je rêve.

— Tu t'adresses à toutes tes relations professionnelles de cette manière ?

— Qu'à celles avec lesquelles j'ai eu une aventure. Non, dit-il en levant une main. En fait, seulement avec toi, pour toutes les autres c'est uniquement professionnel.

— Un choix regrettable lors d'un week-end à l'université n'a rien à voir avec une aventure.

— Tu me blesses, dit Broderick en posant une main sur son torse. Ce week-end est mon point de comparaison avec toutes mes autres relations. Et aucune femme n'a réussi à t'arriver à la cheville à ce jour.

Avait-il vraiment dit cela à voix haute ? Il avait presque eu le sentiment d'y croire.

L'arrêt de l'ascenseur stoppa ses réflexions. Mais Glenna le surprit en appuyant sur le bouton pour bloquer les portes.

— Ton conseil d'administration se fait peut-être avoir par tes boniments, mais pas moi.

Elle avait raison. Quel que soit le jeu auquel il jouait avec elle, il n'avait pas sa place au bureau.

Mais ils étaient dans l'ascenseur. Seuls.

Et il ne pouvait pas laisser passer une telle opportunité.

Il se rapprocha et huma son parfum. Amande... inattendu et sensuel.

— Et si j'étais sérieux ?

Ses yeux s'agrandirent, avant qu'elle ne se reprenne.

— Alors, je serais désolée que tu aies souffert, dit-elle avant de pointer un doigt vers lui. Mais je ne crois pas un instant à cette histoire de femmes qui ne m'arrivent pas à la cheville. Maintenant, cesse de jouer avec moi et allons parler à ma mère.

Elle ouvrit la porte de l'ascenseur et se rendit au pas de charge jusqu'au bureau de la réceptionniste, qui semblait absente.

— Je ne sais pas où peut être Sage...

Sage Hammond, la jeune cousine de Glenna, apparut alors au coin du couloir.

— Désolée, je n'étais pas à mon poste parce que j'avais une réunion avec ton assistant au département de technologie. Ta mère était au téléphone quand je suis partie, mais désormais le voyant est éteint, donc vous pouvez entrer, dit-elle en rabattant ses longs cheveux blonds sur son épaule.

— Merci, mademoiselle Hammond.

— Garde tes yeux loin de ma cousine, murmura Glenna.

Jalouse ? Intéressant.

— Je n'arrache pas les ailes des papillons.

Quelque chose qu'il ne put nommer traversa brièvement le regard de Glenna avant qu'elle se dirige vers le bureau de sa mère.

La pièce gardait le style Mikkelson. Des meubles anciens et des touches de vert emplissaient le bureau, et deux grandes fenêtres ainsi qu'un puits de lumière laissaient entrer les rayons du soleil. Mais il n'y avait personne.

— Maman ? Je suis avec Broderick Steele. Il y a un problème, ou plutôt une rumeur, que nous avons besoin de tirer au clair.

Puis elle jeta un coup d'œil circulaire à la pièce.

— Je sais qu'elle est là. Je vois son sac, son manteau et même son écharpe. Elle a dû aller boire un café.

Ou bien était-elle peut-être dans sa salle de bains privée ? songea-t-il en voyant Glenna fixer la porte.

Des bruits étouffés en sortaient, comme ceux d'une douche, et de la vapeur passait sous la porte comme si l'eau coulait depuis longtemps. Puis il entendit un gémissement. Une douche vraiment agréable ou était-ce de la douleur ? Il n'en était pas sûr, mais il s'éloigna de la porte pour se retrancher dans le coin salon.

— Je vais sortir pour que tu puisses t'assurer qu'elle va bien. Appelle-moi si tu as besoin d'aide.

— Merci, j'apprécie ton geste. Maman ? dit-elle d'un ton inquiet. Maman, tu vas bien ?

Aucune réponse.

— Je déteste l'idée d'entrer de force, mais si elle était malade... que c'était une urgence ? dit-elle en le dévisageant.

— À toi de décider. Veux-tu que je m'en aille ?

Des troubles de santé expliqueraient des décisions professionnelles incompréhensibles.

— Pourquoi ne t'éloignerais-tu pas juste un peu pour être là en cas d'urgence s'il faut prévenir Sage ? dit-elle avant de frapper doucement à la porte. Maman, c'est moi. Tu vas bien ?

Il garda les yeux volontairement rivés au sol.

— Maman, je m'inquiète. Je ne veux pas te gêner mais j'ai besoin d'être sûre que tu vas bien. Je rentre.

Il leva le regard en l'entendant tourner la poignée et vit Glenna secouer la tête. Son inquiétude augmenta d'un cran.

— C'est verrouillé, dit-elle en frappant plus fort sur la porte. Maman, tu me fais peur. Je vais utiliser mon passe pour entrer !

Elle ouvrit la porte et poussa un cri. Puis elle posa sa main sur sa bouche et il se leva d'un bond pour la rejoindre, prêt à l'aider quel que soit le problème.

— Maman ? répéta Glenna d'un ton étrange.

Il regarda à son tour et cligna plusieurs fois des yeux sans parvenir à comprendre ce qu'il voyait. Glenna avait peut-être été surprise mais Broderick était sidéré.

Jeannie Mikkelson se tenait debout, enveloppée d'une simple serviette, dans la pièce envahie de vapeur, et elle n'était pas seule.

Une silhouette bien trop familière passa devant la mère de Glenna pour la mettre en sécurité derrière son large torse.

Déboussolé, Broderick ne put s'empêcher de vérifier l'évidence.

— Papa ?

2

Tout en faisant les cent pas devant la réception du bureau de sa mère, Glenna essayait de repousser le brouillard du choc et de la confusion. Elle n'arrivait pas à réaliser ce qu'elle avait vu et encore moins à le comprendre.

Sa mère avait une liaison avec leur pire ennemi. D'accord, techniquement, Glenna avait fait de même à l'université, mais elle et Broderick ne travaillaient pas encore pour les sociétés de leurs familles. Et ils n'étaient pas leurs parents, qui avaient entretenu cette querelle en parlant sans cesse de leurs soupçons et des rumeurs, à chaque dîner.

À l'université, Glenna s'était sentie terriblement coupable, une traîtresse, à cause de son attirance pour Broderick. Elle avait encore ressenti cela, quinze minutes plus tôt, dans son propre bureau. Son regard traversa la pièce pour se poser sur... le fils de l'amant de sa mère.

C'était totalement surréaliste.

Broderick était toujours aussi désespérément séduisant. Il se tenait debout, appuyé contre un fauteuil, son pied tapotant nerveusement le sol.

Sa cousine Sage conservait le silence tout en faisant glisser son regard d'elle à lui, sentant que quelque chose se passait. Sage ne propagerait aucune rumeur, la discrétion était l'une des premières qualités qu'avait exigée Jeannie Mikkelson quand elle avait choisi son assistante.

Est-ce que Sage était déjà au courant de leur aventure ? Et

peut-être de ce qui se passait avec les actions ? Si des soupçons sur la relation entre les deux géants du pétrole avaient fuité, cela pourrait expliquer les variations du cours des actions de la part des investisseurs.

De trop nombreuses questions... À commencer par... Combien de temps leur fallait-il pour s'habiller ?

La porte du bureau finit enfin par s'ouvrir et Glenna se trouva face à sa mère qui se tenait devant Jack Steele, dont les yeux verts rayonnaient d'une lueur protectrice. Le même regard implacable que Glenna lui connaissait durant les réunions d'affaires. Mais cette situation était différente. Très différente...

Elle reporta son attention sur sa mère. Ses cheveux étaient encore humides, mais à part cela il n'y avait aucun signe de ce qui venait de se passer. Jeannie Mikkelson semblait aussi confiante et forte que d'ordinaire.

Elle avait dirigé la compagnie aux côtés de son époux pendant des années et tenu la barre seule après que son premier infarctus l'eut affaibli. Et elle avait continué à faire tourner leur société à plein régime, même lorsqu'une dernière attaque l'avait emporté. Toute la famille avait été ébranlée. Mais Jeannie ? Glenna ne l'avait vue pleurer qu'une unique fois. Elle excellait à cacher ses émotions.

Aussi n'était-ce pas surprenant qu'elle reste indéchiffrable même maintenant. Et le problème n'était pas qu'elle ait une relation avec un autre homme que son père, mais avec cet homme-là.

Jack Steele ressemblait à une version plus âgée de son fils. Ses cheveux grisonnaient et, même s'il se maintenait en forme, il s'était épaissi avec le temps. C'était un personnage, tout comme ses trois fils. Un homme d'affaires. Un cow-boy. Et un Alaskien. L'une des nombreuses couvertures de magazine qui lui avaient été consacrées revint à l'esprit de Glenna : « Le P-DG porte des mukluks ».

— Sage, pourrais-tu refuser les appels et rediriger tous les visiteurs ? dit Jeannie à son assistante.

— Bien sûr, Jeannie.

— Cela risque de nous prendre un moment.

— Je vais repousser votre rendez-vous de 11 heures et demander à Chuck de les emmener déjeuner.

Chuck, ou Charles Mikkelson III, était le fils de Jeannie, le frère de Glenna et le second aux commandes de l'entreprise. L'héritier présomptif quand sa mère prendrait sa retraite.

Si elle la prenait un jour. Car Jeannie était toujours aussi dynamique à l'aube de ses soixante ans.

— C'est parfait, merci Sage.

Puis elle fit signe à Glenna et Broderick de rentrer dans le bureau et Jack verrouilla la porte derrière eux pour s'assurer qu'ils ne soient pas dérangés.

Glenna chancela légèrement et Broderick mit son bras autour de sa taille. Elle ne put s'empêcher de se sentir reconnaissante, même si sa main la brûlait de désir.

— Asseyons-nous, proposa Jack en rapprochant les deux fauteuils club l'un de l'autre.

Il effleura le bras de Jeannie quand elle s'assit et fixa le canapé, indiquant clairement à Glenna et Broderick qu'ils devaient s'y installer comme deux enfants attendant d'être grondés.

Broderick ne dit rien et s'installa à ses côtés sur le canapé vert. Glenna n'arrivait pas à déchiffrer son expression, mais son esprit s'embrouillait déjà à cause du simple contact de son genou contre le sien.

Quel pouvoir possédait donc les hommes Steele ?

Sa mère et Jack se tenaient désormais la main comme des adolescents. C'était plutôt mignon mais toujours aussi perturbant.

— Maman, je sais que ce sont tes affaires et je ne veux pas me mêler de ce qui ne me regarde pas, mais tu dois comprendre à quel point cela est troublant étant donné l'histoire de nos deux familles.

— Je le sais, Glenna, et nous espérions pouvoir en parler à tout le monde en famille au plus tôt.

— Nous parler de quelle partie ? intervint Broderick. De votre relation personnelle, ou y a-t-il autre chose dont vous devez nous prévenir ? Quelque chose en rapport avec les affaires peut-être ?

Jack caressa le poignet de Jeannie de son pouce.

— D'abord, nous tenons à vous dire que cela a été une surprise pour nous aussi et qu'il ne s'est rien passé pendant que nous étions encore mariés. Nous étions tous les deux heureux en couple.

Sa mère se pencha vers elle.

— J'aimais ton père, tu le sais. Et c'est toujours le cas.

Jack se racla la gorge.

— Fils, tu comprends à quel point cela a été difficile... Comment... la mort de ta mère...

Jeannie lui sourit et lui serra la main avant de reprendre :

— Jack et moi avons passé beaucoup de temps ensemble pour gérer des problématiques environnementales et économiques ces derniers mois.

— Mais nos sociétés sont en compétition ! protesta Glenna qui ne comprenait toujours pas la situation.

— Elles se faisaient surtout beaucoup de tort l'une à l'autre et nous risquions d'être rachetés par Johnson Oil United. Leur P-DG, Ward Benally, a effectué des acquisitions et des démarches préoccupantes. Alors, nous avons décidé par amour pour ce que nous avions construit et pour notre terre natale que nous devions faire plus que parler.

— D'évidence, vous avez fait plus que parler ! ne put s'empêcher de leur faire remarquer Glenna avant de froncer ses propres sourcils face à son manque de diplomatie.

Sa mère éclata de rire.

— Absolument, et nous étions les premiers surpris. Mais peut-être pas autant que vous deux quand vous avez ouvert la porte de la salle de bains, dit-elle en recommençant à rire.

Et Jack fit de même tandis qu'ils échangeaient un regard complice en se tenant toujours la main.

Sans comprendre pourquoi, ce moment rendit Glenna encore plus mal à l'aise que lorsqu'elle les avait vus plus tôt couverts d'une simple serviette. C'était bien plus qu'une attirance sexuelle, c'était une vraie relation, une connivence, quelque chose qu'elle n'avait plus dans sa vie depuis que son mari avait disparu.

Elle n'était peut-être pas restée mariée aussi longtemps que sa mère, mais elle connaissait la douleur du veuvage. Et son plus grand regret était de ne pas avoir d'enfant à chérir.

Elle posa deux doigts au coin de ses yeux, là où ses larmes commençaient à couler. Tant de pertes. Tant de changements. Trop pour qu'elle les intègre.

Broderick se pencha et posa son dossier sur la table basse.

— Si tout le monde a terminé de rire, laissez-moi résumer. Les données et les rumeurs pointent toutes vers une fusion de nos sociétés. Vous prévoyez réellement de démanteler nos deux compagnies et vous vous attendez à ce que nous vous soutenions sans y participer ou discuter ?

— Non, répondit Jack.

— Bien sûr que non, confirma Jeannie. Nous sommes tous des adultes et nous n'avons jamais pensé vous traiter autrement. Mais tout s'est passé si vite entre nous que nous n'avons pas eu le temps de vous en parler.

— Mais nous allons le faire très rapidement, ajouta Jack.

— S'il te plaît, papa, dit Broderick en fronçant les sourcils, dis-moi que vous n'avez pas prévu de tous nous rassembler dans la même pièce.

— Pas pour la première discussion, nous sommes plus diplomates que cela.

Tant mieux. Être aussi proche de Broderick, même pour si peu de temps, perturbait la capacité à se concentrer de Glenna, alors qu'il semblait qu'elle allait avoir besoin de garder la tête froide.

— Maman, qu'est-ce que tu as en tête exactement ?

— Nous souhaitons d'abord organiser une réunion familiale séparément, lui dit-elle avec un regard inquiet mais résolu. Nous devons donner à tout le monde le temps de s'adapter à ce que nous allons vous annoncer.

— Mais après..., intervint Jack en levant le doigt d'un air autoritaire qui fit froncer les sourcils à Glenna.

Il n'était pas son père et encore moins son patron.

— Nous souhaitons que vous acceptiez tous notre décision.

Broderick soupira et s'enfonça dans le canapé.

— Papa, je crains que tu n'espères trop un peu vite, dit-il en se tournant vers Glenna. Je ne sais pas pour ta famille, mais mes frères et sœurs vont péter un câble.

Glenna était complètement en phase avec Broderick, en tout cas sur ce dernier point. Car s'attendre à ce que ses frères et sœurs cessent une guerre de familles longue de plusieurs décennies après une simple conversation, et à ce qu'ils acceptent une fusion des sociétés…

Péter un câble ?

C'était l'euphémisme de l'année.

Broderick avait mangé dans les meilleurs restaurants du monde, et il avait savouré chaque repas.

Mais aucun ne pouvait égaler la cuisine du Kit Kodiac Café de la petite ville proche d'Anchorage. L'établissement, qui avait la forme d'une grange rustique, surplombait la baie. Les fenêtres à double vitrage offraient une vue plongeante sur le port, où la queue d'une baleine apparaissait occasionnellement entre deux blocs de glace. À l'intérieur, de longues tables accueillaient des groupes importants et bruyants… Comme sa famille.

Les menus étaient disposés sur la table, mais il savait ce qu'il voulait et il leva sa tasse de café pour indiquer qu'il était prêt. La serveuse prit leur commande avec efficacité et sans chichis, autre raison pour laquelle il affectionnait ce lieu. Leur famille était bien connue dans ce restaurant et ils appréciaient de ne pas avoir de traitement spécial.

Lui et ses frères et sœurs venaient au Kit depuis qu'ils étaient enfants. Leur père les y amenait presque tous les samedis et parfois le matin pour que leur mère puisse se reposer. Il les couvrait de vêtements, même si la plupart du temps même leurs gants n'étaient pas assortis. Mais ils avaient toujours un bonnet et des bottes quand ils s'empilaient dans le 4x4 familial.

Broderick ne comprenait pas encore que leur milliardaire de père voulait leur apprendre à garder les pieds sur terre en les emmenant dans des endroits « normaux ». Le genre qui laissait la radio sur d'anciennes musiques country et qui sentait la cuisine maison et le feu de bois. À l'époque, il trouvait que l'ours empaillé était sympathique, la musique assez forte et la cuisine presque aussi bonne que celle de sa mère.

Et c'était encore le cas.

Quand ils étaient enfants, les Steele prenaient toujours le menu des « Trois ours polaires ». Et même s'ils commandaient toujours la même chose, ils avaient presque appris à lire avec ce menu. Mais aujourd'hui, il choisit les œufs Benedict.

Leur père leur disait souvent que leur mère faisait le travail le plus difficile en élevant cette bande de petits monstres et que le moins qu'il pouvait faire était de lui offrir une pause de temps à autre. Il répétait ce discours avant chaque petit déjeuner en leur rappelant d'écouter leur mère et leurs professeurs. Si on ne lui rapportait rien de négatif, ils pourraient tous aller à la pêche avec lui. Et ce n'est que plus tard que Broderick avait compris que leur père faisait cela pour leur apprendre à ne pas se dénoncer les uns les autres et à régler leurs problèmes entre eux.

Cela avait marché. Lui et ses frères et sœurs étaient très proches. Ce qui s'était révélé à la fois une bénédiction et une malédiction quand il avait perdu l'une de ses sœurs dans un accident d'avion en même temps que sa mère.

Même quand tous les sièges à table étaient pris, ils avaient toujours l'impression qu'une place restait vide sans leur sœur Breanna. Parfois, ils demandaient même une sixième chaise par réflexe. Mais aujourd'hui, cela avait été nécessaire pour que leur oncle s'asseye avec les cinq enfants Steele restants.

Oncle Conrad, le frère de leur père, avait largement contribué à construire l'empire familial. Il avait quinze ans de moins que Jack et avait intégré l'entreprise après avoir terminé ses études d'ingénieur. Il était même à l'origine de leur expansion dans le Dakota. Les Steele avaient commencé en Alaska et s'étaient étendus vers le Dakota tandis que les Mikkelson avaient fait l'inverse. Chacun essayant d'éliminer l'autre.

— Où est mon frère ? demanda Conrad en se servant un café. Il se cache depuis que ces rumeurs ont commencé à se répandre hier matin. C'est plutôt impoli de nous faire attendre aussi longtemps pour nous rencontrer. Marshall, Broderick ? Quelqu'un ?

— Je viens tout juste d'arriver, répondit Marshall. Je faisais une tournée de surveillance des pipelines avec l'hydravion.

— Il aurait quand même pu rappeler son propre frère ! maugréa Conrad.

Le benjamin de la fratrie, Aiden, sourit à ces mots.

— C'est vexant d'être moins considéré parce qu'on est le plus jeune de la famille, n'est-ce pas oncle Rad ?

— Ne m'appelle pas comme cela, morveux. Tu es aussi insupportable que ton frère avec son petit sourire, dit-il en pointant Broderick. Vous poussez le cynisme un peu trop loin. Nous sommes votre famille. Dis-nous, Broderick, est-ce vrai que toi et Glenna Mikkelson avez trouvé ton père avec… ?

Conrad jura, puis il vida ce qui restait dans la carafe de café dans sa tasse avant de faire un signe à la serveuse pour qu'elle en apporte une autre.

— Je suis incapable de raconter ce que vous pouvez tous imaginer. Et c'était encore pire à voir, dit-il en se penchant vers sa plus jeune sœur.

— Et difficile à comprendre, lui répondit Delaney en ajoutant des myrtilles dans ses céréales.

Naomi, l'enfant terrible de la famille, un peu plus âgée que Delaney et la plus audacieuse et franche de la fratrie, allongea ses bras sur la table.

— Est-ce qu'il était en pleine action avec Jeannie Mikkelson ?

— Sous la douche ?

— Dans son bureau ?

Les questions des deux frères se chevauchèrent.

— Apparemment, vous n'avez pas besoin que je vous raconte quoi que ce soit, répondit Broderick en portant une bouchée d'œuf et de saumon à sa bouche.

— Mais qu'est-ce qui arrive à papa ? intervint Naomi.

— Je crois que nous savons tous ce qu'il se passe, répondit Conrad en levant sa tasse.

— Ne sois pas grossier, lui dit Delaney.

— Il est plus vieux que moi mais il n'est pas encore mort, répondit Conrad en levant les yeux au ciel.

— Beurk, fit Delaney en repoussant son bol. C'est beaucoup trop d'informations pour moi.

Pendant qu'un groupe de touristes passait devant leur table, une carte portant le nom de leur bateau pendant à leurs cous, les Steele cessèrent de parler un instant.

Naomi sucra son café avant de reprendre la parole.

— Tu penses que c'est tout ? Une aventure avec un Mikkelson, le fruit défendu ? dit-elle en fixant Broderick. Je veux dire, toi aussi tu...

Il fronça les sourcils en la regardant, se maudissant d'avoir parlé un soir où il avait trop bu et voulait un conseil.

— Pardon, dit-elle en levant son café. Tout le monde est si grincheux à cette table.

— En fait, admit Delaney, j'ai eu papa au téléphone. Et même s'il a refusé de me donner des détails, il a reconnu être amoureux.

Un brouhaha mêlant soupirs et bruits de couverts chutant sur la table suivit cette déclaration.

— Broderick, qu'est-ce que tu en penses ? le héla son oncle. Après tout, tu les as vus ensemble.

— Je dirais que papa semblait tout à fait sérieux à son égard, répondit-il sans hésitation.

— Et tu crois que cela dure depuis longtemps ? Très longtemps ? demanda Naomi en haussant ses sourcils encore plus haut que d'ordinaire.

— Peut-être, mais ils ont dit que cela leur était tombé dessus sans prévenir et j'ai choisi de les croire.

— À quel point penses-tu que ce soit sérieux ? Jusqu'au... mariage ? Et que va-t-il arriver à notre entreprise ? intervint Marshall en repoussant ses boucles brunes pour dévoiler son regard interrogatif.

Delaney tournait sa cuillère dans ses céréales sans manger.

— Tu as pu obtenir des détails sur leurs projets ? Vont-ils changer les normes de sécurité de la compagnie ?

— Nous ne sommes pas entrés dans les détails. Papa a dit

qu'il souhaitait nous en parler à nous tous tandis que Jeannie Mikkelson ferait de même avec ses enfants.

— Je n'arrive pas à dépasser le fait que nos familles se sont détestées pendant des années, dit Aiden en se servant à nouveau des pancakes.

— Ce n'étaient peut-être que les pères ? dit doucement Delaney.

Broderick secoua la tête. Après tout, lui et Glenna avaient été les seuls témoins de la scène.

— Jeannie Mikkelson dirigeait leur entreprise au même titre que son mari. Elle est différente de maman.

À la mention de leur mère, ses frères et sœurs restèrent silencieux tandis qu'une atmosphère plus sombre s'installait autour de la table. Aucun d'eux n'avait vraiment réussi à trouver la paix depuis qu'ils l'avaient perdue, ainsi que leur sœur Breanna, dans des circonstances aussi violentes qu'inattendues. Un accident d'avion en pleine montagne... dont il ne restait pas grand-chose après l'incendie. Leur père avait été autorisé à voir les corps, mais n'avait pas laissé ses enfants s'approcher. Et Broderick pouvait deviner ce souvenir ricochant sur les visages qui l'entouraient.

— Peut-être que cette réunion familiale est une occasion en or de montrer à papa que ce... Bref, que ce serait une catastrophe pour nos affaires. Le conseil d'administration va être atterré par cette nouvelle et les actionnaires vont réagir violemment à toutes ces incertitudes, déclara Naomi.

Broderick se gratta le menton.

— Tu vas leur demander de se séparer pour ne pas faire baisser nos profits ? Cela ne fonctionnera pas avec papa.

Les yeux de son plus jeune frère s'agrandirent et s'emplirent d'une pointe de panique, ne laissant à Broderick qu'un instant avant d'entendre une voix familière.

— Qu'est-ce qui ne fonctionnera pas avec moi ?

Jack Steele était arrivé.

3

Broderick posa lentement sa tasse de café en préparant une réponse qui ne ferait sortir de ses gonds aucune des personnes attablées avec lui, ni son père ni le reste de la famille.

Les membres de sa famille avaient tendance à s'emporter, et encore plus depuis que les deux éléments apaisants que représentaient sa mère et sa sœur avaient disparu. Désormais, seule Delaney tentait d'adoucir les querelles familiales de ces fortes personnalités.

Et juste quand il allait tenter une tactique de diversion plutôt que de répondre franchement, il fut sauvé par son oncle qui se leva pour aller chercher une autre chaise.

— Assieds-toi, Jack. Tu es le héros du jour. Nous étions tous sur des charbons ardents en attendant que tu nous annonces, euh, ta nouvelle, expliqua Conrad en lui tapant dans le dos.

— La même chose que d'habitude, dit Jack en faisant signe à la serveuse.

Ils s'étaient rassemblés autour de cette table plus de fois que Broderick aurait pu les compter. Depuis, elle était naturellement devenue celle de leur famille. Celle où leur père trônait.

Être le fils aîné de Jack n'avait rien eu de facile. Les empreintes de bottes du père de Broderick étaient difficiles à remplir et son ombre planait sur le monde des affaires.

Mais Broderick ne resterait pas pour autant les bras croisés si leur entreprise était menacée. Et il savait que Glenna ressentait la même chose. C'était curieux de se retrouver du même côté qu'elle.

Broderick posa un regard inquisiteur sur son père. Il n'allait pas intervenir imprudemment. Il devait attendre la bonne occasion et choisir ses mots avec sagesse. Les enjeux étaient trop importants pour se montrer maladroit. L'avenir de la compagnie et sa place au sein de l'entreprise familiale dépendaient de sa rationalité, pas de la violence de sa réaction.

Conrad se rassit.

— Merci d'avoir remis tes vêtements pour nous. Pauvre Broderick, il a encore l'air d'avoir besoin d'une boisson forte.

Jack fronça les sourcils, et serra les lèvres si fort qu'on ne distinguait plus que sa moustache.

— Ferme la fermeture Éclair qui devrait te servir de bouche, frère.

— Tu veux vraiment parler de fermeture Éclair ? répliqua Conrad avec un grand sourire.

— Mon sens de l'humour à ce sujet s'est tari. Tu manques de respect à Jeannie et je ne l'accepterai pas.

— D'accord. Mais tu dois comprendre que nous avons tous été sidérés par ce que nous avons appris.

À quoi bon attendre ? Broderick vit une ouverture pour prendre le contrôle de la conversation afin d'aider sa famille ainsi que Glenna.

— Nous avons été élevés en pensant que nos familles étaient ennemies. Je ne peux même pas compter le nombre de fois où tu as maudit Jeannie et Charles Mikkelson.

— Les choses changent, répondit simplement Jack en se servant un café comme si tout était normal. Et je n'ai pas à me justifier auprès de vous. Mais, oui, Jeannie et moi nous aimons. Beaucoup. Et nous avons prévu de nous marier.

— Marier ? l'interrompit Aiden d'un ton douloureux.

Tout le monde dévisagea Jack en silence, avant de regarder Broderick comme s'il leur avait caché un secret. Il secoua la tête avant de poser deux doigts sur ses tempes pour repousser sa migraine. Au lieu de dormir, il avait passé la nuit à se demander si la relation de son père avec Jeannie pourrait s'affaiblir avec le temps. Sans parler de ses visions tourmentées de Glenna dans cette jupe moulante dès qu'il fermait les yeux. La revoir avait ravivé des souvenirs marquants.

— Oui, confirma Jack du même ton pragmatique qu'il utilisait avec ses enfants quand ils étaient jeunes. Marier, et plutôt tôt que tard. D'autant plus que notre secret n'en est plus un. Jeannie et moi en avons longuement parlé hier soir, raison pour laquelle je n'ai pas répondu à vos coups de fil.

Broderick releva un mot crucial.

— Tôt ?

— Oui, maintenant que vous savez, à quoi bon attendre le bon moment pour vous l'annoncer ? Nous avions prévu de le dire à nos enfants d'une manière plus sereine et contrôlée ce week-end. Mais ce qui s'est passé hier nous a forcé la main. Jeannie parle à ses enfants en ce moment même, dit-il en fixant Broderick. Comme tu dois déjà l'avoir appris par Glenna…

La seule mention du nom de la directrice financière de la compagnie Mikkelson fit hausser quelques sourcils. Ses frères et sœurs le regardèrent longuement, comprenant que leur père venait de reprendre le contrôle de la discussion. Il s'adossa à sa chaise et repoussa l'image de Glenna et de ses cheveux d'or très loin de son esprit.

Broderick n'avait pas l'intention de laisser son père les distraire du sujet principal. Après tout, le vieil homme avait appris cette tactique de diversion à tous ses enfants.

— Ne changeons pas de sujet, papa. Tu es ici pour nous parler de ta volonté de te rapprocher d'une femme dont nous pensions que tu la détestais. C'est bien cela ?

— Bien plus que me *rapprocher*. Comme je vous l'ai déjà dit, nous allons nous marier, répondit-il d'un ton aussi rude que les hivers du Grand Nord.

— Un engagement sur le long terme, alors, dit Broderick avec espoir.

Ce délai permettrait peut-être à leur relation de s'affaiblir. Peut-être même que Jack réaliserait alors la folie de toute cette situation et en évaluerait vraiment les conséquences sur leur compagnie.

Le regard de Jack s'adoucit pour devenir rêveur. Expression que Broderick n'avait plus vue chez son père depuis l'accident d'avion.

— Un engagement *à court terme.*

— Court à quel point ? demanda Naomi, qui était plus fille à papa qu'elle ne souhaitait l'admettre.

Jack attendit que la serveuse pose son assiette de gaufres devant lui et qu'elle soit repartie pour répondre.

— Jeannie et moi allons nous marier le jour de mon anniversaire. Méthode infaillible pour ne pas oublier la date, dit-il avec un sourire amusé.

Broderick sentit ses cheveux se hérisser sur le bas de sa nuque.

— Ton anniversaire est…

— Dans deux semaines, continua Jack à sa place.

— Mon Dieu, murmura Naomi.

Mais tous les membres du clan Steele sentirent ses mots faire écho au creux de leur ventre.

Broderick s'adossa à sa chaise. Il ne s'était vraiment pas attendu à cela et il sentit la colère qui coulait dans ses veines. Il avait laissé Glenna partir après le plus mémorable de tous les week-ends uniquement par loyauté familiale. Et aujourd'hui encore, il se souvenait du goût de ses lèvres… Mais il avait nié cette attirance pour être fidèle à la devise des Steele : « La famille avant tout ».

Où était cette loyauté familiale aujourd'hui ?

La colère lui scellait les lèvres. Il ne voulait pas prononcer un mot, de peur de dire quelque chose qu'il regretterait. Ses frères et sœurs n'avaient pas ce problème et leurs réactions outragées se chevauchaient jusqu'à donner un brouhaha assourdissant.

Broderick repoussa les images de Glenna qui le hantaient et se concentra sur l'avenir de l'empire Steele.

— Et les rumeurs à propos des ventes d'actions ? Est-ce que quelqu'un d'autre est au courant de vos projets ? Si vous vous rencontriez au bureau, d'autres ont peut-être commencé à en parler. Papa, tu dois comprendre les conséquences sur l'équilibre financier des deux compagnies.

— Oui, à ce propos, dit-il avant de s'interrompre pour prendre une bouchée de gaufre, nous voulons travailler avec vous tous pour préparer une réunion avec le conseil d'administration pour notre projet de fusion.

Fusion ?

Des compagnies normales pouvaient fusionner. Mais là, ce serait comme associer un briquet et de l'essence. À la fin, une explosion risquait de détruire tout ce qu'ils avaient construit.

La confirmation de ses pires craintes fit passer Broderick de la colère à la fureur. Son père était prêt à risquer tout ce à quoi Broderick avait consacré sa vie d'adulte, tout ce qu'il avait protégé et fait prospérer.

— Fusionner les compagnies ? Tout rassembler ? Tu ne peux pas t'être attendu à ce que nous… acceptions cela.

Jack se pencha de manière à se retrouver nez à nez avec son fils aîné, ce qui était un signe de domination.

— C'est exactement ce à quoi je m'attends. Je suis toujours l'actionnaire principal de la compagnie Steele et Jeannie de la sienne. Le conseil d'administration sera peut-être inquiet. Toi et Glenna aussi. Mais moi et Jeannie y avons longuement réfléchi. Il est temps que la guerre cesse. Nous allons réunir nos compagnies. Et elle et moi sommes prêts à faire tout ce qui sera nécessaire pour que cela arrive. Vous pouvez joindre vos forces pour en faire un groupe plus puissant, ou vous pouvez encaisser vos parts que je vous rachèterai honnêtement au prix du marché. À vous de choisir.

— Pèse bien ce que tu dis, mon frère, fit Conrad en posant sa main sur le bras de Jack. Es-tu vraiment prêt à écarter tes enfants, la chair de ta chair ?

Broderick se demandait la même chose. Si son père espérait qu'il allait abandonner la compagnie sans se battre, alors il risquait d'être surpris.

Jack reprit, d'un air préoccupé :

— Je n'ai jamais parlé d'écarter qui que ce soit. J'ai dit que si quiconque voulait partir, il le pouvait. Ma famille sera toujours la bienvenue.

— Et qu'en est-il de nos emplois, des terres de notre famille, de notre héritage ? intervint Marshall.

— Tu t'inquiètes pour des choses qui ne sont pas encore arrivées, répondit Jack d'un air bien trop tranquille alors qu'il venait de bouleverser leurs vies. Cette restructuration créera aussi de nouvelles opportunités.

Restructuration ? Il avait dit cela comme si c'était aussi banal que d'annoncer que les hivers étaient froids en Alaska. Le mot ricocha dans l'esprit de Broderick avant de se fixer sur une image qui allait transformer l'existence des Steele et des Mikkelson en chaos, tant personnellement que professionnellement.

— Papa, c'est ce que je dis aux employés avant qu'ils n'aient à quitter la société.

Son père lui sourit avec cet air déterminé qu'ils connaissaient tous.

— Cela te donnera un petit avantage pour prétendre au titre de directeur financier du nouveau groupe.

Juste au moment où Broderick pensait que son monde ne pouvait pas être plus chamboulé, son père lui prouva le contraire.

Pour obtenir ce poste, il devrait désormais se battre contre Glenna.

— J'espère que cela ne te gêne pas que j'aie emmené mon chiot ?

Glenna, à genoux, enfouit son visage dans la fourrure du bébé husky assis en face d'elle. Son cœur était empli de tendresse pour l'animal qui avait été source de réconfort et de joie après la mort de son mari. Sentant peser son regard sur elle, elle releva les yeux vers Broderick qui l'observait depuis son bureau. Un air chargé d'électricité flottait entre eux.

— Pas du tout, comment s'appelle ce bonhomme ?

— Kota. Comme dans Dakota, dit-elle en le détachant de sa laisse pour qu'il découvre la pièce.

Le chien huma les bottes en cuir de Broderick avec curiosité, puis s'assit en position de garde en braquant ses yeux bleu acier sur lui. Ce dernier fit le tour de son bureau jusqu'au minibar pour se servir de l'eau pétillante qui avait été mise en bouteille au pied du glacier Kalal.

Glenna croisa son regard et sentit un frisson descendre le long de sa colonne. Puis des images qu'elle savait devoir repousser durant ce rendez-vous d'affaires envahirent son esprit.

— Merci de ta gentillesse. Kota est gardé par des professionnels pendant que je travaille, mais je veux qu'il apprenne à me connaître, dit-elle en ébouriffant la tête du chiot.

— Il est adorable et bien dressé. Tu as fait du bon travail.

Il avait passé une heure à revoir les comptes et à ne parler que travail sans évoquer aucun sujet personnel. Et même dans ses rêves les plus secrets, Glenna n'aurait imaginé qu'en moins de trente-six heures Broderick allait de nouveau faire irruption dans sa vie et qu'elle devrait travailler avec lui.

Mais cela avait été une exigence de sa mère après les avoir informés de la fusion. Elle voulait un rapport conjoint.

— Comment s'est passée la réunion avec tes frères et ta sœur ? dit-il avec sa voix aux accents chauds qui lui fit l'effet d'un grog brûlant un jour de neige.

Elle se concentra sur son chiot qui la fixait d'un regard empli de pureté et de confiance.

— C'est une question complexe. Je ne suis pas sûre que nous ayons tout saisi car la conversation s'est déroulée par haut-parleur. L'avion de mon plus jeune frère a eu des problèmes en vol depuis le Dakota. Mais tout le monde est resté calme et poli en entendant la grande nouvelle.

— C'est une bonne chose, malgré tout, non ? dit-il en se penchant vers elle.

— Je réserve ma réponse, car je ne suis pas sûre que l'explosion n'arrive pas plus tard.

Et cette tempête serait sans merci, longue, pleine d'émotions, avec des échanges si tumultueux que tous les animaux du ranch iraient se cacher sous une table.

Un bruit de glaçons attira son attention sur Broderick, qui

leur avait préparé deux verres d'eau avec une rondelle de citron, avant de remplir un bol avec l'eau restante.

L'attention qu'il porta à son chiot fit fondre son cœur.

— Mon frère aîné, Charles, semblait calme, sans doute grâce à sa femme. Mais je sentais qu'il serrait la mâchoire à l'autre bout de la ligne. Trystan est toujours bourru et silencieux, alors qui sait ?

— Et ta petite sœur ? demanda-t-il en posant les verres et le bol sur un plateau avant de revenir à la table.

— Alayna est une pacificatrice. Alors, à moins de la regarder dans les yeux, je ne peux pas savoir, dit-elle en prenant son verre tout en effleurant sa main par mégarde.

Elle avala une longue gorgée pour cacher sa nervosité.

— Merci pour cela.

— J'ai commandé de la nourriture, mais il y a des barres de céréales dans le placard si tu meurs de faim.

— C'est très bien, j'attendrai, merci.

— J'ai pris différents plats, nous avons une longue nuit devant nous.

Elle le fixa en cherchant un sous-entendu, mais son regard était sérieux ce soir et elle n'y lisait plus le moindre signe de provocation.

— Je ne sais pas comment nous devrions procéder, dit-elle en enroulant ses cheveux autour d'un crayon. Comment pouvons-nous travailler ensemble tout en protégeant les intérêts respectifs de nos deux compagnies ?

— Il n'y a plus qu'une compagnie si nous prenons nos parents au mot, dit-il en se penchant pour donner le bol à Kota.

— Je ne comprends pas comment ils peuvent croire que nos employés pourront l'accepter après des décennies de méfiance et d'accords secrets ? Comment allons-nous tous pouvoir mettre cela derrière nous ?

— Je ne crois pas que nous ayons le choix, dit-il d'une voix de ténor qui fit vibrer quelque chose en elle.

Seul le bruit de Kota en train de laper son eau et celui de la pluie glacée qui battait les vitres troublaient le silence.

Elle tapotait les bords de son ordinateur, toujours hésitante sur ce qu'elle pouvait partager malgré les mots de sa mère. Mais Jeannie et Jack souhaitaient que leurs deux directeurs financiers travaillent ensemble afin de pouvoir rassurer les actionnaires et les investisseurs.

— Comment s'est passée la réunion avec ta famille et ton père ?

— Tout le monde est encore sous le choc.

— Moins d'une heure après notre conférence par téléphone, ma belle-sœur et ma petite sœur ont commencé à envoyer des messages pour organiser un enterrement de vie de jeune fille avec toutes les femmes des deux familles. Et j'ai culpabilisé de ne pas m'être jointe au concert de félicitations.

— Tu oublies qu'elles n'ont pas été témoins de...

— Oui. Ne me le rappelle pas ! Je m'en veux de ma réaction. Ma mère est une adulte et elle a le droit de faire ses propres choix de vie. C'est juste difficile de changer de point de vue et de poser un regard positif sur cette relation après avoir entendu nos parents conspuer les pratiques commerciales de l'autre famille toute notre existence.

Elle le regarda faire tourner son stylo entre ses doigts d'un air songeur, fascinée par son contrôle et le mouvement régulier. Puis le son de sa voix la fit sortir de sa transe.

— Nos pratiques commerciales ? Qu'est-ce que vous reprochez à notre manière de mener nos affaires ?

— Je n'essaie pas de déclencher une bataille, dit-elle en haussant le ton, ce qui fit grogner son chiot. Nous allons devoir trouver un terrain d'entente.

— Non. Nous devons juste proposer un plan financier cohérent à présenter au conseil. Une façon de combiner nos ressources tout en préservant les emplois.

— Et continuer le projet de pipeline.

— Oui. Et le construire plus rapidement en améliorant les normes de sécurité afin d'extraire plus et de rester ainsi compétitifs. C'est une question de survie, nos parents ne nous ont pas laissé le choix.

— Bien sûr, dit-elle en caressant le doux pelage de son chiot.

Elle avait besoin de tout le réconfort qui était à sa portée pour conserver son calme tant qu'elle serait enfermée avec Broderick. L'odeur capiteuse du cèdre qui émanait de son après-rasage l'étourdissait. Son corps le désirait mais son esprit s'y refusait.

Elle était toujours en plein deuil de son époux. Elle l'avait aimé tout le temps de leur mariage. Elle l'avait aimé durant chaque conflit qu'ils avaient affronté pour sauver leur relation. Mais d'un point de vue plus charnel, son corps désespérait d'être en contact avec un homme. Avec Broderick.

Elle trembla en inspirant une dernière fois son odeur et sentit ses seins durcir sous sa chemise.

— Tu n'as jamais envie de plus que... cela ? Du travail, du bureau ?

— Non, répondit-il sans hésiter. Et toi, que désires-tu ?

Était-ce son imagination ou sa voix était-elle devenue plus grave et plus intime quand il avait posé cette dernière question ? Son regard brûlant traversa son corps, elle sentit les battements de son cœur s'accélérer et dut prendre sur elle pour retrouver une forme de distance professionnelle.

— Tu ne te débarrasseras pas de moi aussi facilement. Mon poste n'est pas à prendre, dit-elle en retirant le stylo qui maintenait ses cheveux pour le pointer vers lui. Et moi non plus.

Elle avait plus besoin de se le rappeler à elle-même qu'à lui. *Bas les pattes, Broderick Steele !*

— Pourquoi pas, maintenant que le mur a été abattu ? dit-il en lui envoyant un regard interrogateur comme s'il considérait réellement cette idée comme une option envisageable.

Elle prit une longue inspiration, bien trop consciente des signes qu'elle envoyait à cet homme.

— Non, arrête immédiatement. À la minute où tu es entré dans mon bureau il y a trois jours, tu n'as pas cessé de faire des allusions sexuelles.

Elle devait mettre un terme à cette conversation avant d'en arriver à douter.

— Aujourd'hui plus que jamais, une aventure entre nous compliquerait toute la situation.

— De quelle manière ? interrogea-t-il avec un sourire provocateur qui fit apparaître deux fossettes malicieuses.

— Tu es plus malin que cela, dit-elle en secouant la tête. Nous n'avons pas besoin d'ajouter encore plus de tension à une situation déjà stressante. Nous ne sommes plus des étudiants qui ont un peu trop bu au cours d'une fête.

— Tu as raison. Nous ne sommes pas des adolescents rebelles. Nous sommes des adultes parfaitement conscients de ce qu'il se passe. Nos parents vont se marier. Et nous allons sûrement passer les fêtes de Noël ensemble dans les années à venir, dit-il en se penchant par-dessus la table avec une expression taquine. Et il y aura du gui…

L'image d'une scène aussi intime éteignit le feu qui brûlait dans son ventre. C'était trop… personnel.

— Ce n'est pas drôle. Tu es terriblement sexy et il est évident que tu m'attires. Mais j'ai déjà trop perdu. Et je ne vais pas aussi mettre ma famille et mon travail en danger.

— J'adore t'entendre dire que l'attirance est mutuelle, déclara-t-il en frôlant ses doigts sur la tête du chiot.

— À nouveau, je pense que tu es plus malin que cela. Tu le savais forcément, dit-elle en ôtant sa main.

— Non, je n'en étais pas sûr. Il y a bien des années, tu as claqué la porte derrière toi après un week-end que j'avais trouvé incroyable.

— Il était… marquant, fit-elle, avant de se dépêcher d'ajouter : Au bon sens du terme. Mais désormais nous savons tous les deux à quel point cela aurait été difficile. Regarde comme il nous semble impossible de comprendre que nos parents se marient. Tu imagines comme cela aurait été dur à l'époque, après un week-end impulsif, de s'opposer à nos querelles familiales ?

— Et après cela, tu t'es mariée, dit-il d'un ton étrangement neutre.

— Oui, répondit-elle en levant le menton en signe de défi, avant d'essayer d'adoucir la conversation. Et toi tu dois admettre que ta réputation d'homme à femmes est méritée. Tous ces articles dans la presse à scandale ne peuvent pas être fondés uniquement sur des rumeurs.

— Les ragots vont désormais aller bon train avec mon père et ta mère. Je ne pense pas qu'il leur restera du temps pour toi et moi, dit-il en caressant sa joue du bout des doigts avant de retourner à son ordinateur. Penses-y.

Il n'y avait aucun doute sur l'invitation dans son regard. Et elle se sentait si seule, si désireuse de sentir le simple contact avec un homme. *Cet* homme.

Mais non.

Avec Broderick, ce serait plus qu'un contact.

Et rien ne serait jamais simple.

4

Jack Steele savait qu'il serait difficile de faire accepter sa nouvelle situation personnelle à ses enfants et à ceux de Jeannie. Sans compter le projet de fusion des compagnies. Mais il ne s'était pas attendu à se retrouver face à une telle révolte !

Sa résidence en séquoia commençait à disparaître de sa vue et il s'enfonça davantage sur sa selle en espérant que le rythme régulier du trot de son quarter horse viendrait à bout de sa frustration. Monter l'avait apaisé plus d'une fois. En fait, cela l'avait même sauvé de la folie après que sa femme et sa fille étaient mortes dans un accident d'avion. Les grands espaces étaient son sanctuaire, de jour comme de nuit.

Les rayons du soleil faisaient scintiller la neige qui recouvrait le paysage alentour… et briller les cheveux de Jeannie qui montait à ses côtés. Il avait rêvé de l'emmener se promener à cheval depuis qu'ils pouvaient apparaître ensemble en public. Il aurait dû se sentir heureux, mais tout son univers était sens dessus dessous.

Il avait sellé Willow, un jeune cheval, pour Jeannie. Il avait toujours su qu'elle tiendrait en selle naturellement et c'était ce qui s'était passé. Elle chevauchait avec confiance, les courbes de son corps mince attirant son regard.

Il n'oublierait jamais cet instant, six mois plus tôt, quand ils s'étaient retrouvés seuls durant une conférence à Juneau. Il l'avait regardée. Elle l'avait regardé.

Et le monde avait changé. Il l'avait ressenti et l'avait vu dans le regard de Jeannie. Il l'avait invitée à boire un verre. Elle avait accepté… et désormais ils étaient ensemble, engagés.

Il prit une bouffée d'air glacé et se concentra sur le présent. Sur sa première balade avec Jeannie. Et il imaginait toutes celles qu'ils feraient dans le futur. Une fois qu'ils seraient venus à bout du conflit avec leurs enfants.

Bon sang, lui et Jeannie étaient des adultes ! Leurs conjoints avaient disparu depuis des années, et il n'avait pas le moins du monde l'intention de s'enterrer dans le passé.

Sachant à quel point le bonheur était précieux et rare, il était bien déterminé à profiter de cette chance.

Il regarda Jeannie qui chevauchait à ses côtés, si belle qu'il sentit son souffle se couper.

— Merci d'être venue chez moi aujourd'hui.

— Ce sera bientôt chez nous, répondit-elle en lui souriant.

Il n'arrivait toujours pas à croire qu'elle ait accepté de quitter sa demeure pour la sienne.

— Nous pourrions construire un endroit rien qu'à nous, si tu en as envie ou que tu penses que cela sera plus facile pour tes enfants.

Elle regarda le paysage qui s'étendait jusqu'à sa maison devant le lac où amerrissait un hydravion.

— Cet endroit est merveilleux. Et je te promets que je prendrai mon temps pour y apporter ma touche personnelle afin de ne pas contrarier tes enfants.

— C'est aussi chez toi, répondit-il d'une voix ferme. Tes choix seront les miens.

— Si seulement cela pouvait être aussi simple. Tu es certain d'être prêt pour cette bataille ? Pour ce qu'elle pourrait nous coûter ?

— Je n'ai jamais rien obtenu facilement dans la vie. Mes enfants sont plus costauds qu'ils en ont l'air. Une fois que la surprise sera passée…

— Le choc, le corrigea Jeannie.

— C'est une autre façon de le dire, répondit-il sans pouvoir s'empêcher de rire en pensant à la tête de Glenna et Broderick quand ils avaient ouvert la porte de la salle de bains. Ils ne l'ont pas exactement appris en douceur comme nous l'avions prévu.

Jeannie se mit à rire avec lui et le son de leur voix se perdit dans le souffle du vent. Bon sang, il était de plus en plus poète ces derniers temps.

L'amour avait cet effet sur un homme.

Il attrapa les rênes de Jeannie et arrêta les deux chevaux. Puis il se pencha vers elle pour lui caresser la nuque.

— Ce que nous avons trouvé ensemble est un cadeau.

Les yeux de Jeannie s'embuèrent de larmes.

— Un que je n'aurais pas cru recevoir à nouveau.

— Et auquel je ne renoncerais pas pour tout l'or du monde, dit-il sans hésiter.

— Même si cela menace tes affaires ?

— Même si cela menace les tiennes ?

— Les nôtres, répondit-elle en souriant.

— Exactement, ajouta-t-il en essayant de l'embrasser du haut de sa monture.

— Nous sommes une équipe désormais, dit-elle. Pour de vrai.

— Oui, ma chérie. Pour de vrai.

Aussi vrai que son désir de lui faire l'amour immédiatement. Cette femme représentait bien plus qu'une aventure. Il l'aimait.

— Nos familles ont besoin de participer à notre engagement mutuel. Il n'y aura plus d'explications et de réunions chacun de notre côté. Ils doivent apprendre à être ensemble si nous voulons que ce projet de fusion ait une chance.

— Tu as raison, dit-elle en l'embrassant, une fois, puis deux. Et le plus tôt sera le mieux. Pour eux comme pour nous, parce que je t'aime, Jack.

— Je le sais. Et moi aussi, gente dame, dit-il en lui saisissant la taille tout en tenant les deux paires de rênes dans une main. Et tu sais quoi d'autre ?

— Dis-moi.

— Je te veux, maintenant.

Par chance pour eux, le hangar à avions était tout proche.

Glenna s'accrocha au bord de sa chaise. Elle était dans le solarium du pavillon des Steele pour la première réunion des deux familles. C'était tellement irréel et si loin d'une fête de famille recomposée. Les femmes étaient assises des deux côtés de la pièce en fonction de leur affiliation. Glenna et Alayna, près de leur mère, ainsi que leur belle-sœur, Shana. Tandis que les deux hôtesses Steele, Naomi et Delaney, se tenaient droites comme des serre-livres près du coin bar, si semblables malgré leurs tempéraments opposés. Naomi étant une fêtarde à l'esprit rebelle et Delaney une militante dédiée à la défense de l'environnement.

Les hommes étaient à l'extérieur, ils chevauchaient en pleine nature. Cela ressemblait aux réunions qui se passaient chez la mère de Glenna, sauf que le double de personnes était rassemblé.

Elle pouvait voir ses deux frères à travers la baie vitrée, qui montaient avec talent aux côtés des cinq hommes Steele. Mais c'était Broderick qui captivait son regard aujourd'hui, son Stetson un peu plus haut que celui des autres puisqu'il était le plus grand. Il tenait ses rênes lâches avec une assurance évidente.

Abacus, le quarter horse de Broderick, attirait autant le regard que son cavalier. Ils formaient un couple parfait. Sombre, musclé, imposant, et la manière dont l'étalon secouait sa crinière en disait long sur sa nature sauvage. Ils avançaient ensemble comme s'ils ne faisaient qu'un, comme si leurs mouvements étaient instinctifs.

Y avait-il une chose que Broderick ne savait pas faire ?

La main de Glenna se baissa vers Kota, cherchant le réconfort de la fourrure du chiot. Et chaque caresse calma ses nerfs à vif.

Elle avait ressassé la proposition de Broderick toute la nuit. Mais ils n'étaient pas deux étrangers qui venaient de se rencontrer. Il devait comprendre qu'ils ne pouvaient pas reprendre là où ils en étaient restés par le passé.

Mais si cela avait effectivement été une première rencontre ? Son regard se fixa à nouveau sur lui et son cœur se serra. Car même si elle le rencontrait aujourd'hui pour la première fois, elle prendrait la fuite car l'attirance qu'elle ressentait pour lui était bien trop dangereuse. Elle devait contrôler ses émotions car la perte de son époux avait déjà brisé son cœur.

Elle reporta son attention sur la décoration rustique et luxueuse du solarium, qui était à l'exact opposé de celle des bureaux officiels de la famille Steele. D'énormes canapés et fauteuils en cuir emplissaient la pièce et un feu de bois brûlait dans l'immense cheminée en pierre surplombée par des cornes d'élan.

La pièce était remplie de femmes méfiantes, rassemblées par le décret de Jeannie et Jack.

Shana, la belle-sœur de Glenna, se mit debout.

— Nous allons faire des jeux de salon, déclara-t-elle. J'ai pris contact avec Naomi et nous avons eu des idées pour briser la glace et nous aider à nous habituer à... toutes ces nouveautés.

N'était-ce pas diplomatique ? Chapeau bas à Shana !

— Pitié, pas l'un de ces jeux d'enterrement de vie de jeune fille où tout le monde termine avec un chapeau ridicule, dit Jeannie en se levant de sa chaise à bascule en bois de chêne.

— Ou ceux où l'on doit deviner si la personne a menti, ajouta la petite sœur de Glenna. Je perds tout le temps puisque tout le monde peut voir quand je mens.

Nerveuse, Naomi, vêtue d'un legging en cuir marron et d'une veste de sherpa, se mit debout.

— Nous allons jouer à « Tournez manège ».

Alayna fronça les sourcils en jetant un regard circulaire sur les femmes qui l'entouraient.

— Mais elle est déjà fiancée, elle mariée, et je soupçonne qu'elle...

— Non, l'interrompit Naomi, les règles sont différentes. J'ai été consultante pour une société qui aide les gens à écrire leurs présentations pour des sites de rencontres...

— Tu as fait cela ? dit sa sœur en éclatant de rire.

— Absolument, Delaney. Les hommes, en particulier, éprouvent des difficultés à s'exprimer avec des mots, alors ils demandent de l'aide. J'ai apporté quelques exemples et vous devrez deviner les vrais et les faux profils.

— Comme le genre de mecs qui traînent dans les bars en prétendant être astronautes ? dit Shana en souriant.

— Très bon exemple, répondit Naomi tout en marchant jusqu'à la table pour connecter son ordinateur à trois immenses écrans de télévision. Les noms ont été changés pour protéger ces hommes. Alors, prêtes à jouer ?

Un jeu de rencontre amoureuse ? Glenna aurait encore préféré plonger nue sous la banquise. Mais elle répondit : « Allons-y ! »

Plus vite elle acceptait, plus vite elles auraient terminé et pourraient partir loin de cette réunion perturbante et de la présence troublante de Broderick qui chevauchait au loin.

— Parfait, dit Shana. Voici les règles : un point pour chaque signe d'avertissement et cinq pour celles qui repèrent un profil mensonger.

L'expression de Delaney montrait qu'elle n'était toujours pas très enthousiaste. Tout comme Glenna, dont le regard ne cessait de revenir vers la fenêtre.

— Pour chaque bonne réponse, vous choisissez votre sucrerie préférée : chardons au champagne ou des truffes en chocolat, suggéra Shana.

Glenna se força à se concentrer sur le moment présent.

À ces mots, Naomi et Shana ôtèrent chacune en même temps le tissu qui cachait deux plateaux de gourmandises. On alluma les écrans de jeu et plusieurs profils apparurent.

— Oh, oh, fit sa cousine Sage en levant une main. Je vois des pseudonymes perturbants : « Troisjambes » ou « Quatremètres », qui font référence à la taille du pénis.

— Beurk, fit Alayna en secouant la tête. Et il y en a deux qui ont utilisé « dur » dans leurs noms.

Toutes les deux se précipitèrent vers les plateaux et remplirent leurs bouches de gelée et de truffes en laissant échapper des soupirs de satisfaction.

— Les hommes pensent vraiment que nous sommes attirées par cette vulgarité ? dit Glenna avant de pointer un autre écran. Les profils des types de gauche semblent vrais.

Pour le moment, elle allait jouer en buvant du champagne

et s'éclipserait ensuite. Son regard retourna vers Broderick, elle n'était pas en état de rester dans la même pièce que lui quand les hommes reviendraient à l'intérieur. Elle avait passé tellement de temps avec lui cette semaine qu'elle ne se sentait plus le courage d'être dans cette maison, entourée par sa famille. Cela évoquait bien trop cette image du gui qu'il lui avait décrite dans son bureau.

— Bravo, future belle-sœur, acquiesça Naomi. Va chercher ta récompense.

Belle-sœur ? songea Glenna en allant se servir. Encore une raison pour laquelle tout rapprochement avec Broderick rendrait les choses infiniment compliquées. Le bonbon doux et sucré la fit frémir de plaisir. C'était exactement ce dont elle avait besoin. Elle continuerait à choisir ceux-là jusqu'au terme du jeu. Surtout si elle espérait tenir jusqu'à la fin de cet après-midi en ménageant sa raison.

— Je suis sûre qu'il existe aussi des hommes honnêtes, ajouta Glenna en prenant un chardon au champagne, juste pour le plaisir cette fois-ci. Nous pourrions établir un pourcentage des vrais profils, et je suis certaine qu'ils seront les plus nombreux. Il faut être perspicace, mesdames, c'est le secret.

— Ou rester célibataire, plaisanta Naomi.

— Quel cynisme, dit Shana en riant.

— Réaliste, plutôt, répondit Naomi. Venez donc vous servir à manger au bar avant le retour des hommes.

— Quoi, s'exclama Alayna en se levant, oscillant un peu sous l'effet de l'alcool. C'est tout ?

— Tu aurais préféré un stripteaseur ?

Le rire de Naomi était franc et chaleureux. Glenna appréciait son honnêteté.

— Et pour votre gouverne, continua Naomi d'un air malicieux qui cachait presque la tension qu'elle ressentait, comme toutes les personnes qui avaient été contraintes de se réunir dans cette pièce. J'aurais voté pour un stripteaseur, un cow-boy, ou au moins un enterrement de vie de jeune fille en lingerie, mais votre belle-sœur a écarté ces idées.

— Je n'étais pas sûre que Jeannie approuverait, dit Shana en haussant les épaules. Maintenant, profitons de ces merveilleux plats. Le chef des Steele est vraiment fabuleux. Jeannie, tu veux un autre chocolat au champagne ?

Jeannie secoua la tête.

Alayna trébucha et se rattrapa au bras de sa mère.

— Tu n'es pas enceinte au moins, maman ? Devrions-nous avoir une discussion avant ton mariage ?

Les pensées de Glenna voguèrent jusqu'à la nuit qui avait précédé son propre mariage. Sa mère et sa sœur l'avaient rejointe pour regarder des films romantiques en mangeant des glaces. La nostalgie et les regrets l'envahirent.

Jeannie tapota la main d'Alayna d'un air amusé.

— J'ai déjà fait ma part.

— Évidemment, dit Glenna dont l'esprit éclipsa les images de sa sœur titubante pour se fixer sur une scène similaire avec Broderick quand ils étaient à l'université — bon sang, il fallait vraiment qu'elle parte de cette fête. Tu pourrais peut-être nous donner des conseils ?

Cette camaraderie naissante fut interrompue par des voix puissantes venant de l'extérieur. Puis des cris. Glenna se leva et regarda par la fenêtre. Les hommes descendaient de leurs chevaux à côté d'une Range Rover. Une jeune femme se tenait près de la voiture avec un bébé emmitouflé dans une parka rose.

Glenna ne quittait pas le précieux paquet des yeux et le solarium s'emplit de murmures qu'elle n'entendit qu'à moitié. Et avant d'avoir réfléchi, elle attrapa son manteau en laine et son écharpe en cachemire.

Deux gardes couraient vers les hommes qui venaient de mettre pied à terre. À l'intérieur, les autres femmes entreprirent de prendre leurs manteaux, sans pour autant cesser de bavarder, et suivirent Glenna qui ouvrait la porte. Un courant d'air glacial l'enveloppa aussitôt et elle entendit des voix portées par le vent.

— Madame, dit Conrad en levant ses deux mains, je ne vous ai jamais touchée.

Que se passait-il ? Le regard de Glenna revint sur le bébé, son cœur se serra comme à chaque fois qu'elle voyait un enfant, car elle n'avait jamais réussi à mener une grossesse à terme, même pas jusqu'au premier trimestre. Elle n'avait jamais senti la vie grandir en elle.

L'étrangère garda le bébé dans un bras pour sortir une enveloppe de sa poche.

— Je ne suis pas la mère de Fleur. Je travaille pour M. Steele père. Quelqu'un, je ne sais pas qui, a laissé le bébé dans la grange et je l'ai trouvé tandis que je remplissais les mangeoires et les abreuvoirs pour votre retour. Le service de sécurité est en train de chercher comment le bébé a pu être déposé. Mais il y avait un mot posé sur lui...

Jack lui prit l'enveloppe des mains et la regarda un instant avant de cligner des yeux et de regarder Broderick, puis Glenna.

— Elle est adressée à Broderick... et Glenna.

5

L'estomac de Glenna se serra tandis que Jack lisait les noms sur l'enveloppe... Le sien et celui de Broderick ?

Des soupirs étonnés parcoururent le groupe familial qui l'entourait, envoyant des bouffées de vapeur dans l'air glacial. Elle regarda Broderick mais ne lut aucune réponse sur son visage séduisant. Il semblait aussi perdu qu'elle.

Qu'est-ce que cet enfant avait à voir avec elle ? Avec eux deux ? Mais même pendant qu'elle s'interrogeait, elle ne put s'empêcher de prendre le petit paquet enveloppé d'une parka rose et d'une couverture dans ses bras. Le minuscule être qu'elle tenait serré dans ses bras était un trésor, une source de joie qui se tortillait contre elle. Son cœur fondit et elle fit glisser son doigt le long de la joue du chérubin. D'immenses yeux bleus se tournèrent vers elle tandis que sa petite bouche faisait bouger sa tétine.

Elle sentit Broderick se pencher par-dessus son épaule et elle se retourna pour le voir s'adresser à Jack :

— Que dit la lettre ?

Celui-ci la sortit doucement de l'enveloppe, comme pour préserver une preuve, tandis qu'une fine neige se mettait à tomber.

— La lettre dit : « Je ne suis pas sûre de savoir qui est le père. » Et elle a joint un certificat de naissance pour un bébé de trois mois du nom de Fleur Wilson qui indique que le nom de la mère est Deborah Wilson...

Jack regarda son fils aîné qui cligna des yeux plusieurs fois, réaction plus qu'éloquente. Glenna avala sa salive, mais ce nom ne lui évoquait rien.

Jack baissa le regard et reprit :

— Elle continue en disant que cela ne servirait à rien de la chercher. Qu'elle est déjà au Canada et qu'elle nous contactera quand elle sera prête. Mais que, pour l'instant, elle voulait que son enfant reste avec sa famille, dit-il avant de s'éclaircir la gorge. Puis le message dit qu'elle ne sait pas si le père est Broderick ou…

Jeannie posa une main sur l'épaule de Jack, prit la lettre, et marcha jusqu'à sa fille d'un air inquiet.

— Glenna, le message dit que le père pourrait aussi être Gage. Je suis désolée de te l'apprendre devant tout le monde.

Le cœur de Glenna manqua un battement. Son époux décédé pourrait être le père de cet enfant ?

Même si c'était la douce voix de sa mère qui lui avait annoncé la nouvelle, chaque mot lui fit l'effet d'un coup de poing. Elle tenta de reprendre son souffle malgré l'air glacé et chancela en s'efforçant de ne pas laisser tomber le bébé. Elle sentait le poids de nombreux regards peser sur elle, un mélange étrange de ceux de sa famille et d'ennemis de toujours, tandis qu'elle essayait d'intégrer cette information qui menaçait de l'anéantir.

Le silence régnait comme si tout le groupe retenait son souffle. Dans une partie lointaine de sa conscience, elle comprit que Broderick l'avait prise par la taille pour la soutenir. Pourtant, lui aussi devait être stupéfié par la nouvelle. Elle regarda intensément le visage du bébé, cherchant dans ses traits un indice qui révélerait sa filiation. Elle repoussa la capuche de la parka qui révéla des cheveux châtain clair. Un bien faible indice.

Plus elle fixait la petite fille, plus celle-ci prenait d'épaisseur, sans songer à sa filiation.

Elle secoua la tête en berçant le bébé. Le mouvement de balancier l'apaisant autant que l'enfant.

— Tout va bien, dit-elle en sentant ces mots lui rendre ses forces. N'essayez pas de prendre des gants ou de vous inquiéter de ce qu'il y aurait à dire. La seule chose qui importe est de nous concentrer sur cette enfant et de nous assurer qu'elle est en bonne santé et en sécurité.

Broderick acquiesça avant d'ajouter :

— Nous devons avant tout prévenir la police, ce bébé a peut-être été enlevé.

— Oh non ! s'exclama Glenna en regardant l'enfant si innocente et inconsciente du chaos qui l'entourait. Je n'y avais pas pensé, nous devons nous en assurer.

Marshall, l'un des frères Steele, prit la lettre des mains de Jeannie.

— Je vais aller retrouver notre équipe de sécurité et nous préviendrons la police. Nous pouvons vérifier s'il y a eu une alerte enlèvement et auquel cas les prévenir que le bébé est sain et sauf, ici.

— Merci, fils, lui dit Jack.

L'esprit de Glenna commençait à s'éclaircir.

— Il faut retourner à l'intérieur où il fait chaud et sec. Et nous devons aussi lui trouver à manger. J'imagine que la lettre ne dit pas quand elle a pris son dernier repas ? Elle peut avoir faim à tout moment désormais et elle a déjà affronté assez de changements sans avoir à supporter cela en plus.

Broderick souleva un sac à carreaux rose et lui emboîta le pas.

— Apparemment, il y avait cela avec elle, dit-il en l'ouvrant. Et il y a des affaires à elle dedans.

À quoi pouvait-il penser en ce moment ? C'était peut-être son enfant. Glenna n'arrivait pas à l'envisager en père célibataire. Mais elle n'arrivait pas à envisager quoi que ce soit, en fait.

— Je ne suis pas sûre d'avoir confiance en quelque chose déposé par une étrangère qui a laissé ce petit ange à des gens qu'elle n'a jamais vus. Mais nous pourrons au moins utiliser la marque du lait pour aller en acheter. Ce bébé est innocent et a besoin de notre aide, dit-elle en grimpant les marches de la terrasse, bien trop consciente de la main de Broderick dans son dos.

Elle comprit alors qu'elle allait devoir partager le bébé avec Broderick, au moins pour une courte période. Et elle ne pouvait pas nier qu'elle sentait la force qui émanait de lui. Quel puissant partenaire il ferait pour une femme.

Broderick faisait les cent pas dans la salle de réception des Steele. Même dans cette pièce immense et luxueuse, il se sentait en cage en attendant que Glenna le rejoigne avec le bébé.

Peut-être *son* bébé.

Fleur.

Il ne savait que penser de cette éventualité. Même au milieu de ce drame familial, sa seule envie était d'être avec Glenna.

Il ne pouvait pas s'empêcher de songer au désir qu'il avait éprouvé plus tôt quand il l'avait prise par la taille. La manière qu'elle avait de bercer l'enfant, possiblement le sien, l'avait troublé avec une violence qu'il ressentait toujours. Et chaque minute qui s'écoulait apportait de nouvelles questions.

Tout ce qu'il y avait de stable dans sa vie lui avait été arraché en quelques jours.

Il marcha jusqu'à la cheminée, où le feu renvoyait des reflets orangés dans la pièce faiblement éclairée par une petite lampe. Un étranger qui aurait pénétré dans ce salon pour la première fois aurait commis l'erreur de le trouver apaisant. Pour l'heure, la tension et le stress que Broderick ressentait étaient si puissants qu'ils remplissaient l'espace.

Et il ignorait comment retrouver une forme de stabilité. Alors, il observa la pièce familière. La cheminée surplombée par les cornes gigantesques d'un élan, héritage de son arrière-grand-père au lancement de la compagnie familiale, lorsque l'Alaska était encore un territoire sauvage à explorer. La hauteur sous plafond contrebalançait la taille imposante des canapés en cuir, mais elle n'allégeait en rien la pression et la confusion qui martelaient son cerveau.

Une partie de la famille était allée acheter le nécessaire pour le bébé avec la belle-sœur de Glenna. Les autres se trouvaient dans la cuisine et préparaient de quoi manger pour les adultes, car la réunion allait se prolonger bien au-delà de ce qui était initialement prévu. Son père et sa fiancée, terme qu'il avait toujours du mal à associer à Jeannie, avaient souhaité lui laisser l'opportunité de parler seul avec Glenna. Ici, dans cette pièce où il tournait en rond en l'attendant.

D'un geste impatient, il passa sa main dans ses cheveux. À l'instant où il entendit la porte s'ouvrir, il fit volte-face et vit Glenna, le bébé blotti contre elle.

Flûte.

Glenna était éblouissante. Depuis qu'il la connaissait, sa silhouette et ses yeux brillants l'avaient toujours hypnotisé. Tout comme son intelligence et sa générosité.

Mais la voir avec le bébé faisait battre son cœur plus que de coutume. C'était un aspect plus doux qu'il ne connaissait pas d'elle. Il n'avait jamais été avec une femme qui lui ressemblait. Et pour la première fois il ressentit un besoin nouveau : protéger son enfant potentiel.

Et Glenna.

Sa douce voix interrompit ses pensées.

— Fleur est plus calme maintenant. Et je pense qu'elle s'endormira pour la nuit dès qu'elle aura mangé, dit-elle en s'installant sur la chaise à bascule avec le bébé.

Puis elle soupira en lui faisant un sourire fatigué.

Il vint s'asseoir sur le canapé à côté d'elle, sa jambe touchant la sienne. Et malgré la barrière de son jean et du pantalon en laine de Glenna, il se souvint de la douceur de sa peau. Une note d'amande de son parfum titilla ses sens… lui donnant envie de découvrir davantage d'elle.

Il rassembla ses esprits et s'assit.

— Je crois que tout le monde est d'accord pour dire que toi et moi devons parler. Aussi étrange que soit tout ceci, nous avons besoin de comprendre ce que nous affrontons.

Il prit conscience en les prononçant que ces mots devaient être terribles pour Glenna. Il était tellement focalisé sur son propre choc qu'il n'avait pas réfléchi à la douleur qu'elle pouvait ressentir.

— Je suis désolé, Glenna. Cela doit être difficile pour toi.

J'imagine que, comme tu n'as pas immédiatement écarté la question de la paternité, il y a une possibilité que le bébé soit de Gage ?

Elle fronça les sourcils, et secoua la tête en soupirant, libérant au passage des mèches blondes de son chignon.

— Je n'en sais rien. Nous traversions une période difficile. Il n'est pas impossible… qu'il soit de lui. Mais je n'ai jamais entendu parler de cette femme, ni de grossesse.

Son regard passa par-dessus son épaule jusqu'à l'étendue de la forêt boréale. Un air de lassitude envahit ses traits un instant mais elle retrouva aussitôt son sang-froid, capacité qu'elle avait développée au cours des conseils d'administration. Son attention revint sur le bébé et elle lui sourit en recommençant à le bercer tendrement.

— Je suis désolé pour les problèmes que tu as eus avec ton époux.

Et c'était vrai. Si l'enfant était vraiment celui de Gage…

— Moi aussi, mais tu peux garder ta compassion pour Fleur, dit-elle en le fixant tout à coup. Et toi ? Tu ne t'es pas mis à crier : « Ça ne peut en aucun cas être mon enfant ! »

— C'est possible, admit-il. J'ai rencontré Deborah Wilson quand elle est venue ici pour faire une série d'articles sur notre projet de pipeline. Nous sommes sortis ensemble, mais cela n'avait rien de sérieux. Toutefois, il reste une possibilité, bien qu'elle soit infime. Nous avons passé une nuit ensemble et nous nous sommes protégés. Mais rien n'est sûr à cent pour cent à part l'abstinence.

— Alors elle est peut-être de toi, dit-elle en secouant la tête.

Il la regarda de biais et pesa ses mots.

— Nous nous sommes revus mais cela s'est terminé quand elle a éclaté en sanglots en me disant qu'elle avait une liaison avec un homme marié.

Il y avait des lignes que Broderick ne franchissait pas. Et même s'il ne souhaitait pas se marier lui-même, il n'en croyait pas moins au caractère sacré d'une union. Et quand il sortait avec une femme, il restait monogame jusqu'à la fin de la relation.

— Tu penses que cet homme marié était Gage ? dit-elle dans un souffle.

— Ce n'est pas ce que j'ai dit, reprit-il en touchant son bras pour la réconforter. Je pense juste que ce bébé est là et qu'il y a une chance qu'il soit de la famille de l'un de nous deux.

— Et nous devons nous occuper d'elle jusqu'à ce que nous sachions...

— Si Fleur est la fille de mon mari et que Deborah Wilson a vraiment renoncé à ses droits, alors je pourrais potentiellement obtenir sa garde, n'est-ce pas ?

Ses propos étaient empreints de logique, de prudence et de générosité. Tout ce qui la rendait si attirante à ses yeux. Mais il savait qu'ils ne devaient pas s'emballer.

— C'est une situation compliquée, Glenna, avec beaucoup de si...

— Mais possible, dit-elle d'un ton vif qui trahissait sa détermination.

Puis elle se pencha pour embrasser le minuscule front rose et les cheveux soyeux de la petite fille.

Et ce geste tendre lui donna l'impression qu'il venait d'entrer et d'interrompre un moment intime. Comme s'il venait de découvrir un aspect de Glenna que personne d'autre n'avait jamais vu. Un qu'elle ne voulait peut-être pas qu'il connaisse.

— Ce sera le mot du jour, *possible*. Elle pourrait être mon enfant et je vais me comporter comme si c'était le cas. Je ne voudrais pas qu'elle pense un seul instant que je n'ai pas été son héros.

Lui et Glenna allaient devoir s'organiser. Mais si c'était sa fille, il serait présent pour elle.

— Je ne suis pas sûre d'avoir confiance en cette idée de partage.

Un sourire fleurit sur ses lèvres et il leva un sourcil.

— Je sais faire une division.

— Oui, mais sais-tu changer une couche et faire faire un rot ?

— Je prendrai une nounou.

— Ou nous pourrions le faire ensemble, dit-elle avec un regard de défi.

La question de la paternité impliquait qu'aucun d'eux n'était prêt à renoncer à l'enfant. L'idée fit son chemin dans son esprit. Travailler avec Glenna pour prendre soin de Fleur ne pourrait que l'aider dans sa volonté de se rapprocher d'elle. Mais tout en soupesant les avantages, il se força à ne pas se montrer trop enthousiaste pour ne pas l'effrayer.

— Es-tu en train de me faire une demande ? plaisanta-t-il.

Elle gloussa et s'adossa sur la chaise à bascule en tapotant le dos de la fillette.

— Avec du vomi de bébé sur l'épaule ? dit-elle en lui souriant, avec une lueur de tristesse et de peur dans le regard. Bien sûr.

— Bon sang, tu viens de me rappeler pourquoi je t'apprécie.

— Je suis sûre de pouvoir te le faire oublier de nouveau aussi vite.

Il s'agenouilla à côté d'elle sans répondre à sa provocation et observa le bébé en détail pour la première fois. Comment pouvait-il ne pas savoir d'une façon ou d'une autre que c'était son enfant ? Il ressentait le besoin de veiller sur cet être innocent.

— Elle aura toute ma protection.

Glenna tressaillit de surprise mais, quand leurs regards se rencontrèrent, un lien se noua entre eux. Et il sut au plus profond de son être qu'il devait la convaincre. Car malgré toutes ces complications, il se passait toujours quelque chose de fort entre eux.

Son téléphone vibra et émit un bip. Contrarié par cette interruption, il le prit vivement.

— C'est mon père. Ils ont trouvé du lait pour le bébé, une infirmière diplômée… et un avocat. Ma sœur Naomi est en train de parler avec la police.

Tandis que la nuit précoce tombait sur l'Alaska, Glenna comprit que, contre toute attente, elle et Broderick avaient joint leurs forces.

Ils avaient tous deux installé une chaise de chaque côté du berceau portatif neuf. Fleur ronflait, le ventre plein, inconsciente de tout ce qui se passait autour d'elle.

La maison était remplie de nourriture pour bébé et de matériel de puériculture. L'infirmière l'avait auscultée et la police avait vérifié qu'aucune disparition ne ressemblait à la description de Fleur. L'acte de naissance était véridique et la douane avait confirmé qu'une voiture immatriculée au nom de Deborah Wilson avait franchi la frontière canadienne. Après cela, elle avait disparu.

Ce qui faisait de Glenna et Broderick la seule famille potentielle du bébé.

Naomi était une avocate féroce. Certes elle était une juriste remarquable, mais elle ne prenait pas de gants.

— Laissez-moi parler à une connaissance des services à l'enfance. Il y a tellement d'enfants dans le système... Alors si tu es d'accord pour reconnaître une paternité possible, nous essaierons d'obtenir une garde temporaire, le temps d'effectuer des tests ADN. Glenna, si tu le veux bien, le laboratoire aura besoin de quelque chose de ton mari, comme sa brosse à dents, ou même ses dents de lait, si sa mère les a gardées.

L'esprit de Glenna, déjà saturé, se rebella contre la manière dont Naomi prenait les choses en main et un sentiment de suspicion l'envahit. Sa mère faisait peut-être confiance aux Steele, mais cela ne signifiait pas qu'elle devait laisser une ancienne rivale en affaires faire des choix de vie pour elle. Naomi était connue comme un requin dans le monde des affaires et sa loyauté irait forcément à sa famille.

— Une garde temporaire ? Pour lequel de nous deux ?

— J'ai discuté avec papa et Jeannie. Et comme aucun de nous ne croit que l'un de vous deux renoncerait, nous avons pensé que le mieux serait que vous vous en occupiez ensemble le temps que nous tirions au clair cette histoire de paternité.

Broderick sembla contrarié.

— Cela laisse le bébé et nous tous encore plus exposés aux rumeurs, à un moment où elles étaient déjà plus que suffisantes.

Glenna se retourna pour le dévisager et tous les sentiments de tendresse qu'elle avait pu ressentir pour lui s'évaporèrent.

— Tu t'inquiètes réellement pour la compagnie à cet instant ? Cela n'a rien à voir avec les affaires !

Il leva une main en défense.

— De mon point de vue, le moins il y aura de rumeurs négatives sur nos familles, le plus cela profitera à Fleur, si nous finissons par devoir nous battre pour obtenir la garde.

Une sirène d'alarme retentit dans le cerveau de Glenna. Elle savait qu'elle ne devait pas sous-estimer les Steele. Mais ils pouvaient aller se faire voir avec leur manière de prendre les choses en charge. Le bébé pouvait très bien lui être lié et être de son mari. Une réponse à ses prières d'avoir un enfant à aimer. Elle ne renoncerait pas à un seul jour avec la petite fille.

— Je ne bougerai pas d'ici. Je ne serai pas écartée de la vie de Fleur.

Broderick toucha à nouveau son coude de ce geste réconfortant qui faisait voleter des papillons dans son ventre.

— Et si nous prenions soin d'elle ensemble, quelque part loin des demeures des Steele et des Mikkelson, afin que le bébé ne nous distraie pas de la fusion ? proposa-t-il.

— Je suis obligée de me ranger du côté de mon têtu de frère, dit Naomi. En tant que partie prenante de cette pagaille de famille-compagnie-fusion, je pense que vous éloigner serait aussi préférable pour vous deux. Vous aurez le calme nécessaire pour terminer le bilan financier et décider de ce qu'il faudra présenter au conseil d'administration. Et ce serait bénéfique pour tout le monde si vous normalisiez votre relation.

Les autres membres de leurs deux familles se trouvaient tous non loin, et cette dernière phrase attira leur attention. Tous les regards se tournèrent vers eux avec une nouvelle intensité.

— Normaliser notre relation ? dit Glenna en levant les sourcils. Vous ne pouvez pas réellement espérer que nous réglions les querelles familiales ?

— Ne joue pas à l'idiote avec moi. Je ne parle pas de la guerre Steele/Mikkelson. Aucun de vous deux ne me trompe, dit-elle avec ce fameux visage de juriste qu'elle montrait à la cour pour remporter ses procès les plus difficiles. Je suis allée dans la même université que vous et je n'avais que deux ans de moins. J'ai entendu les rumeurs à votre sujet et je sais.

Broderick se redressa.

— Baisse d'un ton Naomi. Ce n'est certainement ni l'endroit ni le moment et encore moins tes affaires.

Elle repoussa ses longs cheveux bruns sans avoir l'air le moins du monde intimidée.

— Je ne suis pas une commère. Mais je suis intelligente et je vois bien l'utilité de vous mettre à l'abri. Ce que vous pouvez faire de mieux pour le moment, c'est utiliser ce temps pendant que je vous obtiens une autorisation de garde temporaire en attendant les résultats des tests ADN. Mettez à profit ce moment pour vous réconcilier et régler les affaires de nos sociétés. Alors, je te renvoie ton compliment, Broderick, baisse d'un ton.

Sa remarque était glaciale mais juste. Et Glenna ne pouvait pas ignorer la sagesse du plan de Naomi. Ce qui impliquait qu'elle allait être obligée de jouer au papa et à la maman, seule avec un bébé qu'elle aimait déjà… et Broderick.

6

La lumière se reflétait sur la rive de la propriété Steele, située à une heure d'Anchorage. Broderick mit ses lunettes de soleil et prit une longue inspiration, savourant l'air glacé qui emplissait ses poumons.

Toute sa vie, on lui avait appris l'importance de la famille. Tandis qu'il observait au loin les sommets enneigés depuis la piste d'atterrissage située derrière la propriété familiale, le désir de protéger cet endroit et celle qui pourrait être sa fille gonfla tout à coup son cœur.

Il enfila son sac à dos et marcha jusqu'à l'hydravion le long du quai. L'année précédente, ils avaient investi dans une version modifiée de l'appareil qui pouvait aussi bien décoller de terre ou de mer. Cela leur offrait une flexibilité et s'avérait un avantage avec Glenna et le bébé, si une urgence se présentait.

Le bleu de l'eau s'intensifiait près de la coque blanche éblouissante de l'avion et la scène ressemblait plus à une peinture qu'à la réalité. Il laissa son regard glisser sur un plus petit avion jaune qui dépassait du hangar. Il préférait ce bimoteur, mais l'hydravion serait bien plus pratique pour aller là où lui et Glenna se rendaient.

Ensemble. Avec le bébé.

Ils demeureraient dans le chalet en bois de la famille Steele situé au cœur d'une baie isolée du golfe d'Alaska. L'édifice à deux étages en forme de A avait servi de lieu de retraite à chaque fois qu'un membre de la famille avait eu besoin de se reposer.

Il remonta le col de son manteau, le vent soufflant si fort qu'il avait opté pour une casquette plutôt que son Stetson habituel. Dieu merci, les vents latéraux devraient bientôt retomber et il pourrait s'envoler à l'heure prévue.

Lui et Glenna seraient seuls, ils prépareraient l'avenir financier de leurs familles, la fusion de leurs compagnies et prendraient soin d'un minuscule bébé. Et s'occuper de cet enfant le rendait nerveux. Il ne savait absolument pas ce qu'il devrait faire. Pourtant, il allait devoir apprendre, surtout si cet enfant s'avérait être le sien.

Cette idée lui coupait le souffle. Il hissa une énorme valise dans l'hydravion et sentit ses muscles se crisper. Ils avaient embarqué toute la nourriture et le matériel pour bébé qu'ils avaient achetés deux heures après l'arrivée de celui-ci. Les jours à venir allaient être éprouvants.

Du coin de l'œil, Broderick vit son père aider Glenna à monter dans l'appareil, puis lui passer le couffin. Il était plutôt joueur, mais il n'aurait jamais parié pouvoir être témoin d'une telle scène.

Un coup de vent glacial balaya le ponton et souleva légèrement la couverture rose posée sur le couffin. Puis son père chargea en dernier la caisse de voyage de Kota, qui regardait tout ce qui se passait avec une intense curiosité. Le frère de Broderick, Marshall, vérifia les instruments de vol pour s'assurer qu'ils voyageraient en sécurité jusqu'au chalet.

— Merci pour ton aide, dit Broderick en tapant dans le dos de Marshall qui lui tendait un thermos de café.

— Je t'en prie. Le réservoir est plein et j'ai tout vérifié, j'ai même fait un tour ce matin.

— J'ai appelé notre équipe et le chalet a été aéré, approvisionné et le chauffage allumé, ajouta Jack.

— Merci, papa.

Un immense sourire souleva la moustache de son père.

— Si vous trois avez besoin de quoi que ce soit, faites-le-moi savoir, et nous vous l'enverrons.

— J'aurais besoin de savoir si toi et Jeannie changez d'avis. Tu m'envoies revoir l'organisation financière de notre compagnie avec notre principal rival. Et Jeannie a demandé la même chose à Glenna. Sois sûr à cent pour cent que c'est vraiment ce que tu souhaites.

— Fils, nous devons rester forts et unis. Sinon notre rivalité se renforcera durant cette période de transition. Nous sommes une seule et même famille désormais. Et je suis certain de le vouloir, dit-il avant de prendre Broderick dans ses bras. Maintenant, au travail !

— Oui, chef.

Son père lui avait donné des consignes claires. Pour être honnête, il était impatient de se retrouver seul avec Glenna. Peut-être allait-il enfin comprendre pourquoi elle l'attirait autant et réussir à apaiser leur relation en mettant le passé derrière eux. Le bébé ne faisait qu'augmenter les enjeux. Il fallait qu'ils trouvent un terrain commun afin de pouvoir recomposer leurs compagnies, et leurs familles.

Broderick monta à bord et son regard s'arrêta aussitôt sur Glenna. Elle parvenait à rayonner, même sanglée dans son siège, penchée vers Fleur à qui elle adressait des mots rassurants. Une rafale de vent glacée portant l'odeur de la mer et des pins s'engouffra dans la cabine. Le vol allait être mouvementé.

Kota gémit légèrement en remuant la queue, depuis sa caisse posée à côté du siège de Glenna, dans l'espoir d'obtenir de l'attention.

Elle semblait parfaitement à l'aise, coincée entre un bébé et un chiot, ses cheveux négligemment relevés en chignon. Elle dut sentir son regard car elle se tourna vers lui. Il hocha la tête en lui souriant, puis se rendit une seconde fois à l'avant de l'appareil pour vérifier lui-même les instruments de bord.

Tout en s'attachant dans le siège du pilote, il jeta à nouveau un œil sur Glenna et Fleur, un spectacle dont il ne se lassait pas. Mais il devait se concentrer. Il mit son casque et sentit l'adrénaline monter en lui tandis qu'il lançait le moteur et accélérait. Il adorait les secondes qui précédaient le décollage et guettait le moment où l'hydravion quittait le sol ou la mer.

Puis, il en eut le souffle coupé quand la nature sauvage de

l'Alaska commença à défiler sous ses yeux. Il se sentait étroitement lié à sa terre natale et à la force qui s'en dégageait. Sur la gauche, il aperçut un troupeau de caribous qui galopaient sous le soleil printanier.

— Nous sommes stables désormais, si tu veux venir ici pour parler. La puce dort profondément et tu pourras la surveiller dans le miroir juste là.

Elle sembla hésiter puis défit sa ceinture.

— Bien sûr, nous pouvons commencer à travailler.

Ou ils pouvaient juste parler...

Certes, ils étaient ici pour Fleur et leurs familles, mais il allait aussi profiter de chaque instant avec elle pour comprendre pourquoi elle l'obsédait. Et si une opportunité se présentait, il voulait qu'elle revienne dans sa vie. Parce que son désir pour elle le déconcentrait à un moment où il avait besoin de penser clairement.

L'avion traversa un trou d'air, et trembla un instant avant de se stabiliser à nouveau.

— On dirait que Fleur dort bien. C'est vraiment une puce adorable.

— Elle pourrait fort bien être ta puce. Tu as réfléchi à l'idée de devenir père ? Et ne réponds pas par une blague, je suis sérieuse.

Il devait lui répondre honnêtement s'il voulait qu'elle le soit aussi en retour.

— Je suis connu pour mon allergie à l'engagement, donc tu ne seras pas surprise d'apprendre que je ne m'attendais pas à devenir père.

— Broderick, est-ce que tu aimes les enfants ?

— Je ne sais pas si je ferais un bon père mais, oui, j'aime les enfants. Je pensais, j'espérais que je serais déjà plusieurs fois oncle à l'heure qu'il est.

Tout comme lui, ses frères et sœurs s'étaient concentrés sur leurs carrières.

— Je me le demandais parce que tu as délibérément évité de la porter jusqu'à présent, même quand j'ai senti que ton instinct te disait de lui tendre les bras.

Il réfléchit à ces paroles et au pincement de son cœur à chaque fois qu'il regardait le bébé.

— Le syndrome du grand frère, j'imagine. J'ai aidé mes cadets. Mais honnêtement, je n'ai presque pas d'expérience avec les bébés en dehors de ceux que nos employés viennent nous présenter au bureau.

— On m'a dit que vos bureaux comprenaient une incroyable crèche d'entreprise. J'aurais pensé que tu la connaissais.

— J'ai visité chaque recoin de nos bâtiments.

— Donc cette photo de toi, assis par terre, en train de jouer avec ce petit garçon à la crèche, qui a été publiée, n'était pas qu'un coup publicitaire ou un stratagème pour attirer les femmes ?

Il sentit son sourire moqueur au ton de sa voix.

— Je rendais visite au fils d'un ami. Je ne savais même pas qu'une photo avait été prise avant qu'elle illustre l'article pour le site de la crèche.

— Je suis ravie de l'apprendre.

— Ne laisse pas ces photos te tromper. Je ne suis toujours pas le type d'homme à qui tu peux demander combien de poudre de lait il faut pour un biberon. J'espère que tu en sais plus que moi sur la manière dont nous devons prendre soin d'elle.

— Je me suis déjà occupée des enfants de plusieurs amies. J'ai enregistré le numéro de l'infirmière et nous trouverons des réponses à nos questions sur Internet. J'attends de toi que tu te donnes à cent pour cent.

— C'est mon intention, apprendre tout ce qu'il faut connaître.

— Ce qui me ramène à ma première question, que comptes-tu faire si elle est vraiment ta fille ?

— Eh bien, j'essaierai d'être le meilleur père possible.

Et il le pensait.

Glenna s'attachait de plus en plus au bébé et il ne pouvait s'empêcher de penser à ce que cela signifierait pour elle si elle n'avait finalement aucun lien avec l'enfant.

Cette conversation qu'il avait voulue pour détendre l'atmosphère entre eux ne fit que lui rappeler toutes les raisons pour lesquelles ce voyage était bien plus qu'une simple escapade.

Broderick était décidément plein de surprises. Ou peut-être redécouvrait-elle simplement des aspects de lui qu'elle avait oubliés ? Sa volonté d'être un père pour sa fille potentielle lui rappelait le Broderick de leurs vingt ans. Et des souvenirs défilèrent dans son esprit tandis qu'elle l'observait régler les instruments de bord d'un air assuré.

À l'université, c'était sa confiance en lui qui l'avait séduite. Ils s'étaient retrouvés dans le même groupe de travail, ce qu'elle redoutait d'ordinaire, mais il s'était révélé aussi impliqué qu'elle dans ce projet. Ils avaient travaillé de longues nuits ensemble et étaient devenus d'excellents partenaires, poussant l'autre à se montrer toujours plus tenace et intelligent.

Son regard avait toujours été électrique et son corps parfait. Sur ces points, rien n'avait changé depuis leur rencontre. Quand il avait hissé les valises dans l'avion, il avait prouvé que ses muscles étaient toujours aussi puissants qu'il y a dix ans. Et sur le moment, l'image de l'homme d'affaires sans cœur qu'elle s'était construite pour se protéger s'était effondrée.

Elle comprenait désormais qu'il était bien d'autres choses et à quel point il allait être difficile de passer tout ce temps seule avec lui.

C'était un homme. Dans tous les sens du terme.

Elle se força à détourner le regard, à la recherche d'une distraction. Elle leva les yeux vers le miroir, espérant que Fleur se réveillerait et aurait besoin d'elle, mais l'enfant dormait profondément.

Glenna dévora alors des yeux les paysages printaniers d'Alaska, un mélange improbable de champs vert émeraude piqués de lacs bleu azur qui contrastaient avec le blanc éclatant des monts enneigés. Quand elle était encore enfant, elle pensait que cette région était magique et que deux saisons y existaient simultanément.

Elle posa la main sur la vitre froide et sentit le tremblement léger de la carlingue.

— Cela faisait si longtemps que je n'avais pas vu ce phénomène.

— C'est sans doute parce que ta famille a plus d'exploitations dans le Dakota. Mais je suis sûr qu'il y a autant de paysages fantastiques que tu pourrais me montrer.

— Absolument, dit-elle, séduite par l'idée de faire découvrir son territoire à cet homme. Une bonne conséquence de cette fusion familiale, c'est que nous allons pouvoir partager des expériences différentes.

— J'imagine qu'il n'y en aura pas qu'une.

Y avait-il un double sens à ces paroles ? Son visage arborait une expression honnête, calme et concentrée sur le vol. Dieu qu'il était beau. Les rayons du soleil filtraient à travers la fenêtre, soulignant les lignes masculines de sa mâchoire et la largeur de ses épaules, tandis que son jean semblait avoir été fait sur mesure pour ses cuisses et ses fesses musclées.

Cet homme irradiait de testostérone.

Et son corps à elle captait chaque molécule d'hormone.

Elle enfila son pull en cachemire, en espérant que le contact rassurant de la matière lui ferait recouvrer ses esprits.

Rester dans ce chalet avec lui allait s'avérer pour le moins... difficile.

Elle se força à se concentrer sur le travail et les autres raisons de leur retraite dans les montagnes.

— Refaire l'organigramme de nos sociétés en prenant en compte les deux listes d'employés va être un sacré défi, lui rappela-t-elle. Il n'y a aucune chance que tout le monde puisse garder un poste au même niveau. Des rétrogradations seront inévitables. Toutes les responsabilités ne peuvent pas être partagées et quelqu'un doit être responsable des décisions, dit-elle en listant sur ses doigts.

Cela devrait réinstaurer la distance nécessaire entre eux.

— Nous trouverons des solutions, répondit-il d'un ton vague en serrant brièvement les mains sur les commandes.

Des mains puissantes. Elle se souvenait encore de leur contact brûlant, la veille, à travers ses vêtements.

— Cette trêve entre nous ne pourra pas durer, reprit-elle en détournant le regard pour ne pas laisser ses pensées s'égarer à nouveau.

— Pourquoi cela ? Il n'y a aucun autre département de la société que tu apprécierais diriger ?

Sa question était une distraction plus que bienvenue. Mais pensait-il réellement qu'elle abandonnerait son poste sans ciller ?

— Pourquoi serais-je celle qui devrait trouver un autre poste ? Pourquoi pas toi ? Il n'y a pas d'autres fonctions qui t'attirent ?

— À la fin, il ne sera peut-être pour aucun de nous deux, alors ne rendons pas cette escapade encore plus compliquée en nous disputant.

Elle l'observa. Aucun doute, il avait pris son expression impassible de joueur de poker. Elle l'avait souvent vue sur ses traits au cours de réunions ou d'interviews à la télévision. Il était charmant, comme toujours, mais il ne laissait rien paraître.

Elle joua avec la fermeture Éclair de sa parka posée sur ses genoux, trouvant l'atmosphère du petit avion soudainement étouffante.

— Tu ne vas pas essayer de m'évincer ou de me séduire pour que je m'écarte ?

— C'est ce que tu crois que j'essaie de faire ? Te séduire dans un but machiavélique ? dit-il d'un ton un peu sec tandis qu'il rectifiait leur trajectoire.

— Ce n'est pas le cas ?

Voilà, elle l'avait dit. Elle avait lancé le pavé dans la mare et les battements de son cœur s'accélérèrent tandis qu'elle se demandait ce qu'il allait répondre. Mais elle se demandait surtout ce qu'elle aimerait réellement qu'il réponde.

Il haussa les sourcils.

— Eh bien, depuis quelques jours, j'ai compris que tu étais encore plus franche que dans mon souvenir. Alors je vais essayer de te répondre aussi clairement que possible. Tu m'attires, cela n'a aucun rapport avec les affaires et cela a toujours été le cas. Tu as tant de mal à le croire ? C'est toi qui as mis fin à notre relation, pas moi.

Relation. Ce mot la tétanisa. Elle n'aurait jamais pu anticiper que Broderick caractérise le peu de temps qu'ils avaient passé ensemble de cette manière.

— C'était un week-end.

— C'était une amitié qui a débouché sur un week-end, la corrigea-t-il sans se laisser perturber.

— Une amitié ? Tu en es sûr ? Nous nous connaissions à peine. Nous nous prenions pour Roméo et Juliette en nous rebellant contre nos parents.

— Tu m'as utilisé pour contrarier tes parents ?

Elle fixa résolument le paysage à travers le cockpit tandis que l'avion descendait vers un chalet près d'un grand lac. Le vol était passé bien trop vite. Kota gémit depuis l'arrière et les yeux de Glenna cherchèrent aussitôt Fleur. Toujours endormie.

Mais la question de Broderick flottait toujours dans l'air. Elle recommença à fixer le chalet et remarqua un jacuzzi sur la terrasse.

— Ce n'était pas cela pour toi ? finit-elle par répondre.

— Non, pas à l'époque, non.

Ces mots lui coupèrent le souffle et son estomac se serra comme si l'avion venait de plonger.

— Alors, je suis désolée.

— Mais le savoir ne t'aurait pas empêchée de partir.

Aurait-ce été le cas ? Elle n'en était pas sûre. C'était il y a si longtemps. Et peu de temps après, elle avait fait la connaissance et était tombée amoureuse de celui qui allait devenir son mari. Sa trahison avait presque broyé son cœur et sa disparition avait fini le travail.

Avec tous les changements qui se produisaient dans leurs vies si rapidement, elle ne pouvait pas se permettre les enjeux émotionnels d'une nouvelle relation.

— Nos parents ont peut-être trouvé le moyen d'être en couple, mais je ne peux pas envisager la probabilité étrange que cela se reproduise au sein de nos familles.

— Alors il semblerait que nous ayons un défi à relever. Prendre soin d'un bébé qui adore dormir. Travailler sur l'organisation financière en vue de la fusion, ce que nous pourrons commencer demain. Et apprendre à redevenir amis, parce que, gente dame, nous sommes coincés ensemble.

Après avoir sécurisé l'avion, Broderick regarda le chalet à flanc de montagne où Glenna et Fleur l'attendaient. Le bâtiment en forme de A lui rappela les souvenirs de nombreux séjours familiaux. Ce lieu était l'un des premiers que son père avait acquis quand sa charge de travail avait commencé à avoir des conséquences sur le temps qu'ils passaient ensemble. Jack leur avait toujours dit que la famille devait passer en premier et que sinon le reste s'écroulerait. Ils étaient sans le moindre doute très unis, et cela avait rendu la disparition de sa mère et de sa sœur encore plus violente.

Il débarqua les bagages l'un après l'autre en se rappelant d'autres séjours. Chaque enfant était responsable de son sac et s'il oubliait une pièce de ses vêtements de neige cela signifierait que ses activités seraient limitées. Jack leur apprenait leurs leçons à la dure.

Et ils ne les oubliaient plus une seconde fois. Ou alors, ils apprenaient à partager et à trouver ensemble des solutions. Comme un séminaire de gestion d'équipe, même à l'époque.

Le téléphone de Broderick sonna et il plongea la main au fond de la poche de sa parka. Dans ce lieu la réception avait toujours été difficile jusqu'à ce que son père fasse installer une antenne privée. L'argent offrait indubitablement des avantages.

Il regarda l'écran sans reconnaître le numéro. Mais étant donné les interrogations à propos de Fleur et la tempête que provoquait la fusion, il décida de prendre l'appel.

— Broderick Steele, qui est à l'appareil ? dit-il en posant un énorme sac sur une épaule et le berceau portatif sur l'autre avant de coincer le téléphone contre son oreille pour attraper deux valises de plus.

Les bébés étaient fournis avec bien trop de matériel.

— Steele, c'est Trystan Mikkelson, grogna une voix bourrue.

Le frère de Glenna, celui qui gérait le ranch familial. Que pouvait-il lui vouloir ?

— Il y a un problème ?

— Je prends juste des nouvelles de ma sœur.

— Nous sommes arrivés à l'heure au chalet et nous sommes

en train de décharger les bagages pour installer le bébé. Quelque chose de neuf ?

— Non.

Il fronça les sourcils devant l'étrangeté de cet appel, d'un homme qu'il connaissait à peine, sur son téléphone.

— Dans ce cas, dis au reste de la famille que nous allons bien. J'enverrai régulièrement des messages pour vous tenir au courant des progrès de notre travail. Et nous apprécierions que tu nous préviennes de toute nouvelle.

Voilà. Cela devrait apaiser son père d'apprendre qu'il était aimable avec l'ennemi, ou plutôt avec son frère par alliance.

— Ça devrait être possible, répondit Trystan d'un ton toujours aussi sec. Et une dernière chose, Steele...

Broderick commença à monter les escaliers, le regard rivé sur Glenna qui se tenait devant la baie vitrée.

— Oui, quoi ?

— Fais du mal à ma sœur et je te botterai les fesses assez fort pour t'envoyer au Canada.

La communication fut coupée.

Broderick posa une valise et rattrapa son téléphone qui venait de glisser de son menton. Il regarda l'écran, la connexion était parfaite. Trystan lui avait purement et simplement raccroché au nez.

Mais son message était aussi simple que clair. Et curieusement, pour la première fois, il compatit avec un Mikkelson. En tant qu'homme et en tant que frère. Parce que, si qui que ce soit avait blessé l'une de ses sœurs, il l'aurait traqué et lui aurait personnellement refait le portrait.

Son regard revint vers la baie vitrée et la femme qui l'attirait plus qu'aucune autre ne l'avait jamais fait.

Et avec tout ce qui était en train de se passer dans leurs familles, il allait devoir avancer à pas de velours.

7

Glenna s'assit sur le lit pour rassembler ses pensées tandis que Kota attendait patiemment couché à ses pieds. Elle avait déballé ses affaires et les avait toutes pendues dans le placard ou rangées dans des tiroirs.

Pendant le dîner, elle avait été la seule à s'occuper de Fleur. Non que cela lui posât problème, mais ça la préoccupait. Car si l'enfant n'était pas de Gage... S'il était vraiment celui de Broderick, alors son indifférence était inquiétante.

Peut-être avait-il besoin de davantage de temps. Ou peut-être venait-elle de trouver le seul domaine où il n'avait aucune compétence naturelle.

Elle se rendit dans le salon. Les meubles sentaient le pin et les sols dégageaient une odeur citronnée. Broderick était assis sur le canapé et surveillait de loin Fleur dans sa balancelle. Il semblait rêveur. Même si son regard était chaleureux, il ne faisait aucun geste vers l'enfant.

Kota fit des ronds autour du bébé d'un air protecteur avant de se rouler en boule devant la cheminée. Ils ressemblaient à une publicité pour un site de vacances en famille.

Glenna souleva la fillette et regarda intensément son visage, espérant à nouveau identifier une ressemblance qui indiquerait qui était son père.

Mais au lieu de cela, elle rencontra son regard innocent et sentit un lien fort avec cette enfant innocente. La petite lovée dans ses bras, elle marcha jusqu'à la chambre et la coucha pour la nuit. Après avoir allumé le moniteur de l'écoute-bébé, elle revint dans le salon et prit pleinement conscience de la présence de Broderick pour la première fois depuis le dîner.

Les cheveux en désordre, habillé confortablement, il exhibait ses muscles. Il leva alors les yeux vers elle et elle serra le récepteur dans sa main pour conserver son sang-froid.

Il pointa alors du doigt la double porte en verre qui menait à la terrasse.

— Je vais aller dans le jacuzzi, et ce n'est pas une phrase d'accroche pour te charmer.

Le jacuzzi ? Son corps frémit à cette idée. Elle repoussa ses cheveux en arrière d'un air faussement nonchalant.

— Ravie de cette précision, parce que si cela avait été ta tactique pour me faire des avances, tu aurais sacrément besoin d'aide.

Il éclata d'un rire chaud et masculin.

— Je garde mes munitions pour plus tard, dit-il. Ce soir, après tout le stress provoqué par les fiançailles de nos parents et la découverte du bébé, j'ai besoin d'une pause. Et j'espère bien voir une aurore boréale. Je ne me lasse jamais de les voir s'étendre dans le ciel. Si tu as envie de me rejoindre, il y a des maillots de toutes les tailles dans le vestiaire.

Elle l'observa, réfléchit et… réalisa.

— C'est un défi, n'est-ce pas. Un test sans phrase d'accroche ?

— Je te dis juste ce que je compte faire et t'invite à me rejoindre, répondit-il en lui faisant un nouveau clin d'œil. Si tu l'oses.

À quel point lui faisait-elle confiance ? Et surtout à quel point se faisait-elle confiance ?

Mais l'ignorer n'avait pas été une tactique qui lui avait réussi étant donné la manière dont il hantait ses rêves ces derniers jours.

— D'accord, je poserai le récepteur de l'écoute-bébé à côté et je vais chercher le maillot le plus classique de la collection.

— Je suis déjà impatient.

Son rire résonna dans l'air longtemps après qu'il fut sorti sur la terrasse.

Dans le vestiaire, elle fouilla jusqu'à ce qu'elle trouve ce qu'il lui fallait : un maillot une pièce, bleu marine. Rien n'aurait pu mieux envoyer le message « bas les pattes ». Mais une soudaine impulsion lui fit replonger la main dans la pile pour se saisir d'un minuscule bikini noir.

Elle se changea, regarda son reflet dans le miroir, et releva ses longs cheveux blonds en chignon. Prête. Et avant que ses nerfs lâchent, elle revêtit un peignoir de spa luxueux et des chaussons tout doux en polaire. Elle n'était pas vraiment d'humeur à se donner en spectacle mais elle se sentait pourtant impatiente de clouer le bec de Broderick quand elle laisserait tomber son peignoir à terre.

Kota la suivait et l'accompagna dans la chambre de Fleur pour vérifier une dernière fois que tout allait bien. Le chiot remuait la queue d'enthousiasme. Il s'accrocha aussitôt au berceau par ses pattes avant, ses yeux bleu glacé emplis de curiosité. Même s'il était bien intentionné, il était trop jeune pour qu'elle le laisse seul avec un bébé. Elle imaginait déjà le moment où il sauterait dans le couffin pour se rouler en boule sur Fleur afin de lui tenir chaud. Rassurée que la petite dorme paisiblement, elle vérifia à nouveau les réglages du moniteur de surveillance et emmena Kota dans la buanderie. Elle y avait installé son panier afin qu'il se sente comme à la maison ainsi qu'une gamelle d'eau et une seconde remplie de friandises. Il trotta directement jusqu'à son lit et s'y coucha.

Elle se baissa pour caresser sa fourrure soyeuse.

— Je t'aime, mon bonhomme, très fort, lui murmura-t-elle en se promettant de lui faire faire de longues balades pour qu'il ne soit pas jaloux de l'attention qu'elle portait à Fleur.

Puis elle régla son iPod pour qu'il lui joue la même musique douce qu'elle lui mettait chez eux.

— Bonne nuit, tu es un bon chiot, dit-elle avant de baisser la lumière et de mettre la barrière devant la porte.

Puis elle traversa le chalet rustique, ses chaussons pelucheux faisant un bruit sourd sur le carrelage de la cuisine. Elle atteignit la porte vitrée qui donnait accès à l'immense terrasse entourant le bâtiment isolé.

Elle fut aussitôt émerveillée par le somptueux coucher de

soleil d'un orange flamboyant qui couronnait les sommets enneigés tandis qu'à l'est les premières étoiles apparaissaient dans le ciel. Elle contempla le paysage, et se sentit apaisée par la beauté du lac. Puis elle suivit le bruit de l'eau qui coulait et passa devant la cloison en treillis du jacuzzi qui offrait une vue dégagée sur les montagnes.

Et sur Broderick qui semblait taillé dans la pierre.

L'air glacé et le regard intense de Broderick l'invitèrent à se presser. Elle grimpa l'escalier et se débarrassa de ses chaussons, décidant tout à coup qu'elle lui résisterait bien mieux si elle se glissait rapidement dans l'eau fumante.

Mais pourquoi devait-elle tant lui résister déjà ?

Elle prit une longue inspiration, ôta son peignoir et le posa sur la rambarde, sa poitrine se dressa sous l'effet du froid.

Ou peut-être était-ce un effet secondaire dû à la vue des épaules nues et des bras musclés de Broderick étendus le long des bords du jacuzzi. Son regard perçant rencontra le sien, puis descendit lentement jusqu'à ses pieds.

Il leva un sourcil.

— Si c'est le maillot le plus classique de la collection, alors que Dieu me vienne en aide le jour où tu en choisiras un autre.

Ces mots renforcèrent encore sa nervosité et elle s'immergea dans le bassin accueillant. Puis, elle s'assit à côté de lui en prenant soin de ne pas être trop près. Elle s'étendit en posant sa tête sur le rebord et ferma les yeux, savourant la caresse des jets d'eau sur ses muscles crispés.

— Je suis sûre qu'il doit y avoir quelque chose dans le code d'éthique pour ce genre de réunions professionnelles.

— Qui a dit que nous devions parler affaires ? Nous l'avons bien assez fait aujourd'hui, pris soin du bébé...

Sa voix résonnait doucement dans la nuit, apaisante et envoûtante.

— Et nous avons aidé nos familles. Alors nous avons gagné le droit de décompresser. J'aurais pu apporter du vin, mais je préfère que nous ayons parfaitement le contrôle de nous-mêmes et de nos sens.

Elle ouvrit les yeux pour découvrir qu'il la fixait d'un regard affamé malgré son grand sourire. Sa gorge s'assécha quand elle ressentit la même chose en réponse et elle dut serrer les poings sous l'eau pour se contrôler.

— Tu pourrais clarifier ?

— Je veux rester sobre pour le bébé, au cas où je devrais piloter l'avion. De quoi croyais-tu que je parlais ? dit-il en surjouant tellement l'innocence qu'elle l'éclaboussa.

Il lui rendit la pareille et ils s'enfoncèrent tous deux davantage dans l'eau tourbillonnante, leurs jambes se frôlant brièvement.

Distance émotionnelle. Elle devait absolument continuer de la garder.

— Tu crois vraiment que ma mère et ton père vont se marier ?

— Qu'en penses-tu, toi ?

Elle haussa les épaules en jouant avec les bulles du bout des doigts.

— Ma mère est sortie avec quelques hommes depuis le décès de mon père, mais rien de sérieux. Alors annoncer qu'elle va épouser Jack est un pas immense pour elle. Je connais à peine ton père, juste par des réunions professionnelles et ce que j'ai entendu dire sur lui.

— Et que penses-tu de lui ? demanda-t-il avec une pointe de défi.

— Il est implacable en affaires et sa dévotion à sa famille semble incontestable.

— Il aimait ma mère plus que tout, dit Broderick en levant une main. Bien sûr, j'ai conscience que la plupart des enfants ne sont pas objectifs, mais il a tellement souffert après que nous avons perdu ma mère et ma sœur que je pense que la compagnie n'aurait pas survécu si mon oncle Conrad n'avait pas pris les choses en main pendant un an.

— J'ignorais que ton oncle avait fait cela. Il a toujours eu l'air d'avoir ses propres projets indépendamment de ton père.

— Ma famille est restée discrète sur le sujet pour ne pas affoler les investisseurs. Mon oncle a été magistral et rassurant avec le conseil d'administration. Il donne l'impression d'être un plaisantin, mais ne le sous-estime jamais. C'est un homme brillant qui se moque de la reconnaissance.

Les étoiles scintillaient comme du cristal dans le ciel d'encre au-dessus d'eux.

— Un homme sans ego, dit-elle en riant. Cela me changera.

— Outch ! s'exclama Broderick en l'éclaboussant. Tu n'as pas dit cela pour me rabaisser, n'est-ce pas ?

— Bien sûr que non, fit-elle en sentant son corps irrésistiblement attiré par le sien.

À l'image de ce qu'elle avait ressenti dix ans plus tôt. Rire avec lui semblait si naturel et familier... et si enivrant.

Sa main sortit de l'eau pour pointer le début d'une aurore boréale. Des traînées vertes et violettes, presque surnaturelles, emplissaient le ciel, dansant sans attention pour le monde qu'elles éclairaient.

Sans qu'elle sache comment, elle et Broderick s'étaient rapprochés et elle pouvait sentir son corps juste à côté du sien comme s'il irradiait.

Ses yeux trouvèrent les siens et son cœur se mit à cogner contre sa poitrine. Elle n'était pas sûre de savoir qui avait bougé le premier et peut-être l'avaient-ils fait ensemble. Mais désormais, ils étaient à un mouvement de s'embrasser... De s'embrasser avec une passion qui semblait être une promesse de bien plus.

Et elle ne se sentait pas la moindre envie de refuser.

Au temps pour ses bonnes intentions.

Quand elle le regardait de cette manière, il ne pouvait plus garder ses distances. Et quand son épaule frôla la sienne, cela libéra un désir qu'il contenait depuis dix ans.

Les lèvres de Glenna s'écartèrent par anticipation et il ressentit l'urgence de refermer ses bras sur elle. De la mettre à califourchon sur ses genoux pour qu'elle le chevauche comme c'était déjà arrivé par le passé. Il voulait recommencer. Plus que tout.

Cette femme avait toujours eu le pouvoir de le mettre à genoux de désir. Et oui, l'idée d'être agenouillé devant elle, ses jambes écartées, prête à le laisser explorer sa féminité…

Il laissa échapper un long soupir, en espérant que les battements de son cœur passent du galop à un rythme un peu plus normal.

La dernière fois qu'il avait succombé à cette tentation, elle était partie, avait épousé un autre homme et l'avait ignoré pendant une décennie. Aurait-il assez de volonté pour s'arrêter si elle le laissait la goûter juste un peu ?

Il caressa la joue de Glenna et repoussa une mèche de ses longs cheveux. La douceur de sa peau fit couler dans ses veines un liquide bien plus brûlant que l'eau du jacuzzi tandis que les lumières des aurores boréales se reflétaient dans ses yeux bleu pâle.

Ses épaules crème dépassaient de l'eau fumante et les fines bretelles lui rappelèrent qu'elle portait un haut de bikini et que d'un geste il pouvait la libérer de ces liens qui soutenaient ses magnifiques seins. Ces seins dont il avait un souvenir précis.

Toutefois, ses courbes s'étaient depuis épanouies et il désespérait de pouvoir en explorer chaque centimètre avec sa bouche et ses mains. De lui faire l'amour sous les étoiles pendant que les aurores boréales enflammaient le ciel pour eux.

Il voulait cela.

Mais pas dix ans de regrets par la suite. Il attendrait son heure et ferait les choses doucement. Ce soir, il se contenterait de réapprendre le goût et la douceur de ses lèvres.

Il se pencha, attendant une seconde pour lui laisser une chance de protester, tout en priant pour qu'elle ne le fasse pas.

Mais elle ondula et il n'eut pas besoin de plus d'encouragements. Il fit glisser ses lèvres le long de sa joue, là où ses doigts l'avaient caressée peu avant. Sa peau était douce comme de la soie et elle laissa échapper un minuscule soupir qui décupla son désir.

Elle s'approcha encore un peu, jusqu'à le toucher. Ses seins s'écrasèrent contre son torse et il frémit, mourant d'envie de lui ôter son maillot et d'être enfin en elle. Son désir physique était presque douloureux, mais sa raison plus forte. Il *devait* la conquérir avant, pour obtenir plus qu'une seule nuit sur un coup de tête.

Ses lèvres glissèrent doucement pour trouver les siennes et elle passa ses bras autour de son cou, affirmant ainsi qu'elle le voulait tout autant qu'il la désirait. Cette révélation et la pulsion torride qui s'ensuivit manquèrent de lui faire perdre la raison… et tout contrôle.

C'est à cet instant qu'il réalisa : cela faisait dix ans qu'il attendait de pouvoir revenir de nouveau dans son lit !

Mais cette fois-ci, il se montrerait plus malin.

C'est alors qu'il recula, submergé par les regrets, tout en caressant une dernière fois ses épaules de ses mains.

— Glenna, continuer n'est pas une bonne idée.

— C'est toi qui le dis, répondit-elle d'une voix rauque tandis que son souffle caressait son visage. Tu sais à quel point je te veux.

— C'est une proposition ? dit-il en plongeant son regard dans le sien assez longtemps pour sentir que ce qui les attirait l'un vers l'autre était en train de se renforcer.

— Je te le ferai savoir, chuchota-t-elle au creux de son oreille.

— Glenna, même si je veux cela plus que tout, c'est encore trop tôt pour nous deux, dit-il en s'autorisant une dernière caresse sur ses épaules et un baiser sur son front. Bonne nuit.

S'éloigner d'elle était tout sauf facile, mais il savait que ce n'était pas le bon moment. Pas encore. Le cœur lourd, il se leva et sortit du bassin. Le vent glacé qui traversait la baie lui fit un bien fou.

Jeannie Mikkelson ne doutait pas de ses sentiments. Elle était une femme d'affaires et une mère depuis assez longtemps pour être sûre d'elle-même.

Mais elle s'en voulait des conséquences qu'avaient ses sentiments pour Jack. Un homme qu'elle connaissait depuis des décennies et qui tout à coup lui avait fait perdre la tête. C'était si étrange d'avoir un coup de foudre pour quelqu'un qu'on connaissait déjà.

Mais c'était ce qu'elle avait ressenti. Elle l'avait redécouvert en posant un regard neuf sur lui pendant cette conférence.

Et aujourd'hui, étendue contre lui sur le canapé en cuir de sa suite, le feu crépitant dans la cheminée, elle était devenue le centre de sa vie comme il était le sien. Maintenant que leur amour n'était plus secret, leurs vies avaient fusionné.

Elle regarda les restes du dîner qu'ils avaient partagé sur un plateau posé sur la table. Elle savait que rien n'était jamais acquis et qu'il fallait profiter des bonheurs les plus simples. Si seulement les autres pouvaient le comprendre.

— Comment nos enfants peuvent-ils avoir autant en commun mais être toujours prêts à se poignarder dans une ruelle sombre ?

Le rire de Jack résonna contre sa joue.

— Cela a sans doute un rapport avec l'éducation que nous leur avons donnée.

— Toi et Mary leur disiez du mal des Mikkelson ? dit-elle en levant les yeux vers sa moustache en bataille.

Il était élégant, séduisant, et l'âge ajoutait à son charme.

— Pas Mary. Mais j'ai peut-être exprimé ma frustration vis-à-vis des Mikkelson pendant les dîners familiaux.

— Pourquoi ne suis-je pas surprise ? dit-elle en se blottissant à nouveau au creux de ses bras.

— J'imagine que nous récoltons ce que nous avons semé.

— C'est certainement vrai. Mais je pense aussi que ce sont des adultes qui vivent leurs propres vies et que nous devrions pouvoir faire de même.

Jeannie admirait le caractère résolu de Jack, mais elle se demandait s'ils ne s'étaient pas montrés trop rigides dans leur approche.

— Je trouverais normal d'être plus accommodante et de leur tendre la main.

— Ce ne sont plus des bébés que nous devons couver. Et nous parlons aussi d'affaires. Ils ont le choix de monter à bord, ou non.

— Jack, nous pouvons faire des compromis.

— Négocier en position de faiblesse ?

Elle se tourna pour lui faire face et posa ses mains sur son torse.

— Nous parlons de notre famille. C'est bien plus important que les affaires.

— Et une fois que les enfants l'auront réalisé, tout ira bien, dit-il en prenant ses mains pour les embrasser. Mais jusque-là, il y en aura toujours un qui pensera qu'un de ses nouveaux frères le met en danger. Et nous ne pouvons pas admettre ce genre de problèmes. Ils doivent les régler eux-mêmes.

Elle comprenait sa logique. Mais elle aurait voulu être sûre qu'il avait raison.

— J'aimerais juste mieux connaître tes enfants afin de pouvoir évaluer les dynamiques.

— Nous devons aller faire des courses pour te trouver une bague de fiançailles, lui dit-il en embrassant son doigt.

— Un simple anneau suffira.

Sa moustache trembla quand il sourit.

— J'ai compris ce que tu ressentais, et je veux t'acheter une bague de fiançailles.

Dieu qu'il était têtu. Mais elle aussi.

— Tu ne pourrais pas plutôt donner l'argent à une bonne œuvre ?

— Je peux faire les deux.

Elle secoua la tête et prit son visage en coupe dans ses mains.

— Tu es un fin négociateur, Jack Steele.

— Grâce à toi je reste vif et j'adore cela, dit-il en posant son front contre le sien avant de l'embrasser.

Baiser qu'elle lui rendit sans retenue.

Mais même en se laissant porter par la passion, elle ne put s'empêcher de réfléchir. Elle l'aimait, profondément. Elle allait passer le reste de sa vie avec lui. Mais elle n'aurait jamais d'enfant avec lui. Et elle avait besoin de temps pour s'adapter à tout cela car c'était avec Charles qu'elle avait toujours cru qu'elle finirait son existence. Et ce rêve s'était éteint avec lui... Certains jours, elle s'était sentie sûre que son cœur était tellement brisé que son corps allait suivre. Mais sans savoir comment, elle s'était reconstruite.

Pour ses enfants.

Elle avait tenu bon pour eux. Alors aujourd'hui, elle ne pouvait ignorer la colère qu'ils ressentaient. Elle avait toujours soutenu leurs décisions. Pouvaient-ils vraiment l'exclure de leurs vies à cause de tout cela ? Pourrait-elle le supporter ? Et Jack le pourrait-il ?

Il avait déjà réellement perdu un enfant de la plus abominable des manières. Au fond de lui, il devait sûrement souffrir de cette situation. Et s'il fallait en arriver à annuler le mariage pour garder leurs enfants ?

8

Nom de Dieu.

Même quinze minutes après que Broderick fut parti, Glenna était toujours sous le choc du baiser qu'ils avaient partagé et de son départ abrupt. Elle restait immergée dans le bassin, sans bouger, l'eau faisant des bulles devant son menton.

Broderick s'était littéralement enfui. Après l'avoir attirée ici, sous les étoiles. L'avoir embrassée si suavement, comme s'il savourait le meilleur vin au monde. L'avoir touchée comme si elle était la plus précieuse des porcelaines de Chine. Il l'avait laissée dans un état de confusion totale. Essoufflée et à fleur de peau, elle n'aurait pas pu distinguer sa droite de sa gauche.

Elle renversa la tête en arrière et fixa les traînées flamboyantes des aurores boréales. Les lumières étaient toujours magnifiques. Romantiques. Elle ne comprenait pas à quel jeu il jouait, si c'était un jeu. Il était attiré par elle. Il avait aussi d'importants enjeux familiaux et professionnels. Se sentait-il aussi confus qu'elle ?

Le lui demander pourrait se révéler dangereux. En tout cas, tant qu'elle ne se serait pas préparée à ce qu'il pourrait répondre.

Un gémissement interrompit ses pensées et la fit se lever d'un bond. Le cri de la petite Fleur avait déclenché un réflexe maternel et elle nota à peine le vent glacé sur sa peau nue quand elle sortit pour s'emparer du babyphone. D'autres cris s'échappaient de l'appareil.

Elle traversa le patio tout en enfilant sa robe de chambre, oubliant ses chaussons. Elle était déterminée à répondre aux besoins d'un bébé qui était peut-être son dernier lien physique avec son époux décédé.

Elle ouvrit brusquement la porte-fenêtre du chalet, et de l'eau s'accumula à ses pieds tandis qu'elle se figeait en entendant une autre voix dans la chambre de Fleur. Une voix d'homme. Alors, elle avança sur la pointe des pieds en essayant de distinguer ce qu'il disait.

Son ton doux l'empêchait de comprendre exactement ses mots, mais tout à coup le silence revint. La petite Fleur avait arrêté de pleurer.

Glenna prit une serviette posée sur l'une des chaises autour de la table en bois et se sécha en continuant à tendre l'oreille, notant que les lampes jaunes qui éclairaient la pièce lui donnaient une atmosphère accueillante et chaleureuse. Familiale.

— Chut…, tout va bien, petite.

Sa voix d'ordinaire rauque s'était curieusement faite miel. Elle pencha la tête sur le côté, décidant de le laisser s'occuper de Fleur. Si elle était son enfant, alors ce moment était important pour qu'ils créent enfin un lien. Elle ne voulait pas s'immiscer entre eux.

Elle se promena dans la grande pièce et s'amusa même à toucher les cornes de l'élan au-dessus de la cheminée. Tout le charme de l'ancien Alaska semblait se distiller dans ce lieu et elle laissa sa main glisser sur le poêle à bois qui était éteint. Le métal froid lui fit du bien car son conflit intérieur avait transformé son corps en brasier.

— Ahhh. Voilà, c'est bien.

La voix de Broderick interrompit ses pensées et elle se rapprocha doucement pour profiter du spectacle. Une main posée sur le cadre de la porte, elle écouta la conversation à sens unique. Apparemment, il avait pris le bébé dans ses bras et elle l'entendit dire :

— Oui, mademoiselle, nous allons vous trouver une couche

sèche et faire une petite promenade pour regarder à travers la fenêtre.

Sa poitrine se serra quand elle l'imagina tenant Fleur et la portant pour l'emmener voir les étoiles. Elle aperçut alors une photo accrochée sur le mur opposé, le clan Steele au grand complet. Elle traversa la pièce et l'examina, en remarquant à quel point la famille de Broderick avait changé, avec deux personnes désormais disparues.

Fleur se mit à gazouiller et Glenna oublia aussitôt ses pensées mélancoliques. Un sourire fleurit sur ses lèvres et son cœur se mit à battre un peu plus vite. Elle s'aventurait sur un terrain dangereux... L'interaction entre Broderick et le bébé l'émouvait bien trop.

Quelques heures étaient passées depuis qu'il avait recouché Fleur. Sa fille potentielle. Et cette idée continuait de le bouleverser.

Il ouvrit la porte du réfrigérateur et chercha quelque chose à grignoter avant de se remettre au travail.

Il avait fait des progrès avec Glenna, mais il jouait à un jeu sur le long cours. Obtenir plus qu'une nuit allait requérir patience et persuasion. L'audace avait toujours été dans sa nature, même à l'époque de ce week-end pendant leurs études. Broderick ne reculait jamais devant un défi.

Et il *devait* la mettre dans son lit.

Il garderait son calme, prendrait son temps et s'appuierait sur l'esprit logique de Glenna. Il n'y avait qu'une seule manière de régler le double problème du bébé et de la fusion.

Il devait la persuader que leur relation serait sérieuse et pas simplement sexuelle. Ainsi la question du bébé et des affaires serait résolue. Ils seraient à égalité pour tout.

Il n'avait aucune intention de se marier ou de tomber amoureux. Et elle s'était montrée claire sur le fait que son défunt époux avait été l'amour de sa vie. L'idée de sortir avec elle et de passer à une vraie relation aurait dû le perturber, mais ce n'était pas le cas. Tout s'imbriquait comme un plan parfaitement huilé pour obtenir les meilleurs bénéfices possible.

Il tendit la main et sortit un assortiment de fromages, brie, feta et mascarpone. Il les posa sur le plan de travail et replongea dans le frigo à la recherche de framboises, de myrtilles et de saumon fumé.

Il regarda par-dessus son épaule vers le fauteuil rembourré où Glenna était assise, l'écran de son ordinateur renvoyant un halo bleu sur son visage. Ses cheveux mouillés étaient maintenus en arrière par un nœud lâche qui invitait ses doigts à les libérer.

Après leur bain dans le jacuzzi, elle avait revêtu un pyjama en soie. Certes cela la couvrait, mais ça lui rappelait aussi qu'ils passeraient désormais leurs nuits sous le même toit. S'il parvenait à lui présenter son plan de la bonne manière, cela ne serait bientôt plus un problème.

Il posa les victuailles sur une planche avec une demi-baguette. Il jouerait sa main avec précaution. La quitter dans le jacuzzi avait été terriblement difficile, mais cela lui avait laissé le temps de réfléchir. Le temps de trouver une meilleure stratégie.

Il apporta le plateau et alla chercher deux verres et une bouteille de prosecco. Il arrangea le tout sur la table rustique, fit couler le vin pétillant dans les verres et y ajouta quelques framboises. Puis, il en posa un à sa droite et ouvrit l'écran de son ordinateur, prêt à s'attaquer au travail.

Glenna leva les yeux depuis son fauteuil, regarda la nourriture et prit ses affaires pour venir s'asseoir à côté de lui. L'odeur légère de son parfum et de son shampoing parvint à ses narines, si enivrante qu'il en eut l'eau à la bouche.

Elle se prépara une tartine au saumon, puis l'observa d'un regard si intense qu'il eut l'impression qu'elle lisait dans ses pensées. Il y eut un long moment de silence entre eux, que n'interrompait que le concerto de violoncelle provenant de l'écoute-bébé. De la musique pour endormir Fleur.

Kota gémit et sortit de dessous la table pour venir poser sa truffe dans la main de Glenna. Et du coin de l'œil, Broderick la regarda caresser son pelage soyeux.

— Nous devons parler de ce qui s'est passé à l'extérieur.

Elle rougit soudainement.

— C'est inutile.

Il fronça les sourcils en la regardant se pencher sur son écran. Il ne croyait pas un instant que l'attirance qu'il y avait entre eux s'était subitement envolée. Elle le regarda en retour, qui faisait des ronds du bout du doigt sur le bord de son verre.

Légèrement ébranlé, il reprit :

— Je veux que cela arrive à nouveau et encore plus. Et il est évident que je ne suis pas le seul à sentir cette attirance.

Il la fixa tandis qu'elle glissait une framboise entre ses dents, le jus sucré accentuant la rougeur de ses lèvres au point qu'il mourait d'envie d'y goûter.

Elle ne se laissait pas perturber facilement.

— C'est biologique, et l'abstinence..., dit-elle avant de grimacer. Oublie ce que je viens de dire sur l'abstinence. C'est personnel. Privé. Cela ne te regarde pas.

Le rouge de ses joues s'accentua.

Après avoir posé du fromage de chèvre sur son pain, il s'adossa confortablement et lui fit un sourire malicieux pour la provoquer légèrement. Depuis la mort de son mari, elle n'avait fréquenté aucun autre homme car elle l'avait aimé de tout son cœur.

Mais cette information lui confirma aussi qu'il avait raison de vouloir lui proposer quelque chose de sérieux. Elle préférait le sexe au sein d'une vraie relation.

— Vraiment, ne dis pas un mot, ajouta-t-elle en enfouissant son visage dans ses mains avant de saisir son verre de vin et de le vider d'un air déterminé.

Il leva alors la main en silence et lui envoya un coussin à la figure.

— Tu sais parfaitement que tu m'attires, mais tu as clairement dit dans le jacuzzi que rien n'arriverait. J'ignore ce que tu cherches à faire, mais je n'ai pas envie de jouer. Cela m'a juste permis de me rappeler pourquoi il était imprudent de me laisser porter par cette envie, surtout avec tout ce qui se passe en ce moment, dit-elle en faisant un geste pour illustrer le chaos général de leurs vies.

Pour lui, ce chaos n'était pas inéluctable. Et si elle avait les épaules pour une discussion sans faux-semblants, il était partant. En fait, il appréciait même l'idée d'une joute oratoire avec elle.

— Si je t'ai laissée tout à l'heure, c'était parce que je n'étais pas sûr que tu étais prête. J'avais raison ?

Elle plissa les yeux et toucha son chignon dans un geste dont il comprit que c'était son tic nerveux. Au poker, cela aurait été un signe qu'elle était déstabilisée.

— Peut-être. Mais tu aurais pu me dire cela sur le moment plutôt que de te pavaner comme le lord du manoir.

— J'aurais pu, mais vous me tentiez, milady. Malgré mes bonnes intentions, vous me tentiez.

— J'imagine que c'est un compliment, dit-elle en avalant sa salive. Les choses sont compliquées, je l'admets. Elles seraient bien plus faciles si tu n'étais pas aussi intelligent. Si charmant. Et si sexy.

La manière dont elle avait craché ces mots les faisait difficilement ressembler à des compliments. Pourtant, il sourit et prit une poignée de fruits rouges.

— Je suis ravi que tu penses cela. Et ce sont plutôt de bonnes choses puisque je te trouve aussi sexy à se damner. Je me retiens parce que tu vaux vraiment la peine d'attendre.

Elle s'humidifia les lèvres et secoua la tête.

— Cela ne répond toujours pas à la question : comment allons-nous faire pour travailler ensemble en étant une seule et même famille ?

Il rapprocha sa chaise de la sienne.

— Et si nous travaillions ensemble au bureau en emmenant Fleur avec nous ?

— Qu'est-ce que tu veux dire ? demanda-t-elle en essuyant du bout des doigts une goutte de vin sur sa bouche.

Et cela manqua de le rendre fou. Il fallait que son plan fonctionne...

— Tu ne veux pas te remarier, tu l'as souvent dit. Je suis dévoué à mon travail, mais je veux une relation stable.

— Mais pas d'engagement.

Il acquiesça.

— Je ne veux pas que mon cœur soit piétiné par quelqu'un qui souffrirait du peu de temps dont je dispose et je ne veux certainement pas traverser ce que mon père a enduré à la mort de ma mère. Alors nous pourrions essayer de sortir ensemble et voir où cette attirance nous mène.

— Tu es sérieux ? Tu n'es pas en train de m'appâter pour une nuit sans lendemain ? dit-elle d'une voix douce en se penchant vers lui.

— Je suis très sérieux. Regarde cela comme la proposition d'affaires la plus importante de nos vies. Nous serons ensemble, associés. Et celui qui se révélera le vrai parent de Fleur pourra aider l'autre.

— Tu le penses vraiment, dit-elle en le fixant.

— Vois-tu une seule raison de ne pas le faire ? Décidons-nous maintenant.

— Waouh, tu voudrais que nous prenions une décision de cette importance aussi vite ? C'est complètement fou.

— Peut-être ou peut-être pas, dit-il en glissant une framboise entre les lèvres de Glenna. Réfléchis-y.

Elle l'avala doucement tandis qu'il fixait sa gorge. Oui, il avait fait des progrès significatifs. Et il se détendit.

— Et maintenant, terminons le dernier trimestre de ce rapport financier.

Kota possédait une énergie sans limite, en tout cas c'était l'impression de Glenna. Cela faisait une heure qu'elle lui lançait sa balle et son bras lui faisait mal. Le chiot s'élançait dans la neige telle une flèche noire et blanche et revenait vers elle en frétillant comme s'il dansait, la balle coincée dans sa gueule.

Peut-être essayait-elle d'évacuer la tension du chaos qu'était devenue sa vie depuis que Broderick lui avait fait sa proposition ? Et elle recommença à lancer la balle, plus fort. Encore et encore.

Le soleil de midi flottait lourdement dans le ciel sans nuages et la cabine isolée dans les montagnes lui permettait d'avoir du temps pour réfléchir. Un temps encore plus nécessaire que la veille.

Bien sûr, elle ressentait une attirance viscérale pour Broderick. Mais cette proposition de commencer une relation sérieuse et d'élever Fleur ensemble ? Cela, elle devait encore y réfléchir.

Ses émotions avaient fini par déborder et elle lui avait parlé brusquement au petit déjeuner. Pas volontairement, elle sentait bien qu'elle était irritable. Trop de choses avaient changé en une semaine. Et plus rien dans sa vie ne lui semblait normal ou gérable. La seule chose qui était devenue limpide était son attachement pour Fleur... et son désir pour Broderick.

Elle appela Kota, et ils retournèrent ensemble au chalet. Broderick leur ouvrit la porte d'un air inquiet.

— Je suis navrée d'avoir été désagréable tout à l'heure. On fait la paix ?

— Absolument.

Son sourire illumina sa peau bronzée et ses yeux couleur ambre se réchauffèrent.

— Tu veux venir faire une balade avec Kota et moi ? Je pense qu'un peu de soleil ne ferait pas de mal non plus à Fleur, dit-elle en faisant un geste vers le sentier qui commençait après la barrière du jardin.

Il regarda en arrière, là où Fleur était assise dans son porte-bébé.

— Elle ne va pas tomber malade avec ce froid ?

— Sérieusement ? Les enfants Steele étaient donc des mauviettes dorlotées ? dit-elle en riant, ravie de ce moment de légèreté.

— Heureusement que mon père ne peut pas t'entendre. Il croyait à l'éducation à la dure. Pas de petites cuillères en argent dans la bouche ou de rentiers dans cette famille.

Puis il se recula pour la laisser entrer dans le chalet. Mais même ainsi, leurs corps se frôlèrent et des étincelles descendirent le long de sa colonne vertébrale.

— Mes parents étaient pareils. Nous étions même limités dans nos choix au restaurant. Je me souviens que quelqu'un avait fait un commentaire à ce sujet et ma mère lui avait répondu : « Oui, Charles et moi avons constitué un important portefeuille d'actions. Mais nos enfants, eux, doivent encore créer leur propre patrimoine », déclara-t-elle en faisant de son mieux pour imiter le geste dramatique de la main de Jeannie.

Broderick rit en acquiesçant comme si cela lui rappelait un souvenir.

— On dirait mon père... Et si nous ne nous montrons pas prudents, ils vont tous nous renvoyer pour nous remplacer par une nouvelle équipe.

Elle éclata d'un rire franc qui dissipa définitivement ses angoisses.

— Bon, maintenant nous devons te préparer pour cette balade.

— Que veux-tu dire ? J'ai déjà mon manteau d'hiver.

— Tu vas devoir garder Fleur contre ton torse pour qu'elle soit au chaud et se sente protégée.

— Et pourquoi pas plutôt une luge pour bébé ?

Il était d'évidence nerveux, mais Glenna se rappela la manière dont il s'était occupé de Fleur, la veille, quand il pensait que personne ne l'observait. Il avait une fibre paternelle naturelle, même s'il avait besoin d'encouragements.

— C'est difficile pour elle d'avoir été si subitement séparée de sa mère. Elle a besoin de tous les contacts humains que nous pourrons lui offrir.

— Je pourrais promener le chien ?

Sa contre-offre était sympathique mais elle ne cachait pas son malaise.

— Tu as peur des bébés ?

— Non, j'ai peur de ce truc, répondit-il en marchant jusqu'au porte-bébé et en examinant les bretelles comme si elles allaient prendre vie.

— Penses-y comme à un sac de randonnée que tu porterais face à toi.

Elle installa rapidement Fleur dans le harnais contre le torse de Broderick, lui montrant comment faire et résistant à peine à la tentation de prendre un peu plus de temps pour continuer à le toucher. Les choses étaient toujours aussi compliquées... Et cette promenade leur ferait le plus grand bien. Si Fleur était son enfant, il devait apprendre à s'en occuper.

Puis elle le prit par le bras d'un air moqueur.

— Nous voilà prêts à marcher.

Elle le laissa prendre la tête. Après tout, elle était en territoire Steele. Il avait grandi ici, il connaissait les chemins. Kota réglait son pas sur le leur et Glenna se laissait enivrer par les paysages vierges qui les entouraient. Pas un bâtiment en vue. Elle se sentait au paradis.

Ils marchèrent vers la montagne, leurs bottes faisant crisser la neige dénuée de marque. Et un silence, familier et reposant, s'installa entre eux tandis que Fleur babillait joyeusement. Plus ils avançaient, plus Broderick semblait s'apaiser.

— Tu crois que nos familles auraient été amies si nous avions tous travaillé pour la même entreprise ou si nous avions été voisins ? s'enhardit-elle à lui demander, grisée par la nature sauvage.

— Bonne question... Les Steele et les Mikkelson passant la fête des voisins ensemble...

— Non, elle est idiote. Je suis juste d'humeur fantasque.

— Pas du tout. J'imagine que nous aurions construit des forts et fait des batailles de boules de neige.

— Les garçons contre les filles, évidemment...

— Je suis sûr que vous auriez gagné. Surtout avec ma sœur Breanna dans votre équipe.

— C'est la première fois que tu me parles d'elle.

Cette perte avait dû être abominable, elle se sentait si désolée pour lui. Et elle comprenait bien trop ce sentiment.

— Pourtant, cela me semble anormal de ne pas plus parler d'elle. Elle mérite de n'être jamais oubliée.

Il semblait ému. Elle comprenait à quel point cela devait être difficile pour lui de se livrer, mais il avait dit qu'il voulait qu'ils deviennent amis. Qu'il voulait plus. Saurait-elle être là pour lui ?

— Tu veux me dire quelque chose sur elle ?

Quand sa grand-mère était encore en vie, elle aimait parler de ceux qui les avaient déjà quittés. Elle racontait leurs histoires, et en faisant cela, elle continuait à les faire vivre.

— Elle était pleine d'esprit et une meneuse en devenir.

— Naomi aussi est pleine d'esprit.

Il éclata de rire et roula des yeux.

— Naomi est une rebelle. Breanna était plus fine et toujours prête à prendre les devants. Alors j'essayais de suivre son rythme et elle m'a rendu plus fort.

— Perdre quelqu'un qu'on aime est terrible. Et il n'y a aucune recette connue pour gérer la disparition d'un être aimé, chaque personne est différente. Et avoir perdu ta mère en même temps est insupportable. Toutes les disparitions laissent un trou béant, : la mort, le divorce, le temps.

C'était pour cela que son offre d'entamer quelque chose de sérieux avec lui la faisait autant réfléchir. Elle devait lui faire comprendre que s'engager dans une relation, même sans être amoureux, n'était pas une chose à prendre à la légère, même si cela simplifiait leurs problèmes pratiques.

— Nous avons tous changé après cela, dit-il avant de s'arrêter un moment pour la dévisager. Je suis désolé que tu aies perdu ton mari. Cela doit être un enfer pour toi d'attendre les résultats des tests ADN.

Elle avala sa salive pour contenir ses émotions.

— Je suis sûre que c'est tout aussi difficile pour toi de ne pas savoir si Fleur est ta fille.

— C'est différent pour moi. J'en suis conscient, dit-il en lui serrant la main.

— Es-tu en train d'essayer de me demander si je crois vraiment qu'elle pourrait être de lui ? réagit-elle sans pouvoir garder un ton neutre.

— Je n'ai pas besoin de le demander. Les tests parleront d'eux-mêmes, répondit-il d'un air évasif qui ne l'apaisa pas.

— Mais tu voudrais savoir si je crois que mon mari a pu me tromper ?

— Je n'ai pas à te poser une telle question. Mais cela m'importe s'il t'a blessée ou a trahi ta confiance.

Elle prit une longue inspiration, et laissa l'odeur des pins et l'air frais l'apaiser. Puis, d'une toute petite voix, elle lui répondit et lui livra un secret que peu de personnes connaissaient.

— Il a eu une aventure, il y a trois ans. Nous avons suivi une thérapie de couple pour surmonter cette épreuve. Cela n'a pas été facile mais nous avons reconstruit notre mariage.

— Oh ! je suis vraiment désolé, dit-il en se tournant vers elle d'un air navré.

— Il est mort.

Elle arrivait à peine à le dire.

— C'est ce qui me désole le plus, continua-t-elle.

— Bien sûr, répondit-il gentiment.

— Je lui avais dit que s'il me trompait à nouveau tout serait fini. Mais je n'arrive pas à m'empêcher de penser que s'il l'avait fait il n'aurait jamais pris le risque de me le dire sachant que je le quitterais.

— Et ? dit-il en penchant la tête.

— Quoi ? Ce n'est pas suffisant ?

— Je lis plus sur ton visage, répondit-il en la fixant intensément.

— Si Fleur est son enfant… cela signifierait qu'il m'a encore trahie. Et pourtant, je ne pourrais pas la laisser partir. Elle est tout ce qui reste de lui. Je sais que tout cela a l'air confus. Je l'aurais quitté pour son infidélité, mais savoir qu'elle pourrait être sa fille me bouleverse. Nous aurions eu du mal à concevoir un enfant. Je souffre d'endométriose et j'ai perdu un ovaire en faisant une grossesse extra-utérine.

Puis elle prit une inspiration, et encore une autre. Et toutes les peines et les douleurs des dernières années la traversèrent.

Broderick se rapprocha, caressa ses cheveux, et elle se pencha pour accepter son geste avant de se reculer.

— Je ne veux pas de ta sympathie. Je veux des réponses, dit-elle en s'éclaircissant la voix. Que comptes-tu faire si les tests prouvent que tu es son père biologique ?

Il regarda Fleur, qui avait les yeux fermés. Elle dormait profondément et sa respiration était paisible. Il lui sourit.

— Je serai son père. Elle a déjà assez souffert du rejet de sa mère. D'une manière ou d'une autre, elle restera avec notre nouvelle famille recomposée.

— Apparemment. Tu te débrouilles bien avec elle, tu sais.

Glenna sourit en se rapprochant pour regarder Fleur.

— J'adore les enfants. J'ai toujours voulu être mère.

— Tu peux toujours devenir mère. Quels que soient les résultats des tests.

Et voilà qu'il remettait son offre sur la table. Celle dont elle ne savait que faire.

— Je ne veux pas en parler. Mais merci de cette attention.

Il caressa son visage. Et cette fois, elle ne se recula pas et plongea son regard dans le sien. Elle leva la tête, ferma les yeux et ses lèvres trouvèrent les siennes...

Et instantanément, elle fut envoûtée par sa langue brûlante qui contrastait avec l'air glacé. Ses mains trouvèrent ses cheveux et il l'attira à lui...

Puis le monde bascula. Littéralement.

Kota leur avait sauté dessus, faisant s'aplatir Glenna au sol.

Lorsqu'elle se releva tout en déneigeant sa veste, elle ne put s'empêcher de penser que le chiot l'avait sauvée d'elle-même.

9

Perdu dans ses souvenirs des innombrables repas d'hiver au chalet, Broderick souleva le couvercle de la mijoteuse pour vérifier la cuisson de la recette familiale de ragoût de caribou. De la vapeur parfumée au thym s'en échappa et il en rabattit une partie vers son visage pour sentir l'odeur alléchante et prometteuse d'un repas qu'on ne pouvait trouver qu'en Alaska.

C'était sa recette préférée et il était impatient de la partager avec Glenna quand elle aurait couché le bébé. Pour l'instant, elle était insensible à sa nostalgie, assise sur une couverture au milieu du salon en train de jouer avec Fleur.

À l'époque, ses parents dormaient toujours dans la chambre principale, occupée aujourd'hui par Glenna, les filles dans la chambre d'amis que Fleur utilisait et les garçons squattaient le salon. Ils passaient les vacances à faire du scooter des neiges, à pêcher et à randonner jusqu'à ce qu'ils reviennent au chalet, épuisés et affamés, laissant derrière eux une traînée d'anoraks, de gants et de bonnets trempés.

Cette recette venait de sa grand-mère. Et à chaque fois qu'il la faisait, il imaginait sa mamie et sa mère en train de couper les tomates et les oignons. Elles n'avaient pas besoin de doser les ingrédients pour faire le bouillon ou les épices, elles créaient à l'instinct. Et même quand leur famille était devenue plus riche que Crésus, avec du personnel pour les aider à la maison, sa grand-mère avait insisté pour que sa recette ne soit pas mise dans des mains étrangères. La recette du ragoût de caribou faisait partie de l'ADN de leur famille.

Il prit une cuillère en bois et remua le plat qui avait mijoté tout l'après-midi pour vérifier sa consistance. Il eut alors l'impression que quelqu'un le regardait et s'aperçut que Kota le fixait, assis à ses pieds. Son regard bleu glacé ne laissait aucun doute. Le chiot jouait de son charme pour obtenir une gâterie.

— Kota, mon copain, je ne suis pas sûr d'avoir le droit de te donner des restes. Glenna me botterait sans doute les fesses.

— Absolument, je le ferai si tu ruines les bonnes manières de mon chien.

Le chiot pencha la tête et gémit.

— Oui, oui, petit, continua Broderick, amusé par sa réaction. Je sais que c'est injuste, mais tu sais quoi ? Il reste un os à soupe au frigidaire et, si ta maman est d'accord, je te le laisserai en entier. Glenna ?

— Quand j'aurai vérifié que l'os ne peut pas se fendre ou le blesser, répondit-elle tout en agitant un hochet pour inciter Fleur à l'attraper.

Le chiot continuait d'attendre plein d'espoir et Broderick eut l'impression d'être le pire humain de la planète. Alors, il vérifia que Glenna ne les regardait pas et prit un morceau de viande dans la casserole avant de s'agenouiller devant Kota.

— Ce sera notre secret. Tu pourras l'avoir si tu travailles. Ta mère dit que la clé pour bien dresser un chien, c'est de lui apprendre que rien n'est gratuit dans la vie. Alors si tu fais un de tes tours, je te donnerai cette viande, d'accord ? Allez, donne la patte !

Kota leva la patte et la posa dans sa paume. Et Broderick eut l'impression d'avoir signé un contrat d'un million de dollars. Il lui tendit la viande, que le chiot prit délicatement, et lui gratta la tête. Puis il se lava les mains et se remit en cuisine.

Il goûta la sauce, et rectifia l'équilibre des épices pour être certain qu'aucune ne couvrait le goût des autres. Ses papilles frémirent de plaisir. Bien sûr, il pouvait encore ajuster un peu l'assaisonnement, mais le ragoût était presque parfait. Presque.

Il était impatient de partager ce repas avec Glenna ce soir pour continuer de la convaincre qu'ils pourraient être bien ensemble...

La sonnerie de son portable interrompit ses pensées.

Il laissa la spatule à moitié immergée dans la mijoteuse et plongea la main dans sa poche tandis que Kota trottinait dans le salon pour aller s'écrouler devant la cheminée à un mètre du bébé, comme Glenna le lui avait déjà appris. Glenna sortit aussitôt deux friandises de sa poche pour le récompenser.

Rien n'était gratuit dans cette vie.

Impressionné et amusé, Broderick reporta son attention sur son téléphone. Une photo de son frère Marshall clignotait sur l'écran. Tout en prenant l'appel, il scruta l'étagère à épices à la recherche de poivre pour relever un peu le goût.

Il coinça le téléphone contre son oreille en baissant instinctivement le son. Ce qui était idiot, puisque Glenna assise à deux mètres pouvait parfaitement entendre sa partie de la conversation.

Il lui jeta un coup d'œil furtif, notant que son jean noir et sa blouse bleu-vert révélaient la beauté de ses courbes. Elle ne lui accordait aucune attention et prit Fleur dans ses bras en souriant.

— Salut, Marshall. Ravi d'avoir de tes nouvelles. Il y a du nouveau sur la mère de Fleur ? Ou sur son père ?

Cette dernière question lui noua l'estomac, car il aurait été incapable de dire quelle réponse il souhaitait avoir.

— Rien sur les deux fronts, désolé, lui dit Marshall tandis qu'un hennissement de cheval faisait écho derrière lui. Elle a disparu en entrant au Canada et n'a pas refait surface depuis.

Broderick ajouta du poivre dans la mijoteuse et recommença à mélanger en regardant Glenna susurrer à Fleur des mots doux dénués de sens qui le firent sourire.

— Bon Dieu, qui peut abandonner son bébé et disparaître ? Ne pas prendre de nouvelles de l'enfant, rien ?

Il se tourna et chercha le bébé du regard. Son minuscule visage rayonnait de bonheur et de lumière. Elle n'était que joie et innocence. Fleur souriait à Glenna dont le visage était caché par de longues mèches blondes et si un étranger était entré à cet instant il aurait facilement pu croire qu'elle était sa mère.

Sa vigilance et sa tendresse se ressentaient dans chacun de ses gestes.

Bon sang, cette femme le bouleversait. Elle le rendait humble.

— Je n'ai pas de réponse à cela, dit Marshall, toujours très terre à terre.

— J'ai compris que Deborah n'avait aucune famille pour la soutenir quand elle a eu le bébé. Mais si Fleur est de moi, pourquoi est-ce qu'elle n'est pas d'abord venue me voir ?

Broderick se sentait écœuré qu'elle ait pu penser qu'il ne l'aurait pas aidée. Ils ne seraient sans doute jamais devenus un couple, mais il n'aurait jamais laissé son enfant souffrir à cause de cela. La famille passait avant tout. Et si Fleur était sa fille, il comptait bien s'en assurer.

— Peut-être avait-elle peur de perdre la garde de son bébé à cause de notre argent ?

— Je ne priverais jamais un enfant de sa mère. J'aurais juste demandé des droits…

Il sentit une colère sourde peser sur son cœur.

— Je sais, mon frère, je sais, dit Marshall en soupirant longuement. Mais il est évident que cette femme ne pense pas clairement. Elle s'est peut-être sentie dépassée et incapable ?

Il expira lourdement, désireux de croire en cette explication, et repoussa sa frustration et sa colère.

Il reposa le poivre et goûta de nouveau le ragoût. Hum… Presque, mais pas tout à fait. Et tout en le testant une fois de plus, il se demanda s'il ne faisait pas une fixation sur la nourriture par substitution de son désir pour Glenna et d'autres appétits qui menaçaient de le consumer.

Patience. La clé pour gagner cette bataille contre Glenna et aussi réussir sa recette était à portée de main. À force d'essayer cette préparation, il espérait atteindre un jour la perfection de sa mère. Était-ce une manière de garder avec lui ceux qui avaient disparu ? Peut-être.

Il manquait toujours quelque chose au ragoût. Il regarda longuement l'étagère à épices, le téléphone toujours coincé contre son oreille.

— J'imagine que nous ne le saurons jamais jusqu'à ce qu'elle nous le dise. Et avec un peu de chance ce sera plus tôt que tard.

— J'en ai peur, répondit Marshall. Naomi travaille d'arrache-pied pour vérifier tous les aspects légaux afin que nous soyons préparés quoi qu'il arrive.

— Cela me rassure pour Fleur, Naomi est une avocate féroce.

Dieu merci, car il avait le pressentiment qu'ils allaient avoir besoin de toute l'ambition et de toute la force de sa sœur.

Glenna avait allongé le bébé sur une couverture bleue brodée d'ours polaires blancs. Elle changeait sa couche tout doucement tout en faisant des sons idiots. Et même de loin, il pouvait voir à quel point Fleur semblait épanouie. Ce bébé avait déjà deux avocates de renom de son côté avec Glenna et Naomi. Et il ne pouvait plus nier que, lui aussi, avait développé un instinct protecteur à l'égard de la petite fille.

— Je me suis demandé plus d'une fois pourquoi papa n'avait pas nommé Naomi à la tête de l'entreprise. C'est une battante.

Il pouvait presque voir son frère secouer la tête et se gratter le crâne sous son Stetson.

— À toi de me le dire. Elle est allée demander à papa d'établir un contrat de mariage pour son union avec Jeannie.

— Bon sang ! s'exclama Broderick avant de siffler. Et il a explosé ?

Naomi n'avait jamais été timide. Leur père disait qu'elle était sortie du ventre de sa mère en argumentant et qu'elle était une avocate née. Elle disait toujours ce qu'elle pensait, même dans des situations difficiles ou délicates. Sa sœur avait une manière de regarder le monde à travers le prisme de la justice, logiquement et sans émotion.

— Non, étonnamment. Il a dit qu'il comprenait que ce contrat était fait pour protéger l'époux et l'épouse de leurs enfants intrusifs qui avaient besoin de savoir à quoi s'en tenir. Et que, afin que nous ne nous retrouvions pas en conflit, lui et Jeannie avaient pris un notaire différent pour faire leurs testaments.

À l'autre bout de la ligne, Broderick entendit d'autres hennissements. Peut-être que Marshall se préparait à faire une balade pour s'aérer l'esprit. Il pouvait à peine imaginer à quel point tout devait être chaotique dans la propriété familiale en ce moment.

— Donc nous n'avons aucune idée de ce qu'ils font ?

Ses yeux revinrent sur Glenna. Elle avait mis son pyjama au bébé et le gardait posé sur sa poitrine, inconsciente du regard que Broderick posait sur elle.

Ou du fait qu'il se souvenait parfaitement de la perfection de ses courbes féminines dans ce bikini qu'elle avait choisi pour leur bain dans le jacuzzi.

— Absolument. Il a dit que ce n'était pas nos affaires. Qu'ils étaient adultes. Que nous avions tous notre propre fortune et que nous n'avions pas besoin de quoi que ce soit venant d'eux.

Broderick rit, sentant son respect pour son père monter encore d'un cran, même s'il aurait préféré être au courant.

— C'est plutôt juste. Avec ce que j'ai déjà vu des rapports financiers, les deux compagnies ont à peu près la même valeur. Nous étions tous tellement obnubilés par l'idée de convaincre l'autre que nous étions en tête du marché que nous ne nous sommes pas aperçus que nous avancions au coude à coude.

Même en parlant à son frère, l'esprit de Broderick était toujours en train de chercher une manière de ramener Glenna dans ce jacuzzi. Ou mieux encore, de l'allonger sur cette immense peau d'ours pour lui faire l'amour devant la cheminée.

— Au moins, nous n'aurons pas à nous inquiéter que les enfants de Jeannie tirent avantage de papa pour son argent.

— Et eux, que nous tirions avantage de leur mère, puisqu'ils feront des déclarations fiscales séparées.

Marshall gardait un ton indifférent et Broderick sentait que quelque chose tracassait son frère.

— Cela mérite que nous baissions un peu les armes, en tout cas.

Broderick s'appuya contre le plan de travail et regarda Glenna bercer Fleur, qui fit son rot et se mit à babiller.

— Tu te souviens de l'amie de maman, Christy Shackleford, qui avait épousé le médecin de papa ? Dès le premier jour, ses deux fils ont protesté que leur mère ne recevait pas une part suffisante de la fortune du vieil homme bien qu'il se soit assuré qu'elle serait en sécurité jusqu'à la fin de sa vie.

— Oui, je m'en souviens. Ils ont fait culpabiliser leur mère afin qu'elle leur donne de l'argent en dessous-de-table pendant que son mari était encore vivant et ils ont fait main basse sur le reste après sa mort.

Broderick souleva le couvercle de la mijoteuse et goûta à nouveau le ragoût. Cette fois-ci c'était parfait.

— Il avait pourtant laissé un testament solide, mais ces garçons sont parvenus à contourner les textes légaux et ne se sont arrêtés que lorsque leur mère n'avait presque plus rien pour vivre.

— Les choses peuvent devenir difficiles quand deux familles s'unissent aussi tard dans la vie, dit Marshall. Et je ne partage pas le passé que tu as avec Glenna. Vous êtes coincés tous les deux là-bas avec un bébé et cette histoire de paternité suspendue au-dessus de vos têtes. Fais bien attention à toi, d'accord ?

Broderick sentit ses poils se hérisser tandis qu'il choisissait deux bols dans le placard.

— L'avidité est un monstre affamé. Quel que soit ce que tu lui donnes à manger, il en veut toujours plus.

— Tu es en train de dire que nous devrions nous estimer heureux ?

— C'est une des manières de voir les choses, continua-t-il tout en coupant des tranches d'un pain au levain brun.

L'accompagnement parfait pour un ragoût.

Marshall resta silencieux un moment avant de reprendre.

— Quelle impression te fait Glenna ?

— Elle a peur de perdre son poste, répondit-il sans hésitation.

C'était la réponse la plus franche qu'il pouvait lui faire puisqu'elle ne concernait pas ses espoirs de renouer une relation avec elle.

— Elle a raison de s'inquiéter.

Il était encore prématuré de décider qui serait directeur financier. Et il espérait toujours qu'elle choisirait un autre poste, ce qui réglerait indirectement ce dilemme.

— Elle veut que sa mère soit heureuse.

Il y avait de nombreux enjeux différents.

— Et elle s'est déjà attachée au bébé. Elle craint que la petite se fasse avaler par le système et elle ne laissera jamais partir cette enfant.

Marshall resta silencieux un moment.

— Même si le bébé était le produit de l'adultère de son mari ?

— Je le pense.

Qu'est-ce que cela impliquait pour lui ? Broderick voulait Glenna, mais était-il vraiment préparé à utiliser Fleur, vraiment l'utiliser, pour atteindre son but ? Certes, il était un homme d'affaires implacable, mais il avait besoin de réfléchir avant de se servir d'un bébé comme levier de négociation.

— Si elle s'est déjà autant attachée à la petite, que se passera-t-il si nous découvrons que le bébé est de toi ?

Excellente question. Il espérait qu'elle accepterait sa proposition et rendrait cette hypothèse nulle. Mais quoi qu'il advienne, leur séjour ensemble ne deviendrait que plus compliqué une fois que la vérité sur les origines de Fleur serait connue.

Il s'appuya à nouveau contre le plan de travail et regarda Glenna se lever, puis sa silhouette délicate disparaître quand elle entra dans sa chambre pour coucher Fleur pour la nuit.

Compliqué était même un sacré euphémisme pour ce qui les attendait.

S'il voulait réussir à remettre Glenna dans son lit, et il le voulait, il allait devoir améliorer son jeu.

Jack plongea dans sa piscine intérieure et sentit l'eau tiède l'envelopper. Il n'avait jamais aimé les sports d'équipe, sauf quand il s'agissait de regarder les matchs de ses enfants. La vie était déjà suffisamment compliquée, chez lui comme au travail. Et il savourait les moments où il pouvait enfin s'isoler ou être en tête à tête avec quelqu'un à qui il tenait. À l'extérieur quand c'était possible, mais il gardait les activités d'intérieur, comme cette piscine, ou sa salle de sport, pour échapper à ses enfants.

Il aimait chasser, pêcher, nager et faire des promenades en

traîneau. Il avait même tenté de plaisanter avec Glenna en lui disant qu'il pourrait transformer Kota en chien de traîneau. Mais elle n'avait pas ri.

Il bascula sous l'eau et prit appui contre la paroi pour s'élancer vers l'autre bout de la piscine, où Jeannie était assise sur les marches. Et l'eau qui lui brouillait la vue ne changea rien au désir qu'il ressentit pour son corps juste recouvert d'un maillot noir. Ils avaient pu passer beaucoup de temps ensemble ces derniers jours, comme leurs enfants gardaient leurs distances en communiquant avec eux par courriel sur l'avancement du projet de fusion et les recherches concernant Fleur.

L'enfant était le seul sujet sur lequel ils étaient en accord.

Ses efforts et ceux de Jeannie pour adoucir la transition familiale n'avaient pas donné les résultats qu'ils espéraient. Il sentait la frustration de Jeannie grandir. Un peu plus chaque jour. Et si elle lui demandait une fois de plus s'ils pouvaient repousser le mariage, il risquait de disjoncter.

Un dernier coup de jambes le propulsa jusqu'à elle et il sortit de l'eau, juste à ses pieds, avant de s'asseoir sur les marches en pierre. L'eau chaude du jacuzzi débordait en cascade dans le grand bassin.

Elle étendit ses bras élégants à la surface comme si elle caressait l'eau. Son annulaire était toujours nu, mais ils avaient rencontré un joaillier en vue de la création d'une bague unique.

— Nous devrions peut-être repousser le mariage.

Eh mince.

Il serra la mâchoire et contint son énervement en se disant qu'il aimerait bien que les flocons de neige qui s'accumulaient sur la verrière lui tombent dessus pour refroidir sa colère.

— Jeannie, si nous reculons, nos enfants bornés essaieront de pousser encore plus loin. C'est nous qui leur avons appris à négocier. Nous ne devrions pas être surpris qu'ils utilisent nos tactiques contre nous.

— Et si tout cela n'était pas un jeu, dit-elle en repoussant une mèche de cheveux mouillés sous son bandeau. S'ils allaient jusqu'au bout ? Que ferions-nous si un ou plusieurs d'entre eux coupaient les ponts avec la famille ?

— Tu t'inquiètes pour rien. Ils sont de notre sang. Et ils n'iront nulle part.

Il refusait d'envisager quoi que ce soit d'autre. C'était un moment où lui et Jeannie devaient commencer à passer les rênes et profiter au moins d'une retraite partielle. Il voulait qu'elle puisse prendre du plaisir à ces instants de repos et de détente.

Sauf que la vie devenait de plus en plus stressante. Il pressa sa jambe contre la sienne.

— Tu en es sûr, Jack ? dit-elle en plissant le front tout en s'écartant légèrement de lui. Parce que moi, pas.

— Oui, j'en suis certain.

Il essaya de lui prendre la main mais elle l'évita.

— Je commence à me demander s'il n'y a pas autre chose. Est-ce que tu veux repousser notre mariage parce que tu as des doutes ?

— Honnêtement ? dit-elle en prenant une grande inspiration et en serrant tout à coup son poignet. Je m'inquiète pour toi. Tu as déjà perdu un enfant. Je ne veux pas être la cause de la perte d'un autre.

Ces paroles le glacèrent comme si la verrière s'était effondrée et que toute la neige s'était brutalement déversée sur lui.

— Ce n'est pas la même chose, Jeannie, et ce n'est pas honnête.

Il la vit serrer la mâchoire.

— Tu voulais savoir ce que je pensais, alors voilà. Et je ne sais pas si je pourrais le supporter si tu devais ne plus voir un de tes enfants à cause de moi.

— Ce n'est qu'une excuse, lui dit-il en attendant de trouver la force de prononcer les mots qu'il repoussait et les émotions qu'il avait refoulées. Je pense que tu cherches un prétexte parce que la situation devient compliquée et que tu as peur de perdre tes enfants. Tu flanches juste au moment de conclure la négociation.

— Ce n'est pas une négociation, Jack ! dit-elle en haussant le ton de frustration.

Elle se leva d'un bond, de l'eau coulant le long de son corps élancé, et sortit du bassin.

— C'est notre vie. Nos enfants. Nos cœurs.

Il la suivit en sentant la peur commencer à lui nouer l'estomac. Et il la prit par la main juste au moment où elle se saisissait de sa serviette.

— C'est toi mon cœur.

— Ce n'est pas aussi simple, dit-elle en se retournant pour lui faire face, leurs mains toujours liées.

— Pour moi c'est aussi simple que cela.

Elle secoua la tête en se reculant.

— Tu te fais des illusions. La vie n'est jamais aussi simple que : « L'amour résout tout. »

Il intégra lentement ces paroles, mais son expression était encore plus puissante que ses mots.

— Tu es en train de rompre avec moi ?

— J'ai juste… J'ai besoin de…

Elle remonta sa serviette sur sa poitrine et partit vers le vestiaire.

— Je rentre à la maison. Et, non, je ne sais pas quand je reviendrai. Respecte cela, Jack, s'il te plaît. Nous avons besoin d'espace pour l'instant.

Tandis qu'il se tenait debout, une flaque d'eau se formant à ses pieds, il ne pouvait rien faire d'autre que la regarder partir. Pour l'instant. Son cœur était brisé, mais il ne resterait pas sur une défaite. Il refusait d'accepter de rater sa chance de lui passer une bague de fiançailles puis une alliance au doigt. Il ferait tout ce qui serait nécessaire, quand ce serait le bon moment, pour convaincre cette femme têtue qu'ils étaient destinés à passer le reste de leur vie ensemble.

Glenna venait juste de coucher Fleur pour la nuit. Cette journée dans la neige avait été épuisante… et gratifiante.

Tout doucement, elle referma la porte de la chambre et revint dans le salon.

Son estomac se retourna et son cœur se serra. Elle cligna plusieurs fois des yeux, croyant à peine ce qu'elle voyait. Une adorable attention l'attendait bel et bien… Une petite table avait été dressée pour le repas juste devant l'âtre de la cheminée. Un geste romantique, d'une grande simplicité mais réel. Cet homme avait les moyens de s'offrir une armée de traiteurs, signer un chèque n'était rien pour lui… ou elle. Aussi était-elle consciente de l'effort qu'il avait fait pour lui plaire.

Deux bols remplis de ragoût fumant étaient posés à côté de tranches épaisses d'un pain brun. Et le logo de la marque de bière des Steele scintillait devant la lumière du feu. Deux verres à bière étaient remplis du liquide ambré.

Un vrai dîner fait maison. Cela faisait des années qu'elle n'avait pas mangé quelque chose qu'elle n'avait pas commandé ou qui n'avait pas été préparé par un professionnel. Même chez elle, elle évitait la cuisine. Cuisiner pour une seule personne lui était difficile, cela rendait la mort de son mari encore plus palpable.

Ce geste la touchait à tellement de niveaux.

La flamme d'une bougie vacillait sur la table, ajoutant encore à l'atmosphère romantique. Ils pouvaient tous les deux se payer tout ce dont ils avaient envie et cela donnait encore plus de valeur à son investissement personnel.

Il posa une serviette blanche sur son bras et lui sourit avec cette étincelle malicieuse dans son regard.

— Le dîner est servi !

Il était totalement concentré sur elle. Et la chaleur de son regard brûlait sa peau comme s'il la touchait. Il était si séduisant, debout, tenant sa chaise en attendant qu'elle s'assoie, ses cheveux sombres légèrement ébouriffés.

— Merci, Broderick, c'est vraiment très attentionné de ta part.

Elle s'assit, savourant la caresse de ses doigts quand il repoussa la chaise.

— J'ai réalisé que tu assurais pratiquement tous les soins du bébé. Il est normal que je participe comme je peux. Et je suis définitivement meilleur en cuisine que pour changer des couches, plaisanta-t-il, son rire faisant écho dans la pièce.

La beauté du feu n'était rien à côté du magnétisme de l'homme qui s'assit en face d'elle. Ayant besoin de rompre le charme, elle regarda par la fenêtre, et s'apaisa en observant le soleil couchant qui peignait la petite vallée en rouge et en orange, lui rappelant une palette d'artiste.

Mais le paysage ne suffit pas à lui faire retrouver son calme car elle était aussi romantique que ce dîner.

Elle souleva sa cuillère et prit un peu de ragoût. Le silence se fit entre eux tandis qu'elle dégustait sa première bouchée. Les saveurs explosèrent dans sa bouche comme un feu d'artifice. Merveilleux. Elle avait déjà mangé du ragoût de caribou, mais rien de comparable. Et elle ne put retenir un soupir de ravissement.

— Oh mon Dieu, c'est… Je n'ai même pas de mots pour rendre justice à ton plat. Le goût est si riche… Je pourrais continuer, mais j'ai trop faim ! dit-elle en prenant une seconde cuillerée tandis qu'il riait.

Et son sourire reconnaissant fit vibrer quelque chose dans son cœur. Tout ce qui tenait à ce moment mettait ses sens en alerte, comme si elle conduisait pendant une nuit de tempête.

En face d'elle, le feu chuchotait son approbation, les flammes virevoltant comme les danseurs d'un ballet parfaitement synchronisé. Une danse magnifique et structurée. Comme celle qu'elle devait exécuter en ce moment pour empêcher cet homme surprenant et attentionné, mais diabolique, de rendre sa vie encore plus compliquée.

Ils mangèrent en silence. Elle était vraiment affamée. Son doigt frôla le sien quand ils voulurent tous deux prendre une tranche de pain. Et aussitôt, Glenna sentit ses joues s'enflammer en priant pour que la lumière du feu camoufle ses émotions traîtresses.

Elle se concentra sur le dessin des montagnes et l'emblème d'élan du logo des Steele et comprit qu'elle se sentait curieusement à l'aise dans cet endroit. Puis elle perçut le poids de son regard et leva les yeux vers lui.

Il pencha la tête sur le côté et la dévisagea d'un air interrogatif.

— Que t'est-il arrivé ?

— Tu pourrais être plus précis ? dit-elle en savourant une gorgée de bière.

— Tu étais tellement plus… ouverte, répondit-il en se reculant pour s'adosser confortablement.

— Tu veux dire à l'époque où j'étais encore naïve ? Avant que je n'épouse un homme qui me trompait ?

La dureté de son ton cachait volontairement sa douleur.

Broderick secoua la tête et plongea ses yeux dans les siens.

— Non, ce n'est pas ce que je veux dire. Pas du tout. À l'université, tu étais drôle et tu souriais. Bon sang, tu souriais d'une manière qui me figeait sur place.

— Je n'ai pas perdu mon sens de l'humour. Je souris et j'aide les autres. Peut-être est-ce toi qui as changé ? contra-t-elle.

Et flûte, cela faisait à peine un an qu'elle avait perdu son mari. Elle venait juste de recommencer à sortir avec des hommes et elle n'avait encore partagé l'intimité de personne. Mais elle ne pouvait pas nier qu'elle mourait d'envie d'avoir de la compagnie. Ce genre de repas et les conversations avec un homme qui partagerait son quotidien lui manquaient. Et elle ne savait pas comment concilier ce manque avec sa peur de s'investir dans une nouvelle relation.

— Oh ! il n'y a aucun doute sur le fait que j'ai changé, admit-il. Mais nous parlons de toi. Je sais que tu es drôle et je vois ton sourire, mais il est… sombre.

Elle joua un moment avec sa cuillère tout en fixant son bol, puis haussa les épaules pour éviter de voir sa mâchoire si masculine. Mais son regard tomba sur sa main puissante qui tenait son verre de bière.

Cela s'appelait regarder le monde.

Et elle ne le faisait plus avec des yeux de biche. La réalité l'avait contrainte à abandonner son univers de contes de fées.

— Tout le monde ne laisse pas la vie le rendre cynique. Je sais que tu as souffert mais…

— Mais rien. Je ne pense pas que tu sois celui qui pourrait me donner des conseils pour gérer la perte d'un être cher.

Puis elle pencha la tête du côté de la chambre du bébé. Elle poussa sa chaise et se mit debout, attentive et déterminée.

— Je crois que j'ai entendu Fleur.

Heureusement.

Il aurait pu croire qu'elle mentait en disant que le bébé avait besoin d'elle. Et peut-être que c'était une manière originale d'échapper à sa tentative de conversation sérieuse.

Mais désormais les cris du bébé étaient si perçants que même Kota tournait en rond, agité et inquiet.

Ils s'étaient tous deux précipités dans la chambre de Glenna, où ils avaient installé le berceau, le cœur de Broderick battant plus fort au fil des cris de détresse de l'enfant. Il l'avait prise dans ses bras, mais les pleurs n'avaient pas cessé. Travaillant en équipe, lui et Glenna avaient tenté tout ce qui était évident. Ils avaient changé sa couche, avaient essayé de la nourrir mais elle avait refusé, et ce n'était pas l'heure du repas de toute façon. Il lui avait fait faire son rot encore et encore au cas où ce seraient des gaz, avait pris sa température, mis de la musique et donné un bain.

Mais rien n'avait marché à part la bercer en marchant.

Il tenait la petite sur son épaule et lui tapotait le dos comme il avait vu faire les nounous dans sa crèche d'entreprise. Mais rien ne fonctionnait.

— Je crois que je fais mal quelque chose, dit-il en fronçant les sourcils tandis que son angoisse augmentait.

— Tu es très bien, dit Glenna en secouant la tête avant de lui faire un sourire d'encouragement.

— Peut-être que je tapote trop fort ? Et si je lui faisais mal ?

Il n'aurait plus pu se supporter si cela avait été le cas.

— Tu n'appuies certainement pas assez fort, ce n'est pas un papillon.

Ses cils qui battaient contre sa joue lui donnaient pourtant l'impression d'un bruissement d'ailes. Un papillon mouillé par les larmes qui roulaient le long de son minuscule visage. Dieu, elle lui brisait le cœur et le rendait à moitié fou en même temps.

Glenna sortit de la chambre en lui faisant signe de la suivre.

— Je suis loin d'être une experte en bébé, alors essayons de trouver une solution. Tu continues à la bercer pendant que je fais des recherches sur Internet. Nous devrions pouvoir trouver une réponse quelque part sur un forum, dit-elle en ouvrant son ordinateur.

Comment ses parents avaient-ils pu survivre à cela ? Surtout avec autant d'enfants et des jumeaux.

Penser à Breanna le déstabilisa et il avala sa salive pour reprendre le contrôle de ses pensées et revenir au présent. À ce bébé, à ce moment. Et à la manière qui lui permettrait de calmer cette enfant pour pouvoir s'isoler à l'extérieur et gérer l'émotion qui le submergeait quand il pensait à sa petite sœur, la jumelle de Naomi.

— Alors, tu trouves quelque chose sur tes forums ? Si tu es à court d'idée, je vais essayer à mon tour.

Glenna secoua la main d'un geste dédaigneux tandis que son visage reflétait son inquiétude. Et curieusement, d'une certaine façon, cette expression lui allait bien. Le dévouement de Glenna pour cette enfant, même dans ces moments de doute, la rendait encore plus attirante. Elle leva vers lui un regard où l'épuisement se mêlait à la détermination.

— Je cherche toujours.

— Très bien. Peut-être devrions-nous lui faire faire un tour en avion à la place d'un tour en voiture pour la calmer.

Il se souvenait que ses parents utilisaient la voiture pour endormir Breanna. Et ils plaisantaient en disant que, déjà bébé, elle avait besoin de voyager et de bouger. Il repoussa ces souvenirs douloureux car il devait se concentrer sur l'instant présent, sur Fleur. Être là pour celle qui était peut-être sa fille.

— Je ne me sens pas très à l'aise avec l'idée d'un vol impromptu en pleine nuit sans le moindre plan de vol.

Bon sang, cela faisait sens. Et son mal-être augmenta encore tandis que les pleurs de Fleur persistaient et devenaient de plus en plus urgents. Pour la première fois de sa vie, Broderick sentit la morsure de l'échec, il sentit qu'il n'était pas à la hauteur de la tâche qu'on attendait de lui.

— Tu as raison. Peut-être que tu pourrais la bercer pendant que je continue les recherches ?

— Qu'est-ce que tu pourrais trouver de plus ? Nous avons fait tout ce que recommandent les sites de soins pour bébés.

— J'ai des amis auprès desquels me renseigner, dit-il en pensant à quelques personnes du bureau qui devaient certainement savoir quoi faire.

— Tu as prévu de leur dire ce qui se passait dans ta vie ? Parce que je ne suis pas sûre que cela soit prudent.

— Je peux être subtil, protesta-t-il en rougissant.

Et elle éclata de rire, ce qui fit aussitôt crier le bébé.

Broderick fronça les sourcils en essayant de se souvenir de la dernière fois où il s'était senti aussi inutile.

— Chut, Fleur, je suis là. Je voudrais bien chanter pour toi mais ma voix te ferait mal aux oreilles.

Glenna s'enfonça dans son fauteuil et son regard s'adoucit.

— Tu fais vraiment tout parfaitement bien. Continue à marcher et à lui faire comprendre que tu es là pour elle. Quand tu seras fatigué, je prendrai mon tour. Nous continuerons à marcher jusqu'à ce qu'elle se rendorme. Et d'après ce que j'ai lu, cela peut durer très longtemps.

— Cela prendra le temps qu'il faut si nous ne pouvons vraiment rien faire d'autre pour l'aider.

Et il recommença à traverser la pièce de long en large en berçant Fleur.

— S'il y a un an quelqu'un m'avait dit que je me retrouverais enfermée dans un chalet avec toi et un bébé, je l'aurais pris pour un fou. Et pourtant, nous y sommes, dit-elle avant de croiser les bras sur sa poitrine avec une expression étonnamment légère et attirante.

— Oui, ce n'est pas non plus une possibilité que j'avais envisagée, répondit-il en marchant vers la fenêtre, attiré par le ciel étoilé.

— La vie est parfois pleine de surprises.

— Absolument, dit-il avec un petit rire ironique.

Puis le silence se fit entre eux pendant un moment.

Un vrai silence. Le bébé avait cessé de pleurer.

Alors, d'une voix toute douce, à peine plus forte qu'un murmure, il lui demanda :

— Que faisons-nous maintenant ?

Elle pointa le berceau portatif du doigt.

— Tous les blogs disent qu'il faut recoucher le bébé pendant qu'il est somnolent. Faisons cela et je serai juste derrière toi pour te soutenir moralement.

Sur la pointe des pieds, ils s'approchèrent doucement du berceau et Broderick y déposa Fleur avec une infinie délicatesse.

Le seul bruit encore audible était celui des ronflements léger d'un bébé. Il leva les yeux vers Glenna, et même si son visage était dans l'ombre, elle semblait calme. Un petit sourire perçait sur ses lèvres.

Et il comprit tout à coup pourquoi il avait sauté sur l'occasion de rendre leur relation plus sérieuse.

Ce n'était pas ce week-end qui avait rallumé la flamme.

10

Le matin suivant, Glenna se réveilla à la lumière des rayons du soleil qui filtraient à travers la fenêtre. Les jours s'allongeaient, mais les nuits d'Alaska étaient toujours longues, même au printemps. Elle s'étira et remua ses doigts de pied pour évacuer les restes de sommeil.

Puis la nuit lui revint peu à peu en mémoire.

Le fait qu'elle et Broderick avaient décidé de rester dans la chambre avec Fleur. Qu'ils s'étaient endormis en attendant de s'assurer qu'elle allait vraiment mieux. Et qu'ils avaient eu une modeste victoire parentale en réussissant à l'apaiser ensemble.

Et elle se sentit émerveillée par le mot « ensemble ».

Elle s'était endormie si rapidement pendant cette scène presque familiale. En ouvrant les yeux, elle s'était aperçue que...

Le lit était vide. L'oreiller gardait encore la forme de sa tête et les draps en coton égyptien étaient froissés. L'épais édredon était rabattu de son côté et quand elle toucha les draps, elle réalisa qu'ils étaient froids. Il était levé depuis un bon moment.

Son regard se tourna vers le berceau, qui était tout aussi vide en dessous du mobile à suspensions poissons et baleines qui ondulaient légèrement. La maison était complètement silencieuse, pas même un aboiement de Kota.

La curiosité ainsi qu'une pointe de panique terminèrent de la réveiller.

Elle fit glisser ses jambes en dehors du lit et posa ses pieds nus sur le tapis moelleux. Puis elle chercha ses chaussons à tâtons jusqu'à ce qu'elle puisse y faire glisser ses pieds gelés. Elle passa les doigts dans ses cheveux emmêlés et marcha jusqu'à la porte.

Et quand elle la franchit, ce qu'elle vit lui coupa le souffle.

Broderick se tenait devant l'immense fenêtre qui surplombait le lac, Fleur emmaillotée dans une couverture était lovée au creux de son bras tandis qu'il lui donnait son biberon. Kota ronflait sur le canapé d'un air peu repentant malgré l'interdiction. Ce tableau semblait si normal, si naturel, la quintessence de tous les rêves qu'elle avait faits dans sa vie d'avant quand elle était mariée avec Gage.

Sauf que, pendant un instant, elle eut du mal à se souvenir du visage de son mari. Tout ce qu'elle voyait était la tendresse qui illuminait les traits de Broderick pendant qu'il chuchotait des mots rassurants à l'enfant.

— Chut, ma toute petite. Ne réveillons pas Glenna. Elle s'est si bien occupée de toi. Elle a besoin de se reposer un peu.

Puis il posa le biberon, la remonta sur son épaule qu'il avait protégée d'un torchon et lui tapota le dos, toujours un peu maladroitement, même s'il continuait de s'améliorer. Un minuscule pied revêtu d'un chausson rose s'échappa de la couverture et Broderick s'assura que sa petite jambe était bien couverte.

Comme ce tableau était touchant pour Glenna. Elle s'appuya contre le cadre de la porte et pencha la tête sur le côté pendant que Broderick continuait :

— Tu sais, un jour, je t'aiderai pour tes devoirs. Nous discuterons d'équations mathématiques qui laisseront bouche bée le reste des élèves. Et je suis sûr que tu seras la plus intelligente de la classe. De toute l'école...

Il s'interrompit comme s'il pouvait sentir son regard et se retourna en lui faisant un sourire malicieux.

— Elle a l'air d'aimer les mathématiques.

Glenna rit doucement et se rapprocha en sentant son cœur se réchauffer.

— À tel point qu'elle s'est immédiatement rendormie.

Il baissa la tête pour regarder le visage de Fleur.

— Tu sais bien qu'elle s'endort en un clin d'œil, dit-il avant d'ajouter en baissant la voix : C'est incroyable que les bébés passent autant de temps à dormir. J'ai l'impression qu'elle vient tout juste de se réveiller.

Glenna tendit les bras pour réclamer son tour, impatiente de sentir ce poids plume lové contre elle.

— Merci de t'être occupé d'elle afin que je puisse dormir.

— Nous sommes la première équipe de cette nouvelle famille recomposée.

Broderick déposa Fleur dans ses bras, ses mains l'effleurant au passage, et une myriade de frissons descendirent le long de sa colonne vertébrale.

Son regard accrocha le sien. Et si elle s'était demandé si ce ressenti était partagé, le regard incandescent de Broderick ne lui aurait laissé aucun doute sur le sujet. Son rythme cardiaque s'accéléra et son souffle se coupa.

Combien de temps encore pourrait-elle prétendre que cette attirance ne l'affectait pas ?

Glenna marcha précautionneusement jusqu'au berceau et y déposa Fleur, rêvant à ce que pourrait devenir leur vie. Après avoir souri au bébé, elle se pencha pour déposer un baiser sur son front. À l'instant où ses lèvres touchèrent sa peau, elle prit conscience qu'ils auraient sous peu les résultats des tests ADN et que la fusion allait bientôt commencer. Leur pause idyllique à l'écart de tout allait prendre fin.

Plutôt tôt que tard.

Elle ne savait pas si elle devait accepter la proposition de Broderick de s'engager dans une relation plus sérieuse. Mais elle savait qu'elle le désirait. Et il ne leur restait plus beaucoup de temps ensemble. C'était *sa* chance. Et elle comptait bien la saisir. Enfin, dès qu'elle se serait lavé les dents.

Quelle pensée stupide... Elle se précipita dans la salle de bains, craignant que le bébé se réveille si elle prenait trop de temps. Était-ce cela de devenir parents ?

Aussi vite que cette idée lui était venue, mettant du baume sur son cœur brisé, elle la repoussa avant que celle-ci ne la distraie ou la blesse.

Elle ressortit de la salle de bains vêtue d'un pyjama en soie, vérifia que Fleur dormait toujours, et reprit le chemin du salon. Broderick se tenait debout, face à la fenêtre, ses épaules aussi larges et puissantes qu'elles l'avaient toujours été. Et avant de prendre le temps de réfléchir, elle s'avança pieds nus sur l'épais tapis et enroula ses bras autour de sa taille.

Les muscles de son dos ne tressaillirent qu'un instant, puis il posa ses mains sur les siennes.

— Glenna, tu dois comprendre que, si nous faisons cela, ce ne sera pas une aventure d'un soir.

Ces paroles la troublèrent autant que son souffle qui caressait sa peau là où elle avait posé sa joue contre lui.

Mais elle savait aussi que ces mots étaient certainement vrais.

— J'entends ce que tu dis.

Elle le désirait. Son corps désespérait de lui appartenir et qu'il lui fasse enfin l'amour. C'était si bon d'être contre lui, il était si fort et ses mains calleuses étonnamment douces.

— Bien, je suis heureux que nous soyons d'accord, dit-il en se tournant pour lui faire face avant de caresser ses cheveux tandis qu'elle se pendait à son cou.

Elle tremblait contre lui, son corps entier se mettant en phase avec le sien tant ils semblaient naturellement faits l'un pour l'autre. Sa poitrine se tendit sous la soie de son pyjama et les pointes de ses seins devinrent douloureuses de désir. Et cela ne l'aidait en rien que sa main soit en train de se frayer une voie le long de sa nuque, puis sur son épaule partiellement dénudée, la faisant frémir d'anticipation.

Elle renversa la tête en arrière pour lui faciliter l'accès... et aperçut son téléphone portable et son ordinateur posés sur la table, lui rappelant à regret le travail qu'ils devaient accomplir. Maudite fusion, elle aurait voulu pouvoir l'effacer de sa mémoire.

— Mais il faut quand même que je réfléchisse malgré tout, Broderick. Comment allons-nous faire pour travailler ensemble si nous sommes amants ? Tout est déjà assez compliqué...

Il posa un doigt sur sa bouche, sa voix réduite à un souffle chaud contre son oreille.

— Nous en parlerons plus tard. Nous sommes d'accord pour l'instant, n'est-ce pas ?

Au diable les téléphones, les ordinateurs et les affaires. C'était leur temps à eux seuls.

Elle se balança légèrement d'un pied sur l'autre tout en commençant à mordiller le bout de ses doigts.

— Oui, nous le sommes.

Elle se haussa sur la pointe des pieds et posa ses lèvres sur les siennes. Il avait un goût si familier et pourtant nouveau à la fois. La langue de Broderick caressa la sienne d'une manière torride. Elle s'ouvrit à lui et se serra fort contre son corps. Le passé se mélangea au présent tandis qu'elle se rappelait ce week-end si lointain et les baisers qu'ils avaient partagés plus récemment. Il l'avait toujours attirée. Et d'une certaine manière, elle avait toujours su que cela ne changerait pas avec le temps. Elle savait que ce n'était pas la même chose que l'amour mais, bon sang, ce sentiment n'en était pas moins fort.

Si fort...

Ses gestes devinrent frénétiques comme si ses mains possédaient leur propre volonté, guidées uniquement par le désir, tirant sur son T-shirt et menaçant de le déchirer en essayant de le faire passer par-dessus sa tête. Lorsqu'elle sentit l'air frais sur son ventre, elle comprit qu'il faisait la même chose avec ses propres vêtements jusqu'à ce qu'ils soient peau contre peau. Leurs pantalons et sa brassière de sport restant les seuls remparts qui les séparaient.

Il n'était que muscles et elle laissa ses mains parcourir son corps viril, impressionnée par la largeur et la force de ses épaules. C'était si bon qu'elle aurait pu fondre dans ses bras à l'instant. Elle déposa des baisers tout le long de sa nuque en descendant vers son torse.

Elle laissa ses doigts glisser jusqu'au creux chaud de ses omoplates et suivit sa colonne vertébrale tandis qu'il la poussait doucement vers la cheminée. Puis leurs chaussures volèrent, son jean et son bas de pyjama tombèrent à terre sans qu'ils cessent un instant de s'embrasser. Et quand elle manqua de trébucher, ses bras puissants se refermèrent sur elle et l'incitèrent à se baisser, puis à s'allonger sur le tapis en peau d'ours. La fourrure chatouillait sa peau nue, ce qu'elle oublia dès que Broderick commença à embrasser l'intérieur d'une de ses cuisses, puis de l'autre.

Remontant doucement, il prit le bord de sa culotte entre ses dents, la provoquant sans aller jusqu'à tirer dessus, puis s'aventura vers son ventre, la titillant et la caressant jusqu'à ce qu'elle ait l'impression que sa bouche était partout. Et quand elle crut que le feu qui la brûlait de l'intérieur allait la consumer, il s'allongea sur elle et l'embrassa. Dieu que cela lui avait manqué d'être embrassée. Et surtout, d'être bien embrassée.

— Je veux plus, murmura-t-elle dans un souffle. Nous prendrons notre temps la prochaine fois.

Et elle sentit l'air frais sur ses seins un instant avant que la bouche de Broderick se referme sur l'une de ses pointes. Sa langue s'enhardit, la mordillant et la léchant, la faisant frémir de plaisir. Il caressait le second téton du bout de ses doigts experts tandis qu'elle désespérait de le toucher à son tour, d'explorer son corps et de sentir la chaleur de sa peau. Sa main descendit pour s'enrouler autour de son sexe en érection qu'elle caressa.

Le souffle de Broderick s'accéléra tout à coup et le soupir qui s'échappa de ses lèvres fit exploser son désir jusqu'à ce qu'il soit plus incandescent que le feu qui brûlait dans l'âtre.

— Mon jean. Passe-moi mon jean que je puisse nous protéger, dit-il d'une voix rauque.

Elle ne s'arrêta pas pour autant et utilisa son autre main pour explorer autour d'elle jusqu'à ce qu'elle trouve son pantalon dont le denim conservait encore la chaleur de son corps. Elle fouilla dans ses poches et y trouva son portefeuille, puis un préservatif à l'intérieur. Plus d'un même, mais pour l'instant un seul suffirait.

Il se débarrassa de son caleçon en même temps qu'il tirait sur le ruban de sa culotte. Les sous-vêtements en dentelle avaient toujours été un plaisir qu'elle s'accordait pour compenser les innombrables couches de vêtements nécessaires pour rester au chaud. Bien que, sur l'instant, rester au chaud soit le dernier de ses soucis.

Entre la cheminée et cet homme, elle avait l'impression que de la lave coulait désormais dans ses veines. Elle déchira l'enveloppe du préservatif et l'en revêtit en le gardant dans sa main. Puis son regard plongea dans le sien tandis qu'elle le guidait...

Au cœur de sa féminité.

Elle gémit de plaisir et se cambra en sentant la douce pression de son sexe qui la remplit entièrement, ce premier coup de reins l'amenant déjà presque aux portes du plaisir. Elle aurait pu croire que c'était à cause de sa longue abstinence mais elle savait qu'il n'en était rien. Leur connexion était chimique et n'avait besoin d'aucune explication. Et la dernière chose qu'elle souhaitait pour le moment c'était penser. Elle ne voulait que ressentir et absorber chaque sensation.

Le chatouillement des poils des jambes de Broderick quand elle remonta ses cuisses pour enserrer sa taille. Le goût salé de sa peau quand elle embrassa sa mâchoire. Le doux glissement de leurs corps l'un contre l'autre qui augmentait son plaisir à chaque fois qu'elle cambrait ses reins. Chaque halètement qui lui faisait recueillir son odeur se mêlant à celle du feu de bois...

Des odeurs et des sensations qui imprégnaient son esprit pendant qu'ils faisaient l'amour dans ce chalet coupé du monde.

Puis un ouragan s'empara de ses sens, son rythme cardiaque s'accéléra follement et elle s'envola au creux de ses bras. La force de son orgasme la fit enfoncer la tête dans la fourrure douce du tapis. Alors, elle serra Broderick encore plus fort, encore plus près, pour ressentir chaque onde de plaisir que leur offrait ce moment. Et quand il gémit à son tour en la rejoignant dans l'extase, elle sentit une nouvelle série de vagues l'emporter, encore plus fortes que les précédentes.

Tellement fortes. Presque trop fortes, au point de lui faire se demander si elle serait jamais capable de le quitter une seconde fois.

Même dans ses rêves les plus fous, Broderick n'aurait pas imaginé qu'un jour il serait assis, recouvert de sueur, dans son chalet d'exil en train de partager des fichiers sur son ordinateur avec Glenna vêtue d'un bas de pyjama en soie et de l'un de ses T-shirts.

Ils analysaient des comptes depuis plus d'une heure, préparant leur rapport pour leurs parents et le conseil d'administration. Glenna était assise contre lui, les genoux repliés sur sa poitrine, fixant l'écran de l'ordinateur.

Comment était-il supposé se concentrer avec cette femme dans la pièce ?

Après leurs premiers ébats frénétiques, il avait pris son temps. Il l'avait portée jusqu'à son lit où il avait exploré et goûté chaque recoin de son corps de rêve. Ils avaient pris une douche ensemble puis partagé une collation qui leur rendit assez d'énergie pour qu'il ne puisse plus jamais entrer dans cette cuisine sans songer à la façon dont Glenna et lui avaient fait l'amour sur le comptoir. Ils avaient fini par s'endormir d'épuisement, ne se relevant que pour nourrir le bébé avant de retourner se coucher.

La posséder l'avait bouleversé. Bien plus qu'il ne s'y était préparé. Et il allait devoir comprendre pourquoi. Et surtout comment rester avec elle au beau milieu de leur drame familial.

Il but une gorgée de café, comptant sur la caféine pour l'aider à stimuler son esprit et à trouver les réponses appropriées. Il huma l'arôme épicé du liquide sombre parfumé à la noisette, le préféré de Glenna, et tenta de fixer son attention sur le léger bourdonnement du récepteur de l'écoute-bébé. Mais il avait toujours autant de mal à se concentrer.

Il prit une tartelette à la pomme dans l'assiette et en croqua une large bouchée qu'il mâcha en rêvant.

— Cette fusion va finir par tous nous mettre à genoux.

La voix chaude de Glenna lui fit l'impression d'une caresse, l'incitant à chercher pour elle la place qui pourrait le mieux lui convenir dans cette nouvelle ère qui s'ouvrirait après la fusion de leurs deux compagnies.

Il acquiesça tout en regardant les différents postes à réattribuer sur son écran. Glenna était organisée et dynamique. Peut-être que quelque chose dans les relations publiques pourrait lui convenir ?

— Et puis, j'ai encore besoin de digérer ce qui se passe entre nos parents, ajouta-t-elle en se massant les tempes.

Elle prit à son tour une des pâtisseries et en détacha un morceau qu'elle grignota délicatement.

— Il est certain que nous n'aurions jamais pu imaginer que cela arriverait, reconnut Broderick en se demandant quelles répercussions aurait l'union de son père et de la mère de Glenna dans le monde des affaires.

— Ils ont bien gardé leur secret. Peut-être pourrions-nous aussi garder ce que nous faisons pour nous ? dit Glenna en le fixant soudainement.

Et il sentit un rire doux remonter dans sa gorge.

— Nous n'y sommes pas parvenus quand nos familles ne s'adressaient pas la parole. Alors je doute que nous y arrivions maintenant que nous allons tous travailler ensemble.

Il baissa légèrement son écran et se tourna vers elle pour vraiment lui faire face.

— Sans parler des vacances et des dîners familiaux. Le fait de les avoir surpris sous la douche les aura au moins empêchés de se marier en secret. J'aurais été triste de rater ces festivités.

— C'est toujours si... étrange de penser à eux ensemble, insista-t-elle.

Il termina son café d'un trait, sentant le liquide brun le réchauffer.

— Inattendu, pour le moins. Mais peut-être est-ce un signe qui devrait nous pousser à poser un nouveau regard sur ce qui a eu lieu entre nous il y a dix ans. Nous avons passé tellement d'années à nous éviter et à écouter d'horribles histoires sur les transactions sans éthique de l'autre famille, ajouta-t-il.

— Je me demande depuis combien de temps cela a bien pu commencer...

— Est-ce que c'est ta manière d'ignorer ma question ?

Son regard revint vers lui et elle plissa les yeux tout en ôtant un élastique de son poignet pour rassembler ses cheveux en queue-de-cheval. Apparemment, tirer sa crinière en arrière l'aidait à prendre de la distance.

— C'est ma manière de te recentrer sur la conversation. Ta question porte sur un autre sujet que le mien et nous en parlerons à un autre moment. Mais revenons-en à nos parents. Depuis combien de temps penses-tu que cela durait ?

Broderick ne put s'empêcher de lui demander :

— Tu crois que nos parents se trompaient l'un l'autre ?

— Non, en tout cas je n'en ai pas l'impression. Et le simple fait de l'imaginer me… perturbe. Mais je me demande s'ils avaient déjà des sentiments l'un envers l'autre. C'est bouleversant de repenser à mon enfance en me demandant si tout n'était que mensonge.

Elle s'empara d'une seconde tartelette et cette fois elle l'avala quasiment d'un coup.

Il pouvait voir que cette idée lui était particulièrement pénible, sans doute à cause de sa propre expérience.

— Tu ne penses pas que tu ressens cela à cause de ce qu'il s'est passé avec ton mari ? Aurais-tu peur de croire que les gens puissent vraiment s'aimer et être honnêtes ? Je m'excuse de te poser une telle question mais nos vies sont déjà tellement emmêlées ensemble… et elles le seront pour toujours désormais.

Il avait besoin de savoir ce qu'elle pensait. Il voulait la comprendre.

— Ce n'est pas grave. Tu ne dis rien à quoi je n'ai déjà réfléchi moi-même. La vie est tellement…

Elle se mordit les lèvres et leva une main en l'air.

— Compliquée ? proposa-t-il en lui serrant doucement le poignet pour l'apaiser.

À son contact, il vit ses yeux s'écarquiller. Alors il relâcha sa main et lui sourit.

Elle attrapa sa tasse de café avec fermeté.

— Absolument. J'en déduis que tu ne penses pas qu'ils partageaient une inclination avant récemment.

— Je pense que si c'était le cas ils n'ont pas suivi leur impulsion.

Et que cela ne change rien à qui était ma mère et l'amour qu'elle portait à ses enfants.

Il sentit un flot d'émotions l'envahir, la douleur d'avoir perdu à jamais sa sœur et sa mère était encore si violente.

— C'est très beau.

— Le ragoût était l'une de ses recettes. Elle ne l'a apprise qu'à moi et à Breanna. Elle disait que seuls ses aînés, fils et fille, devaient hériter de la recette.

Sa gorge se serra et il sentit ses yeux le picoter. Leur conversation n'était pas censée dériver jusque-là. Il passa sa main dans ses cheveux pour retrouver son sang-froid.

Ses nerfs à vif rendaient toutes les couleurs de la pièce bien trop vives. Il regarda sa tasse vide et se leva de son siège pour aller se servir un autre café. Broderick avait besoin de reconstruire ses défenses s'il voulait arriver au bout des journées qu'il lui restait à passer avec Glenna. Mais il avait besoin de trouver quelque chose à dire immédiatement.

La vie ne l'épargnait pas ces derniers temps.

Glenna ne résista pas à l'occasion de dévorer Broderick du regard quand il traversa le salon pour se resservir du café. Et pendant qu'il lui tournait le dos pour se saisir de la cafetière, elle vit ses épaules se soulever tandis qu'il soupirait lourdement.

Elle comprit alors qu'elle avait mis le doigt sur la plus terrible des blessures de son existence, une qui n'était pas encore cicatrisée et qui le faisait toujours abominablement souffrir. Une partie d'elle-même se dit qu'elle devrait lui laisser de l'espace, mais une autre partie savait qu'il lui fallait absolument en apprendre davantage. Avec cette proposition qui couvait entre eux et les résultats des tests ADN qui pouvaient arriver à tout moment, elle allait devoir prendre une décision.

Même si elle lui disait non, elle ne pouvait s'empêcher de considérer sa proposition d'entamer une relation sur le long terme, de joindre leurs forces... Ce qu'il disait faisait sens. Mais elle hésitait, désirant un signe.

Elle voulait mieux le connaître. Mieux l'aider à supporter cette douleur.

Elle savait ce que cela faisait d'être épuisé émotionnellement. Et elle comprenait encore plus les bienfaits de partager les souvenirs douloureux en les extériorisant. C'était difficile, mais elle n'insisterait qu'un tout petit peu plus, et bien plus gentiment.

Glenna posa son ordinateur et se leva pour le rejoindre devant le plan de travail. Puis elle posa une main fort peu innocente sur ses biceps saillants.

— Je suis désolée si je t'ai poussé trop loin avec mes questions personnelles.

— Tu n'as pas à t'excuser. Nous avons franchi une étape aujourd'hui et nous ne pouvons pas revenir en arrière.

Une étape. Bien sûr, elle le savait mais ne l'avait pas réellement assimilé avant cet instant.

Kota trotta vers elle, son museau trouvant le chemin de sa main. Glenna le gratta doucement entre les deux oreilles en attendant ce que Broderick pourrait avoir à dire de plus, quelles que soient les directions surprenantes que pourrait encore prendre leur discussion.

Au lieu de reprendre une pâtisserie, Broderick sortit les restes de ragoût sans la regarder. Il attrapa un bol dans le placard et prit une louche dans le tiroir avant de la fixer en haussant un sourcil interrogateur. Une invitation.

Elle secoua la tête et trouva une contenance en grattant la fourrure soyeuse du chiot. Broderick haussa les épaules et remplit son bol en continuant à rester silencieux.

Peut-être devait-elle cesser d'attendre qu'il partage ses souvenirs avec elle et lui offrir d'abord quelque chose venant de son passé à elle. Et pour la première fois, elle réalisa à quel point elle était sur la défensive. Comme si révéler des éléments de son passé la rendait plus vulnérable.

Glenna se servit une autre tasse de café, ajouta un sucre et une larme de lait. Elle le remua doucement d'un air absent, comprenant ce qui lui restait à faire, ce qu'elle devait partager dans l'espoir de se rapprocher de lui.

— Nous avons tendu un câble de tyrolienne dans le jardin au-dessus d'un étang.

Broderick se figea, sa cuillère à mi-chemin de sa bouche.

— Vous avez fait… quoi ?

— Une tyrolienne. Enfants, nous étions déjà portés sur l'ingénierie et l'écologie. Nous avons calculé l'inclinaison et le portage.

Elle prit sa tasse à deux mains et souffla sur le breuvage brûlant pour le refroidir. Puis elle prit une gorgée et lui fit un signe de tête.

Les traits du visage de Broderick perdirent leur tension et il sembla se détendre.

— Cela a dû être un sacré défi.

— Nous étions des enfants, nous étions bons en math, dit-elle en posant sa tasse avant de rire doucement. Mais nos dons pour la couture étaient nettement moins avérés. Et la sangle a cédé.

— Outch, des os brisés ? demanda-t-il en sortant le ragoût du four micro-ondes.

— Une fracture et un plongeon, répondit-elle en frissonnant à ce souvenir.

— À travers la glace ?

Elle acquiesça.

— C'était terrifiant. Vraiment terrifiant.

— Tu es la seule à l'avoir essayé ?

— Pire. C'est ma cousine Sage qui l'a fait. Mais je savais que c'était ma faute.

C'était elle le cerveau, l'instigatrice, celle qui avait suggéré de construire la tyrolienne. Sage s'était portée volontaire pour l'essayer en premier afin de prouver son courage. C'était un rite de passage qui s'était terriblement mal terminé.

— Comment toi et tes frères avez-vous réussi à la sortir de là ?

Il n'y avait pas eu d'autre option que l'action immédiate. Et aujourd'hui encore, Glenna pouvait sentir la poigne de ses frères qui la tenaient quand elle s'était élancée pour aider Sage, ses bras battant l'eau glacée à la recherche de sa cousine.

— Nous nous sommes tenus les uns aux autres, et sommes

entrés dans l'eau en formant une chaîne humaine pour l'attraper et la ramener à terre.

— Vous auriez tous pu mourir.

— Elle aurait fait la même chose pour nous. Nous étions très proches. Tu sais ce que c'est, tu as une grande famille.

— Nous étions plus... compétitifs. Mais oui, j'aime à penser que nous aurions affronté n'importe quel danger pour nous sauver l'un l'autre. En fait, j'en suis même certain.

Il fixa son bol en silence.

Glenna posa une main dans son dos pour l'encourager.

— Et qu'en était-il de toi et de ta sœur Breanna ?

— Ah, nous arrivons au cœur de ce que tu essaies d'atteindre. Tu veux ton moment d'émotion.

Elle choisit précautionneusement ses mots.

— Ta sœur est d'évidence très importante pour toi, et pourtant toi et ta famille ne parlez presque jamais d'elle.

— C'était... C'est... douloureux de penser à elle, admit-il d'une voix rauque en recommençant à fixer son bol. La plupart des gens l'ignorent mais nous n'avons pas pu faire notre deuil sereinement. Même des mois après l'accident, nous étions toujours harcelés par des salauds qui voulaient se faire de l'argent de n'importe quelle manière. En nous offrant de la contacter dans l'au-delà ou en prétendant l'avoir vue. Aucune de ces pistes n'était fondée, bien entendu. Mais mon père les a quand même toutes fait vérifier.

— Mais je croyais qu'elle était morte pendant le crash...

— C'est le cas. Mais son corps...

Il s'étrangla et dut reprendre.

— Était complètement calciné. Mais il restait quelques dents dans les cendres. Ses dents. Toutes les preuves montraient qu'elle était morte ce jour-là et nous n'avons jamais reçu de demande de rançon. Nous avons attendu et même espéré pendant longtemps, parce que c'était toujours mieux que la mort.

— Je suis tellement désolée. Je n'avais pas la moindre idée de ce que ta famille avait traversé. Cela a dû être si difficile pour vous tous de ne pas pouvoir enterrer votre mère et votre sœur pour faire votre deuil officiellement.

— Le corps de maman a été éjecté de l'avion au moment de l'impact, juste avant qu'il prenne feu. Et elle était déjà... partie. C'était horrible, mais au moins nous savions ce qui lui était arrivé.

Elle oublia aussitôt toute réserve et distance, et se rapprocha de lui en passant ses bras autour de sa taille. Elle posa ensuite sa joue contre son torse.

— Oh, Broderick, je suis vraiment navrée.

Il posa son bol et la serra fort.

— Mon père avait toujours eu peur que quelqu'un nous kidnappe à cause de notre fortune. Et après l'accident, j'ai cru qu'il allait perdre la tête. Il a engagé des gardes du corps vingt-quatre heures sur vingt-quatre pour chacun de nous. Et je t'assure que cela faisait très bizarre à l'école, dit-il en riant.

Mais elle ne rit pas, car son cœur se brisait pour lui. Elle caressa sa joue, mais il attrapa son bras pour l'arrêter, et doucement, délibérément, il embrassa l'intérieur de son poignet.

— Glenna, la dernière chose dont j'ai envie c'est de ta pitié. Vraiment la dernière chose.

Puis sa bouche captura la sienne avec une volonté de possession évidente.

11

Après la nuit de passion qu'ils venaient de partager, Broderick n'aurait jamais imaginé qu'ils aient encore assez d'énergie pour faire à nouveau l'amour. Mais il sentait déjà le désir monter en lui à chaque fois que sa langue caressait la sienne.

Les rayons du soleil matinal filtraient à travers le velux de la cuisine, lui donnant une bien meilleure vue sur l'objet de sa tentation. Glenna leva les bras et l'enlaça en le caressant du bout des doigts. Il connaissait la sensation du toucher de sa peau, celle de sa main légère qui suivait la ligne de ses cheveux. Oui, il s'en rappelait. Elle était tout ce qu'elle avait été à l'époque… et encore plus.

Il laissa ses mains descendre le long des courbes de son corps jusqu'à agripper ses fesses. Elle rougit et il la souleva jusqu'à ce que ses pieds se détachent du sol. Sa personnalité était si forte et éblouissante qu'il oubliait parfois à quel point elle était plus petite et menue que lui. Elle était l'oxymore de la puissance délicate.

Elle noua ses cuisses autour de sa taille et il la porta jusqu'à la table de cuisine en l'embrassant tout le long du chemin.

Tout doucement, il la posa sur la table et le sourire sexy qui rayonnait sur son visage était la plus belle des invitations. Avec ses cheveux d'or répandus autour d'elle, elle ressemblait à une déesse magnifique et forte.

Et tout à lui à cet instant.

Ses mains descendirent le long de ses épaules, de ses seins, puis de la plaine douce et musclée de son ventre et firent glisser son pyjama en soie à ses pieds. Et son soupir d'impatience le fit grogner de plaisir.

Il se mit à genoux entre ses jambes, et la caressa et la titilla jusqu'à ce qu'il trouve son point sensible du bout de sa langue. Elle l'agrippa alors de ses mains pour l'encourager. À chaque fois qu'ils faisaient l'amour, il découvrait un peu plus son corps et ses désirs. Et il brûlait de connaître toutes ses envies secrètes. Lui offrir toujours plus de bonheur décuplait le sien.

Chacun de ses gestes et de ses provocations autour du bouton sensible de sa féminité était dosé pour l'emporter encore plus loin sur le chemin du plaisir. Tout à coup, le souffle de Glenna devint de plus en plus rapide jusqu'à ce que…

Oui.

Elle se cambra en gémissant et ses jambes le serrèrent encore plus fort pendant que ses ongles s'enfonçaient dans ses épaules. Et il la regarda tandis que les dernières vagues d'extase la faisaient trembler. Puis ses traits se détendirent et elle soupira.

Il la releva et prit son visage en coupe dans ses mains.

— Soyons ensemble. Vraiment ensemble.

— Tu n'as pas besoin de me dire cela pour me mettre dans ton lit, répondit-elle en ouvrant les yeux, les joues toujours rougies par le plaisir.

— J'avais remarqué. Maintenant, dis-moi que tu es prête à t'engager sérieusement avec moi, fit-il en caressant un de ses seins.

Elle s'empara de son poignet pour stopper son geste.

— N'utilise pas le sexe comme un levier de négociation.

— Sois à moi, insista-t-il en posant son front contre le sien, la voix chargée d'émotion.

— Je t'avais entendu la première fois, dit-elle en se dégageant du poids de son corps pour se rhabiller.

Et sa soudaine nervosité, quand elle s'éloigna, lui fit l'impression d'une gifle.

— Je ne vais pas continuer à te le demander éternellement.

Mais il ne pouvait plus retirer sa proposition. Plus maintenant. Plus après les nuits de passion qu'ils avaient passées ensemble.

Plus après qu'ils avaient partagé leurs souvenirs et que leurs destins se trouvaient désormais irrémédiablement liés.

— Même si nous apprenions que Fleur n'est pas ton bébé, tu me voudrais quand même dans ta vie sur le long terme ?

Son ton était dur et tranchant comme si elle tenait un couteau contre sa gorge.

Broderick croisa les bras sur sa poitrine et la fixa sans ciller.

— Tu crois que je veux être avec toi dans l'espoir de devenir garde d'enfant gratuit ? Je peux payer quelqu'un pour faire cela.

Trouver quelqu'un pour prendre soin de Fleur était le dernier de ses soucis. Il avait bien assez d'argent pour s'assurer qu'elle ne serait entourée que par les meilleures nourrices du pays.

Le regard de Glenna devint mélancolique.

— Je pense que tu lui cherches une mère et que je suis celle que tu peux trouver le plus facilement.

Elle repoussa ses cheveux en arrière et un soupir s'échappa de ses lèvres quand elle baissa le regard.

Il rit amèrement.

— Si tu penses vraiment que les choses sont faciles avec toi, alors tu ne réfléchis pas clairement.

Rien n'était facile dans leur situation. Une décennie de guerre familiale, le mariage soudain de leurs parents… Une passion qui dansait entre eux depuis leur adolescence. Et désormais s'y ajoutait la précieuse petite Fleur.

— Inutile d'être sarcastique !

Elle s'éloigna de lui de quelques pas pour imposer une distance. Une vieille habitude, exactement comme dix ans plus tôt.

Doutait-elle de lui ? Eh bien, il allait la faire changer d'avis. Cette fois, il ferait tout ce qui serait nécessaire pour qu'elle ne le quitte pas.

Il la rejoignit et posa ses deux mains sur ses épaules menues.

— Je suis très sérieux.

— Alors je vais reformuler. Je crois que tu penses que je suis la femme qui te compliquerait le moins la vie en tombant amoureuse de toi.

— Tu es dure. Et c'est aussi une sorte d'étrange compliment si tu crois vraiment que toutes les femmes risquent de succomber à mon charme.

Il laissa son doigt descendre le long de son bras et, pendant un bref instant, elle s'appuya contre lui. Comme une réponse à son appel désespéré.

L'expression de Glenna s'adoucit.

— Je ne veux pas insinuer que tes sentiments ne comptent pas. Tu me proposes d'entamer une relation sérieuse. Et c'est quelque chose de très important et qui me touche. Mais je sais que tu n'es pas amoureux de moi.

L'amour. Un mot qui n'apportait que de la douleur.

Elle devait le savoir pourtant ? Lui qui avait cru que son plan la séduirait et lui conviendrait. Dieu sait que l'idée d'une amitié passionnelle pour le restant de leur vie l'attirait, lui, quand il s'agissait de Glenna. Une manière d'être lié à quelqu'un sans prendre de risques émotionnels, sans avoir à mettre son cœur à nu et dévoiler ses faiblesses.

S'était-il trompé dans son approche de Glenna ?

Si c'était le cas, ce ne serait pas la première fois qu'il gâchait tout quand il s'agissait de cette femme.

— C'est cela que tu veux entendre ?

— Non ! cria-t-elle presque avant de jeter un regard inquiet en direction de la chambre du bébé. Non, répéta-t-elle plus doucement. Je veux juste que tu arrêtes de me mettre la pression. Laisse-moi du temps pour réfléchir. Je comprends ce que tu dis et pourquoi cela pourrait faire sens. Mais tout arrive beaucoup trop vite. J'ai besoin de temps pour comprendre les implications. J'ai besoin de temps. S'il te plaît.

Et elle fit volte-face avant qu'il puisse lui répondre, et se précipita vers la chambre du bébé, celle où elle dormait aussi. Sans lui.

C'était curieux à quel point il lui semblait normal de s'en tenir à des décisions analytiques quand il s'agissait de lui, mais pas lorsque cela touchait Glenna.

Elle referma la porte derrière elle sans lui accorder un regard, lui faisant clairement comprendre qu'il n'était pas le bienvenu.

Glenna renonça à essayer de s'endormir à 5 heures du matin. Elle n'avait pas cessé de bouger et de se retourner sans trouver le sommeil pendant toute la nuit. Le silence qui régnait dans le chalet était devenu assourdissant et c'était de sa faute. Elle était restée dans sa chambre après leur dispute, ne sortant que pour chercher le biberon de Fleur. Mais cette longue nuit seule lui avait laissé bien trop de temps pour réfléchir et se sentir coupable de l'avoir rejeté après avoir perdu ses nerfs.

Les yeux gonflés et brûlants, Glenna regarda le bébé de loin. Fleur dormait toujours, sa respiration ponctuant d'un rythme régulier l'aube naissante. Glenna s'extirpa du lit et marcha jusqu'au berceau, s'apaisant à mesure qu'elle se rapprochait.

Elle avait des moyens financiers plus que suffisants pour être mère célibataire si Fleur devenait sa responsabilité. Mais si Fleur était de Broderick… La tristesse lui serra la gorge et forma un nœud douloureux quand elle pensa qu'elle pourrait perdre ce contact quotidien avec l'enfant.

Cela faisait pourtant si peu de temps, mais elle avait déjà créé un lien fort avec cette minuscule petite fille. Elle adorait être avec Fleur. Et partager sa douceur et ses sourires de bébé avec Broderick.

Repenser à la proposition de Broderick lui donna l'impression que son estomac faisait du yoyo. Peut-être… peut-être formaient-ils une bonne équipe après tout ?

Et est-ce que sa suggestion d'entamer une vraie relation n'était pas simplement tombée au mauvais moment ?

Elle sortit de la chambre sur la pointe des pieds tandis que son estomac gargouillait. Et dans la pénombre du petit matin, elle marcha tout droit vers le frigidaire.

Le stress de ces dernières nuits lui faisait ressentir un besoin immédiat d'un apport réconfortant en sucre. C'était le moment idéal pour les restes de tiramisu et un grand verre de lait.

Elle sortait le récipient du frigidaire quand elle remarqua un mouvement du coin de l'œil. Pendant un instant terrifiant, elle fut persuadée qu'il y avait un intrus dans le chalet.

Mais quand sa vision s'ajusta, elle reconnut la forme. Broderick étendu de tout son long sur le canapé.

Elle ressentit un immense soulagement.

— Oh mon Dieu ! Tu m'as fait une de ces peurs. Je pensais que tu étais allé te coucher, dit-elle alors que sa main libre couvrait toujours sa bouche en attendant que son cœur cesse de cogner si fort dans sa poitrine.

Il s'assit en s'entourant d'une couverture.

— Je me suis endormi ici.

Le timbre de sa voix rendue rauque par le sommeil fit vibrer quelque chose à l'intérieur de son corps, lui rappelant les paroles qu'il lui avait murmurées à l'oreille la nuit précédente. La douce litanie des mots d'un amant qui l'avaient fait se sentir belle et désirable.

— Je suis désolée de t'avoir réveillé.

Elle leva l'assiette remplie de dessert d'un air malicieux et la lui montra.

— Le bébé va bien ? Je peux le nourrir si tu veux.

Tous les signes de sommeil disparurent du visage de Broderick en même temps qu'il prononçait ces mots.

— Elle dort profondément, c'est moi qui étais affamée, dit-elle en levant sa cuillère. Du tiramisu au petit déjeuner, tu en veux ?

— Non, je n'ai pas faim, répondit-il en soufflant sur les braises pour ranimer le feu. Mais merci.

Il ajouta deux bûches dans le foyer et la danse des flammes se refléta sur son torse nu, donnant l'impression que ses muscles saillants étaient faits de bronze.

Glenna s'assit sur le tabouret et le cuir du siège crissa quand elle s'installa. Elle fit glisser son doigt le long du bar, puis dessina un cercle autour de son assiette.

— Je te dois des excuses pour la manière dont je me suis comportée la nuit dernière. Et un immense merci pour tout ce que tu as fait pour aider depuis que nous sommes arrivés.

— Il n'y a ni excuses ni merci qui soient nécessaires, répondit-il, le regard rivé sur le feu.

Elle pencha la tête sur le côté d'un air espiègle.

— Tu plaisantes ? La recette de ragoût de ta mère était fabuleuse.

Il se leva en souriant, à demi en tout cas.

— Ravi que tu l'aies apprécié.

— J'ai aussi aimé que tu me parles de ta famille. Ces histoires m'aident à imaginer de quelle manière la compagnie pourrait fonctionner après la fusion. Comment nous pourrions y arriver…

Elle l'espérait en tout cas, parce qu'ils n'avaient pas le choix. La fusion des deux sociétés se ferait, que cela leur plaise ou non.

Et une fusion, enfin une association, avec Broderick ?

Elle y réfléchissait toujours.

— Mon père avait instauré une tradition annuelle pour notre famille. Nous passions tous ensemble un week-end d'hiver à camper dans des igloos en glace transparente. Bien sûr, ils protègent du froid, mais c'est quand même la meilleure manière de dormir sous un ciel étoilé en pleine nature avec tout le luxe d'un hôtel, lui dit-il.

— Cela a l'air incroyable.

— Cela l'était. Papa le faisait pour maman, pour honorer ses origines et son héritage, le nôtre aussi. Tu te souviens que ma mère était un quart inuit ? dit-il en se rasseyant au bout du canapé pour lui laisser de la place.

Et son geste pour l'inviter à le rejoindre la toucha.

Elle abandonna son petit déjeuner, descendit du tabouret et vint s'asseoir dans l'autre coin, les pieds repliés sous ses cuisses, pour lui faire face. Et même à cette distance, un courant électrique semblait grésiller entre eux, ajoutant une autre dimension à leur conversation.

— C'était incroyablement prévenant et romantique de sa part.

— J'ai toujours connu mes parents très amoureux. Et pour être clair, elle n'a pas grandi dans un igloo, dit-il en riant. Elle était la fille de deux professeurs et l'est devenue aussi. Elle attachait une énorme importance à notre éducation. Nous plaisantions avec mes frères et sœurs en disant que nous étions scolarisés à la maison et à l'école publique.

Il pivota sur le canapé pour la regarder en face.

— Je me souviens quand elle est morte. Toute la ville a été

bouleversée par sa disparition et celle de ta sœur. Et nous avons tous pu voir la peine de ton père.

Les lèvres de Glenna tremblèrent légèrement pendant que son cœur devenait lourd en s'associant à sa douleur.

— Tu étais aux funérailles ?

Un silence étrange s'installa et Glenna aurait pu jurer voir la boule qui nouait la gorge de Broderick quand il secoua la tête.

— Je ne me rappelle rien de cette journée.

Elle tendit la main pour toucher son bras.

— Nous étions là. Toute ma famille.

— Merci. Je sais que tes parents étaient aussi connus pour être très proches.

Il lui tendit la main et elle y glissa la sienne. Elle eut l'impression qu'il irradiait d'une sorte de chaleur et de sérénité.

— J'imagine que nous avons tous les deux pensé que nos parents resteraient célibataires toute leur vie.

— De la même manière que tu souhaites le rester aussi.

Elle évita son regard inquisiteur en fixant les flammes.

— Le travail et la famille sont toute ma vie.

— Et pourtant tu es prête à devenir la maman de Fleur.

Il serra sa main et la porta à ses lèvres pour l'embrasser. Et une fois encore, elle sentit comme un courant électrique descendre tout le long de sa colonne vertébrale. Puis il insista après un instant de pause :

— Tu dois comprendre que cela n'a pas d'importance de savoir de qui Fleur est réellement l'enfant. Elle est un autre symbole qui prouve que nos familles doivent s'unir.

— Je veux l'élever, quoi qu'il en soit. Tu dois le savoir, dit-elle en lui serrant la main avant de la replier contre elle.

Un soupir d'exaspération s'échappa de la bouche de Broderick avec un sifflement.

— Alors laisse-moi t'aider. Tu peux devenir sa mère quelle que soit sa filiation. Et je pourrais t'assister.

Il avait l'air si pressé. Oui, le passé de Glenna faisait qu'elle avait du mal à accorder sa confiance et l'empêchait presque de croire que ses raisons pourraient être honnêtes.

— Es-tu réellement en train d'utiliser un bébé innocent pour me pousser à renoncer à mon poste afin de pouvoir devenir le directeur financier des deux compagnies après la fusion ?

— Non, répondit-il d'un ton un peu trop catégorique. Bien sûr que non. Je ne fais que passer les options en revue afin que nous puissions en discuter.

Ah, c'était donc cela. Les options...

Ce qui avait l'air d'impliquer du changement pour elle, mais pas pour lui.

Elle se leva d'un bond et retourna à son tiramisu qu'elle avait abandonné sur le bar. Elle prit une bouchée, faible substitut pour toutes les choses dont elle était réellement affamée dans cette vie.

— Pourquoi ne me préciserais-tu pas ces « options » un peu plus clairement ?

— Tu pourrais devenir consultante, être une mère qui travaille, et tout avoir.

Et voilà, elle avait compris le piège qu'il lui tendait. La déception recouvrit un espoir qu'elle commençait à peine à considérer.

— Pourquoi ce travail est-il si important pour toi ?

— Pourquoi est-il si important pour toi ? rétorqua-t-il en prenant le même ton de défi qu'elle.

— C'est l'entreprise de ma famille, mon héritage.

Et son identité professionnelle ainsi que son rôle au sein de sa famille étaient les deux pôles qui lui permettaient de se définir. Un roc qui lui avait offert une base pour reconstruire sa vie après que son mari l'avait trompée, et encore plus après sa mort.

— Tu as ta réponse. Pourquoi y aurait-il une différence entre un homme et une femme ?

— Depuis combien de temps travailles-tu pour votre société ?

— Vas-tu oser dire que parce que je suis une femme et que j'essayais de fonder une famille cela aurait moins d'importance pour moi ? Parce que si tu t'engages sur ce chemin...

Tout en tournant en rond sans s'arrêter, Glenna sentit la fureur l'envahir tandis que sa voix montait d'une octave.

Il leva une main, son regard semblant proposer une trêve.

— Ce n'est pas ce que je voulais dire.

— Tu en es certain ? Parce que moi, pas. Si tu découvrais que tu es le père de Fleur, est-ce que tu réduirais ton implication dans l'entreprise pour travailler à mi-temps ?

Elle lut sa réponse sur son visage et ses sourcils se haussèrent en signe de victoire, bien qu'elle fût amère.

— C'est bien ce que je pensais.

Il ouvrit la bouche pour répondre, mais s'arrêta, son regard passant soudainement au-dessus d'elle. Et devenant… plus doux pendant qu'il fixait le ciel.

Elle suivit son regard et resta figée en découvrant les aurores boréales en train de virevolter alors que le jour se levait. Des traînées bleues, violettes et roses s'étiraient dans le ciel, faisant miroiter les nuages. Et pendant un moment, ils désertèrent le champ de bataille.

— Je ne pourrais jamais me lasser de ce spectacle, dit-elle en se mordillant les lèvres.

— Moi non plus. Ma sœur dit que c'est pour cela que c'est si important que nous soyons prudents avec l'oléoduc.

Il n'avait jamais cessé d'être émerveillé par la beauté presque surnaturelle de l'Alaska.

— Elle a raison. Notre État, cet endroit, est un trésor à protéger. Et le Dakota aussi.

Glenna ne put cacher les regrets dans sa voix quand elle lui demanda :

— Comment pouvons-nous avoir autant en commun et être si différents l'un de l'autre en même temps ?

— Nous ne sommes pas obligés d'être distants, répondit-il doucement, sans reproche ou pression.

Sincère et honnête ?

Peut-être avait-il raison ? Peut-être que sa propre obstination n'était pas différente de la sienne ? Sans compromis, ils ne pourraient jamais diriger la compagnie et encore moins devenir de bons parents. Avec autant d'enjeux, elle devait faire quelque chose pour établir un socle de confiance entre eux.

Son cœur se mit à battre dix fois plus vite que son rythme normal.

Allez, saute.

Ce n'était pas sa politique habituelle, mais cela semblait juste. Et tout en se penchant par-dessus le comptoir, elle sentit les mots faire battre son cœur avant qu'ils sortent de sa bouche.

— D'accord, devenons un vrai couple.

Broderick se figea sous la surprise et cligna plusieurs fois des yeux comme s'il pouvait lui répondre en morse. Et elle vit son expression d'incrédulité s'effacer au profit d'une immense joie. Elle vit aussi dans son regard un sentiment de victoire.

— Vraiment ? Non, attends, ne réponds pas. Je ne veux pas que tu changes d'avis.

En un instant, il réduisit la distance qui les séparait et ses bras musclés enserrèrent sa taille avant de la soulever. Puis ils tournèrent pendant qu'elle riait à gorge déployée, la tête renversée en arrière et ses cheveux volant autour d'elle.

Broderick la reposa à terre et l'embrassa aussitôt passionnément.

Un bip aigu retentit alors dans la pièce.

Puis un autre.

Le téléphone de Broderick.

Il ôta ses mains de sa taille et attrapa son portable posé sur le bar. Glenna le regarda un moment qui sembla durer des heures pendant qu'il écoutait son interlocuteur.

— Oui. D'accord. Je comprends. Nous serons là.

Une conversation plutôt abrupte, qui avait transformé son expression.

— Il y a une bonne nouvelle et une je-ne-sais-pas nouvelle.

— Qu'est-ce que cela veut dire ? demanda-t-elle, frustrée par son annonce.

— La bonne nouvelle ? Les autorités ont retrouvé Deborah et elle continue d'affirmer qu'elle est prête à abandonner ses droits parentaux au profit de la famille du père de Fleur.

Elle ressentit aussitôt un immense soulagement et une forme d'excitation.

— Et l'autre nouvelle ?

— Les résultats du test ADN sont arrivés. Mais le laboratoire ne révélera ces résultats à personne sauf à quelqu'un de la famille de Fleur. Ils nous demandent de venir tous les deux, mais ils refusent de dire auquel ils souhaitent parler.

Glenna comprit que tout venait de changer. Ils ne pourraient plus entamer de relation sur un pied d'égalité, en ne sachant pas lequel des deux avait un lien familial avec le bébé.

Les heures qui suivirent se perdirent dans la brume. Elle remarqua à peine les lumières trop vives de la salle d'attente ou à quel point sa chaise verte était inconfortable.

Ils avaient empaqueté toutes leurs affaires et étaient rentrés à Anchorage en un temps record, ne s'adressant la parole que pour les échanges pratiques afin de préparer leur départ. Et depuis une demi-heure, ils patientaient devant la porte du médecin.

Son estomac se révoltait contre elle depuis qu'ils étaient arrivés, pendant que Broderick faisait les cent pas en berçant Fleur. N'y avait-il réellement que quelques jours qui étaient passés depuis qu'il semblait si effrayé de la tenir dans ses bras ? Désormais, on aurait dit qu'il s'occupait d'elle depuis sa naissance et la petite fille dormait profondément, nichée au creux de ses bras. Même si cela aurait dû rassurer Glenna, son cœur se serra.

Ils avaient tous les deux dit à leurs familles respectives qu'ils n'avaient pas besoin de soutien, que c'était quelque chose qu'ils pouvaient affronter seuls. Mais Shana, la belle-sœur de Glenna, n'en avait pas pensé moins et était venue les rejoindre dans la salle d'attente, quoi qu'il en soit.

Glenna porta son regard en direction du couloir vers le médecin qui parlait au téléphone. C'était une torture. La vérité était si proche d'être révélée. Si proche de bouleverser leurs vies.

Elle posa les mains sur ses genoux et prit une profonde inspiration. Elle et Broderick s'étaient précipités ici. Et une fois qu'ils connaîtraient les résultats, ils devraient retourner à Anchorage aussi rapidement que possible pour le bien de Fleur. Ils ne pouvaient pas prendre le risque que le moindre délai mette en péril le droit de garde. Même avec la déclaration d'abandon de ses droits parentaux signée par Deborah, tout pouvait encore mal tourner. Fleur devait être leur première et unique priorité.

Ce qui signifiait que Glenna aurait dû accepter la proposition de Broderick d'entamer une relation sérieuse bien plus tôt. N'importe quelle relation, si cela était toujours d'actualité, passerait après la bataille pour la garde de Fleur.

Ce vol de retour avait été très long et silencieux.

Et des images de ce que leur avenir aurait pu être n'avaient pas cessé de lui tordre le cœur.

La voix basse et chaleureuse de Shana interrompit le cours de ses pensées.

— Tu es certaine de te sentir prête pour tout cela ?

Glenna cligna plusieurs fois des yeux et se redressa.

— Bien sûr, je dois l'être.

C'était un mensonge et ces mots lui laissèrent un goût de cendre dans la bouche.

— Pour le bébé ou pour les affaires ?

— Pour les deux, évidemment. Ils sont inextricablement liés car tout cela concerne l'avenir de notre famille.

— Je comprends, répondit Shana. Mais cela ne répond pas à ma question. Tiendras-tu le coup si tu dois laisser ce bébé partir loin de toi ?

Elle ne prenait jamais de gants et disait toujours ce qui était nécessaire, même si ses paroles pouvaient être dures à entendre.

— Je n'ai pas le choix.

— Même si Broderick est le père du bébé ?

Encore une question à laquelle elle n'avait pas de réponse. Et elle n'était même pas certaine que cela ait la moindre importance. Car quel que soit le tour que prendraient les événements… ce serait difficile. Terriblement douloureux si elle se montrait honnête, parce qu'elle voulait absolument obtenir la garde de ce bébé. Mais, même en le désirant plus que tout, elle savait aussi que devenir la mère de Fleur l'obligerait à regarder en face le fait que son mariage avait été un naufrage. À affronter la réalité : Gage avait encore rompu ses promesses malgré les efforts incommensurables qu'ils avaient dû faire pour réparer leur relation après sa première infidélité.

Mais avait-elle réellement été la première ?

Glenna déglutit la bile qui remontait dans sa gorge.

— Merci de tes attentions pour moi, mais je ne peux pas m'inquiéter de quelque chose sur quoi je n'ai aucun contrôle.

Si le bébé était de Broderick, alors elle se demanderait toujours s'il lui avait proposé d'unir leurs destins afin qu'elle puisse être une mère de remplacement pour sa fille. Et aussi parce que cela lui assurerait de conserver son poste de directeur financier.

Et quelle que soit son envie de partager ses craintes avec Shana, elle ne put se résoudre à prononcer ces mots, de peur de se briser en mille morceaux.

— Tu n'arrêtes pas de parler des problèmes pratiques, mais il se passe bien d'autres choses que cela. Je le lis dans ton regard, dit Shana en lui prenant la main. Ma douce, je ne peux pas m'empêcher de trembler à l'idée que tu doives souffrir.

Glenna se sentait complètement transparente, alors elle se reprit pour reprendre le contrôle de la situation.

— Mon cœur est blindé, dit-elle en serrant involontairement les poings.

— Oh, ma chérie, fais attention à toi.

Sa belle-sœur glissa son bras autour de ses épaules et la serra fort pendant un moment.

— Tu sais que je t'aime comme une sœur, au diable les « belles » et les tirets.

Pendant un instant, tout ce que Glenna put faire fut d'opiner de la tête avant de trouver assez de force pour répondre.

— Je le sais. Moi aussi.

— Bien, parfait, fit Shana en la reprenant dans ses bras avant de continuer avec un peu trop d'émotion dans la voix. Appelle-moi si tu as besoin de quoi que ce soit.

— Je n'hésiterai pas, dit-elle en lui rendant son étreinte.

Puis elle douta un instant, son instinct l'empêchant de mettre fin à la conversation.

— Et toi ? Tout se passe bien en ce moment ? Tu vas bien ?

— Bien. Je suis juste un peu fatiguée, répondit sa belle-sœur avec un petit sourire triste. Et toujours pas enceinte.

— Je suis désolée.

Glenna savait qu'ils essayaient depuis longtemps et elle ne comprenait que trop bien la douleur causée par les problèmes d'infertilité. Aucun mot ne pouvait la soulager. Il n'y avait rien qu'elle puisse dire.

— Merci de ne pas m'avoir seriné que « cela finirait par arriver ». Je ne supporte plus cette phrase, dit-elle en se forçant à lui sourire.

Une réceptionniste, vêtue d'une robe rose, entra dans la salle, une écritoire à clip en main. Elle repoussa une mèche de ses longs cheveux acajou derrière son oreille et toussota légèrement. Le nom qu'elle allait appeler serait celui du parent de Fleur.

Cet instant sembla durer une éternité, et la tension qui emplissait la petite pièce se mua en tempête. Glenna réalisa qu'elle retenait sa respiration en attendant le verdict.

— Glenna Mikkelson-Powers, le médecin va vous recevoir maintenant.

Son cœur assimila doucement le fait que Fleur était désormais son bébé. L'enfant de son défunt mari.

Sa main se mit à trembler quand elle la posa sur ses lèvres comme si cela pouvait arrêter le temps.

— Gage, dit-elle dans un souffle torturé. Gage est le père de Fleur.

Et une multitude de pensées se chevauchèrent dans son esprit, mais elle réalisa surtout que cela confirmait que Gage l'avait trompée… Une fois de plus.

Son regard chercha alors Broderick pour observer sa réaction et elle vit la douleur qui imprégnait son visage. Il donnait l'impression qu'une vague s'était abattue sur lui et ne cessait de le repousser quand il essayait de refaire surface. Le chagrin défigurait ses traits d'ordinaire si séduisants et lui faisait serrer la mâchoire.

Il avait vraiment espéré que Fleur soit de lui.

Et à cet instant, Glenna comprit à quel point il tenait à l'enfant, assez pour proposer une relation à une femme dont il n'était pas amoureux. Mais quelle que soit sa détresse, elle comprit aussi qu'il n'avait plus besoin d'elle pour être la mère de Fleur.

Et que sa chance de construire quelque chose de réel avec Broderick et Fleur venait de s'effondrer.

Parce que, même si ce dernier avait envie de prendre ce chemin pour lui seul, afin de consolider l'unité entre leurs familles, il s'avérait que son défunt mari était le père de Fleur.

Et la capacité de Glenna à faire confiance à un homme venait de recevoir un coup fatal.

12

Jeannie se pencha devant le distributeur de boissons de l'hôpital et prit un gobelet fumant entre ses mains. Elle avait besoin de caféine et de chaleur. Bien qu'elle sache parfaitement que cela ne réchaufferait pas son cœur douloureux pendant qu'elle attendait que Glenna termine son rendez-vous. Broderick était déjà parti, le visage complètement défait.

Comment cette famille allait-elle pouvoir guérir désormais ? D'autant plus qu'elle ne leur avait même pas encore annoncé sa rupture avec Jack. Ils avaient déjà affronté tellement d'épreuves avec le bébé. En plus, l'heure était venue de parler concrètement du plan de fusion qui avait déjà commencé.

Tout n'était que confusion et chaos.

Son cœur saignait pour eux tous. Le mari de sa fille l'avait trompée. C'était une trahison terrible et il n'y avait aucune possibilité d'arranger les choses puisqu'il était mort. Tout aurait été tellement plus simple si Broderick avait été le père.

Mais ce n'était pas le cas. Et ils allaient devoir trouver un moyen de gérer cette situation.

L'enfant faisait partie de leur famille.

De *sa* famille.

Mais de celle de Jack ?

Broderick avait dit qu'il aimait toujours l'enfant, mais elle et Jack s'étaient séparés et plus rien n'avait de sens. Et elle n'aurait pas cru que son cœur puisse à nouveau lui faire aussi mal.

Mais elle s'était trompée.

Des bruits de pas interrompirent ses pensées, des pas familiers, réguliers et puissants... ceux de Jack. Elle ferma les yeux en reconnaissant son parfum et attendit qu'il lui dise quelque chose.

— Jeannie, nous devons parler.

Elle se mordit la lèvre supérieure et regarda au fond du couloir vers la porte du médecin.

— Glenna...

Jack lui tendit son manteau.

— Ses frères et sœur sont là, et je leur ai demandé de te prévenir à la seconde où elle aura terminé. Allons nous balader dehors, s'il te plaît. Je suis peut-être un homme d'affaires mais je réfléchis toujours mieux au grand air d'Alaska.

Et bien qu'elle eût envie de le défier, puisqu'il n'avait pas respecté son besoin de distance, elle vit aussi dans son regard que son cœur était brisé. Alors, elle jeta son café à la poubelle et enfila sa parka.

— Comment savais-tu que je me sentais anxieuse et que j'avais besoin de marcher ?

— Je l'ai senti, dit-il en l'emmenant vers un petit parc où la neige avait été déblayée. Nous sommes si semblables dans notre manière de gérer les choses, je me trompe ?

— Non, bien sûr que non, répondit-elle tandis que les portes se refermaient dans son dos.

Une rafale de vent soudaine les poussa légèrement et elle frissonna.

— Tu n'as pas besoin de le dire comme si c'était une mauvaise chose.

Puis il la prit par l'épaule pour l'attirer contre lui et la frictionna un peu pour la réchauffer.

— Je pense, moi, que c'est une excellente chose. Je t'aime comme tu es, une déesse des conseils d'administration et une mère de famille terre à terre tout à la fois.

— Les événements n'ont pas pris la meilleure des tournures aujourd'hui. On peut même dire que tout est devenu encore plus compliqué, répondit-elle.

Cela lui avait manqué de lui parler et de démêler les problèmes avec lui. Elle avait confiance en son jugement tout comme elle savait qu'il avait confiance en elle.

Avait-elle eu tort de rompre avec lui ? Même maintenant, cela lui semblait impossible de s'éloigner de la chaleur de ses bras, du réconfort de son étreinte. Comment avait-elle réussi à le quitter la première fois ?

— Je crains que cela n'arrive plus de fois que nous ne pourrons le compter. Oui, les choses sont compliquées pour nous. Et il n'y a qu'une seule manière de régler ces problèmes.

Elle le dévisagea et son visage rougi par le vent glacé ne lui avait encore jamais semblé aussi séduisant.

— Et qu'est-ce que cela serait ?

Il s'arrêta et la prit par les épaules.

— Ensemble.

Son cœur se serra en entendant ces mots et elle comprit qu'elle devait faire marche arrière avant de s'effondrer.

— Jack...

— Jeannie, attends. Écoute-moi, s'il te plaît. Je ne sous-estime pas tes inquiétudes. Dieu sait que l'idée qu'un de mes enfants puisse s'éloigner de moi à jamais me terrifie.

Son soupir chargé d'émotion s'enroula autour d'eux comme un nuage blanc.

— Je sais qu'ils sont aussi têtus que leur vieux père. Mais je sais aussi que ce sont des personnes merveilleuses, et ce en grande partie parce que Mary et moi n'avons jamais transigé sur nos principes. Et je soupçonne qu'il en va de même pour la manière dont tu as élevé tes enfants.

Elle acquiesça, ne pouvant le nier, pas plus qu'elle ne pouvait prétendre ne pas être d'accord avec lui. Pouvait-elle lui faire confiance pour apaiser ses craintes ?

— Dans ce cas, ma chérie, si tu m'aimes ne serait-ce qu'à moitié comme je t'aime, tu sais que nous devons maintenir le cap.

Il enleva un flocon de neige qui venait de tomber sur son nez et caressa sa joue. Ses gants étaient râpeux, mais son geste d'une douceur infinie. Il reprit :

— Je t'aime. Je veux passer le reste de ma vie avec toi et je pense que tu ressens la même chose. Tu m'aimes même tellement que tu étais prête à me quitter parce que, par une sorte de logique alambiquée, tu as cru que cela me rendrait plus heureux.

Elle sentit ses yeux s'embuer de larmes.

— Je ne supporte pas l'idée de te faire du mal.

— Jeannie, mon amour. Être avec toi suffit à mon bonheur.

Ses paroles résonnaient de certitude.

— Et l'idée de passer ma vie sans toi à mes côtés m'est inconcevable.

— Tu en es certain ?

Elle avait besoin de le lui demander encore une fois. Ou alors, elle avait juste envie d'entendre à nouveau cette vérité qui la remplissait de tant de joie et d'espoir.

— Absolument.

— Alors d'accord.

Elle sécha ses larmes et sentit une forme de paix l'envahir pour la première fois depuis qu'elle l'avait abandonné devant cette piscine.

— Marions-nous, ajouta-t-elle.

— Le jour prévu, répondit-il d'un ton qui coupait court à toute contradiction.

— Oui, répondit-elle.

Et elle rit en regardant son homme entêté, mais après tout elle l'était autant que lui, juste un peu plus subtile... Et par chance, ils désiraient la même chose.

— Le jour prévu. Je veux devenir ta femme aussi vite que possible, porter une alliance et partager ta vie.

Il scella leur promesse d'un baiser intense, qui reflétait tous les sentiments qu'ils partageaient. L'amitié. La passion. La confiance. Mais avant qu'elle ait terminé de les énumérer il rompit leur étreinte et posa son front sur le sien.

— Nos enfants finiront par s'y habituer et nous les aiderons à traverser les moments difficiles de l'existence, comme aujourd'hui. Nous avons juste à rester présents, à les écouter, à les soutenir et à les aider s'ils le souhaitent.

— Je le pense aussi.

En entendant cette merveilleuse évidence, elle comprit que même s'ils n'avaient pas élevé leurs enfants ensemble ils sauraient célébrer les naissances et profiter de leurs petits-enfants à deux. En fait, ils venaient déjà d'accueillir le premier. Une petite vie innocente et précieuse qui les avait aidés à se retrouver.

Et un avenir heureux se présenta à ses yeux, un avenir où la famille et l'amour régneraient en maîtres.

Fleur n'était pas sa fille.

Glenna s'en allait encore une fois.

Songeant à retourner au chalet pour panser ses plaies, Broderick s'appuya sur la rambarde du quai de la propriété des Steele. Le col de son manteau était remonté et son Stetson tenait en place malgré le vent glacé qui fouettait la surface de l'eau. De gros blocs de glace flottaient dans la baie privée, laissant derrière eux des morceaux brisés et pointus, à l'image de ses émotions.

Quand le médecin avait appelé Glenna, il s'était senti incapable de rester là sans rien faire pendant que son monde s'écroulait. Il avait retenu son rugissement de déni et avait tendu le bébé à Shana.

Puis il s'était enfui de cet endroit à toute vitesse.

Il aurait dû se sentir soulagé de retrouver la vie qui était la sienne avant que tout devienne insensé. Avant sa réunion avec Glenna. Avant qu'une minuscule petite fille s'approprie une partie de son cœur. Mais il ne se sentait pas soulagé. Quelque part sur le chemin, il avait appris à aimer le rôle qu'il avait endossé durant ces quelques jours.

Ce qu'il avait créé avec Glenna et Fleur allait bien au-delà d'une tentative d'apaiser les tensions familiales. Il voulait qu'elles fassent partie de sa vie. Parce que, bon sang, il devait regarder la réalité en face, elles lui avaient volé son cœur.

Et il n'avait pas la moindre idée de ce qu'il devait faire désormais. Car il avait entendu la douleur et le poids de la trahison dans la voix de Glenna quand elle avait chuchoté : « Gage est le père de Fleur. »

Il avait lu dans ses yeux qu'elle se brisait en apprenant la nouvelle infidélité de son mari, même si elle aimait le bébé. Et il n'y avait aucune chance qu'elle puisse avoir à nouveau confiance dans un homme après la manière dont ce salaud l'avait traitée.

Alors Broderick était parti et lui avait laissé de la place pour qu'elle puisse accuser le coup avec le soutien de sa belle-sœur.

Il s'agrippa de plus en plus fort à la rambarde jusqu'à ce que des échardes traversent ses gants. D'ordinaire une bouffée d'air frais était toujours son meilleur médicament. Mais quand le vent polaire balaya son visage, il ne put que faire écho au froid qui régnait dans son cœur.

Une brusque inspiration lui brûla les poumons. Respirer devenait de plus en plus difficile. Il avait haï cette expression de complète trahison qui s'était reflétée sur le visage d'habitude si lisse de Glenna. Il ne pouvait pas plus la protéger de la vérité qu'il ne pouvait faire que Fleur soit sa fille biologique.

Il essaya de stabiliser ses émotions. Une nouvelle rafale de vent le frappa de face, menaçant de faire voler son Stetson par-dessus l'hydravion qui tanguait sur les flots tumultueux. Les deux mains accrochées au bord du chapeau, il le maintint en place et prit une nouvelle respiration qu'il laissa s'échapper en direction des montagnes escarpées qui pointaient au loin.

Une unique phrase avait suffi à tout changer et ses épaules ployaient sous son poids. Il sentit alors qu'une main se posait dans son dos et il sut, sans se retourner.

Glenna.

D'une façon ou d'une autre, elle était parvenue à le retrouver, deux heures à peine après qu'il était parti du cabinet médical. Elle ôta sa main et vint s'appuyer à côté de lui contre la rambarde. La fermeture Éclair de sa parka violette était remontée au maximum et elle avait rabattu la capuche sur sa tête, dont s'échappaient quelques mèches blondes.

La voix rendue rauque par le froid et l'émotion, il lui demanda :

— Où est Fleur ?

Elle fit un signe vers l'immense demeure au sommet de la colline.

— Ta famille la surveille, tout comme Kota.

— Bien, très bien, dit-il en hochant plusieurs fois la tête. Pourquoi es-tu venue ?

— Je voulais savoir comment tu allais. Tu es parti si vite que nous n'avons pas eu le temps de parler.

— Qu'y a-t-il de plus à dire ? Tu ne vas pas prétendre que tu n'as pas un deuil à faire. Alors pourquoi es-tu là ?

Il vit ses yeux s'assombrir. Était-ce son imagination ou bien était-elle en train de craquer ?

— C'est difficile... Je ne sais plus où j'en suis. Mais cela n'empêche pas que tu comptes pour moi.

Compter pour elle ? Quelle petite phrase odieuse et lâche. Bien sûr, il ne lui avait pas vraiment offert plus.

— Je suis rassuré de savoir que son père n'est pas un étranger. C'est une bonne nouvelle pour la sécurité de Fleur.

Elle posa une main gantée sur la sienne.

— Broderick, je suis désolée que tu souffres parce que Fleur n'est pas de toi.

— Comment sais-tu que je ne suis pas soulagé ? lui dit-il d'un ton de défi qui ne le convainquit pas lui-même.

— Parce que, dit-elle en regardant au loin, le bout de son nez et ses joues rosis par l'air froid, je l'ai vu sur ton visage, avant et encore maintenant. Tu t'es attaché à elle.

Le bébé n'était pas le seul à être devenu important pour lui. Et regarder Glenna en se rappelant ce qu'ils avaient partagé était la pire de toutes les tortures.

— Qui ne l'aurait pas fait ? admit-il en se rappelant la manière dont la petite fille babillait et toute l'innocence et la confiance qui rayonnaient dans ses yeux quand elle le regardait. Tu es une femme incroyablement douée et responsable. Je suis sûr que tu sauras te débrouiller. Tu seras tout à fait capable de l'élever sans mon aide.

Et bien que ces mots soient convenus et ternes, il tenta tout de même de lui faire un sourire d'encouragement.

Son menton trembla légèrement et il la vit hausser un sourcil avant que son visage reprenne une expression complètement neutre.

— Je suis bouleversée à l'idée de devenir mère. Je ne peux pas le nier. Mais je dois aussi admettre que je vais avoir besoin de toute l'aide que je pourrai trouver.

Considérait-elle réellement toujours l'idée d'être coparent avec lui ?

— Mais tu n'as pas confiance en moi. Ton mari t'a fait souffrir. Et il t'a trahie une seconde fois. Ce que je ressens n'a pas d'importance. Si tu ne peux pas me faire confiance, aucune relation ne pourra fonctionner entre nous.

Elle plissa le front.

— Ne fais pas de moi la responsable de tout cela. C'est toi qui m'as suggéré cette proposition pratique et dépourvue d'émotion. Et maintenant que je l'ai acceptée, tu veux partir en courant, ou t'envoler plutôt ? dit-elle en faisant un geste vague vers l'hydravion.

— Tu es devenue télépathe ?

Et elle l'était d'une certaine manière, mais réaliser à quel point elle pouvait si facilement lire en lui ne fit que le frustrer un peu plus.

— Broderick, je ne comprends pas ce que tu attends de moi.

Sa voix semblait si lasse.

Mais quel que soit son désir d'accepter son offre, de voir ce qu'ils pourraient devenir l'un pour l'autre, de s'entraider pour construire un avenir radieux pour Fleur, il comprenait que désormais s'il ne pouvait pas tout avoir de Glenna, ce ne serait pas suffisant. Il ne voulait pas juste d'une aventure ou d'un partenariat pour élever le bébé. Il voulait son amour.

Mais elle avait aimé un homme qui l'avait trahie, et qui avait sans doute brisé son cœur à jamais. Et Broderick ne connaissait que trop bien la douleur qu'il fallait supporter quand on perdait quelqu'un et à quel point cela pouvait paralyser les émotions d'une personne.

Ils avaient tous les deux déjà suffisamment souffert.

— Glenna, nous ne faisons que nous torturer et nous jeter des reproches au visage. Cette conversation n'apportera rien de bon.

Broderick ne pourrait pas supporter un mot de plus. Et il accomplit presque la prophétie de Glenna en courant jusqu'à l'hydravion. Il claqua la porte derrière lui et décolla, se moquant totalement de la direction qu'il prenait.

Tant qu'il n'était plus là en bas.

Toutes les couches de protection que Glenna avait construites au fur et à mesure des épreuves de sa vie pour contenir ses émotions commencèrent à céder tandis qu'elle regardait l'hydravion disparaître de sa vue.

Broderick l'avait quittée.

Abandonnée.

Et cette prise de conscience fragilisa encore un peu plus ses nerfs déjà éprouvés. Les ralentissements de son cœur la déstabilisèrent. Comment avait-il pu la laisser sans lui donner de réelle explication ?

Cette journée avait déjà été bien trop éprouvante. Son monde avait basculé quand l'infirmière avait prononcé son nom. Et la vérité sur les infidélités de son défunt mari lui avait fait l'impression d'un uppercut.

Elle s'était sottement accrochée à l'infime espoir que, quand elle marcherait sur ce ponton pour aller retrouver Broderick, tout finirait par s'arranger. Elle ferait la paix avec lui, en tout cas pour le moment. Et faire cela alors qu'elle était en train de réaliser l'étendue de la trahison de son mari avait presque été au-dessus de ses forces, pourtant elle avait essayé. Mais Broderick était littéralement parti en courant. Et cela faisait mal.

Beaucoup trop mal.

Son cœur se serra et elle sentit une tristesse infinie l'imprégner jusqu'aux os.

— Venez pêcher avec moi, lança dans son dos un homme à la voix rouillée.

Jack Steele ?

Elle se retourna et, effectivement, le père de Broderick se tenait à quelques pas d'elle. Elle ne l'avait pas entendu marcher sur les planches du ponton.

Sa proposition la prit totalement au dépourvu. Il se tenait face à elle, vêtu d'une chemise épaisse en flanelle, une canne à pêche dans chaque main. Elle cligna plusieurs fois des yeux devant ce spectacle incongru afin de retenir les larmes qui menaçaient de couler sur ses joues.

— Excusez-moi, monsieur, vous voulez que je fasse quoi ?

— Les filles aussi peuvent pêcher. Les miennes ont appris très tôt et j'espère bien que tu mettras toi-même ton appât sur l'hameçon, dit-il en lui tendant une canne à pêche bleue.

— Je ne refuse pas. Je suis juste étonnée que vous choisissiez cette manière pour que l'on se rapproche.

Puis elle jeta un dernier regard au loin, là où l'hydravion avait disparu quelques minutes plus tôt.

— C'est effectivement pour te montrer que tu ne me connais pas encore, ni moi ni ma famille. Et j'espère que nous pourrons changer cela, pour ton bien comme pour celui de mon fils.

Il lui tendit à nouveau la canne à pêche ainsi qu'une boîte d'hameçons.

— Marchons un peu le long de la rive, là où mon fils n'aura pas fait fuir tous les bons poissons en décollant. Détendez-vous un peu, d'accord ? Et apprenons à nous connaître.

Leurs pas résonnaient de concert tandis qu'ils marchaient côte à côte sur le ponton. Les rayons du soleil de midi faisaient scintiller la crête des vaguelettes et elle sentit un rire ironique monter dans sa gorge pendant qu'elle essayait de donner du sens à cette étrange proposition.

— Avec tout le respect que je vous dois, monsieur, ce n'est pas comme si nous avions le choix. Vous allez épouser ma mère, alors nous allons nous voir que cela nous plaise ou non.

Ils quittèrent le ponton, tournèrent à gauche et leurs bottes crissèrent sur la neige fraîche jusqu'à ce qu'ils atteignent une plate-forme de pêche. Glenna attrapa le seau à appâts, puis plongea la main dans l'eau glacée pour trouver le bon poisson.

Satisfaite de celui qu'elle avait sorti de l'eau, elle l'accrocha et se concentra pour effectuer son lancer. Ils entendirent tous les deux le son du moulinet qui se dévidait en projetant la ligne très loin dans la baie.

Jack siffla d'admiration.

— Sacrée surprise, tu es vraiment très douée.

— Mon père m'a appris. Les premières années de la compagnie, tous les bénéfices étaient réinvestis dans les affaires. Alors nous chassions et nous pêchions pour économiser. Et nous mangions très bien. Maman ne vous l'a pas raconté ?

Glenna fit tourner le moulinet, réconfortée par le bruit sourd des clics.

— Hum, pas avec autant de détails. Il semblerait que nous allions nous régaler et même que tu vas remplir le congélateur, dit-il en lançant sa propre ligne.

— Le poisson est toujours meilleur frais. Désormais nous le partageons avec nos équipes.

— C'est très attentionné de votre part, répondit-il en fixant l'horizon.

— Notre famille est devenue si grande que je vais certainement devoir rester ici un bon moment.

Son cœur avait sauté un battement quand elle avait prononcé le mot « famille » en le reliant aux Steele et aux Mikkelson. Et son regard se porta à nouveau vers le coin de ciel où l'avion de Broderick avait disparu.

— *Notre famille*... J'ai encore besoin de temps pour m'habituer à cette idée.

— Nos deux familles ont beaucoup souffert de la perte de certains des leurs.

Les yeux sombres de Jack cherchaient les siens. Glenna avala la boule qui lui nouait la gorge et ne put pas faire plus qu'opiner en silence.

La canne de Jack se courba, puis la ligne se tendit et se relâcha presque aussitôt. Quelque chose avait grignoté l'appât et s'était enfui.

— Je n'ai plus qu'une question.

— Laquelle ? lui demanda Glenna en rembobinant sa ligne.

Puis elle la relança et celle-ci atterrit avec un *plop* retentissant, mais presque silencieux par rapport au fracas de la queue d'une baleine s'abattant au loin sur l'eau.

Broderick était là-bas, quelque part vers l'horizon, souffrant et essayant de survivre à une perte de plus. Et elle ne pouvait s'empêcher de s'inquiéter de ce qu'il devait ressentir.

Elle ne pouvait pas nier qu'elle le voulait toujours. Elle voulait le réconforter. N'était-ce pas pour cela qu'elle était venue jusqu'à ce ponton au départ, plutôt que de se réfugier dans sa propre maison de famille ?

Que le ciel lui vienne en aide, mais elle ne pouvait pas laisser partir Broderick.

Jack pencha la tête de côté, sa moustache s'incurvant avec son sourire.

— Pourquoi persistes-tu à m'appeler monsieur ?

Sa question la surprit.

— Hum, sans doute pour ne pas vous appeler monsieur Steele ou, euh, patron.

— Au moins tu ne m'appelles pas « impitoyable quelque chose », voire pire, dit-il en ramenant sa ligne pour mieux la relancer.

Ils rirent. Cette guerre de famille semblait si lointaine, en tout cas pour l'instant.

— Je ne sais pas vraiment comment je dois vous appeler.

— Je préfère Jack, mais c'est à toi de choisir.

Sa canne se courba très fort et il se battit avec sa ligne pendant un moment. Et juste après, il sortit de l'eau une truite grasse qui gigotait dans tous les sens.

— Mais nous avons tout le temps, parce que personne ne sera tenu à l'écart. Nous sommes une famille. Et la famille sera toujours ce qu'il y a de plus important.

Broderick était sa famille. Et quand cette réalité s'imposa à elle, elle porta un regard nouveau sur les dernières heures. Il était sa famille et de la manière la plus importante. Il ne lui avait jamais tourné le dos. C'était elle qui l'avait repoussé, même à l'époque de l'université. Et malgré la douleur qui le hantait depuis qu'il avait perdu les êtres les plus chers à son cœur, il était quand même prêt à tout risquer pour s'engager auprès d'elle.

C'était un homme d'honneur. Un homme intègre, en phase avec ses sentiments. Elle le savait au plus profond de son cœur. Son esprit s'était juste montré trop borné pour le comprendre.

Mais plus maintenant.

Elle se retourna vers Jack.

— Est-ce qu'il y a quelqu'un ici avec un brevet de pilote qui pourrait me conduire jusqu'à Broderick ?

Le chalet était encore empreint de toutes les émotions de la semaine passée.

Bien sûr, il y avait surtout des souvenirs d'enfance, mais ceux qui lui sautèrent à la gorge furent les moments auprès de Glenna et Fleur.

Il s'assit sur la terrasse en essayant de chasser ces images de son esprit. Mais la vision du jacuzzi ruina immédiatement son effort.

Il leva les yeux vers le ciel en entendant un moteur d'avion, réalisant qu'il s'agissait du bruit d'un bimoteur avec des roues et pas d'un hydravion.

L'appareil se posa avec grâce sur l'herbe dans un coin particulièrement exigu, ce qui impliquait que seul son frère Marshall pouvait tenir les commandes. Il était un pilote époustouflant, bien que ces derniers temps Delaney ait commencé à rattraper son maître.

Marshall sauta de l'avion, sans chapeau, ses cheveux bouclés qui avaient sérieusement besoin d'un coup de ciseaux volant dans tous les sens. Du soutien familial. C'était quelque chose sur quoi Broderick avait toujours pu compter. Il prit une inspiration pour se préparer à crier, mais il aperçut alors des cheveux blonds et une silhouette mince. Et son souffle se coupa tandis que Glenna descendait les marches du petit avion en portant un seul sac de voyage.

Alors un immense sentiment d'espoir lui rendit sa respiration. Un élan d'amour si fort qu'il menaça de le faire sombrer plus vite qu'une vague de l'Arctique.

Marshall, demeuré à côté de l'appareil, mit ses mains autour de sa bouche pour crier.

— Frère, tu es d'accord pour que je reparte ?

Broderick regarda Glenna qui s'était arrêtée au pied des marches et il vit l'espoir scintiller dans ses yeux bleus. Il n'aurait jamais dû lui tourner le dos. Il aurait dû rester et trouver une solution avec elle sur le ponton familial des Steele. Mais peut-être que le destin leur offrait une seconde chance ? Une manière de mettre le passé derrière eux ?

Il reporta son attention sur son frère et hocha la tête.

— C'est bon, Marshall ! Merci.

Et il commença à descendre les marches pendant que Glenna les montait. Il lui prit son sac de voyage des mains et résista à l'envie urgente de la toucher. De la prendre dans ses bras et de la serrer jusqu'à ce qu'ils se transforment tous les deux en statues de glace.

Ils avaient besoin de parler, mais il ne devait pas la presser. Elle était là, pour lui, maintenant. Seul cela importait.

Tout en grimpant les marches jusqu'au chalet, il lui demanda :

— Où est Fleur ? Et Kota ?

— Nous avons une grande famille, pleine de baby-sitters qualifiés et de gardes-chiots qui se sont mis en rang pour nous aider.

— C'est parfait.

Ils entrèrent dans la maison. Un feu crépitait dans l'âtre, projetant une lueur orangée et réconfortante dans la pièce. Elle se débarrassa de son manteau épais. Dieu ! Glenna restait élégante même vêtue d'un jean délavé et d'un pull en cachemire clair. Quoi qu'elle porte, cela n'avait pas d'importance, sa beauté lui coupait le souffle à chaque fois. Et il ne pouvait pas imaginer la regarder sans avoir envie d'elle.

Tout en faisant un geste pour l'inviter à s'asseoir sur le canapé, il lui posa la question qui lui brûlait les lèvres.

— Que fais-tu ici ?

Elle lui jeta un regard inquiet et tendit la main vers lui avant de la reprendre.

— Je suis venue pour toi. Pour nous. Si tu veux toujours parler.

Puis elle s'assit sur le canapé en croisant les jambes.

— Vraiment parler. Tu t'es enfui avant que nous ayons eu la moindre chance d'assimiler les résultats concernant Fleur, dit-elle en regardant ses mains. Avant que j'aie eu le temps de réaliser ce que Gage avait fait…

Bon sang, cela avait dû la faire tellement souffrir. Il prit sa main dans la sienne.

— Je suis désolé, absolument désolé. Je sais que tu l'aimais.

Son regard revint vers le sien, pas de larmes, juste des regrets.

— Je commence enfin à accepter ce mariage pour ce qu'il était vraiment, bancal et destiné à échouer.

Sa bouche se tordit en un demi-sourire.

— Et tu as peut-être remarqué que je ne gérais pas bien l'échec, ajouta-t-elle.

Gérer les échecs ? C'était quelque chose qu'il comprenait très bien. Il n'avait jamais partagé le plus terrible de son existence et il allait avoir du mal à raconter cette histoire.

Mais Glenna avait fait l'effort de venir le retrouver. Il avait réussi à capter son attention. Et cela avait offert une seconde chance à cette relation qu'ils semblaient entamer. Il devait la mériter. Alors, il allait lui offrir une part de son âme, un secret qu'il avait toujours gardé enfoui.

Et avec une voix étrangement calme, il se jeta à l'eau.

— Je voudrais partager avec toi quelque chose qui t'aidera à mieux me comprendre, une histoire qui appartient à ma famille.

Elle lui caressa doucement la main puis la serra.

— J'adorerais l'entendre.

Aussi difficile que ce soit à dire, il comprit qu'il voulait vraiment la lui raconter.

— Ma mère avait l'habitude d'organiser des balades en traîneau pour nous tous.

— C'est un beau souvenir, dit-elle en caressant son poignet de son pouce pour l'encourager.

Il jeta un regard circulaire sur la pièce en l'observant attentivement. Et il eut l'impression de revoir le passé, sa vie d'avant, une vie qui n'avait pas pu se réaliser à cause du crash de l'avion.

— Elle aimait cet endroit, son État de naissance. Nous allions en vacances dans le Dakota quand mon père travaillait, mais la maison était ici, pour elle comme pour nous.

— C'est d'elle que tu tiens ta recette de ragoût ?

— Oui, et elle la tenait de ma grand-mère. Ma mère voulait nous apprendre tout ce qu'il était possible sur la façon de vivre de ses grands-parents inuits. Nous chassions, l'élan principalement, et nous pêchions pour remplir les congélateurs des orphelinats et des banques alimentaires locales. Nous le faisons toujours.

— J'ai eu droit à un échantillon des talents de pêcheur de ton père.

Pardon ? Intéressant, il faudrait qu'elle le lui raconte plus tard. Mais pour l'instant il ne voulait pas dévier de son sujet.

— Le caribou aussi, évidemment. Et nous avons même chassé des phoques.

Les yeux de Glenna s'agrandirent de surprise.

— Tu as attrapé un phoque ?

— Avec l'aide décisive de mon arrière-grand-père. J'ai plus participé qu'autre chose. Ce fut pour le moins un jour mémorable. Mais j'y ai surtout appris des leçons qui me servent encore aujourd'hui.

— Comme ?

Il changea légèrement de position sur le canapé pour lui faire face, espérant qu'elle comprendrait l'importance de ce qu'il essayait de lui expliquer.

— Dans la vraie culture inuit, il n'y a pas de structure sociale, de classe ou de possessions privées. La terre et ses ressources appartiennent à tout le monde. C'est un territoire partagé pour vivre et chasser.

— Tout le monde était égal ?

— Jusqu'à un certain degré. Il y avait des personnes avec un plus grand statut basé sur des compétences, comme la couture des peaux ou le chamanisme. Mais tous devaient faire leur part et s'investir. Et curieusement, c'est devenu le credo de mon père, ajouta-t-il en riant.

Un léger sourire perça sur les lèvres de Glenna. Pour la première fois depuis qu'elle était arrivée au chalet, elle se sentait plus paisible, plus assurée.

— Je comprends de mieux en mieux pourquoi ton père et ma mère étaient faits pour s'entendre.

— Mes grands-parents se sont assurés que nous apprenions les légendes inuits directement de leurs bouches, pas avec un livre. Comme celle de Qalupalik. Elle était verte et gluante et vivait dans l'eau. Elle fredonnait pour attirer les mauvais enfants près des vagues. Et s'ils s'éloignaient trop de leurs parents, elle les attrapait pour les mettre dans une poche sur son dos et les emmenait vivre dans sa grotte sous-marine avec les autres enfants. Et ils ne revoyaient jamais leurs familles.

Cette histoire l'avait terrifié, tout comme ses frères et sœurs quand ils étaient plus jeunes. Et il se rappela soudainement que Delaney avait même pleuré la première fois qu'elle l'avait entendue.

— Cela ressemble à un certain film qui est plutôt connu.

Il écarta les mains d'un air vexé.

— Hé, quand une leçon de vie fonctionne, elle fonctionne !

Ce qui l'amenait à ce qu'il avait vraiment besoin qu'elle sache.

— Nous avons aussi nos propres légendes de loups-garous, que l'on nomme des adets. On disait qu'ils avaient le bas du corps d'un loup et le haut d'un humain...

— Comme les centaures, commenta Glenna en s'enfonçant dans les coussins, son attention focalisée sur lui.

Bien, il progressait.

— J'imagine. Et apparemment, ils rôdent toujours. Moi et mes frères avons essayé d'en chasser un une fois. Mais nous avons dû rebrousser chemin parce que Naomi nous avait suivis et qu'Aiden l'avait suivie elle... Es-tu simplement en train de te montrer polie ? Tu dois connaître toutes ces histoires...

— J'en ai entendu parler, mais pas comme cela, et pas par toi, dit-elle en fronçant les sourcils comme si elle essayait de comprendre où il voulait en venir. Qu'est-ce que tu essaies de me dire ?

Il sentit les épines de glace qui déchiraient son cœur depuis l'accident s'enfoncer un peu plus profondément en cherchant ses mots.

— Naomi et Brea étaient jumelles. Elles étaient supposées avoir un lien particulier. Et tout le monde s'est plus inquiété pour elle après que nous avons perdu Brea, et je le comprends. Mais elle et moi étions très proches aussi, dit-il avec une expression douloureuse. Elle portait même le nom qu'on m'aurait donné si j'avais été une fille. C'était ma petite sœur. J'étais supposé la protéger.

Il dut s'interrompre pour avaler sa salive.

— Depuis la mort de ma sœur Brea, j'ai l'impression d'être devenu une demi-personne, comme dans la légende des adets. Je ne pensais plus avoir assez de substance pour offrir quoi que ce soit à quelqu'un d'autre, pas avant ces quelques jours avec toi et Fleur.

Les yeux de Glenna s'embuèrent et elle essuya d'un revers de la main une larme qui coulait sur sa joue.

— Pour un homme d'affaires si sûr de lui, tu te sous-estimes énormément.

Son espoir réapparut quand il sentit qu'elle serrait sa main plus fort.

— Je crois que tu me fais juste un compliment.

— C'est le cas. Tu es un homme incroyable à tellement de niveaux, dit-elle en prenant son autre main tout en plongeant son regard dans le sien. Pourquoi voudrais-tu accepter un compromis et t'engager dans une relation sans amour ? J'ai supporté un demi-mariage pendant des années, et je peux te dire que cela te dévore l'âme et le cœur.

Il souffrait pour elle en songeant à toute la douleur qu'elle avait dû endurer. Elle méritait mieux.

Il voulait lui offrir plus.

— Je ne faisais pas de compromis, loin s'en faut. Tu es tout ce que je pourrais jamais désirer dans la vie. Je comprends désormais que je m'inquiétais plus d'être ce dont toi tu avais besoin.

Ses yeux se remplirent de larmes et elle se rapprocha de lui tandis qu'il se penchait. Leurs lèvres s'unirent le temps d'un baiser fougueux plein d'espoir.

Et d'amour.

Leur connexion dépassait ce courant électrique qui enflammait leurs sens. Une émotion qui ressemblerait aux aurores boréales spirituelles.

Ses mains étaient posées sur son torse, faisant cogner son cœur contre sa cage thoracique.

— Broderick, murmura-t-elle contre sa bouche. Nous n'avons pas rendu notre rapport au conseil d'administration. Que faisons-nous pour nos postes ?

— Je me retire, répondit-il sans la moindre hésitation.

Et il le pensait.

Pour gagner le cœur de Glenna, aucun sacrifice n'était trop grand. Et avec elle à ses côtés, il savait qu'il pourrait obtenir de la vie des choses bien plus ambitieuses et merveilleuses qu'avec tous les plans préconçus qu'il avait imaginés. Elle lui ouvrait des horizons.

Elle enrichissait sa vie.

Ses sourcils se haussèrent et ses yeux s'agrandirent sous le choc de la surprise.

— Tu vas faire quoi ? Tu ne peux pas réellement envisager de quitter ton travail, ta place dans l'empire Steele !

— Aucun travail n'est plus important que toi.

Il croyait en ces mots plus qu'en aucun de ceux qu'il avait jamais prononcés.

— Il y a plus que le travail dans la vie. Il y a la famille.

— Mais... ton travail *est* ta famille.

— Non, plus maintenant, répondit-il simplement.

— Tu le penses réellement.

Et un air d'absolue stupéfaction imprégna le visage de Glenna tandis qu'elle fixait intensément le sien.

— Je ferai tout ce qui est nécessaire pour te prouver que je suis l'homme qu'il te faut et que je te mérite.

Elle posa une main à plat sur son torse.

— Tu n'as pas à faire cela pour moi.

Il lui fit un sourire impénitent.

— Ce n'est pas comme si je manquais de ressources financières. Je travaille parce que je le veux, pas parce que j'en ai besoin. Je pourrais devenir consultant et passer plus de temps avec toi... et Fleur.

Elle cligna plusieurs fois des yeux tout en se mordillant les lèvres, puis son visage s'illumina.

— Et si nous devenions tous les deux consultants ?

— Répète-moi cela, je ne suis pas sûr d'avoir bien entendu ? Tu semblais si inflexible à propos de ton héritage familial. Je ne te demande pas de me rendre la pareille et de renoncer aussi à ton poste. Nous allons tous les deux devoir faire des sacrifices, j'en suis conscient maintenant. Mais notre relation, notre mariage en valent largement la peine.

— Broderick...

Elle lui serra la main un peu plus fort.

— La famille... n'est-ce pas ce dont nous sommes en train de parler ? Créer une famille, toi et moi ? C'est cela notre héritage, celui que nous allons construire ensemble. Nous pouvons devenir consultants tous les deux pour la compagnie et décider de notre emploi du temps.

Il caressa son visage en ressentant un bonheur dont il comprit qu'il pourrait bien durer toute sa vie.

— J'aime beaucoup ce que tu me dis, mais je veux être sûr que tu comprends réellement que tu n'as pas à sacrifier ta carrière pour moi.

— Oh, Broderick, ne vois-tu donc pas ? Je ne sacrifie rien. Je suis en train de cicatriser de mes blessures et de me préparer à de nouveaux défis plutôt que de me contenter de me protéger et de fuir. C'est une nouvelle vie que je commence avec toi. Et si nos parents s'opposaient à nos décisions, alors... nous, toi et moi, serons une famille. Nous deviendrons, hum, disons comptables et vivrons des bénéfices de nos portefeuilles d'actions, chasserons et pêcherons tout en jouant avec Kota et en élevant Fleur. Notre fille.

La beauté de son offre et l'ampleur de son sacrifice le bouleversèrent et le remplirent d'un amour qui le fit se sentir complet pour la première fois depuis... toujours.

— Je suis totalement amoureux de ton projet. Et je suis totalement amoureux de toi, Glenna.

Elle se pendit à son cou et se blottit contre lui. Son corps si doux au parfum d'amande s'imbriqua parfaitement au sien.

— N'est-ce pas une merveilleuse coïncidence ? Parce qu'il se trouve que je suis sauvagement et passionnément amoureuse de toi, moi aussi, Broderick Steele.

Et s'il avait encore eu des doutes, ce qui n'était pas le cas, il comptait bien lui démontrer à quel point leur amour était fort. Il referma ses bras sur elle et la fit glisser jusqu'à la peau d'ours où il le lui prouverait toute la nuit et le reste de leur vie.

Épilogue

Deux semaines plus tard

Glenna savait qu'elle n'était pas la seule mère à passer le temps en se contentant du bonheur simple de profiter de son bébé. Aussi refusait-elle de se sentir coupable pour son après-midi à paresser, dans l'immense demeure familiale des Steele, à regarder Fleur dormir dans sa balancelle. Juste à côté, Naomi travaillait sur sa tablette tactile, ses longs cheveux noirs voilant son visage tandis qu'elle écrivait et faisait défiler des textes.

Le vrombissement doux du moteur de la balancelle et les tapotements sourds des doigts sur le clavier étaient les seuls bruits présents dans le solarium. Et Glenna se sentait parfaitement heureuse en regardant le bébé enfoncer sa tête encore plus profondément dans son petit oreiller rose.

Le monde de Glenna s'était transformé depuis qu'elle avait assisté à l'enterrement de vie de jeune fille de Jeannie dans cette même pièce, le jour où Fleur était entrée dans leurs vies. Désormais, elle se sentait chez elle au sein de la famille Steele et son affection s'était propagée à tous les proches de Broderick. D'ailleurs, ils seraient bientôt officiellement de la même famille, dès que Jeannie et Jack auraient concrétisé leur projet de mariage, qui ne cessait de changer de date à cause de tous les emplois du temps qu'il fallait synchroniser.

Elle détourna les yeux de la balancelle et regarda la neige

légère qui tombait à travers la baie vitrée. Derrière, Broderick, en selle sur son étalon, rentrait d'une balade en famille.

Son cœur battit un peu plus fort dans sa poitrine. Broderick était un homme fort, un homme d'honneur. L'amour de sa vie. Elle avait toujours du mal à croire qu'autant de joie puisse emplir son existence.

Un long soupir du bébé attira à nouveau son attention. Fleur papillonnait des yeux en bâillant joyeusement, mais les sourcils de Naomi étaient profondément froncés tandis qu'elle fixait sa tablette.

Glenna se pencha vers elle.

— Tout va bien ?

La sœur de Broderick leva le regard vers elle et son expression s'adoucit.

— Oui, je suis juste préoccupée.

Puis elle posa sa tablette et se leva pour prendre Fleur dans sa balancelle.

— Viens dans les bras de tata Naomi.

— Tu t'occupes d'elle avec tant de naturel.

Naomi agita un ours en peluche devant les yeux de la petite fille.

— J'adore les bébés.

Glenna hésita à lui parler d'enfant, ne sachant que trop bien à quel point les problèmes de fertilité pouvaient être un sujet sensible. Broderick lui avait raconté ses problèmes de santé quand elle était jeune, sa bataille contre le cancer et que ses ovules avaient été congelés pour une possible fécondation in vitro dans le futur. Quel terrible traumatisme cela avait dû être à traverser pour une adolescente.

— À l'évidence, Fleur adore aussi sa tante Naomi.

Naomi posa son front contre celui du bébé, puis déposa un baiser sur son nez.

— Je sais que les gens croient que je suis quelqu'un qui ne pense qu'au travail, mais la famille est tout aussi importante à mes yeux. Mon obsession pour mon travail vient simplement du fait que je veux faire ma part.

— Tu apportes une valeur inestimable à la compagnie.

Glenna n'avait jamais rien remarqué qui lui donne l'impression que Naomi était une enfant rebelle, mais elle avait entendu des rumeurs. Elle savait aussi que certaines réputations n'étaient pas fondées ou méritées.

La détermination tenace de Naomi faisait d'elle une avocate indomptable. Ils avaient de la chance qu'elle soit de leur côté. Pourtant, un voile d'insécurité traversait parfois le visage de la jeune femme, à la surprise de Glenna.

— Je me sentirai mieux une fois que j'aurai trouvé un moyen d'obtenir l'autorisation d'utiliser les recherches de Royce Miller pour notre compagnie.

Royce Miller ? C'était un objectif plus qu'ambitieux. Le scientifique reclus avait mis au point une technique légendaire pour l'industrie pétrolière qui mêlait efficacité de rendement et protection de l'environnement. Tout cela était extrêmement convoité par leurs concurrents.

— Ce serait un sacré coup de pouvoir l'engager, ou au moins de pouvoir jeter un œil à ses recherches. Mais pour l'instant réussir à le joindre et à lui parler serait déjà un bon début.

Derrière elles, la porte d'entrée s'ouvrit et des pas résonnèrent sur le parquet. Fleur les entendit aussi et sa minuscule tête se tourna vers la source du bruit avant que Naomi ne fasse de même.

Un instant plus tard, Broderick se tenait sous le chambranle, son Stetson et les épaules de sa veste recouverts de neige. Son regard se fixa aussitôt sur Glenna et une magie impalpable se propagea entre eux comme à chaque fois.

Glenna sentit que la température de sa peau augmentait et que ses doigts de pied se recroquevillaient d'anticipation à la simple vision de l'homme qu'elle aimait. Comment parvenait-il à lui couper le souffle d'un simple regard ?

Naomi se racla la gorge, tenant toujours le bébé dans ses bras.

— Glenna, que dirais-tu si je prenais un peu la petite avec moi et que je lui donnais son biberon ? Ce serait un bon entraînement pour… euh… un jour. J'imagine que deux nouveaux parents apprécieraient une pause.

— Tu es sûre que cela ne t'embête pas ? lui demanda Glenna sans quitter Broderick des yeux.

— Non, pas vraiment. Amusez-vous bien, répondit-elle en riant avant de donner un coup de coude à son frère en quittant la pièce.

Glenna marcha jusqu'à Broderick et glissa ses bras autour de son cou en inspirant son odeur.

— Tu as fait une bonne balade ?

— Absolument, dit-il avant de l'embrasser langoureusement. Mais elle aurait été encore meilleure si tu nous avais accompagnés.

— Tu deviens bien romantique pour un homme d'affaires sans cœur.

— Tu fais ressortir le meilleur de moi-même, dit-il en lui caressant les cheveux. Et je le pense réellement.

— Merci. Je crois aussi que nous étions faits l'un pour l'autre.

Son sourire la fit trembler des pieds à la tête, mais il se recula en laissant sa main descendre le long de son bras.

— Je pense qu'il est temps que nous rendions tout cela très officiel.

— Que veux-tu dire ?

Il se mit à genoux et sortit une petite boîte en velours de la poche intérieure de sa veste.

— Glenna, j'allais t'inviter pour un dîner romantique ce soir… et j'en ai toujours l'intention. Mais quand je te regarde dans les yeux comme à l'instant, je ne peux attendre plus longtemps.

Glenna se sentit submergée par son émotion. Tous ses espoirs et son bonheur reposaient sur cet homme et leur avenir commun. Elle posa une main sur son cœur, inscrivant chaque détail de cet instant dans sa mémoire afin de pouvoir le revivre encore et encore.

— C'est un sentiment partagé.

Elle voulait que toutes les journées ressemblent à celle-là, passée en compagnie de Fleur et Broderick, et entourés par leur famille.

Un grand sourire illumina son visage tanné par le soleil.

— Glenna, mon amour, mon amante, ma vie, me ferais-tu l'immense honneur de devenir ma femme ?

Son cœur se serra à ces mots. Elle s'agenouilla en face de lui et entoura la petite boîte de ses mains.

— Bien sûr, je le veux. Je suis à toi et je suis tellement heureuse que tu sois à moi. Pour toujours.

Il ouvrit alors la boîte, révélant une bague sertie d'un incroyable diamant jaune taillé en carré. Il la fit glisser sur son doigt et elle s'aperçut que sa main tremblait légèrement. La bague lui allait parfaitement.

— Oh ! mon Dieu ! s'exclama-t-elle en tendant le bras pour que les facettes de la pierre captent les rayons du soleil.

De petits arcs-en-ciel se mirent à flotter dans la pièce, s'envolant du diamant étincelant.

— Elle est magnifique ! Comment as-tu su que c'était le choix parfait ?

Il embrassa son nez.

— J'ai eu un peu d'aide de la part de ta mère et de ta sœur. Tu l'aimes vraiment ?

Glenna aimait avant tout ce qu'elle symbolisait. Mais la bague n'en était pas moins époustouflante.

— Oui, répondit-elle en songeant qu'un jour elle lui redirait ce mot devant tous ceux qu'ils aimaient.

Elle était si impatiente que le monde entier les entende prononcer leurs vœux.

— Et j'ai une idée. Oublions le dîner et allons fêter cela dans notre suite.

Les yeux de Broderick s'assombrirent d'une teinte et il lui lança un regard de braise qui lui brûla presque la peau.

Puis il la prit par la main pour l'entraîner à sa suite.

— Je pense que c'est une idée parfaite, de ma parfaite future épouse.

KATHERINE GARBERA

L'étau du passé

Traduction française de
ÉDOUARD DIAZ

PASSIONS

HARLEQUIN

Titre original :
CRAVING HIS BEST FRIEND'S EX

Ce roman a déjà été publié en 2019.

© 2018, Katherine Garbera.
© 2019, 2024, HarperCollins France pour la traduction française.

1

Crissanne Moss se tenait devant lui, plantée sur le seuil de sa porte. En allant ouvrir, Ethan Caruthers était loin de s'imaginer qu'il la trouverait là. Elle était pâle et visiblement soucieuse. Elle portait sa sacoche de photographe en bandoulière, et une valise était posée à côté d'elle. Le taxi qui venait de la déposer repartait déjà.

Crissanne repoussa ses lunettes de soleil sur le sommet de sa tête, et la brise qui soufflait doucement en cette fin d'été fit voler une mèche de ses longs cheveux blonds et soyeux. Entrouvrant les lèvres, elle expira une bouffée d'air pour l'écarter de son visage. Comme à chaque fois qu'elle faisait ce geste habituel, Ethan dut déployer un effort considérable pour détourner le regard de sa bouche.

Avec la plupart des femmes, il parvenait très bien à rester détaché. Mais, depuis l'instant où son meilleur ami lui avait présenté sa compagne, Ethan menait un combat sans répit pour contrôler l'intense désir qu'elle faisait naître en lui.

Une attirance brûlante qu'il lui était totalement impossible de contrôler, même s'il avait le sentiment d'être déloyal envers Mason. Il avait désiré Crissanne au premier regard qu'il avait posé sur elle, et avait été tenté de...

Mais Crissanne vivait à Los Angeles avec son meilleur ami depuis presque trois ans.

— Bonjour, dit-il en s'écartant pour la laisser entrer avant de ramasser sa valise. Que fais-tu là ? Cole's Hill, au Texas, n'est pas précisément dans ton quartier.

— Je sais que tu ne m'attendais pas, répondit-elle. Et, lorsque tu sauras pourquoi je suis ici, je ne t'en voudrai pas si tu m'ordonnes de repartir sur-le-champ.

Crissanne s'exprimait avec ce charmant accent de la côte Ouest qu'Ethan avait toujours trouvé irrésistible. Comment aurait-il pu lui demander de s'en aller ?

— Je suis avocat, rappela-t-il. J'ai entendu toutes sortes d'histoires extravagantes au cours des années. Je doute que tu parviennes à me choquer.

Le doux sourire qu'elle lui adressa paraissait feint, mais elle s'approcha pour le serrer dans ses bras.

— Tu as toujours été le meilleur, Ethan. Pour être franche, je ne savais pas vers qui d'autre me tourner…

Intrigué, il reposa la valise contre le mur de l'entrée et alla refermer la porte avant de se tourner à nouveau vers Crissanne. Il était tenté de lui demander où était Mason, mais il lui semblait se souvenir que son ami devait partir au Pérou pour les prises de vues de son émission sur le thème de la survie dans la nature sauvage.

— Viens dans la cuisine, suggéra-t-il. Ma gouvernante a préparé du thé et des cookies aux pépites de chocolat avant de rentrer chez elle. Nous pourrons en déguster quelques-uns, et tu m'expliqueras pourquoi tu es ici.

Il lui fit signe de le précéder dans le couloir. C'était ce qu'aurait fait un gentleman mais en observant, fasciné, le doux balancement des hanches de Crissanne à chacun de ses pas, il sut que sa suggestion ne devait rien à la politesse. *Il la désirait*. Prenant une profonde inspiration, il s'efforça de se ressaisir.

Il avait rompu depuis quelque temps déjà avec une jeune femme de Midland qu'il voyait occasionnellement, ce qui signifiait qu'il traversait une période d'abstinence sexuelle un peu trop longue à son goût.

— Je vais aller chercher mon téléphone dans mon bureau, déclara-t-il. Goûte ces cookies, ils sont délicieux.

Il entra dans son cabinet de travail et demeura immobile un instant, les yeux fermés, s'efforçant de se remémorer tous les principes sacrés qu'on lui avait inculqués. Et notamment qu'on ne devait pas convoiter ce qui était à autrui. Puis il prit son smartphone sur la table de travail et ressortit, certain d'avoir retrouvé le contrôle de ses émotions.

C'est alors qu'il vit Crissanne, plantée devant les portes-fenêtres donnant accès à l'arrière de la maison, son front appuyé contre la vitre.

Elle avait l'air perdue.

Soudain, Ethan refoula ses pensées érotiques dans un recoin de sa conscience. Crissanne avait besoin de lui.

— Crissanne ?

Elle se retourna. Ôtant ses lunettes de soleil, elle les posa sur la table de la cuisine et fourra ses deux mains dans les poches arrière de son jean, ce qui eut pour effet de faire saillir ses seins sous l'ample blouse qu'elle portait.

Ethan se tétanisa.

— Mason et moi avons rompu, annonça-t-elle d'une voix qui tremblait un peu. Nous avons eu une très violente dispute, et il m'a dit que je pouvais rester dans son appartement de Los Angeles jusqu'à son retour du Pérou, mais je n'en ai pas eu la force. Je... J'avais besoin de prendre mes distances. Le problème, c'est que je n'ai pas de famille. Arrivée à l'aéroport, je me suis rendu compte que je ne savais pas où aller. Puis j'ai pensé à toi.

Mais Ethan ne l'entendait déjà plus. Il était resté bloqué sur sa première phrase : *Mason et moi avons rompu.*

Crissanne était libre.

Elle souffrait et elle se sentait seule. Ethan savait déjà qu'elle n'avait pas de famille. Elle avait grandi dans des centres d'accueil, et n'avait que quelques amis proches... qu'elle partageait pour la plupart avec Mason. Ils vivaient en couple depuis leur première année à l'université. Alors Ethan enfouit son désir au plus profond de lui-même, comme il l'avait toujours fait, et lui sourit.

— Il va sans dire que tu peux rester ici aussi longtemps que tu le souhaites, déclara-t-il, désireux de la mettre tout de suite à l'aise.

— Merci, murmura-t-elle. Je me rends compte que ma présence ici pourrait te placer dans une situation quelque peu embarrassante, mais je ne savais vraiment pas où aller.

Ethan fronça les sourcils. Bien sûr, la situation serait délicate à expliquer, lorsque Mason l'appellerait. Mais il n'était pas question de mettre Crissanne dehors. Il aurait pu se convaincre que l'éducation de son père avait fait de lui un gentleman – ce qui était vrai. Crissanne se trouvait dans une situation difficile et avait clairement besoin d'un soutien. Mais la vérité, c'était qu'il *désirait* qu'elle soit ici, et qu'il était prêt à tout supporter pour qu'elle reste sous son toit.

— Embarrassante ? se récria-t-il. Pas du tout ! Es-tu certaine qu'il s'agisse d'une rupture définitive ? Je sais que Mason est souvent de mauvaise humeur lorsqu'il s'apprête à partir en tournage.

Il voulait sincèrement la voir heureuse et, jusqu'à aujourd'hui, il trouvait que Mason et elle formaient le couple idéal. En dépit du désir qu'il éprouvait pour elle, le bonheur de Crissanne passait avant tout. Mason était peut-être un peu obtus avec les femmes mais, les années passant, Ethan avait remarqué qu'ils semblaient assez bien assortis, tous les deux. C'était Mason qui avait encouragé Crissanne à créer son vlog de voyages, une activité qui lui avait apporté une certaine sécurité financière et une belle carrière.

— Oui, j'en suis consciente, répondit-elle. Lui et moi nous sommes beaucoup éloignés, ces derniers temps. Je sais qu'il est ton ami, alors je ne t'en dirai pas davantage à ce sujet, sinon que nous attendons des choses différentes de la vie.

Ethan garda le silence. Depuis quelque temps, il évitait le plus possible de fréquenter le couple : il lui était devenu trop difficile de se trouver en présence de Crissanne sans avoir envie d'elle.

— Souhaites-tu m'en parler ?

Elle secoua la tête et, ce faisant, fit glisser quelques longues mèches de cheveux sur son épaule.

— Pas maintenant, répondit-elle.

— Très bien, dit-il, la gorge serrée. Et si je te montrais ta chambre ? Tu pourrais faire un brin de toilette. Ensuite, je t'invite à dîner. Comme je n'avais pas demandé à ma gouvernante de préparer quoi que ce soit, nous irons au restaurant.

— C'est une merveilleuse idée, répondit-elle. Es-tu sûr que cela ne te dérange pas ?

— Absolument certain.

— Je commencerai dès demain à chercher un appartement, déclara-t-elle. Habiter à Los Angeles a toujours été le choix de Mason, et je pensais aller m'installer loin de la côte Ouest. J'avais le choix entre Chicago et ici, et, puisque je te connais… Mais je peux aussi aller m'installer dans un hôtel. D'ailleurs, c'est sûrement ce que j'aurais dû faire.

— Arrête, s'il te plaît, la coupa-t-il. Tu peux rester ici. Il n'y a aucune urgence à ce que tu te mettes à chercher un appartement. Cette maison est suffisamment grande pour nous deux.

Au demeurant, Mason allait encore rester à l'étranger durant plusieurs semaines. Ethan aurait tout le temps de décider de ce qu'il dirait à son meilleur ami lorsque celui-ci rentrerait au pays.

— Tu es vraiment le meilleur ami dont une femme puisse rêver, murmura-t-elle.

Ethan fit de son mieux pour se convaincre qu'il pouvait se contenter de son amitié, mais il savait déjà depuis longtemps qu'il se mentait à lui-même à ce sujet. Et la présence de Crissanne dans sa maison allait encore aggraver la situation.

Crissanne comptait sur cette réponse. Elle aurait menti en affirmant qu'elle n'avait pas remarqué qu'Ethan avait toujours eu un petit béguin pour elle, mais elle avait espéré qu'il lui offrirait l'hospitalité en toute amitié. Elle n'était pas le genre de personne à se lier facilement avec les gens. Surtout parce qu'elle n'avait jamais vraiment appris à faire confiance aux autres. La psychologue que sa dernière famille d'accueil l'avait envoyée consulter après son dix-huitième anniversaire lui avait prédit que cette attitude serait toujours un obstacle à son bonheur.

C'était peut-être cela qui avait fini par les séparer, Mason et elle. En tout cas, elle disait la vérité en avouant qu'elle n'avait nul autre endroit où aller. Elle avait appelé son amie Abby, qui vivait à San Francisco, mais celle-ci venait tout juste de se mettre en couple avec le nouvel homme de sa vie, et lui avait répondu qu'elle ne pouvait l'héberger.

Crissanne entretenait une excellente relation avec la responsable marketing d'une grande marque de bagages qui sponsorisait la plupart de ses vlogs, mais elle n'avait pas envie de l'appeler pour lui demander son aide. Elle avait besoin d'un ami, de quelqu'un qui ne la jugerait pas. Et Ethan correspondait exactement à cette description.

Mieux encore, Ethan était un homme très occupé. Avocat, il serait souvent au tribunal et elle aurait beaucoup de temps pour réfléchir tranquillement à la direction qu'allait prendre sa vie. Elle allait réussir. Parce que rester dans la maison qu'elle avait partagée avec Mason après cette horrible dispute était tout simplement inenvisageable. Les paroles d'amertume qu'ils avaient échangées l'avaient marquée à jamais.

Il fallait qu'elle parte, pour aller là où elle se sentirait acceptée. Or Ethan lui avait toujours fait sentir qu'elle était importante à ses yeux.

— Voici ta chambre, annonça Ethan en ouvrant la troisième porte dans le couloir du premier étage.

Elle demeura un moment plantée sur le seuil de la chambre la plus luxueuse qu'elle ait jamais vue. Elle n'était jamais venue chez Ethan : c'était toujours lui qui leur rendait visite sur la côte Ouest. Tout respirait l'influence espagnole dans cette maison, des carrelages de terre cuite du hall d'entrée à la grande arche majestueuse qui donnait accès au salon. Mais l'ambiance de cette chambre évoquait plutôt l'Ouest des pionniers. Le sol était recouvert d'un épais tapis, et Crissanne regretta de ne pas s'être déchaussée avant d'entrer, afin de sentir sa douceur sous ses pieds nus. Un immense lit à baldaquin tendu de voilages bleu nuit trônait au centre de la pièce. Des tables de chevet encadraient le lit et, dans un coin, deux confortables canapés de cuir étaient séparés par une table basse. Le tableau accroché au mur représentait un paysage du Hill Country, l'une des régions les plus spectaculaires du Texas.

— Cette chambre est fabuleuse ! s'exclama-t-elle.

— Je suis heureux qu'elle te plaise. Tu trouveras un bureau, dans l'alcôve là-bas, et juste derrière, un dressing et ta propre salle de bains. Si tu as besoin de quoi que ce soit d'autre, n'hésite pas à me le demander.

— Je ne prends pas beaucoup de place, tu verras. Je ne pense pas avoir besoin de quoi que ce soit d'autre.

— Sait-on jamais ? Je parie que dès que Mason aura atterri à Lima, il courra jusqu'au premier téléphone pour te demander pardon.

Elle en doutait fort. Mason avait détalé comme un lapin lorsqu'elle avait suggéré qu'ils devraient se marier et songer à fonder une famille. Comme leur vie commune se réduisait à de brèves retrouvailles dans les aéroports et à des nuits passées dans l'une des nombreuses résidences que Mason possédait partout dans le monde, elle s'était attendue à ce qu'il lui fasse quelques objections. Mais son refus brutal l'avait blessée.

Au cours de cette dernière conversation, il lui avait annoncé qu'il n'avait aucune intention d'avoir des enfants. Or… Cela changeait tout pour elle. Elle avait toujours rêvé d'avoir une famille à elle, après l'enfance misérable et solitaire qu'elle avait connue.

— Je ne compterais pas trop là-dessus, répondit-elle.

— En tout cas, comme je te le disais, tu es la bienvenue ici, déclara Ethan. Prends tout ton temps pour t'installer. Je serai dans mon cabinet de travail. Je dois plaider devant le tribunal, demain matin, et j'ai besoin de revoir mes notes.

— Nous ne sommes pas obligés de dîner ensemble, si cela t'arrange.

— Bien sûr que si, répondit-il avec ce sourire en coin qui lui donnait un charme fou. J'avais prévu de dîner dehors, de toute façon. Et papa me ficherait une raclée s'il apprenait que je t'ai obligée à dîner d'un bol de céréales après que tu as traversé la moitié du pays pour venir me voir.

— Comment va-t-il ?

— Pas trop mal, répondit-il en haussant les épaules. Il est à la retraite, mais cela ne signifie rien pour lui. Il fourre continuellement son nez dans toutes les opérations du ranch, ce qui rend Nate complètement dingue.

Ethan faisait partie d'une fratrie de quatre garçons. Nate, l'aîné, avait repris la direction du ranch familial Rockin' C, et était également le P-DG d'une société d'exploitation pétrolière et de droits miniers. Un autre de leurs frères, Hunter, un ancien footballeur de la ligue nationale, avait récemment été blanchi dans un scandale remontant à ses années d'université. Enfin il y avait Derek, qui était chirurgien à l'hôpital de Cole's Hill.

Ethan était beaucoup trop sexy pour un avocat, et Crissanne n'avait pas honte de le penser. D'épais cheveux blonds retombaient en boucles sur son front, quels que soient les efforts qu'il déployait pour les coiffer en arrière. Sa chemise taillée sur mesure mettait en valeur ses bras musclés et son ventre plat.

— Et toi ? s'enquit-elle pour s'empêcher de le dévorer des yeux. Ton père te stresse-t-il ?

— Quelquefois, oui, reconnut Ethan. Heureusement, la fille de Nate, Penny, concentre maintenant une grande partie de son attention. L'arrivée d'une petite-fille a eu un effet apaisant sur lui. Au fait, je ne suis pas seul dans cette maison. Outre ma gouvernante, j'emploie aussi un homme à tout faire. Il s'appelle Bart et il vit ici, lui aussi. Il s'occupe de la maison, de la piscine et du jardin.

— As-tu vraiment besoin de deux employés pour tenir ta maison ? s'étonna-t-elle.

— Probablement pas, mais je suis souvent absent. De plus, Bart avait besoin d'un emploi et personne n'acceptait de l'embaucher parce qu'il a un casier judiciaire. Mme Yarnall travaillait pour mes parents mais, depuis qu'ils ont emménagé dans la petite maison, ils n'ont plus besoin d'elle. Elle ne prendra sa retraite que d'ici cinq à six ans et, entre-temps, elle m'aide beaucoup ici.

— N'étais-tu pas inquiet à l'idée d'engager Bart ?

— Pas du tout. Bart est un type bien qui a grandi entouré des mauvaises personnes. Et je l'ai vu changer de jour en jour depuis qu'il a été libéré sur parole.

Ethan était adorable. Il se préoccupait des autres. Il s'intéressait à ses interlocuteurs sans prêter attention aux détails secondaires, tels que le milieu familial, le CV ou l'âge. Pour lui, tout être humain avait une place dans la vie.

Crissanne était venue ici en sachant qu'il avait un petit faible pour elle, mais elle doutait que cet intérêt dépasse la simple curiosité. Ethan était loyal, et Mason était son meilleur ami. Même s'il la désirait, il ne le lui avouerait jamais.

Mais, bien sûr, il était possible qu'il ne l'ait désirée que parce qu'elle représentait le fruit défendu. Cette idée l'attristait, car elle souhaitait ardemment qu'Ethan soit l'homme parfait qu'il avait toujours été dans son imagination.

Il fit quelques pas vers la porte, puis elle le vit hésiter.

— La terrasse offre une jolie vue sur la piscine et les jardins, observa-t-il. Elle relie toutes les chambres.

— Où est la tienne ? s'enquit-elle.

— Deux portes plus loin.

Et, là-dessus, il sortit, refermant la porte derrière lui.

Crissanne resta seule dans cette jolie chambre, faisant de son mieux pour ne pas se sentir perdue. Elle n'avait pas éprouvé ce sentiment depuis très longtemps mais, tout à coup, les souvenirs de son enfance resurgissaient : les familles d'accueil successives, la sensation d'être une naufragée à la dérive, ignorant où le flot allait l'emporter.

Désormais, voilà qu'elle se retrouvait de nouveau seule. Avec Mason, elle s'était habituée à faire partie d'une famille, mais elle savait aujourd'hui que tout cela n'était qu'illusion. Mason se satisfaisait du côté informel de leur relation, alors qu'elle-même avait eu la faiblesse de se convaincre qu'un lien plus étroit les rapprochait. En tout cas, elle avait retenu la leçon et ne commettrait jamais plus la même erreur.

Ethan entra dans son bureau, le front barré d'un pli songeur, et, refermant la porte derrière lui, s'adossa au vantail. Ses frères se rangeaient les uns après les autres, mettant de l'ordre dans leurs vies. Mais lui, qu'avait-il dans la sienne qui compte vraiment ? Son travail, certes. La carrière qu'il adorait et à laquelle il n'accepterait jamais de renoncer. Et puis il y avait aussi une femme qui le considérait comme un simple ami.

Hélas.

Il s'avança jusqu'à sa table de travail et, s'affalant sur le confortable fauteuil de cuir que sa mère l'avait aidé à choisir, il posa le regard sur une photo de ses frères et lui au mariage de Nate. Vue de l'extérieur, sa vie pouvait paraître idéale, parfaite, mais il connaissait ses faiblesses. Il savait qu'ignorer ce qu'il ressentait pour Crissanne n'était pas la solution : il devait faire face, gérer la situation avec lucidité et passer à autre chose.

Il avait envoyé un SMS à Bart pour l'informer que Crissanne était son invitée, et il se demanda s'ils avaient déjà fait connaissance. Se relevant aussitôt, il se dirigea vers la cuisine, depuis laquelle s'échappait de la musique. Il n'était pas dans les habitudes de Bart de travailler ainsi, mais il avait peut-être succombé au charme de Crissanne, lui aussi. Il y avait quelque chose chez elle, une tristesse dans ses yeux, qui avait toujours éveillé en Ethan une irrésistible envie de lui redonner le sourire.

Mais Bart n'était pas dans la cuisine. C'était Crissanne qui chantait à l'unisson avec Jack Johnson tout en tapotant le clavier de son ordinateur portable. Elle lui tournait le dos, et il l'observa pendant un moment.

Il s'efforça de se convaincre que c'était la douceur de la jeune femme qui le charmait, et qu'il n'y avait absolument rien d'érotique dans cette scène. Pourtant, Crissanne était l'image même de la tentation. Il décida aussitôt que l'unique solution consistait à penser à elle comme à l'une de ses belles-sœurs.

Elle leva les yeux de son ordinateur et tourna la tête. Lorsqu'elle le vit planté sur le seuil, elle se tut instantanément.

— Désolée, s'excusa-t-elle. Je crois que je me suis laissée aller à chanter tout haut.

— C'est vrai, dit-il. Et j'ai adoré.

— Ah bon ?

— Tu chantes beaucoup mieux que Hunter, déclara-t-il, faisant référence à son jeune frère. Ce garçon a beaucoup de talents, mais le chant n'en fait pas partie.

— Ta famille semble tellement...

— Grande et ennuyeuse ? suggéra-t-il.

— Ils ont l'air gentil. Moi, je n'ai ni frère ni sœur.

— Il leur arrive d'être très pénibles, remarqua Ethan en s'adossant au plan de travail. Je ne compte pas le nombre de fois où j'ai souhaité être enfant unique.

— Mais ce n'est plus le cas aujourd'hui, n'est-ce pas ?

Ethan secoua la tête. Il était heureux d'avoir ses frères, et d'entretenir une telle proximité avec sa famille.

— Je me suis dit que tu pourrais profiter de ton séjour ici pour faire de Cole's Hill le sujet d'une de ces vidéos de voyage qui sont ta spécialité, remarqua-t-il. Tu as sans doute envie de t'occuper. Je me souviens très bien de ce que je ressentais, autrefois, lorsque mes relations se terminaient.

— Vraiment ? fit-elle, étonnée. Je pensais que tu étais l'homme des aventures d'une nuit.

— Je devine qui t'a raconté cela. C'était l'expression favorite de Mason. Mais j'ai aussi vécu quelques relations qui ont duré plus longtemps.

— Je me demande vraiment pourquoi tu ne t'es jamais engagé sur le long terme, le taquina-t-elle. J'ai bien envie de creuser le sujet. Mais, bien sûr, ce serait indiscret de ma part.

— Oui, assura-t-il. Extrêmement indiscret.

Si elle s'entêtait à passer sa vie au microscope, il allait devoir inventer une histoire, songea Ethan, car elle ne tarderait pas à comprendre qu'elle était justement la raison pour laquelle il n'avait jamais pu s'engager sérieusement avec une autre femme. Crissanne l'obsédait.

Elle lui adressa un de ces sourires qui le laissaient ébloui, puis fit le tour de l'îlot central pour le serrer dans ses bras. D'abord paralysé d'émotion, Ethan se détendit peu à peu et lui rendit son étreinte, pleinement conscient qu'il commettait une erreur. Fermant les yeux, il s'autorisa à respirer la fragrance florale de sa chevelure, puis s'obligea à reculer d'un pas.

— Je te permets de conserver tous tes secrets pour le moment, déclara-t-elle.

— Dois-je te remercier ?

— Oui, dit-elle. Tu peux.

— Prête à sortir dîner ?

— Laisse-moi prendre mon sac et mon téléphone.

Elle sortit de la pièce et, une nouvelle fois, il la suivit des yeux, conscient qu'il se mentait à lui-même en prétendant être son ami. Il connaissait ses points faibles, et Crissanne lui apparaissait comme l'exemple même d'une dangereuse vulnérabilité. Jamais il ne pourrait poser les yeux sur elle sans désirer davantage, sans avoir envie de sentir ses lèvres sous les siennes, et son corps brûlant étroitement uni au sien, nuit après nuit.

2

Le Peace Creek Steak House était un petit restaurant situé près du centre-ville de Cole's Hill. Lorsque Ethan était enfant, sa famille réservait la cave à vins à l'arrière de l'établissement pour célébrer les grandes occasions. Alors que Crissanne et lui attendaient près du bar qu'une hôtesse les accompagne à leur table, il se souvint de toutes ces fois où il avait emprunté de l'argent à Babs, l'une des employées de maison de ses parents, pour acheter des bonbons à la menthe au distributeur situé près de la porte du restaurant. Ses frères et lui se bousculaient pour y arriver le premier.

C'est dès cette époque-là qu'Ethan avait appris à faire valoir ses droits avec des mots, et non avec ses poings. De toute façon, il n'aurait jamais pu battre Nate, qui le dépassait d'une demi-tête.

— À quoi penses-tu ? s'enquit Crissanne.

— Mes frères et moi nous battions pour arriver le premier à ce distributeur de friandises, expliqua-t-il.

— L'idée que tu aies vécu toute ta vie au même endroit me paraît vraiment étrange, murmura-t-elle. Je suis sûre que partout où tu vas en ville, tu retrouves de vieux souvenirs.

— C'est vrai. N'y a-t-il aucun lieu où tu aimerais retourner ?

— Je ne sais pas trop, répondit-elle. Le premier foyer où j'ai vécu étant enfant a été démoli il y a quelques années. J'ai passé mon adolescence chez une famille dans le nord de la Californie, mais je ne me suis jamais vraiment sentie chez moi parmi ces gens. Je crois que je me sens plus à l'aise lorsque je me concentre sur l'avenir.

Ethan faillit poser la main sur l'épaule de Crissanne mais y renonça, laissant retomber son bras. Dès qu'il se trouvait à proximité de la jeune femme, l'atmosphère se chargeait de désir. Lorsque Mason était un obstacle absolu, il s'était parfois permis quelques contacts amicaux, mais cela lui semblait bien plus dangereux aujourd'hui. Il devait rester prudent.

Crissanne représentait toujours le fruit défendu.

Même s'il avait de plus en plus de mal à s'en convaincre.

— C'est une excellente attitude à adopter, répondit-il d'un ton approbateur. On ne peut pas changer le passé.

Crissanne s'éloigna de quelques pas pour examiner les affiches sur le mur tandis qu'il donnait leur nom à l'hôtesse, qui était la fille de l'un de ses cousins. Il échangea quelques plaisanteries avec elle et elle lui promit de leur réserver la première table qui se libérerait.

Ethan n'avait jamais prêté une grande attention aux affiches encadrées qu'observait Crissanne. Celles-ci représentaient toutes des cow-boys, et dataient d'une bonne trentaine d'années. Il le savait, car l'une d'elles était une photo de son père peu après qu'il avait hérité le ranch, posant devant son vieux pick-up arborant le logo du Rockin' C. Son père avait fait du domaine l'un des ranchs les plus grands et les plus prospères de la région. La société familiale était propriétaire de droits miniers qui avaient assuré une grande partie de leur fortune, mais Winston Caruthers avait fait de l'élevage de bétail une entreprise aussi profitable que le reste.

— J'adore le mélange d'assurance et de bravade qu'on décèle dans les yeux de cet homme, remarqua Crissanne lorsque Ethan la rejoignit.

— C'est mon père, expliqua-t-il. Une de ses devises favorites était : « Celui qui hésite est perdu. » Il menait toujours ses projets jusqu'au bout.

— Tu as hérité de ce trait de caractère, observa-t-elle en se tournant vers lui. Tu n'hésites jamais, n'est-ce pas ?

Il n'avait hésité qu'une seule fois, et il le regrettait encore.

Le jour où Mason et lui avaient rencontré Crissanne et qu'il était resté là à se demander s'il devait lui demander de sortir avec lui. Entre-temps, Mason, toujours prêt à prendre des risques, s'était avancé vers elle, et c'était lui qui avait obtenu un rendez-vous.

— J'ai mes hauts et mes bas, répondit-il en soupirant.

— Il me semble que les hauts prédominent largement, remarqua-t-elle. Tu mènes une brillante carrière.

— C'est assez vrai. Mais je n'aime pas plastronner.

Elle lui asséna une tape amicale sur l'épaule et ce contact provoqua une sorte de décharge électrique dans tout son corps. Décidément, Crissanne l'envoûtait.

Il se considérait comme un homme calme et pondéré, mais Crissanne mettait à mal toutes ses défenses. Ce qui le contrariait beaucoup.

S'il avait tiré une leçon de ses trente années d'existence sur Terre, c'était qu'il réussissait toujours mieux lorsqu'il s'imposait certaines limites.

Une longue mèche de cheveux glissa sur la joue de la jeune femme, et il tendit la main pour la repousser derrière son oreille. Il vit ses lèvres s'entrouvrir et, notant qu'elle cessait de respirer, il ne put s'empêcher de laisser glisser son doigt le long de son joli cou. Elle avait une peau très douce.

Mais, très vite, il laissa retomber sa main.

— Ethan...

— Oui ?

— Monsieur Caruthers ? les interrompit l'hôtesse. Votre table est prête.

Crissanne le contourna pour suivre l'hôtesse dans la salle.

L'ambiance avait changé, entre eux, songea Ethan. Et c'était à cause de lui. Il avait fait de son mieux pour afficher un air détendu en posant la main sur elle, mais il lui était difficile de continuer à dissimuler ses sentiments. Et plus encore depuis que Mason ne faisait plus partie du tableau.

S'il savait qu'un vrai gentleman aurait fait preuve de retenue dans une telle situation, l'égoïste en lui considérait seulement que la femme qu'il avait toujours désirée marchait devant lui vers une table servie pour deux, balançant doucement ses hanches à chaque pas.

Mais ils étaient amis.

Cela, au moins, était vrai. Il songea à son frère Derek et à Bianca, qui avaient réussi, contre toute attente, à transformer leur amitié en amour. Entre Crissanne et lui, la situation était différente. Mason avait toujours fait partie de l'équation. Et il aurait été absurde de penser qu'il n'allait pas réapparaître un jour prochain pour la lui reprendre.

C'était ce qu'Ethan aurait fait à sa place.

Cela signifiait que, ce soir, Crissanne et lui seraient deux vieux amis qui se retrouvaient pour échanger les derniers potins.

Rien de plus.

Alors qu'ils sortaient du restaurant, Crissanne resta en retrait tandis qu'Ethan s'arrêtait pour bavarder avec l'une des innombrables personnes qu'il connaissait à Cole's Hill. Il était visiblement très populaire, en ville.

Cette petite communauté rurale au centre historique charmant était en pleine croissance. D'ailleurs, l'interlocuteur d'Ethan lui parlait d'un nouveau lotissement en construction au sud de la ville.

Son appareil photo lui manquait en cet instant, songea Crissanne. Il lui arrivait d'utiliser celui de son smartphone, mais elle préférait capturer ses sujets à travers l'œil de son objectif. Elle aurait peut-être alors mieux compris l'attirance qu'elle éprouvait subitement pour Ethan. Mais elle en doutait.

La vitrine éclairée du plus grand magasin de la ville projetait des ombres sur son visage énergique, soulignant sa beauté. N'y tenant plus, elle sortit son smartphone et alluma l'appli photo.

Oubliant tout le reste, elle chercha le bon angle pour un premier portrait, puis, réglant son zoom, elle agrandit l'image sur l'écran. Elle repéra une cicatrice qu'elle n'avait jamais remarquée auparavant sur son sourcil gauche.

Ethan parlait avec l'homme d'un ton animé, lui accordant toute son attention. C'était un trait de caractère qu'elle adorait chez lui : il écoutait réellement les gens. Elle prit quelques clichés et, lorsqu'elle se déplaça pour changer d'angle, elle bouscula quelqu'un.

— Désolée.

Lorsqu'elle releva les yeux, elle découvrit un cow-boy devant elle. Pas un cow-boy de cinéma comme on en croisait parfois à Los Angeles : un vrai de vrai. Il avait une crinière de cheveux bruns striés de gris, des rides au coin des yeux, certainement causées par le soleil, et une peau tannée au grand air. Il n'était plus tout jeune, mais la maturité lui allait bien. Quelque chose dans ce visage rude lui paraissait étrangement familier. Elle savait qu'il aurait été grossier de le photographier, mais ce visage racontait une histoire.

— Il n'y a pas de mal, répondit l'inconnu. Mais je suis sûr que vous trouverez facilement un plus joli sujet à photographier.

— Plus joli que qui ? s'enquit Crissanne.

— Plus joli que ce requin-là, précisa le cow-boy. Parce que ce gars est toujours prêt à vous prouver qu'il a raison. C'est normal, il est avocat.

— Je le sais, répondit-elle. Il est le champion des arguments sans fin sur n'importe quel sujet.

— Ce garçon a toujours été plus têtu qu'une mule, convint le cow-boy.

— Seule une personne connaissant très bien Ethan pourrait affirmer cela, remarqua-t-elle. Qui êtes-vous ?

— Salut, papa, dit Ethan en venant les rejoindre au même instant.

Il se tourna vers Crissanne, avant d'ajouter :

— Je t'avais bien dit que ma famille pouvait être envahissante.

— Je suis Winston Caruthers, se présenta le cow-boy en lui tendant une main calleuse. Mais vous pouvez m'appeler Pa – c'est ce que tout le monde fait.

Crissanne savait que c'était une suggestion sans conséquence, que le père d'Ethan répétait probablement une douzaine de fois par jour, mais elle n'avait jamais eu de figure paternelle dans sa vie. Aucun homme ne lui avait jamais proposé de l'appeler «Pa» comme s'il avait été son père. Pour elle, cela comptait beaucoup. Peut-être même un peu trop.

— Merci, répondit-elle, serrant sa main offerte. Je suis Crissanne Moss.

— Ravi de faire votre connaissance, Crissanne. Ethan, tu vas devoir ramener ta petite amie à la maison un soir prochain pour la présenter à Ma.

— Euh... Pa ? l'interrompit Ethan. Nous ne sommes pas un couple. Mason et Crissanne sont...

— *Étaient*, corrigea Crissanne, reprenant le contrôle de la situation. Mason et moi avons rompu, et je suis ici pour travailler. Ethan m'a gentiment proposé de m'installer chez lui durant quelques jours. Nous étions amis à l'université.

— Ma sera tout de même contente de la rencontrer, insista Winston Caruthers d'un ton ferme.

— Oui, bien sûr, marmonna Ethan sans enthousiasme.

— Comme je vous le disais, Pa – pourquoi éprouvait-elle un tel plaisir à dire ce mot ? – je suis venue pour travailler mais, si mon emploi du temps le permet, nous essaierons de venir.

Winston acquiesça, puis il se recoiffa de son stetson.

— Alors à samedi, Ethan.

— À samedi, Pa.

Le père d'Ethan salua Crissanne d'un hochement de tête, puis s'éloigna sur le trottoir.

— Il me prend encore pour un adolescent, observa Ethan.

— Je trouve cela très gentil, répondit-elle.

— Gentil ? répéta-t-il, étonné. Pa est un horrible grincheux. Tout le monde le dit.

— Disent-ils aussi que tu es exactement comme lui ? remarqua Crissanne.

— Oui, c'est vrai, convint Ethan en riant. Mais cela ne signifie pas qu'ils aient raison.

Après quelques secondes de silence, il reprit :

— As-tu pu faire de bonnes photos de la ville ?

Crissanne se sentit rougir, Elle était presque certaine qu'Ethan avait été le seul sujet de toutes ses photos.

— Oui, je crois. J'ai fait des plans de la rue et des gens qui s'y trouvaient.

— Très bien.

Ils se remirent à marcher en silence pour regagner la Ferrari d'Ethan, qu'il avait garée tout au bout du quartier historique, derrière le Grand Hôtel. Crissanne songea que cette ville était vraiment jolie, et que la famille d'Ethan était merveilleuse. Pourtant, elle devait absolument garder le contrôle de ses émotions. Cole's Hill n'était qu'une étape. Une halte qui lui permettrait de respirer et de réfléchir à la nouvelle direction qu'allait prendre sa vie.

Elle ne pouvait pas s'attacher à la ville, ou aux Caruthers. Or, ce risque était réel. Ethan ne lui avait jamais été indifférent, mais, ici, loin de Los Angeles, elle le voyait réellement tel qu'il était.

Elle aurait aimé pouvoir dire qu'elle se détournerait de lui, mais c'était tout le contraire. Connaître sa ville et sa famille l'aidait à mieux le comprendre, ce qui était dangereux. Elle devait se tenir sur ses gardes et résister à l'attirance brûlante qu'elle éprouvait pour lui.

Ethan était dans son lit depuis deux bonnes heures, à écouter le vent qui soufflait au-dehors. Les branches des arbres fouettaient sa fenêtre, et il se promit de les tailler bientôt. Mais ce n'était pas cela qui l'empêchait de dormir.

Crissanne était chez lui, endormie dans la chambre d'amis au bout du couloir. Elle n'avait jamais passé la nuit sous son toit. Peu de temps auparavant, cela n'aurait pas été important. Mais, cette nuit, c'était une véritable torture.

Il s'était répété mille fois qu'elle n'était qu'une amie.

Et qu'il la considérerait comme étant la petite amie de Mason jusqu'à ce que son ami l'ait informé du contraire.

Bien entendu, ces arguments ne faisaient qu'aiguiser son désir. Durant toute la soirée, il avait eu l'impression d'être à l'étroit dans sa propre peau, à l'exception des rares occasions où Crissanne lui avait souri. À ces moments-là, il oubliait qu'elle ne pouvait pas être à lui. Mais Crissanne était venue chercher son amitié, et il ne la décevrait pas.

Il se retourna dans le lit trop grand et trop vide, fermant les yeux. Il aurait pu jurer que le vent venait de porter jusqu'à ses narines une bouffée du parfum de la jeune femme.

La porte de la terrasse était restée entrouverte. Il se leva et, lorsqu'il alla jeter un coup d'œil dehors, il vit une ombre accoudée à la balustrade.

Crissanne.

Il retourna enfiler un jean, puis se recoiffa hâtivement avec ses doigts avant de sortir sur la terrasse.

— Tu n'arrives pas à dormir, toi non plus ? s'enquit-il tout bas pour ne pas la faire sursauter.

— Non, acquiesça-t-elle en se tournant vers lui. Trop de choses se bousculent dans mon esprit.

Elle portait une chemise de nuit diaphane sans manches qui ne couvrait pas tout à fait ses genoux. C'était une nuit de pleine lune et, dans cette lumière argentée, elle avait l'air d'une créature venue d'un autre monde. Un monde très lointain. Comme si elle n'était pas à sa place, ici.

Ethan réprima un soupir.

— T'ai-je réveillé ? s'enquit-elle, s'adossant à la balustrade, ses longs cheveux agités par la brise.

— Non.

— Tant mieux, dit-elle, repoussant une mèche derrière son oreille. Pourquoi n'arrives-tu pas à dormir ? Un brin de conversation t'y aidera peut-être.

Il aurait pu lui expliquer qu'il ne cessait de penser à sa bouche, et qu'il se demandait quel goût auraient ses baisers, mais il doutait fort que cette réponse aide l'un ou l'autre à trouver le sommeil. Il commençait à avoir trop chaud, et sa peau le picotait. Il la désirait à en mourir, il ne pouvait plus le nier.

Mais la femme qui se tenait devant lui était Crissanne. Pas une inconnue. Pas une fille qu'il pouvait ramener chez lui sans conséquences et quitter en souriant le lendemain matin.

Dans la lueur de la pleine lune, cette ample chemise de nuit qui dissimulait les formes de Crissanne faisait flamber l'imagination d'Ethan. Il brûlait d'en remonter l'ourlet et...

— Ethan ?

— Heu... Oui ?

— As-tu envie que nous en parlions ?

— Non. Et toi ?

— Moi non plus, reconnut-elle.

— Que dirais-tu de boire un verre ? suggéra-t-il en se dirigeant vers le bar, au fond de la terrasse.

— Aurais-tu l'intention de m'enivrer ?

— Moi ? Voyons, je suis un gentleman !

— Si tu le dis...

Elle s'approcha de l'un des confortables fauteuils de jardin groupés autour du barbecue et, jetant sur ses épaules le plaid accroché sur son dossier, elle s'y installa tandis qu'il cherchait parmi les bouteilles celle qu'il savait être sa marque de tequila préférée. Il découpa ensuite des citrons verts et posa une salière ainsi que deux petits verres à fond épais sur le plateau d'argent.

— As-tu froid ? s'enquit-il en déposant celui-ci sur la table. Je pourrais allumer un feu.

— Ce plaid me suffit, assura-t-elle, remplissant leurs deux verres. Cul sec ?

— À toi l'honneur.

— Toujours cette attitude de gentleman, n'est-ce pas ? remarqua-t-elle en riant.

Il adorait son rire. Il se rappelait parfaitement la première fois qu'il l'avait entendu, des années auparavant. Crissanne était assise sur le bras du fauteuil de Mason lorsque quelqu'un avait lancé une plaisanterie. Elle avait éclaté de rire, un son clair et joyeux dont le souvenir le faisait encore sourire des années plus tard, et qui avait quelquefois été son unique lumière dans le brouillard dans lequel il s'était enfoncé depuis.

Leurs regards plongèrent l'un dans l'autre lorsqu'il lécha le sel sur le dos de sa main. Puis il avala le petit verre d'un trait et mordit dans sa tranche de citron vert sans la quitter des yeux, laissant le goût acidulé du jus envahir sa bouche.

Tendant une main vers lui, Crissanne essuya sa lèvre inférieure avec son pouce, le faisant frissonner de la tête aux pieds, puis elle porta posément son pouce à sa bouche et le lécha du bout de sa petite langue rose.

Finalement, se dit Ethan, ce petit tête-à-tête nocturne allait peut-être se révéler être une très mauvaise idée.

3

C'était le mois d'août au Texas et, même à cette heure tardive de la nuit, il faisait très chaud. C'était, en tout cas, l'excuse que Crissanne avait choisie pour expliquer l'étrange chaleur qui avait envahi son corps. Un phénomène qui, naturellement, ne devait rien au fait qu'Ethan était assis en face d'elle vêtu d'un jean tombant très bas sur ses hanches, et de rien d'autre. Il était torse nu, et beaucoup plus musclé qu'elle ne l'avait supposé.

Après tout, il était avocat, et il devait sûrement passer plus de temps à son cabinet que dans les salles de sport. À vrai dire, il n'avait pas un corps d'haltérophile… mais il était tout simplement magnifique. Il avait le ventre plat, mais sans abdominaux saillants. Certaines femmes auraient déclaré avoir connu des hommes plus sexy mais, assise ici au clair de lune, avec un goût de citron vert sur la langue, Crissanne savait qu'elles se trompaient.

— Un autre ? suggéra-t-il, saisissant la bouteille de tequila.

Son premier verre avait déjà quelque peu émoussé son jugement, et elle savait qu'elle aurait dû lui souhaiter une bonne nuit et retourner se coucher.

Au lieu de cela, elle lui permit de la servir à nouveau. Leurs regards se rencontrèrent lorsqu'elle lécha le sel au dos de sa main, et elle nota que les pupilles d'Ethan s'étaient dilatées. Elle avala son verre d'un trait et mordit le citron vert sans cesser de le regarder.

Lorsqu'elle reposa l'écorce sur le plateau, Ethan quitta son fauteuil pour aller jusqu'à la balustrade. Les mains crispées sur le fer forgé, il resta là, le regard perdu dans le lointain. De dos, il était tout aussi magnifique et elle sentit une nouvelle vague de désir monter en elle.

Soudain, toutes les raisons qu'elle avait cru avoir pour venir ici s'envolèrent dans la brise nocturne. Elle observa Ethan un instant, devina le conflit qui faisait rage en lui, et sut instinctivement qu'il était temps de regagner sa chambre.

Mais, au lieu de cela, elle se leva à son tour et alla le rejoindre. Lui enlaçant la taille de ses deux bras, elle posa sa tête contre son large dos, juste entre ses omoplates. Elle sentit qu'il se tétanisait une seconde, avant de se détendre.

— C'est une mauvaise idée, murmura-t-il d'une voix grave, à peine audible.

Elle laissa glisser ses mains sur la peau douce de son torse et, tout en sachant qu'il avait raison, posa à nouveau sa tête contre son dos musclé. Car elle se sentait seule depuis de longs mois déjà. Même si elle venait tout juste de rompre avec Mason, cela faisait bien longtemps qu'ils s'étaient éloignés l'un de l'autre. Au cours des six derniers mois, elle avait à peine passé quelques heures avec lui et, dans un recoin de sa conscience, elle savait déjà que le temps était venu de reprendre sa liberté.

Mais elle n'avait pas envie d'y penser. Comment pouvait-elle si facilement refouler sa douleur et sa déception ? Elle avait pensé – ou plutôt espéré – avoir laissé tout cela derrière elle, dans les brumes de son douloureux passé. Elle aurait tant aimé que la petite fille qui n'avait jamais réussi à établir de liens affectifs avec les familles d'accueil dans lesquelles elle avait été placée soit devenue une femme capable de s'attacher réellement à un homme.

Mais elle s'était trompée, et cette idée lui était insupportable.

— Aucune importance, répondit-elle. Il y a quelque chose entre nous, je le sens.

— Oui, répondit tristement Ethan en se dégageant de son étreinte avant de s'écarter d'elle. C'est Mason.

— Ce n'est pas du tout ce que je voulais dire, se défendit-elle.

Je t'ai toujours considéré comme un modèle de franchise, mais je suppose que tu es prêt à dire n'importe quoi pour avoir le dernier mot.

— Ne fais pas cela, s'il te plaît, la supplia-t-il.

— Faire quoi ?

Il revint vers elle et posa brièvement les mains sur ses épaules.

— Ne rends pas cette situation impossible, murmura-t-il.

— Elle l'est déjà, observa-t-elle. Mais peut-être suis-je la seule à éprouver ce sentiment.

— Tu sais parfaitement que ce n'est pas vrai.

Il se rapprocha encore et, posant cette fois les mains sur sa taille, il l'attira à lui. Elle sentit alors la chaleur de son corps l'envelopper comme une onde bienfaisante.

Alors qu'elle se cramponnait à ses puissants biceps, il inclina la tête. Leurs regards se rencontrèrent, et Crissanne vit leur histoire tout entière défiler dans ses yeux. Les innombrables occasions où Ethan et elle étaient restés ensemble, assis dans un coin à bavarder paisiblement pendant que Mason amusait leurs amis avec le récit de ses exploits.

Elle savait que ce qui était en train de se produire entre eux était très soudain, et elle craignait qu'Ethan ne recule à la dernière seconde. Qu'il laisse son amitié pour Mason l'empêcher de l'embrasser.

Alors, c'est elle qui prit l'initiative de ce baiser.

Les lèvres d'Ethan étaient tièdes et fermes, et, lorsqu'elles s'entrouvrirent, Crissanne sentit le goût de la tequila et du citron vert sur sa langue. Une sensation délicieuse. Un baiser parfait. Elle se blottit dans son étreinte, et Ethan s'adossa à la balustrade de la terrasse, leurs corps l'un tout contre l'autre.

Elle sentait distinctement l'érection d'Ethan presser contre son pubis, son torse dur contre ses seins. Seule la mince barrière de sa chemise de nuit l'empêchait de sentir sa peau contre la sienne. Les grandes mains de son hôte descendirent sur ses hanches, et il la serra plus fort contre lui, étouffant un gémissement.

Lorsqu'elle leva de nouveau ses yeux vers les siens, elle s'aperçut qu'il la contemplait fixement, sans qu'elle puisse réellement nommer l'émotion qu'elle voyait briller dans ce regard. Mais ce qu'elle y lisait fit naître au plus profond d'elle-même un sentiment qui allait bien au-delà du simple désir physique.

Elle commença à s'écarter, consciente que ce qu'elle désirait était dangereux et imprévisible, mais il glissa les doigts dans ses cheveux et, l'attirant à lui, s'empara une nouvelle fois de ses lèvres.

La chevelure de Crissanne était incroyablement douce, pensa Ethan. Elle avait les yeux mi-clos, et ses lèvres étaient encore gonflées à la suite de leur dernier baiser. Lorsque leurs regards se croisèrent, il songea à toutes les bonnes raisons qu'il aurait eues de s'éloigner d'elle. Mais il la désirait.

Et il avait trop longtemps nié ce désir. C'était facile lorsqu'elle vivait avec Mason mais, à cet instant précis, elle se trouvait ici, sur sa terrasse, son corps tout contre le sien, et il ne désirait plus rien d'autre que de suivre son instinct... Lequel lui criait de la soulever dans ses bras et de l'emporter jusque dans sa chambre.

— Es-tu certaine de ce que tu fais ? murmura-t-il.

Il se sentait obligé de lui poser la question. Car, pour lui, Crissanne signifiait bien davantage qu'une simple aventure.

Peu importait qu'elle soit d'un autre avis. Elle désirait peut-être seulement passer une nuit avec lui pour oublier Mason, ou le rendre jaloux. Mais elle était la femme qu'il désirait depuis plus d'une décennie. Celle qu'il avait toujours cru ne jamais pouvoir serrer ainsi dans ses bras. Et il avait besoin d'être sûr qu'elle voulait la même chose que lui.

— Oui, répondit-elle dans un souffle.

Ses doigts légers remontèrent entre leurs corps, puis elle noua les bras autour de son cou, déposant une pluie de baisers sur son menton et sur sa joue.

Ethan cessa instantanément de réfléchir. Son cerveau se mit en veille, et il tourna la tête pour s'emparer des lèvres de Crissanne, faisant de son mieux pour contrôler le torrent de passion qui l'avait envahi.

Crissanne faisait resurgir une facette de lui-même dont il avait oublié l'existence. Étouffant un gémissement, il se redressa et, la soulevant dans ses bras, l'emporta jusque dans sa chambre sans cesser une seconde de l'embrasser.

Il la reposait sur le sol en la laissant descendre lentement le long de son corps, se délectant de ce contact, lorsqu'une horrible idée l'effleura.

Et si elle changeait d'avis maintenant ?

Il priait silencieusement pour que ce ne soit pas le cas quand elle laissa à nouveau glisser ses doigts sur son torse, fixant son regard derrière lui, sur les immenses cornes du premier taureau qu'il avait élevé, étant enfant, montées sur le mur au-dessus de la tête du lit.

— J'oublie toujours que tu es un cow-boy, remarqua-t-elle en esquissant un sourire.

— Pas vraiment, répondit-il en la prenant par la main pour la rapprocher du lit. Mais je peux mettre mon chapeau et mes bottes si cela te fait plaisir.

— Seulement si tu ôtes ce jean d'abord, répliqua-t-elle.

— Euh... Je ne crois pas qu'un cow-boy qui se respecte tienne à être vu dans cette tenue.

— Dommage, murmura-t-elle en s'écartant pour parcourir son corps d'un regard gourmand. Tu serais incroyablement sexy, vêtu uniquement de ton chapeau et tes bottes.

— Tu crois ?

— Oui, bien sûr. Peut-être qu'un jour...

— Peut-être, éluda-t-il.

Il était un avocat respecté, le plus sérieux des frères Caruthers. Le plus prudent, aussi, celui qui pesait toujours les conséquences de ses actions. Mais à cet instant précis, planté près de Crissanne dans sa chambre, il était bien loin de son personnage habituel.

Elle se tourna à nouveau vers lui, ses longs cheveux balayant ses épaules, et lui tendit la main. Ethan la prit, entremêlant leurs doigts. Se haussant sur la pointe des pieds, Crissanne se remit à lui caresser le torse, effleurant doucement sa peau.

Frissonnant de la tête aux pieds, il l'attira à lui et appuya son front contre le sien. Il sentait son souffle tiède caresser son cou à chacune de ses respirations, et il ferma les yeux. Il était au paradis.

Crissanne Moss était ici, dans sa chambre.

Tous les sentiments qu'il avait refoulés jusque-là resurgirent en un flot impétueux, et il comprit qu'il espérait davantage d'elle qu'elle ne pouvait lui offrir. Il la désirait physiquement, c'était indéniable. Mais il attendait bien plus que cela. Il désirait qu'elle soit à lui.

Tout cela, cependant, n'était qu'un rêve.

Ce qu'ils vivaient n'était qu'une aventure passagère, il en avait conscience.

Pour elle, le sexe était une façon d'oublier l'échec de sa relation avec Mason. De se prouver à elle-même qu'elle était toujours séduisante.

Ethan le savait parce qu'il avait lui-même vécu une situation similaire une bonne douzaine de fois. Lorsqu'il faisait l'amour à une autre femme pour se prouver qu'il était guéri de Crissanne.

À présent, c'était *elle* qui était là, devant lui, et il comprit qu'il était prêt à devenir tout ce qu'elle souhaitait qu'il soit, cette nuit. Il allait le lui dire lorsqu'elle posa doucement son doigt sur ses lèvres.

— Chut ! fit-elle. Cesse de réfléchir.

— C'est comme cela que tu arrives à être ici, ce soir, avec moi ? s'enquit-il. En évitant de réfléchir ?

Elle poussa un soupir excédé et il comprit alors qu'il n'irait pas jusqu'au bout.

Crissanne ne savait pas quoi répondre à cette question d'Ethan. Certes, cette situation pouvait être une source d'ennuis pour eux deux. Mais elle le désirait. Elle *voulait* être avec lui. Et, maintenant, elle était dans sa chambre, à essayer de se convaincre qu'il pouvait être à elle cette nuit, et qu'elle serait parfaitement sereine le lendemain.

Mais, même pour elle, pourtant habituée à maîtriser ses émotions, cela semblait impossible.

— Pas dans le sens où tu l'entends, répondit-elle. C'est seulement que, si nous commençons à réfléchir, nous allons nous retrouver une nouvelle fois à prétendre que nous n'éprouvons aucun désir l'un pour l'autre. Or, ce serait un mensonge. Je suis lasse de faire semblant de ne rien éprouver pour toi, Ethan.

— Tu dis cela maintenant mais, il y a peu, tu étais la compagne de mon meilleur ami, rappela-t-il.

— C'est fini. Mason et moi avons rompu.

— Est-ce la vérité ? Ne cherches-tu pas uniquement à le rendre jaloux ?

Crissanne y réfléchit une seconde. Elle ne pensait plus du tout à Mason lorsqu'elle était montée à bord de l'avion, à Los Angeles. Son esprit était tout entier concentré sur la seule personne dont la présence l'avait toujours réconfortée : Ethan.

— Honnêtement, non. Il y avait des hommes beaucoup plus près, à Los Angeles, qui auraient « fait l'affaire ». Cependant, je suis ici, avec toi… même si cette situation est ce que je craignais le plus. Si nous commençons à parler, tout deviendra encore plus compliqué.

Poussant un soupir, Ethan s'écarta d'elle et se dirigea vers le bar situé dans un coin de la chambre, pour se verser une bonne dose de ce qui paraissait être du whisky.

— C'était déjà compliqué avant que nous n'ayons commencé à parler, observa-t-il d'une voix douce. Nous nous laissions guider par nos hormones, tous les deux.

— Était-ce si mal ? répliqua-t-elle.

— Je n'en sais rien, Crissanne. Mais je ne voudrais pas que l'un de nous deux se réveille demain matin avec des regrets. Et même si je suis persuadé que cette nuit aurait été fabuleuse, je sais que c'est ce qui se produirait.

— Pourquoi est-ce aussi difficile ? gémit-elle. D'accord, je partirai demain matin. J'ai vu l'affiche d'une pension de famille, tout à l'heure, au restaurant. J'aurais dû aller m'installer dans un hôtel depuis le début.

Il se contenta de la dévisager, son verre de whisky à la main. Crissanne se sentait embarrassée qu'ils n'aient pas simplement fait l'amour, et incapable d'appréhender plus clairement la situation.

Pourquoi les hommes s'éloignaient-ils toujours d'elle ? Que lui manquait-il pour les retenir ? Même l'homme qui l'avait toujours couvée d'un regard brûlant de désir lorsqu'il croyait qu'elle ne s'en rendait pas compte la repoussait.

Elle était comme une poupée brisée, et le monde entier le devinait, même si elle-même ne l'avait jamais compris avant ce soir. Si elle avait été une personne normale, capable d'extérioriser ses émotions, elle aurait fondu en larmes, elle le savait.

Au lieu de cela, elle tourna les talons et sortit de la chambre d'Ethan, dépassant sans les voir leurs verres vides et les citrons verts abandonnés sur la terrasse. Comment la proximité qu'elle avait sentie entre eux un peu plus tôt s'était-elle transformée en un tel désastre ?

Elle entra dans sa chambre et alla s'asseoir sur le bord du lit pour réfléchir. Puis elle prit une décision. Elle ne pouvait pas rester ici.

Pas une seconde de plus.

C'était l'histoire de sa vie, songea-t-elle tristement. Chaque fois qu'elle arrivait quelque part où elle aurait aimé rester, elle gâchait tout, et il lui fallait partir ailleurs. Cette fois-ci, elle avait cependant battu un record. Moins de vingt-quatre heures.

Stop, songea-t-elle. *Cesse de réfléchir.*

Les mots qui avaient tout changé dans la chambre d'Ethan la poussaient maintenant à se lever et à s'habiller. Elle enfila un jean et le premier T-shirt qui lui tomba sous la main. Puis elle sortit sa valise du placard et la posa au pied de son lit.

Son téléphone s'alluma et vibra sur la table de nuit, mais elle l'ignora. Elle n'était pas d'humeur à lire des bulletins d'information.

Elle retourna vers le placard, mais son téléphone vibrait en continu sous une avalanche de messages. Elle s'approcha pour jeter un coup d'œil à l'écran : le numéro ne faisait pas partie de sa liste de contacts.

Elle saisit son téléphone et entreprit de lire les SMS qui s'affichaient, avec un sentiment croissant d'incrédulité. Puis, le téléphone lui glissa des mains, et elle s'affala sur le sol de la chambre, les genoux remontés contre sa poitrine.

L'avion de Mason s'était écrasé.

Oh ! mon Dieu...

Elle avait cru que tous ses sentiments pour lui s'étaient éteints, mais elle ne s'était pas préparée à devoir lui dire adieu. Elle essaya immédiatement de l'appeler. Un message enregistré l'informa que Mason n'était pas joignable pour le moment, et lui suggéra de le rappeler un peu plus tard.

Elle envoya alors un SMS à la société de production pour demander davantage d'informations, mais n'obtint aucune réponse immédiate.

Sans qu'elle en soit consciente, une partie d'elle-même avait continué à espérer que Mason lui reviendrait un jour. À présent, elle avait honte d'avoir pensé qu'il n'était plus rien pour elle. D'avoir enterré aussi profondément ses émotions, d'avoir nié qu'elle les ressentait.

Car elles étaient bien là.

— Crissanne ?

Elle leva les yeux et vit Ethan planté devant elle, pâle comme un linge, son téléphone à la main. D'un bond, elle se précipita vers lui.

— As-tu reçu ce message, toi aussi ?

— Oui, répondit-il. Et je n'arrive pas à joindre Mason.

— Moi non plus, reconnut-elle. Penses-tu qu'il aille bien ?

— Je n'en sais rien. Toi et moi savons qu'il est capable de survivre n'importe où. Mason est un expert.

— Oui, dit-elle d'une voix brisée. Un expert.

Ethan lui ouvrit ses bras, et elle blottit sa tête contre son épaule en sanglotant. Les mots ne pouvaient exprimer ce qu'elle ressentait. Soudain, elle était très heureuse de ne pas avoir fait l'amour avec Ethan. Pas cette nuit. Pas maintenant, alors que Mason était peut-être...

— Crois-tu qu'il soit mort ? s'enquit-elle.

— J'espère que non.

4

Le lendemain matin, après avoir à peine dormi, Crissanne et Ethan s'étaient retrouvés dans le bureau du rez-de-chaussée, pour essayer d'obtenir des réponses. Prostrée dans un fauteuil, une couverture de cachemire serrée autour de ses épaules, Crissanne semblait plus petite et fragile que jamais. L'air de rébellion qu'elle affichait habituellement avait totalement disparu.

Assis à sa table de travail, face à l'écran de son ordinateur, Ethan échangeait des mails avec la société de production de Mason et tentait de faire intervenir ses contacts en Amérique du Sud pour obtenir des informations au sujet du crash.

À ce stade, tout ce qu'ils savaient c'est que l'appareil s'était écrasé dans les Andes, près du sommet où Mason devait tourner sa nouvelle série pour la société de production. Aucune information sur d'éventuels survivants ne leur était parvenue.

Ethan entendit des voix dans le couloir et, un instant plus tard, ses trois frères entrèrent dans la pièce. Tous tournèrent leur regard vers Crissanne. Hunter, qui avait longtemps vécu à Malibu et rencontré Crissanne en de nombreuses occasions, s'avança pour poser doucement sa main sur son épaule.

— Ne t'inquiète pas, murmura-t-il. Si quelqu'un peut retrouver Mason, c'est bien Ethan.

— Comment pouvons-nous être utiles ? s'enquit Nate.

— Je l'ignore, avoua Ethan en se tournant vers son frère aîné. J'essaie de contacter certains officiels au Pérou, et j'ai été mis en attente. Je dois avouer que mon niveau d'espagnol ne facilite pas vraiment la communication.

— Moi, j'ai beaucoup progressé, intervint Derek. Et je m'en sors plutôt bien dans cette langue.

Derek était chirurgien, et venait tout juste d'épouser son amie d'enfance, Bianca Velasquez. Elle et son fils avaient vécu en Espagne jusqu'à ce que Bianca décide de rentrer à Cole's Hill, l'année précédente.

— Pourrais-tu…

— Bien sûr, le coupa Derek. C'est pour cela que nous sommes ici.

Ethan tendit le téléphone à son frère qui sortit dans le couloir, le combiné contre son oreille. Alors que Hunter tentait de rassurer Crissanne, Nate indiqua la porte d'un geste du menton. Ethan se leva et le suivit dans le couloir.

— Que se passe-t-il ? s'enquit Nate à mi-voix. Papa m'a raconté qu'il vous avait vus en ville hier soir, tous les deux, et que cela avait tout l'air d'un rendez-vous amoureux.

— Pas maintenant, d'accord ? grogna Ethan. Nous avons des choses plus importantes à…

— Non, l'interrompit Nate. Tu ne protèges pas Mason du danger en restant accroché à ton téléphone, et tu n'obtiendras pas d'informations plus vite. Alors ? Qu'y a-t-il entre vous ?

Ethan dévisagea son frère aîné et, tout à coup, eut le sentiment d'être redevenu un enfant.

— Je ne sais pas, répondit-il. Elle s'est pointée hier avec sa valise, m'annonçant que Mason et elle avaient rompu et qu'elle avait besoin de mon hospitalité.

— C'est *elle*, n'est-ce pas ? C'est pour Crissanne que tu fais si souvent le voyage jusqu'à Los Angeles.

— Je me rends là-bas pour mes affaires, corrigea Ethan. Pas pour voir Crissanne. Il est vrai que nous dînons souvent ensemble en ces occasions, mais je voyais souvent Hunter et Manu lorsqu'ils vivaient là-bas.

Manu Bennett, frère du célèbre astronaute Hemi Bennett, avait mené une brillante carrière de footballeur professionnel en ligue nationale et, jusqu'à cette année, il avait été l'entraîneur d'une équipe de Californie. Toutefois, il était récemment rentré à Cole's Hill pour se rapprocher de son frère et de sa belle-sœur, Jessie, qui était enceinte.

— Tu mens, et je crois que tu le sais très bien, répliqua Nate en se détournant de son frère d'un air excédé.

— Arrête ! protesta Ethan. Je n'ai pas du tout envie d'en discuter maintenant. Les sentiments qui auraient pu exister entre Crissanne et moi avant la disparition de Mason sont désormais tout à fait inappropriés.

Nate hocha la tête en silence, puis s'approcha de lui pour le serrer brièvement dans ses bras.

— Quoi qu'il advienne, je suis de ton côté.

— Je le sais, répondit Ethan, et je t'en remercie. Il se pourrait que j'aie besoin du jet familial pour me rendre à Los Angeles.

— Bien sûr, répondit Nate. Aucun problème.

Derek termina sa conversation au téléphone, puis revint vers eux.

— Ce que l'on sait pour le moment, c'est que l'appareil a disparu des radars après avoir lancé un appel de détresse, et que des sauveteurs sont en route vers le site du crash. Mais je crois qu'ils ont peu d'espoir de retrouver des survivants.

— Quand aura-t-on plus d'informations ? s'enquit Ethan, le cœur serré.

Une partie de lui-même espérait encore que son ami, qui avait toujours été si plein de vie et était même une sorte de surhomme, pourrait survivre même à un crash d'avion.

— Nous aurons du nouveau dans vingt-quatre heures si tout va bien. Ils ont notre numéro et, bien sûr, celui de la société de production. Mais j'ai beaucoup insisté pour qu'ils te tiennent informé, toi aussi.

— Merci, Derek, répondit Ethan.

— Pas de problème, frérot. Toute cette semaine, je vais être célibataire, car Bianca et Benito seront en Espagne. Veux-tu que je reste ici ? Je pourrais encore servir d'interprète.

— Oui, répondit Ethan, je te remercie. Ce serait parfait.

Derek cessa soudain de sourire, fixant un point derrière

son épaule. Lorsque Ethan se retourna, il vit Crissanne plantée juste derrière lui.

— Comme nous le savions déjà, l'avion s'est écrasé, expliqua-t-il. Mais Derek a appris qu'une équipe de sauvetage était en route vers le site du crash. Nous devrions en savoir davantage dans vingt-quatre heures.

— D'accord, répondit-elle d'une voix éteinte.

Elle paraissait perdue, et Ethan avait hâte que ses frères soient repartis pour pouvoir la réconforter. Mais il savait qu'il devrait faire preuve de prudence : il avait déjà failli franchir la ligne rouge une fois.

— Je suppose qu'il ne nous reste plus qu'à attendre, désormais, murmura-t-elle.

— Oui, convint Ethan.

— Vous devriez sortir prendre l'air, tous les deux, suggéra Derek. Marcher un peu vous ferait du bien.

— Qu'en dis-tu ? s'enquit Ethan. Moi, je pense que c'est une excellente idée. Mes frères seront ici, au cas où les Péruviens rappelleraient. Et nous avons nos portables, toi et moi.

— Oui, allons-y, répondit-elle. Je vais mettre mes chaussures, je reviens tout de suite.

Ethan la suivit des yeux tandis qu'elle montait l'escalier et, lorsqu'il se retourna, il constata que ses trois frères le fixaient d'un air perplexe.

— Dis-moi, commença Hunter, y a-t-il...

— Non, coupa Ethan, contournant ses frères pour se diriger vers la porte. Dites à Crissanne que je l'attends dehors.

Hors de question pour lui de rester là pour s'exposer à un interrogatoire. Les laissant sans voix, il sortit. Il faisait déjà chaud, et il tourna son visage vers le ciel d'un bleu intense.

Il n'était pas prêt à dire adieu à son meilleur ami. Mason et lui avaient convenu de partir pour les Caraïbes en septembre pour faire de la plongée sous-marine. Et, même s'il désirait faire l'amour à Crissanne, même s'il avait failli céder à la tentation, il savait qu'il souhaitait bien davantage que son ami revienne. La simple idée de perdre ce frère supplémentaire qu'il avait trouvé, et le fort lien d'amitié qui les unissait, le terrorisait.

Ethan habitait dans un lotissement sécurisé nommé «Les Cinq Familles». Toutes les maisons étaient immenses, et dotées de jardins impeccablement entretenus. Des trottoirs et des chemins pavés suffisamment larges permettaient la libre circulation des vélos des enfants et des chariots de golf. Bien entendu, le lotissement était doté de son propre terrain, de courts de tennis et d'un country club avec un restaurant, un bar et une piscine. Crissanne n'en revenait pas. Ethan venait de passer les vingt dernières minutes de leur promenade à lui vanter les mérites du lieu.

Sachant qu'elle avait besoin d'un dérivatif, elle avait emporté son appareil photo, et regarder le monde à travers son objectif lui permettait de mettre à distance les problèmes qu'elle rencontrait dans sa vie.

Les problèmes qui l'avaient amenée ici, à Cole's Hill, chez les frères Caruthers. Et qui ne faisaient qu'empirer.

— Je ne peux plus m'arrêter de penser, déclara soudain Ethan d'un ton mélancolique. Je suppose que j'aurais dû suivre ton conseil et ne jamais commencer.

— J'imagine que ce serait impossible, tant pour toi que pour moi, observa Crissanne, ne pouvant s'empêcher de dire ce qu'elle avait sur le cœur. C'est tellement étrange ! Il avait rompu avec moi. Et, s'il réapparaissait devant nous ce matin, je ne me sentirais pas du tout coupable – enfin, je ne le crois pas. Mais je l'imagine là-bas, blessé, ayant désespérément besoin d'aide, et tout se brouille dans mon esprit.

Ethan hocha la tête. Ses yeux étaient invisibles derrière ses lunettes de soleil, et elle ne parvenait pas à déchiffrer son expression. Elle se rendit compte qu'elle avait les nerfs à vif. Pas seulement à cause de son angoisse quant au sort de Mason, mais aussi à cause de ce qui s'était passé entre Ethan et elle, la nuit précédente.

— Aimerais-tu voir le lac ? proposa-t-il.

— Oui, bien sûr, répondit-elle. J'ignorais qu'il y en avait au Texas.

— L'État n'en compte pratiquement aucun, convint-il en se remettant à marcher. Celui-ci est artificiel. Les constructeurs de ce lotissement ont voulu en faire un lieu idyllique, et ils ont créé ici tout ce dont nous ne disposions pas.

Elle lui emboîta le pas, et Ethan se remit à lui parler sans discontinuer de ce lieu et de sa famille.

Crissanne commençait à comprendre. C'était sa manière à lui de repousser les idées noires. À l'université, elle l'avait vu se lancer dans de longs débats avec de parfaits inconnus juste avant les examens. Il le faisait pour s'empêcher de trop réfléchir à ce qui l'inquiétait réellement.

Lorsqu'ils arrivèrent sur la rive du lac et qu'elle découvrit la beauté du paysage, elle décida qu'elle connaissait un moyen de le faire cesser de parler tout en occupant son esprit.

— Pose pour moi, suggéra-t-elle.

— Quoi ?

— Je voudrais prendre quelques photos. J'ai besoin d'une nouvelle perspective, et c'est à cela que me sert mon objectif. Serais-tu d'accord pour que je prenne quelques photos de toi ?

Il se tourna face à elle, les bras croisés sur son large torse, et elle se rappela la fermeté de ses muscles sous ses propres doigts, la nuit passée. Une vague de désir monta brusquement en elle, et elle retint son souffle. À son étonnement, elle ne ressentait aucune culpabilité.

Seulement de la curiosité.

Elle était folle d'inquiétude pour Mason, et il était donc d'autant plus incongru qu'une telle attirance vienne ainsi s'emparer d'elle.

Elle régla son appareil et prit quelques clichés pour évaluer la lumière. Même si Ethan refusait de poser, elle avait besoin de cet instant. Besoin de voir le monde à travers son objectif et de retrouver son équilibre.

— Je n'ai pas encore dit oui, rappela-t-il, réprimant visiblement un sourire.

— Tu n'as pas dit non, observa-t-elle.

Il se détourna et elle cessa de respirer, fascinée par ses larges épaules, ses hanches étroites et ses longues jambes vigoureuses moulées dans le jean blanchi qu'il portait déjà le soir précédent. Ce n'était donc pas le clair de lune et la tequila qui l'avaient enivrée sur la terrasse. C'était Ethan.

Elle s'en doutait mais, à la lumière du jour, il était facile de prétendre que c'était autre chose. N'importe quoi d'autre.

D'autant que sa proximité semblait le rendre nerveux, aujourd'hui.

Impossible de ne pas s'en apercevoir, tandis qu'ils attendaient anxieusement que la société de production les rappelle pour leur donner de nouveaux détails. Et puis, il y avait cette promenade, durant laquelle il avait parlé de tout sauf de ce qui s'était passé entre eux. *Les hommes n'aiment pas parler d'eux-mêmes.* C'était en tout cas ce que Mason ne cessait de lui répéter.

— Raconte-moi l'histoire de ce lac, l'encouragea-t-elle, se déplaçant pour jouer avec les différents effets de lumière, vaguement consciente que regarder le monde à travers son objectif remplissait la même fonction pour elle que la conversation à bâtons rompus pour Ethan.

Il tourna son regard vers elle, et elle prit deux clichés. Son objectif était capable de saisir des expressions trop fugaces pour que l'œil les remarque, et elle était impatiente d'examiner ces photos tout à l'heure.

— D'après mon père, les débats ont duré trois ans, avant qu'on ne décide de commencer à le creuser, pour concilier les besoins des pêcheurs et des adeptes du nautisme.

Il poursuivit son histoire tandis qu'elle tournait autour de lui, prenant photo sur photo. Durant quelques instants, elle en oublia que leur ami commun était porté disparu.

— Raconte-moi maintenant comment Mason et toi êtes devenus amis, lui demanda-t-elle.

Surpris, Ethan se tourna face à elle, mais il ne distinguait pas son visage, caché derrière le volumineux appareil photo.

— Pourquoi ne te sers-tu pas de l'écran numérique ? s'étonna-t-il.

— J'aime voir le monde à travers mon œilleton, expliqua-t-elle, abaissant l'appareil pour lui sourire.

Lorsqu'elle tenait son appareil photo entre ses mains, elle paraissait beaucoup plus détendue. Elle semblait respirer beaucoup mieux depuis qu'ils avaient quitté la maison. Ce qui était aussi son cas. Il s'était senti à l'étroit entre ces murs, avant même l'arrivée de ses frères.

— Tu me disais que j'avais beaucoup de chance d'avoir mes frères, t'en souviens-tu ?

— Oui, répondit-elle, et je le pense toujours.

— Moi aussi. Le meilleur côté de la famille, c'est qu'ils sont toujours là sans qu'on ait besoin de le leur demander.

Une expression mélancolique traversa le ravissant visage de Crissanne. Il n'avait pas réfléchi à l'effet que ces paroles pourraient avoir sur elle, et il enchaîna précipitamment :

— Mais, parfois, la famille peut aussi être un casse-tête. C'est ainsi que Mason et moi sommes devenus amis. Lorsque je suis entré à l'université, Derek était parti depuis quelques années déjà, et Nate venait de s'inscrire à l'université du Texas. Mais, moi, j'étais déterminé à étudier à Harvard. Alors j'ai travaillé comme un forcené pour y être admis. Les miens m'ont toujours soutenu, et il n'était pas question pour eux de me laisser partir tout seul si loin de la maison. Ils m'y ont donc tous accompagné le jour de mon déménagement.

— C'est gentil, non ?

— Je ne faisais pas seulement allusion à mes parents, précisa-t-il. Mes frères aussi étaient du voyage, y compris Hunter, qui étudiait dans le nord de la Californie. J'avais trouvé un appartement en colocation, et mon père a vérifié toutes les serrures pendant que ma mère me cuisinait des repas pour une semaine entière et que mes frères installaient mes affaires dans l'appartement. Mais, vois-tu... J'avais justement choisi Harvard parce que c'était loin du Texas, et que j'en avais assez d'être l'un des

Caruthers de Cole's Hill. Tout le monde sait tout de toi, par ici, et j'ai compris ce jour-là que, où que j'aille, ils seraient toujours là.

— Tu les emportes partout avec toi, observa-t-elle.

Comme elle emportait partout avec elle l'image de ses parents, qu'elle aurait désiré connaître, songea Crissanne. Elle ne connaissait pas leur visage. Durant l'adolescence, elle avait passé des heures devant le miroir, à se demander si elle avait les yeux de son père ou le teint de sa mère. Au bout du compte, elle avait découpé une photo dans un magazine, l'avait glissée dans un vieux cadre en plastique que l'une de ses camarades du foyer avait jeté, et avait décidé que ce couple était ses parents.

Elle n'avait plus pensé à cet épisode depuis des années. Si Mason ne rentrait pas du Pérou, elle serait réellement seule au monde.

Car on ne pouvait pas dire qu'elle ait tissé des liens profonds avec d'autres personnes au cours de ces dix dernières années. Il y avait Ethan et Mason et, dans une certaine mesure, Abby, son amie à San Francisco. C'était à peu près tout.

— Oui, j'en suis conscient, convint Ethan. C'est en partie à cause de cela que je suis revenu ici. Il ne me semblait pas logique d'errer dans le vaste monde, tu comprends ?

— Oui, je crois. Et comment as-tu fait la connaissance de Mason ?

— Comme tu le sais, il n'a pas de famille, et il adorait tout ce qui m'agace chez la mienne. En rentrant à l'appartement après avoir fait quelques courses, j'ai trouvé mon colocataire dans la cuisine en train de prendre des notes pendant que ma mère lui expliquait la recette du gratin de thon. C'était Mason.

— Oh ! mon Dieu ! s'exclama Crissanne en riant. C'est le seul plat qu'il sache cuisiner !

— Mason n'oublie jamais rien, remarqua Ethan en souriant.

— C'est vrai. J'espère de tout cœur qu'il va bien.

— Je l'espère aussi. Nous sommes censés partir ensemble une semaine en vacances, en septembre. Quelques jours de plongée sous-marine.

— Il ne m'en avait rien dit, remarqua-t-elle.

— Ah bon ?

— Non. Mais il faut dire que nous n'avons pas passé plus d'une heure ensemble dans la même pièce depuis très longtemps.

Ethan ignorait ce détail. Crissanne lui avait déclaré que tout était fini entre eux, mais il ne l'avait pas crue. Mason l'avait-il évitée délibérément ?

— Je suis désolé, murmura-t-il.

— Tu sais, Ethan, c'est cela, en grande partie, qui m'a incitée à aborder le sujet de notre avenir en tant que couple. Je désire fonder une famille. Je n'en ai jamais eu à moi, et Mason et moi étions ensemble depuis si longtemps... Alors j'ai refusé un travail qu'on m'offrait pour attendre son retour à la maison. Il fallait que je sois sûre.

— Que voulais-tu savoir ? s'enquit-il en se rapprochant.

— Je voulais qu'il me dise pourquoi il m'évitait, expliqua-t-elle. C'est là qu'il a affirmé être satisfait de notre relation telle qu'elle était. Il désirait profiter de la vie et n'était pas prêt à fonder une famille.

— Alors que toi, tu l'étais.

— C'est exactement cela. Puis il a ajouté qu'il ne se voyait pas faire des enfants. Jamais.

— Je suis vraiment désolé.

— Moi aussi. Nous nous sommes disputés. Ensuite il est parti, et je suis venue ici. Et maintenant, j'apprends que son avion s'est écrasé...

Elle marqua une pause, avant d'ajouter d'une voix brisée :

— Les dernières paroles que je lui ai dites n'étaient pas très gentilles. Je venais de passer douze ans à ses côtés, et j'ai été... horrible.

— Non, répliqua-t-il. J'ignore ce que tu lui as dit, mais je sais que tu avais tes raisons. Et je connais bien Mason : lorsqu'il se sent sous pression et qu'il a besoin d'espace, il force la situation en obligeant l'autre personne à réagir. Il a fait la même chose avec moi lorsque j'hésitais entre rester à Los Angeles ou rentrer ici.

— Vraiment ?

— Oui. Inutile de te sentir coupable pour ce que tu as dit. Mason connaît très bien tes véritables sentiments pour lui. Et on va le retrouver. Tu auras l'occasion de parler à nouveau avec lui. Très bientôt.

5

Ethan venait de passer la journée la plus longue de sa vie. Comme ils n'attendaient aucune nouvelle information avant le lendemain, ses frères étaient rentrés chez eux. Apparemment, les mauvaises conditions météo empêchaient les sauveteurs de parvenir jusqu'au site du crash.

À leur retour chez lui, Crissanne s'était retirée directement dans sa chambre, et il ne l'avait pas revue depuis près de huit heures. Il se sentait nerveux, dévoré d'inquiétude, des sensations qu'il détestait.

Il entendit la voix de Bart du côté de la piscine et sortit de la maison. Il trouva son employé en pleine conversation avec Crissanne, et s'arrêta dans l'ombre pour les écouter.

— Je n'ai jamais rien compris à la science, observa Crissanne en continuant à prendre des photos de la piscine.

— La chimie est ma passion, répondit Bart en riant. En tout cas, elle l'était avant ma chute. Mais Ethan m'a aidé à canaliser mon intérêt pour la science dans une meilleure direction.

— Il est très fort pour cela, convint Crissanne. Il voit toujours le meilleur chez les gens.

Ethan savait qu'il aurait dû se retirer ou leur signaler sa présence. Mais il était curieux d'entendre ce que Crissanne pensait réellement de lui. Son téléphone vibra et il jeta un coup d'œil à l'écran.

Crissanne et Bart se retournèrent simultanément dans sa direction, alertés par le bruit.

— La société de production a des nouvelles fraîches et souhaite nous parler, déclara-t-il comme si de rien n'était. Veux-tu les appeler ici, ou dans mon bureau ?

À ces mots, Crissanne était devenue pâle comme un linge et, s'il se montrait honnête, il ne se sentait pas très rassuré, lui non plus. Un simple SMS aurait suffi pour leur communiquer de bonnes nouvelles.

— Allons dans ton cabinet de travail, répondit Crissanne d'une voix tremblante.

Il prit sa main, qu'il serra dans la sienne, et elle lui rendit son étreinte, comme s'il était une bouée de sauvetage dans la tempête qui s'annonçait.

— Allons-y.

Une courte distance les séparait du cabinet de travail bibliothèque que sa mère l'avait aidé à décorer, mais ces quelques mètres lui semblèrent les plus longs de sa vie. Les livres avaient été le principal moyen de communication entre sa mère et lui, durant toute son enfance. Lorsqu'ils voyageaient, elle le traînait chez les bouquinistes aux quatre coins du pays. Leur passion commune était de collectionner des ouvrages anciens reliés de cuir.

Il savait qu'il aurait dû penser à Mason, à l'appel qu'ils allaient recevoir d'un instant à l'autre. Au lieu de cela, il essayait de se réconforter lui-même avec des souvenirs. N'était-ce pas pitoyable ?

— Je suis terrifiée.

La voix de Crissanne le ramena brusquement au présent. Il aurait tout le temps d'affronter ses propres émotions plus tard. Mais, d'abord, il devait l'aider dans l'épreuve qu'elle traversait, et rester fort pour deux. Elle comptait sur son soutien.

Il posa sa tablette tactile sur son support, et Crissanne et lui prirent place côte à côte sur une causeuse de cuir, juste en face de l'appareil.

— Prête ?

Elle acquiesça en silence.

Il établit la communication en vidéo, et se rassit près d'elle. Crissanne glissa sa main sous son bras et le serra très fort contre elle. Ethan dévisagea un instant la jeune femme sans famille qui avait donné douze années de sa vie à un homme qui lui avait annoncé quelques jours plus tôt qu'il ne désirait pas passer le reste de la sienne auprès d'elle. Cette idée l'attristait un peu, mais il savait que, quelle qu'ait été la fin de leur relation, il y avait eu de l'amour entre eux. Et de l'amitié.

Il ne voulait pas la voir tout perdre.

La communication s'établit, et le visage du responsable de la société de production apparut sur l'écran.

— Euh... Merci d'avoir accepté que je vous appelle, déclara-t-il. Je suis Cam Jones.

— Bonjour Cam, avez-vous des nouvelles à nous communiquer ? s'enquit Ethan, allant droit au but.

— Oui, en effet. Ce que j'ai à vous dire n'est pas facile. L'équipe des sauveteurs a atteint l'épave de l'avion, mais ils n'ont pas retrouvé Mason. Un incendie s'est produit lors du crash, et aucun corps n'a été récupéré.

Près de lui, Crissanne s'était mise à pleurer en silence. Ethan passa doucement le bras autour de ses épaules. Il refusait de croire à ce que Cam venait de leur annoncer.

— Êtes-vous certain qu'il soit mort ?

— Je crains que oui, répondit Cam. Vous savez que Mason est un expert de la survie en milieu hostile, et j'ai donc demandé aux sauveteurs de fouiller la zone autour de l'épave... mais ils n'ont rien trouvé. Mason Murray est mort.

Ces paroles glacèrent le sang d'Ethan, qui se tourna vers Crissanne. Elle posa la tête sur son épaule en sanglotant.

L'ex-petite amie de son meilleur ami était blottie tout contre lui, et Ethan se demanda comment il allait traverser cette épreuve sans Mason pour le ramener à la raison. Mason, qui avait toujours été le seul à comprendre que, même si pour le reste du monde Ethan était un modèle de réussite, il cherchait encore un but à sa vie.

Chaque jour.

À présent, il devait aider Crissanne.

Il allait se concentrer entièrement sur elle, et garderait son propre chagrin enfoui dans un recoin de sa conscience jusqu'à ce qu'elle aille mieux.

— Comptez-vous venir en personne à Los Angeles ? s'enquit Cam.

— Je vous recontacterai plus tard dans la journée, mais la réponse est oui. Nous viendrons.

L'écran de la tablette s'éteignit et Ethan resta sans bouger, Crissanne serrée tout contre lui. C'était ce dont il avait toujours rêvé : avoir la voie libre avec cette femme. Mais, à présent, le seul fait de l'envisager lui semblait être une trahison. Il n'avait jamais voulu que son rêve se réalise au prix de la vie de Mason. Durant un instant, le soir précédent, cela lui était apparu presque possible, mais il savait par expérience que ce qu'il désirait le plus dans sa vie se révélait généralement être hors de sa portée.

Elle avait l'habitude d'être seule, songea Crissanne. Et Mason et elle avaient rompu. Elle ne comprenait donc pas pourquoi il lui était impossible de cesser de pleurer.

Ethan se montrait très gentil avec elle : il lui avait suggéré de rester assise au soleil pendant que sa gouvernante faisait ses bagages. Bart avait disparu à l'intérieur du local technique de la piscine et elle restait là, s'efforçant désespérément de trouver un sens à cette situation.

Mason était mort.

Cela lui semblait irréel. Comment était-ce arrivé ?

Ses larmes continuaient à couler à flots. Elle voulait que Mason revienne. Pas pour qu'ils soient à nouveau ensemble comme un couple. Cette phase de leur vie était terminée depuis longtemps. Mais elle désirait retrouver son ami, la personne qui avait été la plus proche d'elle au cours de ces douze dernières années.

Pourtant, même ces souvenirs n'étaient pas exempts d'amertume. Lors de leur dernière dispute, Mason avait déclaré qu'ils n'étaient que des étrangers l'un pour l'autre, de simples copains qui dormaient ensemble lorsque cela les arrangeait tous les deux. Pas un vrai couple. Mais elle ne l'avait pas compris jusqu'à cet instant. Sa vie avait consisté principalement à attendre le retour de son fiancé. Pas véritablement à vivre auprès de lui.

Désormais, il ne reviendrait plus. Mason avait disparu, comme les parents qu'elle n'avait jamais connus. Son cœur se serra davantage encore à cette idée. Combien de fois devrait-elle recevoir le même message avant de le comprendre enfin ?

Assise sur sa chaise longue, elle remonta ses genoux contre sa poitrine pour y poser son front. Quelque part, tout au fond d'elle-même, elle avait toujours été persuadée qu'une vie meilleure l'attendait. Qu'elle grandirait et créerait la famille qu'elle n'avait jamais eue. Mais la vérité, c'était qu'elle n'avait jamais appris à nouer de liens avec les autres. Comment pouvait-elle songer à fonder une famille dans ces conditions ?

— Crissanne ?

Elle tourna son regard vers Ethan. Il l'avait toujours fait passer avant tout le reste, et elle s'était simplement servie de lui...

— Oui ?

— J'ignore ce qui te passe par la tête, mais cesse d'y penser.

— Quoi ?

— Je le lis sur ton visage. Une expression de culpabilité, de solitude et de tristesse, tout cela simultanément. La vérité, c'est que tu as le droit d'éprouver tous ces sentiments, mais tu n'es en aucune façon responsable de ce qui est arrivé.

— Je le sais, répondit-elle, gênée qu'il l'ait percée à jour si facilement. Mais j'ai dit à Mason que je ne voulais plus jamais le revoir, Ethan ! Je suis partie en marmonnant qu'il aurait mieux valu qu'il soit mort.

— Tu ne le pensais pas.

— Non, bien sûr. Mais je l'ai dit. J'ai défié la destinée.

Il s'approcha et, s'asseyant à l'autre extrémité de la chaise longue, posa doucement sa main sur sa jambe. Lorsqu'elle releva les yeux, leurs regards se rivèrent l'un à l'autre. Les yeux gris-vert d'Ethan affichaient une expression grave et résolue.

— Cela prouve seulement que tu es humaine, murmura-t-il. Nous nous mettons tous en colère, et nous disons des choses horribles que nous ne pensons pas. C'est la vie. De plus, Mason venait de rompre avec toi. Ne te condamne pas toi-même pour cet unique instant. Tu n'as rien fait à l'avion de Mason. Et tu ne l'as pas obligé à partir.

Certes, elle était innocente de tout cela. Et elle n'aurait jamais pu reprendre leur vie commune après ce qu'ils s'étaient dit. Car elle n'avait pas tout avoué à Ethan, concernant cette dispute.

— Je désirais qu'il reste avec moi et qu'il renonce à ce voyage, reconnut-elle. C'est à ce sujet que notre dispute a commencé.

— C'est ce qui rend la situation encore plus douloureuse pour toi. Je pense qu'il aurait tout fait pour revenir vers toi s'il l'avait pu.

Crissanne acquiesça, mais elle savait que c'était faux. Mason lui avait brisé le cœur et le souvenir de cet épisode était encore trop frais dans sa mémoire pour qu'elle ne se souvienne que de ses bons côtés.

— Au moins, il est mort en faisant ce qu'il aimait le plus, observa-t-elle.

— C'est vrai, convint Ethan. Il adorait partir vivre ses aventures au bout du monde et en ramener des films. Il n'aurait pas voulu mener son existence d'une façon différente.

— C'est exactement ce qu'il m'a dit lorsque nous nous sommes disputés. Qu'il n'était pas fait pour une vie ordinaire.

— Un jour, il m'a raconté qu'il avait appris à survivre tout seul dans les milieux les plus hostiles pour se libérer de l'illusion que quelqu'un serait toujours là pour le protéger. Il savait que, dans ces occasions, il était seul face à la nature. Et la nature ne fait pas de sentimentalisme.

— Cela lui ressemble bien, reconnut Crissanne, souriant malgré elle. Je parie qu'il concluait avec son adage habituel... « Quand on ne compte que sur soi-même, on n'est jamais déçu. »

— Oui, répondit Ethan en soupirant. Tout ce que je peux en dire, c'est qu'il sera mort sans regrets.

Crissanne demeura silencieuse. Bien sûr, elle aussi avait appris à ne compter que sur elle-même, mais elle avait toujours attendu davantage de la vie. Et aujourd'hui, elle se retrouvait seule. Réellement seule, une nouvelle fois. Ethan avait été adorable, mais elle ne pouvait pas revenir dans sa ville, dans sa vie, dans sa maison, après tout cela.

Il était temps de se résigner à vivre l'existence à laquelle elle avait rêvé d'échapper, et ne plus compter que sur elle-même.

Pourtant, lorsque Ethan se leva et lui tendit sa main, elle comprit combien il allait être difficile de le quitter.

Ethan n'avait envie que d'une chose : grimper dans sa Ferrari et rouler droit devant lui. S'engager sur une route secondaire, écraser l'accélérateur et foncer aussi vite et aussi loin qu'il le pourrait en hurlant sa frustration à l'idée que Mason ne reviendrait plus. Mais il en était incapable.

Au lieu de cela, il avait emmené Crissanne à une vitesse prudente jusqu'à l'aérodrome privé de la ville. À leur arrivée, il s'entretint avec le pilote et le copilote, et envoya un SMS à son assistant.

En réalité, il avait une longue liste de tâches réclamant son attention. Il avait placé Crissanne tout en haut de cette liste, mais il savait qu'il allait devoir prendre un peu de distance avec elle, lui laisser le temps de faire son deuil. Il avait certaines affaires à déléguer à d'autres avocats de son cabinet en ville, et devait vérifier que le portefeuille d'actions pétrolières du Rockin' C était correctement géré. Hunter s'était chargé de prévenir ses employés de maison qu'Ethan occuperait la maison de Malibu durant quelques jours.

Désormais prêt à partir, il s'arrêta un instant pour observer Crissanne. Elle était plantée sur le tarmac, belle à couper le souffle, son visage disparaissant partiellement derrière de larges lunettes de soleil, ses cheveux blonds voletant dans la brise. Elle portait un jean noir très ajusté qui mettait merveilleusement en valeur ses longues jambes, et un T-shirt à manches courtes.

Elle paraissait contrôler ses émotions mais, au même instant, il la vit essuyer subrepticement une larme. Sa douleur face à la perte de Mason, son sentiment de deuil, allaient durer très longtemps.

Elle était... tout ce dont il avait toujours rêvé mais, une nouvelle fois, elle était totalement hors de sa portée.

Il venait de terminer de remplir les formalités de routine et s'était assuré qu'ils étaient parés pour le décollage. Il ressortit du petit bureau de l'aérodrome et se dirigea à grands pas vers le jet qui attendait.

— On peut y aller, annonça-t-il. Je n'étais pas sûr de ce que tu souhaitais faire. T'installer chez Hunter avec moi, ou retourner à ton ancien appartement.

— Je n'habite plus là-bas, répondit-elle. J'ai rendu les clés. Si cela ne te dérange pas, j'aimerais rester avec toi.

— C'est pourquoi je te l'ai proposé, remarqua-t-il.

Il la prit par le bras et grimpa avec elle l'échelle de coupée de l'avion.

— Pourquoi ta famille a-t-elle besoin d'un jet privé ? s'enquit-elle en s'installant dans l'un des luxueux fauteuils de cuir.

— Pourquoi pas ? répliqua-t-il.

— C'est seulement que je n'ai pas l'impression que vous en ayez vraiment besoin.

— Eh bien... Es-tu certaine de vouloir aborder ce sujet ?

— Oui. J'ai besoin de te parler de quelque chose, sinon je vais devenir folle en pensant à Mason.

— Eh bien, comme tu le sais, Hunter a été accusé d'un crime qu'il n'a pas commis, dit Ethan. Alors, lorsqu'il jouait en ligue nationale, il se déplaçait principalement en jet privé pour éviter de possibles confrontations. Cela avait commencé à son premier voyage sur vol commercial, tandis qu'il rentrait à la maison pour Thanksgiving. Certains passagers du vol le croyaient coupable, et ils ne se sont pas gênés pour le lui dire. Ce voyage a été un enfer pour lui. Mon père m'a donc annoncé un jour que nous ne prendrions plus jamais de vols commerciaux, et il a acheté cet avion. Depuis, nous l'utilisons tous.

Ethan n'aimait pas penser à cette longue période durant laquelle Hunter avait vécu sous les nuages noirs du soupçon. Sur son campus, une étudiante était morte dans des circonstances mystérieuses, et l'enquête s'était concentrée sur Hunter et un autre étudiant. Mais la famille Caruthers avait fait bloc autour de lui, car un garçon aussi droit que Hunter, qui ne vivait que pour le football et pour sa petite amie, ne pouvait pas avoir commis un crime aussi horrible. Pour le monde extérieur, hélas, il n'était qu'un jeune privilégié des beaux quartiers, persuadé que les règles ne s'appliquaient pas à lui.

— Je suis heureux que nous ayons cet avion, conclut-il, constatant que Crissanne demeurait silencieuse. Il nous est très utile.

— Je m'en réjouis aussi, finit-elle par déclarer. Le comportement de certaines personnes est vraiment incroyable. Hunter n'avait même pas été arrêté pour ce crime !

— Non, c'est vrai, convint Ethan. Mais tu connais l'influence des réseaux sociaux sur l'opinion publique. Et puisqu'il est question de public, la société de production m'a demandé de rédiger une déclaration qu'ils diffuseront auprès de la famille de Mason et de ses amis.

— Vraiment ?

— Oui. Ils songeaient à toi pour le faire, mais Cam leur a fait remarquer que tu n'étais peut-être pas dans le bon état d'esprit pour cette tâche. Il pensait que tu serais encore trop bouleversée.

— Sait-il que Mason m'avait quittée ?

— Je n'en sais rien, avoua Ethan. Il a seulement dit que tu semblais effondrée durant notre appel vidéo.

— Que vais-je faire, si les gens me traitent comme si j'étais encore la petite amie de Mason ?

— Sois honnête, tout simplement. Fais ce qui te semble approprié.

À cet instant, le pilote leur demanda d'attacher leurs ceintures pour le décollage. Ethan alla s'asseoir de l'autre côté du couloir central, et boucla sa ceinture.

Crissanne se pencha pour poser doucement sa main sur son bras.

— Merci.

Il lui adressa un sourire. L'expression désolée qu'il voyait sur son visage lui serrait le cœur, et il décida de faire tout ce qui serait en son pouvoir pour lui rendre sa joie de vivre. Il mobiliserait toutes ses ressources au service de cette cause.

— C'est à cela que servent les amis, répondit-il.

— Tu es plus qu'un ami, Ethan. Et ce que tu fais compte davantage pour moi que je ne puis l'exprimer. Je m'étais habituée à me débrouiller sans l'aide de quiconque.

Il serra sa main dans la sienne, entremêlant leurs doigts, s'efforçant d'ignorer le frisson qu'il avait ressenti à l'instant où il avait touché son bras. Elle avait besoin de lui.

Et, à cette seconde précise, c'était véritablement tout ce qui comptait.

6

Après trois semaines passées à Los Angeles, Crissanne avait la sensation de flotter dans le brouillard. Cela avait commencé au moment où ils avaient atterri, et où elle avait senti le soleil sur son visage. Elle était restée dans cet état durant la totalité de leur séjour à Malibu, dans la maison du frère d'Ethan, face à l'océan. Ils avaient répondu à une avalanche de questions et s'étaient acquittés d'une foule de formalités administratives.

Chaque jour, Ethan laissait un mot à son attention au gardien de la résidence afin qu'elle sache ce qu'il faisait et où elle pourrait le trouver. Il avait financé une nouvelle expédition de secours au Pérou, qui devait continuer à rechercher Mason et d'autres éventuels rescapés.

Ce jour-là, il lui avait demandé de l'accompagner au cabinet de sa société, dans le centre de Los Angeles. Voilà pourquoi elle se retrouvait désormais dans le hall d'attente d'un gratte-ciel, moulée dans l'unique robe qu'elle possédait et en talons hauts. Car elle savait que si les tenues les plus informelles étaient acceptées sur la côte Ouest, cette tolérance n'avait pas cours de l'autre côté du pays.

Lorsqu'elle sortit de l'ascenseur, au deuxième étage de l'immeuble, la réceptionniste lui tendit une bouteille d'eau pétillante et lui indiqua une salle de conférences aux baies vitrées surplombant le Fashion District. Elle avait emporté son appareil photo, dans l'intention de se promener à pied dans le quartier lorsqu'elle en aurait terminé ici. Elle avait été incapable de tourner la moindre vidéo ou d'écrire une seule ligne depuis que la nouvelle de la mort de Mason leur était parvenue. En revanche, elle avait pris de nombreuses photos, qu'elle postait sur son blog. Simplement des visages capturés au gré de ses promenades sur la plage, alors qu'elle cherchait des réponses qui, pour le moment, lui échappaient.

La porte s'ouvrit et elle se retourna, libérant dans ce mouvement une mèche de ses cheveux, retenus sur sa nuque par une barrette. Ethan portait un élégant pantalon de costume, mais s'était débarrassé de sa veste. Ses cheveux étaient un peu en désordre. Rempochant son téléphone, il s'avança vers elle.

— Désolé de t'avoir obligée à te déplacer jusqu'ici. Es-tu venue avec la voiture que je t'avais laissée ?

— Non, répondit-elle. Je déteste la circulation de Los Angeles. J'ai demandé à Peter de m'amener ici, en lui disant que je rentrerais avec toi.

— Je vais peut-être devoir travailler tard, observa-t-il.

Crissanne n'en était pas du tout étonnée. Depuis leur arrivée, Ethan avait systématiquement évité de se retrouver seul avec elle.

— J'ai prévu de visiter le Fashion District afin de prendre des photos pour mon blog, répondit-elle en haussant les épaules. Je ne suis pas pressée.

— Très bien, alors, dit Ethan en tirant une chaise pour qu'elle s'asseye. Je viens de recevoir un rapport de l'équipe de sauveteurs que nous avons envoyée.

Il prit place près d'elle et alluma la tablette posée sur la table. Elle observa ses mains qui se déplaçaient, vives et précises, pour composer le mot de passe. Le temps d'un instant, elle se laissa aller à imaginer la sensation qu'elle éprouverait si ces mains couraient sur sa peau. Lors de ses longues promenades sur la plage, elle avait passé beaucoup de temps à se remémorer cette unique nuit partagée avec Ethan, avant que la situation ne soit devenue aussi compliquée.

— Ont-ils découvert quelque chose ? s'enquit-elle. Des indices suggérant qu'il pourrait y avoir des survivants ?

Il ouvrit un dossier, et une photo de l'avion calciné apparut sur l'écran. Il passa à une deuxième photo, et elle vit six sacs mortuaires alignés sur le sol.

Horrifiée, elle se détourna précipitamment de cette terrible image.

Ainsi, c'était vrai. C'était la fin. Mason était mort.

Et rien ne pourrait le faire revenir.

Crissanne ne s'était pas rendu compte qu'elle pleurait jusqu'à ce qu'Ethan lui tende un mouchoir. Elle se détourna de lui : la proximité qu'elle avait ressentie entre eux jusqu'à tout récemment n'était plus qu'un souvenir. Plus ils passaient de temps ensemble, plus la distance qui les séparait grandissait.

Elle avait depuis longtemps l'intime conviction que Mason était mort. Elle sentait la brûlure des larmes derrière ses paupières, mais ce n'était plus le chagrin dévastateur qu'elle avait éprouvé la première fois. Poussant un soupir, elle tourna la tablette vers elle pour mieux examiner la photo.

— Je trouve horrible qu'il soit mort de cette façon, murmura-t-elle enfin.

— Moi aussi, déclara Ethan d'une voix monocorde, comme s'il avait enterré ses émotions tout au fond de lui-même.

Crissanne le soupçonnait de ne s'être pas encore permis de prendre la mesure de son propre chagrin. Mais comme il travaillait constamment, ou était au téléphone à répondre à des appels concernant son travail, elle n'avait pas encore eu l'occasion d'aborder ce sujet avec lui.

— Sommes-nous amis ? s'enquit-elle.

— Quoi ?

Il se tourna face à elle et, durant une fraction de seconde, elle décela une lueur de chagrin au fond de ses yeux. Pourtant, celle-ci disparut aussitôt derrière le masque serein qu'il affichait habituellement.

— Sommes-nous amis ? répéta-t-elle, se penchant pour l'obliger à la regarder en face.

— Oui, répondit-il. Qu'est-ce qui te fait penser que ce ne serait pas le cas ?

Elle posa une main sur son genou, et le sentit tressaillir à ce contact.

— Depuis que nous sommes ici, tu as passé ton temps à m'éviter. Nous n'avons jamais abordé les sujets importants, et j'en ai plus qu'assez de ces petits mots que tu laisses au gardien. Prétends-tu être mon ami uniquement pour que je ne me sente pas trop seule ?

Il secoua la tête en silence.

— Qu'y a-t-il ? s'insurgea-t-elle. Je ne peux pas continuer ainsi. Je sais que je devrais gérer cette situation toute seule, mais je ne peux pas m'empêcher d'avoir envie que tu me soutiennes.

— Je le sais, murmura-t-il, saisissant sa main dans la sienne et déclenchant ainsi une vague de chaleur dans tout son corps.

— Très bien, dit-elle d'une voix mal assurée. Alors, que se passe-t-il ?

— Je... Je...

Il relâcha sa main et se leva pour aller se planter devant l'immense baie vitrée. Crissanne attendit qu'il reprenne la parole mais, au lieu de cela, il se contenta de poser son front contre la vitre.

Elle se leva à son tour et alla le rejoindre mais n'osa pas le toucher, de crainte qu'il ne la repousse à nouveau.

— Je ne peux pas me permettre d'exprimer ce que je ressens, ne serait-ce qu'un instant, dit-il d'une voix à peine audible. Si je cède une seule fois, je ne suis pas sûr de pouvoir garder le moindre contrôle sur mes émotions.

Ethan faisait de son mieux pour se souvenir que Crissanne traversait une période de grande vulnérabilité. Pire encore que le jour où il l'avait découverte sur le pas de sa porte avec ses valises. Il aurait aimé croire que le fait de venir se réfugier chez lui avait un sens pour elle mais, à présent, une partie de lui-même la soupçonnait de ne l'avoir fait que pour rendre Mason jaloux.

Mason.

Ethan avait prudemment évité de trop penser à la mort de

son ami. Son meilleur ami. La personne qui le connaissait le mieux sur terre. Ethan était très proche de ses frères, mais ils avaient tous leurs propres vies, leurs propres carrières. C'était Mason qu'il appelait au milieu de la nuit lorsqu'il luttait contre ses propres démons. De la même manière, Mason s'était toujours confié à lui lorsqu'il était confronté à un problème qu'il ne pouvait résoudre seul.

C'est pourquoi Ethan avait été si étonné d'apprendre que son ami avait rompu avec Crissanne.

Mason ne lui en avait jamais soufflé mot.

À présent, ils n'auraient plus jamais l'occasion d'aborder ce sujet ensemble. Mason lui manquait. Il aurait pu le reconnaître à 2 heures du matin, assis dans son lit en proie à l'insomnie, mais pas maintenant. Pas en plein milieu de l'après-midi, pas ici. Il devait tenir bon.

Crissanne posa la main sur son épaule. Ce n'était qu'un geste de réconfort, bien sûr, mais il eut pour effet de déclencher un frisson le long de son échine. Ethan ne pouvait plus l'ignorer : il avait besoin d'évacuer cette tension. Peut-être en faisant l'amour à une parfaite inconnue. Pourtant, il savait déjà que ce serait inutile. Même si Crissanne n'avait pas dormi dans la même chambre que lui, dans la maison de Hunter, elle était la seule femme au monde qu'il désirait actuellement.

Elle se tenait si près de lui qu'il sentait la chaleur de son corps l'entourer. Et lorsqu'il fixait la baie vitrée devant lui, c'était elle qu'il voyait. Son reflet l'observait.

Son sang lui donnait l'impression de s'être transformé en lave dans ses veines. Il se retourna, tête basse, bien décidé à s'éloigner immédiatement d'elle. Mais ils étaient trop près l'un de l'autre pour une telle manœuvre, et dans ce geste, leurs fronts s'entrechoquèrent. Crissanne sursauta, et il sentit son souffle chaud tout contre ses lèvres.

Puis elle posa sa bouche sur la sienne.

Il lui enlaça la taille et la serra tout contre lui et, lorsqu'il sentit son corps étroitement soudé au sien, il sut avec certitude que rien ne pourrait l'arrêter. Pas cette fois-ci. Pas avant de la sentir nue dans ses bras, et de faire avec elle ce qu'il aurait dû déjà avoir fait l'autre nuit. Juste avant...

— Dis-moi non et sors d'ici tout de suite, souffla-t-il d'une voix rauque. Parce que si tu ne le fais pas, je vais aller verrouiller la porte de la salle et je vais te faire l'amour ici même, sur cette table.

Elle demeura silencieuse un instant, comme si elle y réfléchissait, puis hocha la tête. Sa main lâcha son épaule et elle se détourna de lui.

Ethan sentit son cœur se serrer. Il savait pourtant qu'il n'aurait jamais dû baisser sa garde. Qu'il risquait de détruire un lien précieux entre Crissanne et lui. Quelque chose qu'il ne parvenait pas à identifier, et moins encore à nommer.

Au même instant, elle s'arrêta devant la porte. Mais, au lieu de l'ouvrir pour sortir, elle tira le verrou et s'adossa au vantail.

— Je ne vais nulle part, déclara-t-elle.

Ethan cessa de penser. Tous ses efforts de réflexion ne l'avaient mené à rien, sauf à le rendre encore plus conscient du peu de contrôle qu'il exerçait sur les différents aspects de sa vie.

Il traversa donc la pièce pour aller la rejoindre, puis posa une main sur la porte derrière sa tête, et l'autre au creux de sa taille. Il se pencha vers elle, et elle leva les lèvres vers les siennes. Mais il n'avait pas envie de l'embrasser tout de suite. Il désirait d'abord goûter la saveur de son long cou gracile.

Il posa la bouche sur la douceur hâlée de sa peau, qui sentait les fraises et l'océan. Ethan savait qu'il aurait dû faire preuve de retenue, se conduire en gentleman. Il savait aussi qu'il aurait dû prendre tout son temps pour savourer cet instant magique, mais il l'avait attendu toute sa vie, et savait que c'était une cause perdue d'avance.

Il souleva Crissanne du sol et l'embrassa passionnément, tandis qu'elle nouait les jambes autour de sa taille pour lui rendre son baiser avec une fougue égale à la sienne, pressant fiévreusement son corps contre le sien.

Il glissa une main sous sa jupe et, remontant sur la fraîcheur de sa cuisse, écarta l'élastique de sa culotte pour recueillir l'une de ses fesses fermes dans la paume de sa main.

Elle s'écarta de lui pour murmurer quelques mots qu'il ne comprit pas. À ce stade, il était bien incapable d'écouter ou de comprendre quoi que ce soit. Crissanne occupait sa conscience tout entière. Il devait la faire sienne.

D'une main, il déboutonna son propre jean et le fit glisser sur ses jambes en même temps que son boxer, afin de libérer sa douloureuse érection. Repoussant sa main, Crissanne empoigna son sexe tendu et entreprit de le caresser avec une lenteur sensuelle.

Il la reposa sur le sol, et elle se débarrassa rapidement de sa culotte. Puis elle riva son regard au sien, et il comprit qu'il devait dire quelque chose. Lui déclarer que ce qu'ils s'apprêtaient à faire allait bien au-delà du sexe, ou du besoin d'oublier. Mais il en fut incapable.

Il se rapprocha d'elle. Avant de se figer.

— Zut ! Je n'ai pas de préservatif.

— Tout va bien, le rassura-t-elle. Je prends la pilule.

Ethan leva la main pour effleurer sa joue d'une caresse, et Crissanne frissonna. Elle était saisie d'une irrésistible envie de le toucher. Hors de question de se contenter de demi-mesure, car ce serait peut-être l'unique fois qu'il baisserait sa garde à ce point. Elle sentait sa cuisse entre ses jambes, et elle frissonna lorsqu'il s'empara de ses hanches pour la serrer tout contre lui. Déboutonnant sa chemise avec des doigts tremblants, elle constata qu'il portait un T-shirt dessous. Elle le releva puis parcourut avec délectation la peau nue de son torse et de son ventre plat du bout des doigts. Ses muscles étaient durs, elle le savait déjà depuis l'autre nuit, lorsqu'elle les avait longuement caressés. Mais, à présent, elle sentait leur chaleur contre sa main et se rendait compte qu'elle avait oublié beaucoup de détails. Par exemple cette légère toison qui allait en rétrécissant jusqu'à son bas-ventre. Elle la parcourut d'un doigt léger, tandis que les mains d'Ethan continuaient à la caresser doucement.

Elle était brûlante de désir, prête pour lui, et il était hors de question de prolonger les préliminaires au-delà du strict nécessaire. Glissant sa main entre leurs deux corps, elle serra de nouveau son sexe dur dans sa main, et entreprit de le caresser voluptueusement sur toute sa longueur.

Un torrent de sensations déferla en elle et, laissant retomber sa tête en arrière, elle ferma les yeux. Mais cela ne lui suffisait plus. Elle désirait sentir Ethan en elle. Tout de suite.

Elle se déplaça légèrement, avançant ses hanches et guidant le sexe d'Ethan jusqu'au sien.

Il baissa la tête pour embrasser le creux de son cou, à la naissance de l'épaule.

Lorsqu'il la pénétra enfin, elle enfonça les ongles dans ses hanches étroites et s'y cramponna de toutes ses forces.

— Crissanne, murmura-t-il d'une voix rauque. Tu es tellement merveilleuse...

Elle se contenta de hocher la tête, les yeux fermés. Il lui était devenu impossible de réfléchir. Elle était plongée dans un monde de pures sensations.

Un sourire d'extase aux lèvres, elle ondula des hanches contre lui pour suivre son rythme. Elle adorait le sentir en elle.

Il accéléra son va-et-vient brûlant entre ses hanches et, soudain, elle sentit qu'elle approchait de l'orgasme. Lorsqu'il posa la bouche sur sa gorge pour la dévorer de baisers, elle rejeta sa tête en arrière et murmura son prénom, tandis qu'elle basculait dans le plaisir. Ethan la serra plus fort dans ses bras, accélérant ses assauts jusqu'à ce qu'il la sente frissonner violemment, puis il tomba à son tour dans un abîme de volupté.

Les yeux fermés, Crissanne posa la tête sur son épaule. Il la tenait toujours serrée contre lui. Elle comprit alors qu'elle s'était privée de sexe pendant trop longtemps.

C'était sûrement pour cette raison qu'elle le serrait si fort contre elle, et qu'elle avait très envie de pleurer. Le sentir en elle, ressentir l'étreinte de ses bras vigoureux autour de son corps, lui avaient fait comprendre que c'était cette intimité qu'elle avait attendue toute sa vie. C'était cela qui lui avait tant manqué.

Elle avait besoin d'Ethan. Et cela n'avait aucun rapport avec la mort de Mason. Cela le concernait uniquement lui, et les sentiments qu'elle avait trop longtemps niés. Elle avait besoin de ce qu'Ethan avait à lui offrir. Cette tranquille intensité.

Il s'écarta d'elle, mettant fin à leur étreinte.

— Euh... Je suis désolé, marmonna-t-il d'un ton gêné. Je n'avais pas prévu que cela irait aussi loin. Tu trouveras la salle de bains au bout du couloir.

— Ethan ?

— Oui ?

— Sommes-nous toujours amis ?

Elle avait constaté qu'il évitait son regard.

Il lui tourna le dos et, lorsqu'il lui fit de nouveau face, son T-shirt était rentré dans la ceinture de son jean, celui-ci étant reboutonné. Il s'affairait à présent avec les boutons de sa chemise, et elle eut la distincte impression que ce corps-à-corps sexuel avait eu plus d'impact sur elle que sur lui. Il avait peut-être seulement besoin d'un orgasme pour pouvoir recommencer à respirer normalement.

— Oui, naturellement, répondit-il.

Mais elle ne put s'empêcher de noter que ce ton détaché, dénué d'émotion, avait fait sa réapparition dans sa voix.

Elle fut alors à deux doigts de lui permettre de les ramener à la trêve fragile dans laquelle ils avaient vécu ces trois dernières semaines. Mais, au lieu de cela, elle s'approcha de lui, piétinant sans la voir sa culotte oubliée sur le sol. Elle surprit alors une expression curieusement vulnérable sur le beau visage d'Ethan.

Il n'était pas aussi détaché qu'il s'efforçait de le faire croire.

— Parfait, conclut-elle. Parce que je suis lasse de devoir garder mes distances avec toi. J'étais venue chez toi avant l'accident de Mason, parce que j'avais pensé...

Elle marqua une pause, avant de poursuivre :

— J'avais pensé que je savais ce que je voulais. La disparition de Mason est venue me rappeler que la vie est courte et fragile. Or je suis lasse d'attendre éternellement...

Elle recula d'un pas, avant d'ajouter d'une voix vibrante d'émotion :

— Je ne suis plus disposée à attendre, Ethan. Je désire davantage qu'une simple amitié entre nous, et je sais que toi aussi.

Il la dévisagea et, pour la toute première fois, elle vit défiler la douleur, l'espoir et la culpabilité dans ses yeux. Elle sut alors avec certitude qu'il espérait aussi davantage que ce qu'ils avaient partagé ces derniers temps.

— Rentrons à la maison, dit-il enfin. Nous réfléchirons mieux à Cole's Hill. Et nous verrons bien si ceci n'était qu'une réaction passagère, ou quelque chose de durable.

7

Il était peut-être allé un peu vite en déclarant qu'il souhaitait rentrer au Texas, songea Ethan, car ils devaient assister à une cérémonie à la mémoire de Mason. Entre-temps, Crissanne était venue s'installer dans sa chambre. Cette petite femme n'occupait pas beaucoup d'espace, mais elle avait une forte présence. Partout où il posait son regard, Ethan voyait des traces de son passage. À cet instant, il se trouvait dans la salle de bains privée de sa suite, dotée d'un double lavabo. Il n'avait même pas besoin de tourner la tête pour voir le flacon de parfum de Crissanne ainsi que son nécessaire à maquillage sur la coiffeuse. Crissanne était dans la chambre et fredonnait un air du chanteur Liam Gallagher. Elle chantait faux.

Ethan, qui achevait de nouer son nœud papillon, s'interrompit en reconnaissant cette chanson, qui parlait de prendre son envol dans les grands espaces. Aucune autre n'aurait pu aussi bien décrire Mason. Son ami avait toujours cherché à flirter avec les limites de l'impossible. Il avait toujours été d'une brutale franchise, et c'était seulement aujourd'hui, alors qu'il n'était plus, qu'Ethan pouvait admettre que Mason avait été le seul à le connaître vraiment.

À cette idée, il sentit son cœur se serrer. Son ami avait toujours vu clair en lui. Y compris lors de leur première année à l'université, lorsque Ethan avalait des pilules pour rester éveillé des nuits entières afin de préparer ses examens… et qu'il essayait de cacher ce qui était devenu une véritable addiction.

Mais Mason n'avait pas été dupe.

Il l'avait compris et ne s'était pas donné la peine d'essayer de lui donner des conseils ou de le raisonner. Il lui avait décoché une bonne droite au menton. Furieux, Ethan avait répliqué avec ses poings, mais cela n'avait pas impressionné Mason. Ce soir-là, ils s'étaient battus comme des sauvages et, après ça, Mason lui avait expliqué qu'il n'avait jamais eu ce qu'Ethan avait dans sa vie : des parents aimants, des frères qui passent régulièrement à la maison. Ethan avait eu une chance insolente, et il devait cesser de gâcher bêtement son existence.

Ensuite, Mason n'avait plus jamais évoqué le sujet et Ethan avait définitivement renoncé aux pilules. Cela n'avait pas été facile mais, chaque fois qu'il doutait de lui-même, il lui suffisait de se rappeler les yeux verts de Mason fixés sur lui, son visage tuméfié, et d'entendre le ton douloureux de sa voix pour retrouver l'espoir. Mason l'avait convaincu, comme personne d'autre n'avait su le faire avant lui.

— Frérot, tu me manques, murmura-t-il.

Les larmes lui montèrent aux yeux mais il fit un violent effort pour se ressaisir.

Il était resté fort jusqu'à présent, et il n'était pas question de s'effondrer maintenant. Il serra très fort les paupières et prit une profonde inspiration pour se calmer. Puis, la crise passée, il acheva de nouer son nœud papillon.

Il devait être solide, pour lui-même et pour Crissanne, à qui il tenait davantage à chaque jour qui passait. Il savait qu'une partie de lui-même la désirait parce qu'elle était jolie, avec ses longues jambes et son merveilleux sourire. Avec ce sens de l'humour un peu décalé qui l'avait souvent surpris et charmé. Mais en découvrant la femme qu'elle était réellement, il était ébloui. Il était en train de tomber amoureux d'elle. Pour de bon. Rien à voir avec une illusion de désir envers une femme inaccessible.

Cette fois-ci, c'était différent.

Crissanne était différente.

Mais il avait toujours été plus à l'aise avec la théorie qu'avec la vie réelle. Le troisième fils d'une riche famille d'éleveurs. Le brillant avocat. L'homme qui n'avait jamais laissé de cœurs brisés dans son sillage pour l'unique raison qu'il ne s'était jamais permis de s'engager sérieusement.

Il entendit un bruit de pas, puis il vit Crissanne apparaître sur le seuil, tout de noir vêtue. Sa robe fourreau, qui moulait amoureusement ses courbes, s'arrêtait juste au-dessus de son genou. Elle avait noué ses cheveux en chignon et portait aux oreilles les perles que Mason lui avait offertes. Ethan le savait, car il était présent lorsque Mason les avait achetées chez un grand joaillier.

— Tout va bien ? s'enquit-elle sans entrer dans la pièce.

— Oui, répondit-il, mais cette journée risque de ne pas être très facile.

— C'est vrai. Mais, au moins, nous pourrons dire adieu à Mason, à présent que nous savons qu'il ne reviendra pas.

— Pensais-tu qu'il serait venu te retrouver chez moi ? s'enquit Ethan.

— Il était logique de penser que nos chemins se croiseraient à nouveau, répondit-elle en haussant les épaules. Vous êtes amis, tous les deux.

L'idée qu'Ethan avait si désespérément essayé de refouler resurgit dans son esprit, et il posa à Crissanne la question qui lui brûlait les lèvres :

— Es-tu venue chez moi pour le rendre jaloux ?

— Non, absolument pas ! se récria-t-elle. Mon arrivée n'avait aucun rapport avec Mason. Je suis venue vers toi parce que je me sentais seule au monde, Ethan. Et tu étais la seule personne sur qui je savais pouvoir compter.

Il acheva de nouer son nœud papillon, puis il lui tourna le dos pour déboutonner son pantalon et y glisser les pans de sa chemise, plus pour se donner le temps de réfléchir que par pudeur. Il voulait croire qu'il n'avait pas trahi Mason lorsqu'il avait embrassé Crissanne pour la première fois. Mais cette idée continuait à le tarauder.

Il sentit subitement qu'elle avait posé sa main au milieu de son dos et tressaillit.

— Devenir une nouvelle cause de regrets pour toi n'était pas mon intention, murmura-t-elle.

— Je ne regrette rien, assura-t-il en se retournant face à elle.

Son maquillage agrandissait ses yeux. Elle était toujours la même, tout en étant très différente de la jeune femme qu'il connaissait. Cependant, son regard fixé sur lui avait toujours la même sincérité. Et elle le dévisageait toujours comme si quelque chose l'effrayait.

La cérémonie commémorative avait été organisée dans les locaux d'une entreprise de pompes funèbres de Malibu. Lorsque Crissanne y entra, elle eut la surprise de constater que toute la famille d'Ethan était déjà là. Son père s'approcha d'elle pour la serrer dans ses bras sans un mot, une expression grave sur son visage buriné. Les frères d'Ethan et leurs épouses étaient là aussi. Deux jeunes enfants étaient assis dans un coin de la pièce, penchés en silence sur un livre d'images.

La petite fille était rousse. Ses cheveux étaient attachés en nattes et elle portait une robe noire avec un cheval brodé sur la jupe. Le petit garçon était vêtu pour sa part d'un minuscule costume noir avec un nœud papillon. Tous deux ne devaient pas avoir plus de trois ou quatre ans, mais ils se tenaient très bien et étaient visiblement très proches l'un de l'autre.

— J'espère que la présence de nos enfants ne posera aucun problème, remarqua Kinley Caruthers en s'approchant d'elle.

Crissanne connaissait toutes les belles-sœurs d'Ethan, car celui-ci lui avait envoyé des photos après chacun de leurs mariages. Kinley était l'épouse de Nate, le frère aîné d'Ethan. Ils s'étaient rencontrés à l'occasion d'un week-end trépidant à Las Vegas, et de cette nuit de passion passée ensemble était né un enfant. Nate n'avait toutefois appris l'existence de sa fille que l'année précédente.

— Non, bien sûr, répondit Crissanne. Merci d'être venus. Je suis surprise de les voir si sages et si bien élevés.

— Le papa de Benito est décédé l'année dernière, lui dit Bianca, l'autre belle-sœur d'Ethan, en venant les rejoindre.

L'ancienne top model avait épousé un pilote de Formule 1, mais celui-ci avait péri dans un accident. Bianca était alors rentrée à Cole's Hill, où Derek Caruthers et elle avaient renoué leur ancienne amitié. Une amitié qui s'était progressivement transformée en amour.

— C'est triste à dire, ajouta Bianca en la serrant brièvement dans ses bras, mais cet enfant sait se comporter, aux funérailles.

— Où logez-vous ? s'enquit Crissanne, émue par ce qu'elle venait d'entendre.

— Nous dormirons chez Hunter ce soir, expliqua Kinley. Ce matin, nous n'avons pas eu le temps de nous y rendre.

— Quand avez-vous décidé de venir ? demanda Crissanne, étonnée qu'Ethan ne l'ait pas informée que sa famille allait assister à cette cérémonie.

— Je ne pense pas qu'il y ait eu une discussion à ce sujet, répondit Kinley. Nate nous a simplement demandé de nous préparer. Cet homme prend son rôle de grand frère très au sérieux.

— Derek a dû terminer une intervention avant que nous puissions partir, observa Bianca. Hunter et Ferrin étaient déjà à l'aéroport.

Entre-temps, d'autres personnes étaient arrivées, et Crissanne quitta la famille Caruthers pour aller accueillir les responsables de la société de production ainsi que des membres des équipes de tournage avec lesquels Mason avait travaillé par le passé. Elle bavarda avec eux pendant quelques minutes, puis le directeur du funérarium s'approcha pour lui demander si elle souhaitait se recueillir quelques minutes seule avant le début de la cérémonie.

Elle ne sut quoi répondre.

Elle finit par acquiescer, car la salle de réception commençait à se remplir d'une foule d'inconnus. Elle suivit l'homme dans une pièce ressemblant à la nef d'une église. À l'endroit où aurait dû se trouver le cercueil, on avait dressé un chevalet supportant une grande photo en couleurs du disparu.

Elle s'éloigna du directeur pour s'avancer jusqu'au portrait. C'était une photo qu'elle avait prise elle-même.

En cet instant, Mason lui manquait douloureusement. Elle tendit la main vers son visage, se souvenant parfaitement du jour où elle avait pris cette photo. Ils naviguaient à bord d'un catamaran, quelque part entre Dana Point et Catalina. Mason essayait de lui enseigner les rudiments de la navigation à la voile, mais la sensation du soleil sur sa peau était trop agréable, et elle s'était contentée de paresser sur le pont pendant qu'il manœuvrait le bateau, en prenant des photos avec son appareil étanche.

Ce jour-là, Mason était dans son élément.

Elle avait vu briller une véritable passion dans ses yeux. C'était la première fois qu'elle avait compris qu'elle était en compétition avec la nature elle-même et que, dans le cœur de Mason, elle ne pourrait jamais occuper la première place.

La porte s'ouvrit derrière elle. Lorsqu'elle tourna la tête, elle découvrit Ethan planté sur le seuil.

— Puis-je me joindre à toi ?

— Oui, bien sûr, répondit-elle. Toi aussi, tu as besoin de lui faire tes adieux en privé.

— C'est vrai. J'ai beaucoup de mal à gérer mes émotions, en ce moment.

— Oui, je le sais, murmura-t-elle. Je crois que c'étaient les moments que j'aimais le plus, lorsque Mason et toi étiez ensemble. Il se mettait en colère et se lançait dans l'escalade d'une falaise rocheuse, et toi, tu restais là, à analyser calmement le pour et le contre, ou à essayer de le persuader de s'éloigner du précipice.

— Mason m'avait même trouvé un nom, ajouta-t-il en souriant. Il m'appelait son filet de sécurité.

— Car tu l'étais vraiment.

C'était typique de Mason. Elle se rappela ses mots, juste avant son départ. Crissanne avait représenté, disait-il, son unique chance de vivre une vie normale. Apparemment, cette vie-là n'était pas faite pour lui.

— Je suis surprise que toute ta famille ait fait le déplacement jusqu'ici, remarqua Crissanne. Je me réjouis qu'ils soient venus.

— Eux aussi connaissaient Mason. Et ils savent que nous avons besoin de soutien familial.

— Moi, je n'en ai jamais eu aucun, avoua-t-elle.

— Désormais, tu en as un, assura-t-il en lui entourant les épaules de son bras.

Alors qu'ils étaient là, côte à côte, devant le portrait en couleurs, Crissanne plongea le regard dans celui d'Ethan. Elle ne put s'empêcher de songer que Mason se serait réjoui qu'elle ait trouvé le bonheur avec son ami.

Soudain, quelqu'un toussota discrètement derrière eux. Lorsqu'elle se retourna, elle reconnut le directeur du funérarium qui attendait près des doubles portes.

— Êtes-vous prêts à ce que nous laissions entrer le reste de l'assistance ? s'enquit-il d'un air compassé.

— Oui, monsieur, répondit Ethan. J'aimerais régler quelques détails avec le pasteur qui doit conduire la cérémonie.

— Vous le trouverez là-bas, lui dit le directeur, indiquant une porte sur leur gauche.

— Puis-je te laisser seule un instant ? s'enquit Ethan, s'adressant à elle.

Crissanne acquiesça.

Il sortit et les grandes portes s'ouvrirent. La famille d'Ethan entra la première, et Crissanne remarqua que Bianca et Kinley n'étaient pas là. Ce qui, compte tenu de la présence des enfants, était compréhensible. Hunter, qu'elle avait rencontré en de rares occasions, s'approcha et la présenta à son épouse. Durant un instant, Crissanne se sentit presque normale. Elle était seule parmi cette foule, mais elle en éprouvait un certain réconfort.

Hunter avait bien connu Mason, et il évoqua avec elle certains de leurs souvenirs communs. Dans ces paroles, elle puisa de nouvelles forces. Il devenait plus facile pour elle de se détacher du défunt, de comprendre qu'une nouvelle phase de sa vie s'ouvrait devant elle, et qu'elle avançait dans la bonne direction.

Alors que la cérémonie commençait et que ceux qui avaient connu Mason échangeaient leurs anecdotes, l'idée qui s'imposa dans son esprit, c'était que la vie devait être pleinement vécue tant qu'elle durait.

Elle se promit alors que, dorénavant, ce serait ainsi qu'elle mènerait sa vie. Plus question de dissimuler ni de faire semblant. Et cela débutait avec Ethan Caruthers.

Ethan commençait à avoir l'impression que les murs de sa chambre, dans la maison de Malibu, se resserraient sur lui. Repoussant les draps, il quitta son lit. La maison était silencieuse, à présent, mais, plus tôt dans la journée, elle avait été remplie de gens échangeant leurs souvenirs de Mason et célébrant la vie qui avait été la sienne.

Cela lui avait beaucoup donné à réfléchir. Ce jour-là, il avait parlé de Mason avec de nombreuses personnes. Ethan restait admiratif devant l'image que son ami avait laissée de lui. Dans son testament, qu'Ethan l'avait aidé à rédiger, Mason léguait toute sa fortune à une œuvre caritative qui finançait des camps d'été à la mer ou à la montagne pour les enfants des quartiers défavorisés. Mason avait toujours déclaré que, s'il n'avait pas passé l'été de ses quatorze ans dans un camp de vacances à la montagne, il n'aurait jamais trouvé sa voie.

Ethan ramassa un short abandonné sur le sol près du lit, et l'enfila. En silence, car toute sa famille se trouvait dans la maison, endormie. Crissanne et lui dormaient dans des chambres séparées. Cela lui avait semblé être la solution la plus appropriée mais, naturellement, vers le milieu de la nuit, il l'avait regretté. Elle lui manquait.

Il ouvrit la porte donnant sur le couloir et, traversant le salon sur la pointe des pieds, il sortit sur le porche. Le ciel était parfaitement dégagé. Ici, à Malibu, les étoiles paraissaient toujours briller d'un plus grand éclat qu'ailleurs. Empoignant au passage une bouteille de bourbon, il descendit l'escalier de bois donnant accès à la plage.

Il n'avait pas véritablement pu dire adieu à Mason. Pas encore.

Pas avant cette nuit.

Il se dirigea vers un affleurement rocheux près du sable, et, à sa grande surprise, constata qu'une autre personne y était déjà assise.

Crissanne.

Il hésita. Elle était probablement venue ici pour la même raison que lui. Pour faire ses adieux à Mason en privé. Et il ne souhaitait pas la déranger.

Il avait fait de son mieux pour garder ses distances avec elle, écartelé entre le désir qu'il éprouvait et son besoin de respecter son intimité. Faire l'amour dans la salle de conférences leur avait fait le plus grand bien, mais il avait l'impression que ce n'était... qu'une réaction face à la mort de Mason, plutôt qu'un besoin mutuel. Par ailleurs, c'était une chose de faire l'amour avec elle à Cole's Hill, mais, ici, à Malibu, où Mason et elle avaient vécu...

L'idée lui semblait inconvenante.

Il tourna les talons pour repartir vers la maison.

— Ethan, ne t'en va pas !

Il s'arrêta, puis fit demi-tour et marcha jusqu'aux rochers sur lesquels elle était assise. La marée était basse. Le sable était humide, mais les vagues n'arrivaient pas jusqu'aux rocs.

— Je ne voulais pas te déranger, s'excusa-t-il.

— Tu ne me déranges pas du tout. Je contemplais la voûte étoilée, et je parlais à Mason.

Ethan s'assit à distance respectable, puis agita la bouteille de bourbon.

— J'étais venu ici pour porter un toast à sa mémoire, expliqua-t-il.

— Je vais t'accompagner.

— Aux bons amis qui vivront toujours dans nos cœurs, dit-il en levant haut la bouteille.

Crissanne acquiesça en silence. Ethan versa d'abord quelques gouttes de bourbon dans le sable – la part du disparu – avant d'en boire une gorgée. Puis, il lui tendit la bouteille.

— À ton tour, dit-il.

— À la vie intensément vécue, s'exclama-t-elle, versant

quelques gouttes dans le sable avant de boire à son tour et de lui rendre la bouteille.

Ethan but une nouvelle gorgée, puis il s'appuya sur un coude. Ils se cachaient une vérité fondamentale à eux-mêmes. À savoir que si Mason n'était pas mort, et avait constaté que la relation entre Crissanne et lui avait changé à ce point, il ne serait peut-être pas content du tout.

— Je n'ai pas l'intention de m'excuser pour ce qui s'est passé entre nous, déclara-t-il.

— Je m'en réjouis, répondit-elle, parce que je n'ai pas envie que tu t'excuses.

— Je me sens coupable, avoua-t-il.

— Ce n'est pas nécessaire. Mason et moi vivions des vies séparées bien avant ce jour où nous nous sommes embrassés, toi et moi, au Texas.

— Mais, dans mon esprit, Mason et toi n'étiez pas forcément séparés pour de bon.

Crissanne inclina la tête pour le dévisager un instant dans le clair de lune, et il se demanda ce qu'elle voyait, lorsqu'elle le fixait ainsi.

— Regrettes-tu que nous ayons fait l'amour ? s'enquit-elle enfin.

— Non. C'est de la culpabilité que je ressens, pas du regret. Je désire partager davantage avec toi, et j'aurais souhaité que l'ombre de Mason ne plane plus entre nous avant de commencer à écrire notre propre histoire. Ensemble.

— Ensemble ? répéta-t-elle. En es-tu bien certain ? Jusqu'à présent, heu... je ne dirais pas exactement que tu me fuyais, car tu es trop intelligent pour cela. Mais il y avait une distance...

— Je sais, murmura-t-il. Je suis désolé. Ce n'est pas facile, pour moi, de concilier l'homme que je voudrais être et celui que je suis réellement. Tu mérites le meilleur de ce que je peux t'offrir.

— Je ne me plains pas.

Toute sa vie, il avait su trouver les mots justes pour chaque situation. Mais, face à Crissanne, il avait l'impression d'être redevenu un étudiant de première année qui ne savait que régurgiter ce qu'il avait appris dans les manuels.

— Tu en aurais pourtant le droit, remarqua-t-il.

Elle se rapprocha de lui et posa la tête sur son épaule. Ethan l'attira contre lui, et toute la tension qui s'était accumulée dans son corps s'évapora d'un coup.

Poussant un long soupir, il la garda ainsi, bien serrée contre lui, dans la lumière argentée de la pleine lune.

— La vérité, dit-elle d'une voix douce, c'est que, même si je ne suis partie que début août, Mason et moi n'étions plus vraiment ensemble depuis le mois de janvier précédent. J'ai persisté à croire que si je restais, je trouverais le moyen de faire en sorte que notre relation fonctionne, mais Mason était de plus en plus souvent absent. Moi aussi, je me sens coupable.

— Pourquoi ? s'étonna-t-il.

— N'était-ce pas à cause de moi qu'il choisissait des sites de plus en plus dangereux pour ses tournages ? murmura-t-elle d'un ton douloureux.

Ethan sentit son cœur se serrer. Personne n'était responsable des décisions de Mason.

— Ce garçon était plus têtu qu'une mule, Crissanne. Il ne faisait jamais rien à moins d'en avoir envie.

Crissanne demeura silencieuse. Elle se contenta de poser une main sur la sienne, et ils restèrent là jusqu'au matin, sirotant occasionnellement leur bourbon et parlant de leur ami. Ils lui avaient fait leurs adieux d'une manière qui avait réellement du sens pour eux deux, et aux premières lueurs de l'aube, Ethan comprit qu'il était temps de rentrer à la maison.

8

Alors que les longues journées d'été laissaient peu à peu la place à l'automne, à Cole's Hill, Crissanne s'était installée dans une agréable routine. La fin du mois de septembre approchait, et cela faisait presque deux semaines qu'Ethan et elle étaient rentrés de Californie. La famille d'Ethan l'avait beaucoup soutenue. Ils s'étaient tous employés à lui remonter le moral et à l'intégrer dans leur communauté. Elle avait même été recrutée par le country club de la ville, qui organisait des enchères. Une partie de son travail consistait à photographier individuellement tous les célibataires de Cole's Hill, dont le plus populaire remporterait les enchères. Ceux-ci formaient un groupe assez divers, mais elle notait un trait commun à tous ces Texans : leur inébranlable assurance et leur humour.

Ce jour-là, elle s'était installée dans le grand salon du country club, et les membres du comité défilaient en nombre devant sa table.

— Ce salon me ramène invariablement à mon enfance, observa Bianca en s'approchant.

Bianca, qui avait été top model durant des années, avait été appelée à la rescousse pour coiffer les hommes avant la photo. Leurs portraits seraient rassemblés dans un catalogue qui serait ensuite distribué à chaque foyer de Cole's Hill.

— Vraiment ? répondit Crissanne. Qui sont tous ces gens ? J'ai lu leur présentation, et si je reconnais le nom des Caruthers et des Velasquez, grâce à toi, je ne connais aucun des autres.

— Ce sont les membres des cinq familles qui ont fondé Cole's Hill. L'homme que tu vois là-bas est Jacob Cole. C'est lui qui a donné son nom à la ville. La femme près de lui est Bejamima Little, sa fille, qui a fondé la première école de la ville. Mon ancêtre, Javier Velasquez, était éleveur de bétail dans cette région bien avant l'arrivée de Jacob. Ma famille était propriétaire de ses terres par décret royal des souverains d'Espagne. À la droite de Jacob tu vois Tully Caruthers et sa sœur, Ethel. Jacob lui avait fait construire une maison sur le site actuel du club-house. Ensuite, ce sont les Abernathy. Tu feras la connaissance de Wil lorsqu'il se présentera pour sa photo. Il est très drôle et il aime flirter, alors, méfie-toi. La dernière de ces cinq familles est les Graham. Leur ancêtre s'appelait Bones Graham. Il était entrepreneur de pompes funèbres. Sa famille a transformé leur propriété à la sortie de la ville en brasserie clandestine. Les Graham sont tous des délinquants.

— Alors, Bianca, on parle encore de moi ? lança un homme depuis le seuil.

— Bien sûr que non, répondit Bianca en lui adressant un sourire. Crissanne, je te présente mon frère Diego. Rassure-toi, il est inoffensif.

— Aucun homme n'aime entendre cela, répliqua l'intéressé. Je suis un dur à cuire. Ne laissez pas ma sœur vous affirmer le contraire.

— Un dur à cuire ?

— Exactement. Et des tas de femmes me trouvent séduisant.

Crissanne ne put s'empêcher de rire à ces taquineries entre frère et sœur. À sa grande surprise, elle ne sentait pas son cœur se serrer aujourd'hui, comme c'était généralement le cas lorsqu'elle se trouvait en présence des familles des autres. Elle avait toujours pensé que l'unique moyen de connaître les joies de la famille serait d'être mariée ou de vivre en couple, mais elle commençait peu à peu à comprendre que l'amitié était un lien tout aussi puissant.

— Je réserverai mon jugement jusqu'à ce que j'aie vu votre

photo, répondit Crissanne. L'objectif me révèle toujours la vérité au sujet d'une personne.

— Mon pauvre Diego, je crois que tu vas au-devant des problèmes, remarqua Bianca.

Il fit mine de lui décocher un coup de poing sur l'épaule puis s'éloigna dans la salle. Bianca apprit à Crissanne que son frère dirigeait l'un des plus importants haras des États-Unis. D'après Nate, qui avait récemment signé un contrat avec lui, ses chevaux étaient renommés pour leur vitesse et leur agilité.

— Accordez-moi une minute pour régler les éclairages, dit-elle.

À l'origine, ils avaient songé à prendre les photos sur le lieu de travail des célibataires, mais l'organisation s'était avérée compliquée, et Bianca avait décidé de les faire tous venir au club-house. Crissanne avait travaillé avec les professeurs d'art du lycée pour faire peindre quelques toiles qui serviraient d'arrière-fond aux photos.

— L'une de vos cousines au second degré a peint ces toiles, remarqua Crissanne. Julia, je crois.

— Elle est fabuleuse, opina Diego, qui s'était de nouveau approché des deux femmes. Julia a beaucoup de talent. Nous sommes tous très fiers d'elle.

Ces familles avaient vraiment jeté des racines, ici, songea Crissanne. En prenant ses photos, elle avait appris que quasiment tout le monde, à Cole's Hill – à l'exception des nouveaux résidents – pouvait justifier de son ascendance avec l'une des cinq familles d'origine.

Diego était un bon sujet de photographie. Il souriait facilement et portait son stetson noir comme s'il avait été inventé pour lui. Il bavarda à bâtons rompus avec elle pendant toute la durée de la séance et, en partant, lui décocha un clin d'œil. Crissanne eut toutes les peines du monde à ne pas éclater de rire.

À mesure que la journée avançait, elle était de plus en plus impressionnée par la variété des hommes qui venaient se faire photographier. L'un de ses préférés était Wil Abernathy, un autre éleveur, plus détendu que Diego et moins adepte du flirt à outrance.

Parmi les célibataires, un autre homme se détachait du lot : Manu Bennett. Doté de muscles impressionnants, il avait posé torse nu, exhibant les tatouages maoris propres à sa famille, qui couvraient la totalité de son torse et de son dos. L'expression de ce colosse à la peau brune ne s'adoucissait que lorsqu'il parlait de son frère et de sa belle-sœur. Le reste du temps, il était sérieux et introverti. Crissanne prit tout son temps pour capturer l'essence de l'homme qu'il était.

— Il ne reste qu'un candidat, lui signala Bianca vers 17 heures. Ensuite, tu en auras fini pour aujourd'hui.

— Je suis impatiente de visionner les photos que j'ai prises aujourd'hui, observa Crissanne.

— Moi aussi.

— Qui est le suivant ?

— Moi, lança Ethan depuis le seuil.

Ethan. Elle avait déjà plus de photos de lui qu'elle n'aurait pu l'avouer. Mais, cette fois-ci, c'était pour les enchères, et elle allait devoir s'efforcer de le photographier d'une façon qui donne envie aux femmes de lui faire remporter le gros lot.

Malgré elle, elle ressentit un pincement de jalousie. Elle savait qu'il lui serait très pénible de se faire souffler Ethan par une autre femme. Mais, même si elle commençait à trouver sa place à Cole's Hill, ils n'étaient pas encore tout à fait à l'aise l'un avec l'autre. C'est pourquoi elle cherchait un appartement à louer afin d'être totalement indépendante.

Ils avaient tous deux besoin d'espace pour réfléchir à la mort de Mason et pour faire leur deuil. Ensuite, peut-être pourraient-ils poursuivre leur route ensemble. En tout cas, elle l'espérait.

— Nous pourrions dîner ensemble lorsque tu auras terminé, suggéra Ethan.

Dîner ensemble ?

— Dois-je comprendre que tu me proposes une soirée romantique ?

Il lui sourit, et elle comprit soudain à quel point il lui avait manqué, alors même qu'ils vivaient sous le même toit.

— Oui, répondit-il. Quelque chose comme cela.

Ethan s'était plongé dans le travail toute la journée. Mason avait un jour exprimé le souhait qu'il dirige une fondation en sa mémoire, s'il venait à disparaître. Mettre sur pied une telle entreprise lui prenait beaucoup de son temps, sans oublier qu'il devait continuer à s'occuper des clients de son cabinet.

Chez lui, il ne dormait plus. Il avait tendu la main à Crissanne et, à présent, c'était à elle de décider de la suite. La balle était dans son camp. Il désirait qu'elle partage son lit, mais il n'était pas question qu'il exerce la moindre pression sur elle pour l'inciter à accepter.

Depuis leur retour de Malibu, il avait beaucoup de mal à concilier ses nouveaux sentiments pour Crissanne avec la mort de Mason. Alors, il l'avait tenue à distance.

Elle habitait dans sa maison tout en faisant de son mieux pour s'adapter à une nouvelle ville, et il savait qu'elle avait besoin de temps et d'espace, même si elle affirmait le contraire. Il lui était arrivé de voir la tristesse passer sur son visage, lorsqu'elle pensait que personne ne l'observait.

— Alors, que dois-je faire ? s'enquit-il.

Bianca avait rectifié sa tenue de ses mains expertes afin qu'elle soit parfaite, mais il avait desserré sa cravate sitôt qu'elle était sortie de la pièce.

— Va te placer là-bas, devant la toile de fond, suggéra Crissanne, indiquant un coin de la pièce éclairé par des projecteurs.

Elle régla son appareil, puis prit une série de photos de lui dans les poses qu'elle lui indiquait. Il suivit ses directives, mais elle cessa bientôt de le mitrailler et fronça les sourcils.

— Détends-toi un peu, d'accord ?

— Je suis détendu ! s'exclama-t-il.

En réalité, c'était loin d'être le cas. Existait-il quelque chose de plus embarrassant que de poser pour des photos ? Il se sentait stupide. Elle lui avait dit de croiser les bras et de prendre un air assuré mais, au lieu de cela, il avait l'impression d'être totalement idiot.

— Non, ce n'est pas vrai, répliqua-t-elle. Je t'ai déjà vu plus détendu au tribunal, face à un juge retors.

— Quand cela ?

— À Los Angeles. Lorsque tu plaidais face au juge McConnell pour une histoire de litige commercial.

— C'était il y a quatre ans, je m'en souviens.

C'était la première fois qu'il se frottait au droit des sociétés, et il s'était rapidement aperçu que ce domaine n'était pas fait pour lui.

— Oui, dit-elle en souriant. Ensuite, nous avons dîné ensemble. Tu t'en souviens ?

— Oui. Nous avons dû nous contenter d'un hamburger parce que j'avais travaillé très tard.

— C'est vrai. Mason était au Canada pour un tournage de ski extrême, et tu m'avais dit qu'après tout, nous étions amis, nous aussi, et que nous avions parfaitement le droit de passer une soirée ensemble si nous en avions envie.

Il nota qu'elle avait recommencé à prendre des photos, mais il ne se voyait pas vraiment comme son sujet. Il avait toujours adoré la voir travailler. Elle était alors transfigurée. Comme si c'était une autre personne qui se déplaçait devant lui et lui parlait.

Elle s'approcha pour lui relever légèrement le menton, puis elle recommença à le mitrailler sous tous les angles. En l'observant, Ethan comprit qu'il s'était bercé d'illusions, ces dernières semaines.

Il avait fait semblant de croire qu'il lui laissait tout l'espace dont elle avait besoin, mais la vérité était plus complexe : il avait essayé de se cacher à lui-même à quel point elle comptait à ses yeux. Il pouvait facilement s'expliquer le désir qu'il ressentait pour elle. Mais cette émotion qu'elle éveillait en lui... l'effrayait.

— Je crois que j'ai de quoi travailler, déclara-t-elle enfin. Mais je dois avouer que je ne t'avais jamais vu si tendu.

— C'est cette histoire de mise aux enchères qui me stresse, répondit-il en soupirant. Je sais que je ne suis pas le seul homme à me sentir idiot à l'idée de faire l'objet d'enchères publiques.

— Personnellement, je trouve que c'est une idée géniale, répliqua-t-elle en connectant son appareil photo à son ordinateur portable avant de tapoter quelques touches. Tu dois savoir que toute la ville est très excitée par ce projet.

— Il n'empêche que je me sens idiot, observa-t-il. As-tu envie de dîner, maintenant ?

— Bonne idée, répondit-elle en souriant. Mais je dois être de retour ici à 19 h 30.

— Pas de problème, assura-t-il. Nous pouvons dîner ici même, au club. D'ailleurs, si tu as besoin de terminer, je vais aller commander un repas de pique-nique. Je te montrerai mon site favori, sur cette propriété.

— Cela me semble parfait, dit-elle sans le regarder, totalement concentrée sur les photos qu'elle chargeait dans l'ordinateur.

Il s'approcha d'elle et jeta un coup d'œil par-dessus son épaule à la photo de lui qui s'affichait sur l'écran. Il ne s'était jamais rendu compte que son visage exprimait si clairement ses sentiments lorsqu'il lui parlait. On voyait également sur ce cliché qu'il tenait à elle. Beaucoup. Et depuis trop longtemps.

— À quoi penses-tu ? s'enquit-elle.

— Tu as fait de ton mieux, compte tenu du sujet dont tu disposais, ironisa-t-il, faute d'une meilleure réponse.

— Ne sois pas bête, s'écria-t-elle en lui assénant une tape sur le bras. Je parie que les enchères vont s'envoler pour toi. Cette photo est excellente. Et je ne dis pas cela seulement parce que j'en suis l'auteur. Je crois qu'elle capture l'essence de l'homme que tu es.

— Et quelle est cette fameuse essence ?

Elle le dévisagea un instant, avant de répondre :

— Honnêteté, intégrité, et une bouche qui évoque, pour une femme, de longues nuits torrides.

Ces paroles le firent frissonner, et il prit conscience que cela faisait trop longtemps qu'il ne l'avait pas serrée dans ses bras. Qu'il ne l'avait pas embrassée, qu'il ne l'avait pas faite sienne. Garder ses distances avec elle avait été un combat de tous les instants. Et il était en train de le perdre.

— C'est peut-être ce que tu vois, toi, mais, pour le reste du monde, je suis le vilain petit canard des Caruthers.

— Le vilain petit canard ?

— Le seul membre de la tribu toujours prêt à débattre de tout, expliqua-t-il.

Que lui prenait-il ? songea Ethan. Il ne parlait jamais à personne de sa place dans sa famille. De son sentiment d'en être un élément extérieur.

— Peut-être, répondit-elle en haussant nonchalamment les épaules. Mais tu es mon Caruthers préféré.

La tension et la culpabilité qui le rongeaient depuis qu'ils étaient rentrés au Texas se dissipèrent d'un coup, et il sut avec certitude que c'était cela qui lui avait manqué. Être seul avec Crissanne sans cette culpabilité débilitante. Il avait craint qu'elle ne se sente poussée dans une relation qu'elle refusait, mais il commençait enfin à comprendre qu'il s'était trompé.

Ethan était différent, aujourd'hui, alors qu'ils se promenaient tous deux sur le parcours de golf. Il était resté silencieux depuis l'instant où il avait vu les photos qu'elle avait prises de lui. Il avait été son sujet favori de la journée, même si elle avait apprécié toutes les histoires que les autres hommes lui avaient racontées, avec leurs mots et leurs expressions.

Elle s'était employée à chercher sa place dans cette ville. Une raison de rester autre que son attirance pour Ethan. Et elle était désormais à peu près sûre de l'avoir trouvée. Elle avait des projets pour les mois à venir : elle avait suggéré à la présidente de l'association des filles de Cole's Hill qu'elle pourrait prendre des photos pour en faire un calendrier, et celle-ci avait approuvé son idée.

Crissanne était prête à passer à l'étape suivante. Le lendemain, elle avait rendez-vous avec un agent immobilier pour aller visiter quelques logements. Si elle devait rester, il lui faudrait son propre espace. C'était une idée qui avait mûri à Malibu, durant les nuits sans sommeil qu'elle avait passées au bord de l'océan à attendre que Mason rentre de l'un de ses nombreux voyages. Avant leur rupture. Avant la mort de Mason. À présent, elle se rendait compte qu'elle avait attendu toute sa vie que quelqu'un lui offre un foyer, et qu'elle devait en trouver un toute seule.

— Tu es bien silencieuse, remarqua Ethan, la prenant par la main pour grimper les marches d'un belvédère.

— Je pensais seulement à Cole's Hill, répondit-elle en s'asseyant près de lui sur l'un des bancs.

— À quel sujet ?

— J'aime beaucoup cette ville. En venant ici, je fuyais la Californie. Je n'avais pas vraiment réfléchi au travail que je ferais et n'avais aucun plan. Mes vlogs ne suffisaient pas.

— Tu n'avais pas besoin d'un plan. Tu voulais changer d'air, c'est tout.

— C'est gentil de ta part, répondit-elle, mais j'ai toujours aimé me considérer comme une femme indépendante. Lorsque nous étions à Malibu, j'ai beaucoup réfléchi au sujet de ma vie avec Mason. Je n'étais pas vraiment dépendante de lui, mais j'attendais toujours son signal avant de décider de ce que serait mon prochain projet. Et je détestais cela.

— Cela fait partie de la vie, lorsqu'on est dans une relation de couple.

— As-tu déjà vécu ainsi ? s'enquit-elle en ouvrant le panier de pique-nique pour lui tendre une assiette et des couverts.

Ethan se contenta de hausser les épaules.

— As-tu déjà vécu une relation sérieuse ? insista-t-elle.

— Pas vraiment, reconnut-il. Je travaille trop, et je suis souvent en voyage. Ce n'est pas la combinaison rêvée pour une relation durable.

— Tu as mille fois raison. Je me demande pourquoi je ne l'ai pas compris plus tôt. Mason et moi passions notre temps à nous quitter.

— Difficile de construire une relation lorsque les principaux intéressés sont absents, observa Ethan.

— C'est vrai. Alors, est-ce seulement cela qui t'a arrêté ?

— Où veux-tu en venir ? demanda-t-il, visiblement sur la défensive.

— Je suppose que j'ai envie de connaître les ressorts intérieurs de tes décisions dans le domaine des relations. C'est un sujet que nous n'avons jamais abordé ensemble.

— Et pourquoi, à ton avis ?

— Peut-être parce que tu n'étais pas intéressé par les relations sérieuses, répondit-elle en reposant le panier avant de se lever pour s'éloigner de quelques pas.

Ethan songea à toutes ces années qu'il avait passées à les observer, Mason et elle, depuis le banc de touche, et au sentiment d'envie qu'il avait éprouvé, parfois si difficile à contrôler.

— Est-ce pour cette raison que tu as gardé tes distances avec moi depuis ton arrivée ? suggéra-t-il.

— Non, répondit-elle en soupirant. J'attendais seulement un signal de toi. Comprends-tu comment je fonctionne ? Je ne sais même pas moi-même pourquoi j'agis de la sorte.

— Je ne voulais pas exercer de pressions supplémentaires sur toi, expliqua-t-il. Tu arrivais à peine dans cette ville, sans compter tout ce qui s'était passé avec Mason. Tu avais besoin de temps.

— J'ai surtout besoin de toi, corrigea-t-elle d'une voix douce, se tournant à nouveau face à lui.

Ses paroles lui firent l'effet d'un coup de poing en pleine poitrine, et allumèrent en lui un incendie qu'il n'essaya même pas d'ignorer. Il avait fait ce qui était juste. Il s'était comporté en gentleman. Il était resté éveillé toutes les nuits, durant ces deux dernières semaines, à lutter contre le douloureux sentiment de solitude qu'il éprouvait. À écouter chaque mouvement provenant de la chambre de Crissanne, et à la désirer de toute son âme. Il aurait tout donné pour la serrer dans ses bras, pour lui faire l'amour. Pour la faire sienne à tout jamais.

Il savait qu'elle avait besoin de temps. Mais, pour lui, le temps avait toujours été comme un gouffre sans fond. Il savait qu'il n'était pas un modèle de patience. Mason disait toujours que l'attente faisait ressortir le pire en lui et, pour honorer la mémoire de son ami, il faisait de son mieux pour s'améliorer. Mais c'était très difficile.

En voyant Crissanne debout devant lui dans le crépuscule,

alors que les éclairages du parcours de golf s'allumaient, son désir pour elle augmenta encore. Le soleil se couchait derrière elle, et l'air doux de la soirée raviva l'incendie de son désir.

Il en avait assez d'attendre, de prétendre qu'il ne voyait aucun inconvénient à la laisser décider seule des progrès de leur relation.

Il se leva, lui tendant sa main, et elle fit un pas en avant pour la saisir dans la sienne.

— Moi aussi, je suis lasse de faire semblant avec toi, reconnut-elle dans un souffle.

— Parfait, répondit-il.

Sur ces mots, il la prit dans ses bras et l'embrassa comme il mourait d'envie de le faire depuis leur retour de Los Angeles. La bouche de Crissanne avait un goût encore plus délicieux que dans son souvenir. Et ses bras, qui avaient souffert de ce vide durant si longtemps, la serrèrent éperdument contre lui. Il essaya de se rappeler à l'ordre, de ralentir, mais il en était incapable. Il la désirait à en mourir, et à présent qu'il la tenait dans ses bras, il savait qu'il n'était plus question de la laisser partir.

Pourtant, songea-t-il, les raisons de la laisser libre de s'en aller ne manquaient pas. Sa vie était en pleine transition, et il y avait fort à parier que son cœur traversait une phase similaire. Ses racines à lui étaient au Texas, mais il n'était pas impossible que la vie de Crissanne l'entraîne vers d'autres horizons.

Néanmoins, à cet instant précis, rien ne comptait plus, hormis la sensation du corps de celle qu'il aimait entre ses bras, de sa bouche pressée sur la sienne.

9

Crissanne utilisa la clé qu'Ethan lui avait donnée pour entrer chez lui. La gouvernante et Bart étaient absents pour le week-end, et Ethan, qui avait reçu un appel urgent de l'un de ses clients, avait dû la laisser seule au country club pour aller régler un problème juridique.

Dans la grande maison silencieuse, on n'entendait que le ronronnement discret de la climatisation. Mais, alors qu'elle se dirigeait vers la cuisine, elle entendit un juron provenant du cabinet de travail d'Ethan, accompagné d'un bruit de verre brisé.

Elle hésita, se demandant si elle devait le laisser seul, ce soir. Elle n'avait même pas envisagé qu'il puisse être déjà rentré. Puis, elle décida qu'elle avait définitivement cessé de fuir. Elle avait quitté Los Angeles pour Cole's Hill, puis Cole's Hill pour Los Angeles, et Mason pour Ethan.

À présent, elle était ici. Et c'était ici qu'elle resterait. N'était-ce pas justement le sens de cette journée qui venait de s'écouler ? Elle était impatiente de parler avec son agent immobilier, car elle avait repéré un petit loft dans le quartier historique qu'elle pourrait louer afin de l'utiliser comme bureau et studio photo.

Elle frappa à la porte du bureau d'Ethan et le découvrit assis sur sa causeuse de cuir entre deux rayonnages chargés de livres, un verre de ce qui paraissait être du whisky dans une main et son ordinateur portable en équilibre sur ses genoux. Elle remarqua ensuite un verre brisé sur le sol, devant les étagères.

Il leva les yeux vers elle et, lui adressant un pâle sourire, lui fit signe d'entrer et de venir s'asseoir. Elle se déchaussa et s'approcha de lui, se délectant de la fraîcheur des carreaux de terre cuite sous ses pieds nus. Une odeur de cigare et de livres anciens flottait dans la pièce, mêlée à la fragrance de l'eau de Cologne d'Ethan. Elle remarqua alors qu'il portait un casque audio sur ses oreilles.

— Désolé, Crissanne, s'excusa-t-il, pressant un bouton sur son clavier. Je suis en pleine conférence vidéo.

— Tu as l'air en colère, dit-elle.

— Je travaille avec des idiots, répondit-il en secouant la tête.

Le ton de sa remarque la fit rire malgré elle. Ethan était l'un des hommes les plus brillants qu'elle connaisse et, en règle générale, l'un des plus patients. Mais pas ce soir.

— Puis-je faire quoi que ce soit pour t'aider ? s'enquit-elle.

— Pas vraiment, répondit-il en haussant les épaules.

Elle commença à se retirer mais, alors qu'elle n'avait traversé que la moitié de la pièce, elle jeta un coup d'œil derrière elle. Et, lorsqu'elle vit Ethan, fixant l'écran d'un regard vide, avec une expression de désolation totale sur son beau visage, elle comprit son immense solitude. Il existait d'innombrables manières de fuir, et cette solitude était celle qu'Ethan avait choisie.

Elle se retourna et, ramassant un plaid de cachemire sur l'un des fauteuils des visiteurs, elle l'étala sur le sol aux pieds d'Ethan. Après s'être assise dessus, elle prit sa main dans la sienne.

Il serra doucement ses doigts, puis dénoua sa tresse, laissant ses longs cheveux retomber librement autour de ses épaules. Lorsqu'elle inclina la tête en arrière pour le fixer, il éteignit son ordinateur et le posa de côté.

Ethan effleura délicatement le contour de sa joue, prenant tout son temps. Lorsque Crissanne sentit cette troublante caresse se déplacer sur ses lèvres, elle prit le bout du doigt d'Ethan dans sa bouche et le mordilla doucement. Elle le vit tressaillir : ses yeux devinrent alors des puits d'ombre où elle se perdait tout entière.

Depuis leur retour au Texas, elle avait attendu qu'Ethan fasse le premier pas, mais elle avait vite compris qu'il était beaucoup trop bien élevé pour se conduire de la sorte avec elle.

Mais, pour l'instant, ils devaient terminer ce qu'ils avaient commencé dans le belvédère un peu plus tôt, ce soir-là.

Elle saisit sa cravate pour l'attirer à elle et l'embrassa. Elle adorait ses lèvres fermes, la douceur de ses baisers.

Elle le désirait à en mourir, mais elle ne voulait surtout pas l'entraîner dans une intimité forcée, consciente qu'il se débattait encore avec sa culpabilité. Cela ne l'empêchait pas de brûler de passion pour lui. Se sentir aussi proche d'Ethan tout en sachant qu'il ne pouvait pas être à elle avait été une véritable torture.

Faisant glisser ses doigts sur le pantalon d'Ethan, elle constata qu'une érection monumentale déformait le tissu.

Cette souffrance qu'elle ressentait tout au fond d'elle-même depuis qu'ils étaient rentrés de Californie avait enfin trouvé son explication : elle avait désiré un bonheur quasiment à sa portée. Et maintenant, ce bonheur était là.

Elle accentua un peu ses caresses, et Ethan écarta les jambes pour lui faire de la place. Crissanne tira la fermeture Eclair de son pantalon pour pouvoir y glisser sa main. Dessous, il portait un boxer qui ne l'arrêta qu'une seconde. Elle trouva bientôt l'ouverture donnant accès à sa chair brûlante, qu'elle parcourut du bout des doigts, s'attardant sur son extrémité. Puis, elle s'agenouilla face à lui. Elle l'entendit qui recommençait à parler, mais elle savait qu'il s'adressait à son correspondant au téléphone. Sa voix n'était qu'un murmure rauque alors qu'elle défaisait le bouton de sa ceinture pour faire glisser le pantalon sur ses jambes.

Il libéra lui-même son sexe en érection, qu'elle serra dans sa main, se penchant pour en agacer la pointe de ses lèvres et de sa langue. La main d'Ethan, posée sur sa nuque, l'encouragea jusqu'à ce qu'elle l'ait pris tout entier dans sa bouche.

Il avança les hanches, et elle le sentit au fond de sa gorge alors qu'elle commençait un lent va-et-vient érotique.

Il posa sa main sur sa bouche, effleurant ses lèvres d'une caresse de son pouce, et lui releva la tête pour plonger son regard au fond du sien. Puis, il arracha l'oreillette de son téléphone et la souleva pour la reposer assise sur ses cuisses.

Elle s'accrocha à ses larges épaules et, cette fois-ci, lorsque leurs lèvres se joignirent, il ne lui laissa pas le loisir de le taquiner davantage. Plongeant ses doigts dans ses longs cheveux, il l'embrassa avec toute la fougue dont il était capable, et la sentit se presser plus étroitement contre lui.

Étouffant un gémissement, il remonta l'ourlet de sa robe, suffisamment pour glisser les mains sous le tissu. Puis il se mit à onduler des hanches, pressant son érection contre le clitoris de Crissanne à travers le mince tissu de sa culotte.

Elle mit fin à leur baiser et, le cœur battant, s'efforça fiévreusement de se débarrasser de cette dernière barrière de dentelle.

Face à ses efforts désespérés, Ethan pouffa de rire et la remit debout.

— Femme, je veux te voir nue.

Oui, décida-t-elle. C'était ceci qui lui avait manqué depuis si longtemps. Cet instant. Avec lui.

Elle fit passer sa robe par-dessus sa tête et sentit aussitôt les grandes mains d'Ethan se poser sur ses seins. Laissant tomber la robe sur le sol, elle se débarrassa prestement de sa culotte. Puis elle se tint devant lui, totalement nue. Ethan portait toujours sa chemise et sa cravate, mais son pantalon s'était entassé autour de ses chevilles.

Elle contempla son visage et, lorsque leurs regards plongèrent l'un dans l'autre, les sentiments qu'elle avait désespérément essayé d'ignorer resurgirent en force.

Il était si cher à ses yeux...

Elle saisit son visage entre ses mains et l'embrassa passionnément.

Ethan s'empara fermement de ses fesses, et, la soulevant, la porta à travers la pièce. Puis elle sentit la surface dure et lisse de sa table de travail en acajou sous elle.

Ses seins lui semblaient plus lourds, et leurs pointes étaient dures et saillantes. Il posa sa bouche sur la sienne et l'embrassa une nouvelle fois avec la même passion. Puis, sa bouche se mit à tracer un chemin de baisers le long de son corps, mordillant le point sensible situé au creux du cou et de l'épaule avant de poursuivre sa route pour agacer les pointes de ses seins de sa langue et les pincer gentiment.

Sa bouche descendit encore et, bientôt, Crissanne sentit le souffle tiède d'Ethan tout contre sa chair la plus intime. L'une de ses mains continuait à pincer la pointe d'un sein, mais l'autre s'affairait déjà à écarter les plis de sa féminité. Le doux contact de sa langue la fit gémir, et elle laissa retomber sa tête en arrière en frissonnant.

Serrant toujours le visage d'Ethan entre ses mains, elle s'abandonna à ses caresses.

— Tu aimes ça ? murmura-t-il d'une voix rauque, sa bouche tout contre elle.

— Oui, ne t'arrête pas, s'il te plaît.

— Je n'en ai aucune intention, répliqua-t-il.

Il la sentit frissonner à nouveau lorsque les caresses de sa langue se firent plus précises, se concentrant sur son clitoris. Cette fois-ci, il lui fut impossible de retarder plus longtemps l'orgasme qui montait en elle. Serrant convulsivement la tête de son amant entre ses cuisses, elle creusa les reins et l'attira à elle en criant son nom.

Puis elle s'affala dans ses bras, vidée de toute énergie, tandis que la bouche d'Ethan poursuivait son chemin de baisers, remontant sur son ventre, s'attardant un instant pour mordiller la chair autour de son nombril avant de continuer jusqu'à ses lèvres. Décidant qu'il était temps de reprendre l'avantage, elle glissa une main entre leurs deux corps et referma les doigts sur l'érection d'Ethan pour la guider jusqu'à son vagin.

Il n'eut besoin d'aucun autre encouragement. D'un puissant coup de reins, il entra profondément en elle. Elle se cambra pour aller à la rencontre de ses vigoureux assauts, les jambes convulsivement serrées autour de lui et incapable de s'empêcher de gémir tandis qu'il allait et venait en elle. Bientôt, un nouvel orgasme déferla en elle. Alors, Ethan se laissa emporter par le plaisir à son tour. Crissanne se cramponna à ses puissantes épaules, puis il la souleva à nouveau et, leurs deux corps toujours intimement joints l'un à l'autre, il s'assit sur le sol, l'installant sur ses genoux. Épuisée, Crissanne posa la tête dans le creux du cou de son merveilleux amant.

Ils demeurèrent ainsi un long moment : Ethan lui caressa tendrement le dos jusqu'à ce que leurs respirations aient retrouvé un rythme normal. Puis il se releva et, la portant toujours dans ses bras, sortit à grands pas de son cabinet de travail pour monter l'escalier qui conduisait à sa chambre. Ni elle ni lui ne dirent un mot jusqu'à ce qu'il l'ait reposée devant son lit.

Ils prirent une douche ensemble, puis se couchèrent ensemble.

— Merci, murmura-t-il.

Il percevait lui-même à quel point ce mot sonnait creux. Mais il avait besoin de le lui dire.

— Non, ne me remercie pas, répondit-elle. Je ne vais pas continuer à prétendre que cette chose entre nous n'existe pas.

Cette *chose* ?

Tout à fait ce qu'il avait envie d'entendre dans la bouche de la seule femme qu'il ait jamais réellement désirée !

— Lorsque je me suis présentée à ta porte, ajouta-t-elle, ce n'était pas seulement parce que je n'avais nulle part où aller. J'avais envie d'être avec toi, Ethan. Je me sentais triste, écrasée de solitude, et j'ai pensé au seul lieu dans le monde entier où je pourrais me sentir mieux. Alors...

Le reste de sa phrase mourut sur ses lèvres, et Ethan sentit son rythme cardiaque s'accélérer. Il se connaissait. Il savait que, s'il laissait entrer cette femme dans son cœur, il ne pourrait jamais plus la laisser repartir. Mais il savait également qu'elle n'était pas dans son état d'esprit normal, à cet instant précis. Elle sortait tout juste d'une relation qui avait duré plus d'une décennie, son compagnon était décédé et elle était maintenant allongée près de lui, Ethan Caruthers, dans son lit. Seul un affabulateur-né parviendrait à se convaincre que ce qu'ils vivaient en ce moment était réel.

Or il n'avait pas pour habitude de se mentir à lui-même, surtout au sujet de Crissanne.

— Ethan ?

— Oui ?

— Que penses-tu de cette situation ? murmura-t-elle. Es-tu heureux que je sois venue chez toi ?

Elle avait visiblement besoin qu'il lui fournisse des réponses. Mais lesquelles ? La vérité, c'était qu'il rêvait depuis très longtemps de la voir ici, avec lui, dans son lit. Mais il ne pouvait pas lui dire cela en ces termes. Il ne s'était jamais considéré comme un lâche : il avait fait des choses que la plupart des gens estimeraient dangereuses mais, lorsqu'il s'agissait d'être honnête avec Crissanne, quelque chose l'arrêtait invariablement. Parce que, s'il lui avouait ce qu'il ressentait et qu'elle le rejetait, sa vie n'aurait plus aucun sens.

Ses frères l'avaient toujours considéré comme le membre le plus équilibré de la famille. Celui qui avait réponse à tout.

Il devait se montrer intelligent.

— Ethan ?

— Oui, Crissanne ?

— Réponds-moi. Je veux savoir ce que tu ressens vraiment à cet instant.

— Je l'ignore, reconnut-il. Je sais que j'ai l'air de me défiler, mais tu dois garder à l'esprit que nous sommes amis depuis de nombreuses années. Je ne voudrais pour rien au monde que quoi que ce soit vienne ruiner le lien si spécial qui nous unit.

Elle s'assit dans le lit, remontant le drap contre sa poitrine nue. Cette image ne fit que rappeler à Ethan combien Crissanne était belle, nue dans son cabinet de travail, tout à l'heure.

Aïe.

Il se sentait à nouveau merveilleusement excité, et Crissanne avait envie de parler de leurs sentiments.

Il s'y refusait.

Il la désirait. Il adorait sa présence ici, chez lui. Pour le moment, il allait devoir s'en contenter, car il ne savait vraiment pas ce qu'il ferait si elle se réveillait tout à coup et lui annonçait qu'elle était prête à repartir.

Il tira un peu sur son drap.

Elle lui lança un regard étonné, et agrippa le tissu à deux mains pour continuer à s'en couvrir.

— Lorsque je vois tes seins nus, je ne parviens pas à me concentrer sur quoi que ce soit d'autre.

— Je le sais, répondit-elle d'un ton désapprobateur. C'est pour cela que je me couvre. J'ai envie que nous parlions.

— Nous avons déjà parlé, murmura-t-il, lui enlaçant la taille et l'attirant à lui jusqu'à ce qu'elle bascule dans ses bras.

— Ethan !

Dans sa voix, il entendait un mélange de désir et d'inquiétude. Enfouissant son visage au creux de son cou gracile, il respira profondément le parfum de sa peau.

— Je ne peux pas te laisser partir, gémit-il.

— Vraiment ?

— Oui, avoua-t-il en s'écartant pour plonger son regard dans le sien. N'est-ce pas suffisant pour le moment ?

Elle hocha la tête d'un air pensif, puis elle se blottit dans ses bras, avant de chuchoter :

— Mais cela ne suffira pas toujours.

— Je le sais, dit-il en se laissant rouler sur le dos, l'entraînant avec lui.

À présent, elle était allongée sur lui, leurs corps séparés par l'épaisseur du drap, mais leurs jambes nues entremêlées. Recueillant son visage entre ses mains, Ethan la dévisagea, et elle décela dans son regard un mélange de tristesse, de désir et d'un sentiment qui ressemblait beaucoup à de l'amour. Crissanne aurait tout donné pour pouvoir le croire.

— Oh ! Ethan, murmura-t-elle.

Pour toute réponse, il l'embrassa passionnément. Écartant le drap qui les séparait, Crissanne chevaucha son corps nu, pour prendre l'unique part de lui-même qu'il lui offrait sans limite. Posant ses mains sur son torse, elle se positionna pour l'accueillir en elle. Puis elle se laissa descendre lentement sur lui.

Elle eut l'impression que son cœur cessait de battre lorsque les bras vigoureux d'Ethan se refermèrent autour d'elle et qu'il souleva les hanches pour entrer encore plus loin en elle. Elle lui intima un rythme sans relâche jusqu'à ce qu'elle le sente frissonner sous elle. Alors, elle enfouit la tête au creux de son épaule, tandis que son propre orgasme déferlait en elle comme une vague géante.

Ce n'était pas assez, songea-t-elle. Elle désirait plus. Mais cette entente physique entre eux était tout ce qu'il acceptait de lui concéder et, pour le moment, elle s'en contenterait.

Il la garda serrée contre lui tandis que leurs respirations revenaient à la normale, puis il se laissa rouler sur le côté et la serra étroitement contre lui. Elle ferma les yeux et s'assoupit bientôt. Incapable de dormir, Ethan resta simplement là, le corps tiède de Crissanne bien serré dans ses bras, à veiller sur son sommeil.

Il désirait le meilleur pour elle. La voir heureuse et souriante. S'il devait pour cela la garder ici, alors c'est ce qu'il ferait. Si cela signifiait la laisser partir le moment venu, il la laisserait libre de son choix. Quelle que soit la souffrance qu'il en éprouverait.

Mais, cette nuit, elle était à lui. Elle était ici, dans sa maison, et il était hors de question de gaspiller ne serait-ce qu'une seule minute de ce bonheur.

Laissant glisser la main sur le dos nu de Crissanne en une lente caresse, il se rendit compte que sa vie avait été vide avant l'arrivée de la jeune femme. Dans ce bref laps de temps, sa présence lui était devenue indispensable. Elle était l'unique personne au monde à qui il avait besoin de parler tous les jours. La seule dont il ait besoin plus que de la vie elle-même.

10

Le lendemain matin, lorsque Crissanne se réveilla, Ethan était déjà parti. Elle se redressa dans le lit, songeant qu'ils n'avaient toujours pas trouvé le moyen d'aborder les sujets importants. Elle adorait dormir dans les bras d'Ethan mais, si elle avait tiré un enseignement de sa relation avec Mason, c'était que l'entente physique ne suffisait pas pour former un couple.

Elle remarqua alors une feuille de papier posée sur la table de chevet. Bien sûr. Ethan préférait laisser des petits mots écrits à la main plutôt que d'envoyer des SMS. Une attention un peu vieux jeu, certes, mais qui reflétait parfaitement l'homme qu'il était.

Frottant ses yeux ensommeillés, elle déplia le papier et le lut :

Crissanne,

Je suis désolé de n'avoir pas pu rester avec toi. J'ai été tenté de me prendre ma journée, mais je dois faire une déposition au tribunal, ce matin. Mes parents souhaitent que nous venions dîner ce soir au Rockin' C. Toute ma famille sera là. Qu'en dis-tu ? Appelle-moi plus tard.

E.

Elle s'adossa à la tête de lit en soupirant.

— Que dois-je faire ? gémit-elle à voix haute.

Mais elle savait déjà qu'elle accepterait. Car leurs corps-à-corps brûlants n'étaient que l'une des raisons pour lesquelles elle appréciait Ethan. En toute honnêteté, elle devait admettre qu'elle adorait sa famille. Ils avaient beaucoup d'intérêts en commun, et il ne pouvait pas faire deux pas à Cole's Hill sans rencontrer l'un d'eux. Le plus beau de tout cela, c'était que les Caruthers la traitaient comme si elle avait été l'une des leurs.

Pour elle, la famille avait toujours été un rêve hors d'atteinte et, en venant ici, elle en avait fait une expérience tout à fait inattendue. Mais dangereuse, aussi. Si sa relation avec Ethan échouait, elle n'aurait d'autre choix que de repartir. Elle ne devait jamais l'oublier.

Soupirant tristement, elle retourna dans sa chambre, au bout du couloir, pour prendre une douche et se préparer pour la journée. Elle devait rencontrer la présidente du comité organisateur des enchères, pour évaluer avec elle les photos numériques qu'elle avait prises la veille. Ensuite elle avait rendez-vous avec l'agent immobilier pour visiter l'espace de travail qu'elle avait trouvé en ville.

Lorsqu'elle fut habillée, elle s'assit un moment pour passer en revue ses photos et, malgré elle, elle s'attarda longuement sur celles d'Ethan. Au début de leur session, elle l'avait senti nerveux, mais ensuite, lorsqu'il s'était détendu…

Dans un geste inconscient, elle tendit la main pour effleurer son visage sur l'écran.

Elle devait rester très prudente et ne surtout pas détruire ce qui était né entre eux, comme elle avait ruiné toutes les autres relations dans sa vie. Son cœur se serra à l'idée qu'elle pourrait faire souffrir Ethan, ou, pire encore, qu'il pourrait disparaître définitivement de sa vie.

Elle lui envoya un message pour confirmer qu'elle adorerait dîner avec lui, mentionnant en passant qu'elle cherchait un espace de travail en ville pour y installer son studio.

Il répondit par un autre SMS. Il était malheureusement pris par son travail, mais il essaierait de venir la rejoindre plus tard si elle désirait avoir une seconde opinion, concernant le studio.

Était-ce vraiment le cas ?

Pas vraiment, mais ce serait très agréable de revoir Ethan durant la journée.

Elle lui envoya l'adresse, puis fourra son téléphone dans son sac et quitta la maison.

En arrivant à sa réunion avec la présidente du comité des enchères, elle eut la surprise de constater qu'une bonne quinzaine d'autres femmes se pressaient dans la pièce. Elle ne s'était pas attendue à une telle foule, et se rappela soudain que, même si elle avait fait l'objet d'un accueil chaleureux ici, en tant qu'amie d'Ethan, elle restait une étrangère pour ces gens.

— Crissanne ? Par ici !

Elle tourna la tête et vit Bianca qui lui faisait signe. La jeune femme était assise avec Ma Caruthers et Kinley. Soulagée de reconnaître des visages familiers, Crissanne se dirigea tout droit vers elles.

— Nous vous avons gardé un siège, expliqua Kinley.

— Merci, c'est gentil, répondit Crissanne en s'asseyant. Je ne m'attendais pas à ce que les membres du comité organisateur des enchères soient si nombreux.

— J'ai eu la même réaction en venant à ma première réunion, convint Kinley. Mon patron, Jacs, avait fait don de mes compétences d'organisatrice d'événements comme contribution à leur œuvre caritative. Et même si j'avais envie de m'enfuir en courant, je suis restée jusqu'au bout.

— Vous n'avez pas grandi ici ? s'étonna Crissanne.

Ethan lui avait dit que le père de Kinley avait été le contremaître du ranch Rockin' C lorsque celle-ci était enfant, et que sa mère avait travaillé pour les Velasquez en tant que gouvernante.

— Si, répondit Kinley, mais cela ne signifie pas que ces femmes des Cinq Familles ne m'intimident pas.

À l'idée que Kinley puisse craindre qui que ce soit, Crissanne ne put s'empêcher de pouffer. Cette jeune femme était une personne brillante et très active, l'une des organisatrices de mariages les plus recherchées de tout le pays. Et, jusqu'à l'année précédente, elle avait élevé seule son enfant.

— J'ai peine à le croire.

— C'est pourtant la pure vérité, assura Kinley. En présence

de certaines de ces femmes, j'ai toujours l'impression de porter les vieux vêtements de Bianca.

— Ils t'allaient toujours mieux qu'à moi, observa cette dernière.

— C'est totalement faux. Mais je te remercie d'avoir essayé de me rassurer.

— C'est à cela que servent les amies, rappela Bianca. Ma mère va peut-être venir nous rejoindre plus tard. Elle est sur le point d'avoir une promotion, et elle passe beaucoup de temps à son travail.

Assise en leur compagnie, Crissanne se détendit peu à peu. Ce qu'elle ressentait était tout nouveau pour elle. Elle n'avait jamais rencontré la mère de Bianca, mais ces femmes l'incluaient gentiment dans leur conversation. Et lorsque Ma Caruthers se tourna vers elles, elle adressa un sourire chaleureux à Crissanne.

— Aurons-nous le plaisir de vous compter parmi nous ce soir, au dîner ? s'enquit la vieille dame.

— Oui, madame, répondit Crissanne. Je vous remercie de m'avoir invitée.

— Cela me fait plaisir. Comment vous adaptez-vous à la vie à Cole's Hill ? Je sais que Bianca va nous répéter que notre petite ville a la plus forte croissance du pays mais, comparés à Los Angeles, nous ne sommes qu'un petit point sur la carte.

— Je me plais beaucoup, ici, s'exclama Crissanne. J'adore cette paix, cette harmonie.

— Je suis heureuse de l'entendre. J'espère que mon fils n'aura pas trop éprouvé votre patience. Il me rend folle, quelquefois.

— Pas du tout, assura Crissanne.

Mais, tout au fond d'elle-même, elle devait reconnaître qu'Ethan la rendait folle, elle aussi, d'une autre manière.

Ethan avait passé la plus grande partie de la journée à travailler, s'efforçant de se concentrer sur ses clients au lieu de penser à Crissanne. Mais c'était plus difficile qu'il ne l'avait escompté.

Alors qu'il roulait en direction du Rockin' C, ce soir-là, il alluma la radio sur la station locale de musique country.

Mais ces ballades d'amour sentimentales ne faisaient que le déprimer davantage. Il aurait voulu que tout soit aussi simple dans sa propre vie, pourtant c'était loin d'être le cas. Il désirait Crissanne, c'était indéniable. Leur entente sexuelle dépassait de loin tout ce qu'il avait pu imaginer, bien qu'il ait passé des années à fantasmer à son sujet.

Malgré tout, quelque chose le retenait encore. Dans son esprit, il avait toujours été persuadé que, si Crissanne et lui étaient ensemble un jour, ils formeraient un couple idéal. Pourquoi alors ces longs silences au milieu de leurs conversations ? Ou cet étrange sentiment de gêne qu'il avait senti entre eux le soir précédent, et qu'il avait cru devoir dissiper en ayant recours au sexe ?

Tous ses proches semblaient mener des vies familiales harmonieuses. Même son père, qui était pourtant le stéréotype du cow-boy avare de paroles, parvenait à faire rire sa mère. Ethan se souvenait encore du murmure des conversations de ses parents sur le porche, après qu'il fut couché, qu'il entendait par la fenêtre ouverte de sa chambre d'enfant. Ces instants comptaient parmi les meilleurs souvenirs de sa vie.

Avec Crissanne, ses rapports n'étaient pas aussi sereins... Quoique à la réflexion, ce ne soit pas tout à fait vrai. Il en avait le sentiment quelquefois mais, ensuite, il ressentait une folle excitation à l'idée de la retrouver après une longue séparation. Un désir grisant de l'emporter jusqu'à son lit et de lui faire l'amour, encore et encore, en espérant qu'elle ne pourrait plus se passer de lui et que cela serait suffisant... pour elle.

Grommelant un juron, il arrêta sa voiture sur le bas-côté de la route.

Il avait peur. Voilà ce qu'il ressentait.

Il avait toujours veillé à se tenir éloigné de tout ce qui aurait pu le blesser. Il avait utilisé la logique pour tenir l'anxiété à distance. S'agissant de Crissanne, hélas, aucune logique ne pouvait le convaincre que la victoire était assurée.

Pourquoi éprouvait-il ce sentiment, alors que tous ses frères semblaient avoir trouvé leur âme sœur avec une relative facilité ?

Un coup de klaxon retentit soudain et, lorsqu'il jeta un coup d'œil dans son rétroviseur, il reconnut l'un des pick-up du Rockin' C qui venait de s'arrêter derrière lui.

Il pria silencieusement pour que ce soit Marcus, l'ancien contremaître, qui se remettait d'une crise cardiaque survenue l'année précédente.

Mais il n'eut pas cette chance. C'était Nate.

Son grand frère. Toujours prêt à distribuer des conseils ou des coups. Ethan le vit descendre du pick-up et marcher vers sa Ferrari.

Il abaissa sa vitre.

— Ce jouet que tu appelles une voiture a fini par rendre l'âme ? s'enquit Nate d'un ton sarcastique.

Son frère n'avait jamais compris qu'il opte pour la vitesse et la beauté, au lieu de la stabilité et de la force.

— Non, répondit-il, lui débitant le premier mensonge qui lui vint à l'esprit. J'avais seulement besoin de prendre un appel, et je n'aime pas parler au téléphone en roulant.

— Ne me raconte pas d'histoires, frérot. Que se passe-t-il vraiment ?

— Rien, assura Ethan. Pourquoi cette manie de toujours me questionner ?

— Je n'ai aucune intention de me disputer avec toi, se défendit Nate. Il se trouve seulement qu'il n'y a pas du tout de réseau sur cette route.

Pris en flagrant délit.

De plus, Crissanne semblait l'avoir privé de ce qui était l'une de ses principales qualités : sa capacité à répondre rapidement et avec aisance à ses interlocuteurs lorsqu'il était sur la sellette. Désemparé, il s'affala sur son volant.

— Ethan, tout va bien ? s'enquit Nate d'un ton inquiet.

— Oui, assura Ethan en s'extrayant de sa voiture pour être à la même hauteur que son grand frère. Mais, pour ce qui est des relations, je suis d'une nullité affligeante.

Voilà. Il l'avait dit. Il savait que reconnaître ses torts était toujours un bon début.

— Ne te crois pas tout seul dans ce domaine, le rassura Nate. Moi non plus, je ne suis pas un expert en la matière. D'ailleurs, si je suis ici, c'est parce que Kinley m'a conseillé d'aller faire un tour avant qu'elle perde son calme.

— Vous ne vous disputez que pour le plaisir de vous réconcilier, tous les deux, remarqua Ethan en souriant.

— C'est quelquefois vrai, reconnut Nate. Mais, tout à l'heure, c'était sérieux. Une relation n'est jamais simple. On a besoin d'y travailler constamment.

— À vous voir, cela a pourtant l'air facile.

— C'est parce que maman nous a enseigné qu'on ne doit pas laver son linge sale en public. C'est pourquoi me voici à errer sur les routes pendant que Kinley et Penny s'apprêtent à dîner. Elle avait besoin d'un peu de temps pour se calmer, et moi aussi. Autrement, nous nous serions disputés devant tout le monde, plus tard ce soir.

— Pourquoi vous disputiez-vous ?

— J'ai très envie que nous ayons un autre enfant, expliqua Nate. Je n'ai pas eu le privilège de connaître Penny à sa naissance, et je suis d'avis que nous devrions avoir un autre bébé avant que Penny n'ait trop grandi.

Kinley avait élevé Penny seule durant les trois premières années de sa vie, parce que Nate et elle s'étaient perdus de vue. Nate ignorait même qu'il était papa.

— Si je comprends bien, Kinley préfère attendre ? T'a-t-elle expliqué pourquoi ?

— Elle désire que nous prenions d'abord le temps de devenir une vraie famille, tous les trois. Au fond, je la comprends. Je sais que je n'étais qu'un coureur de jupons et un sale type, auparavant. Mais je n'ai plus l'intention de courir. J'ai trouvé ma vraie place, or je crois qu'elle me fait payer pour l'ancien Nate.

— Elle t'aime, assura Ethan en posant sa main sur l'épaule de son frère. Elle désire peut-être une chance de se sentir vraiment en sécurité. Toute sa vie ne tourne pas forcément autour de toi.

— Derek m'a fait la même remarque ! s'écria Nate en éclatant de rire. Mon ego est-il aussi surdimensionné ?

— Quelquefois, oui, certifia Ethan, se rendant compte que cette conversation avec son grand frère l'avait aidé d'une façon inattendue. En avais-tu parlé avec Derek ?

— Oui, et aussi avec Hunter, avoua Nate. Entre nous... Ferrin est enceinte, et elle s'apprête à l'annoncer à la famille ce soir. C'est cela, en réalité, qui m'a fait penser à la possibilité d'avoir un autre enfant.

— Le moment venu, ce problème se réglera tout seul, déclara Ethan, songeant non seulement à son frère mais aussi à sa propre situation.

— Je le sais. Mais j'ai l'impression d'avoir manqué trop de belles choses. Dorénavant, je veux tout. Et tout de suite.

— Je te comprends, assura Ethan. C'est ce que je ressens aussi avec Crissanne.

Nate contempla un instant l'horizon avant de se tourner à nouveau vers son jeune frère.

— Je ne veux pas me mêler de ce qui ne me regarde pas, mais es-tu certain de vouloir te lancer aussi vite dans une relation avec elle ?

— Non, convint Ethan.

— Je veux dire, poursuivit Nate d'un ton hésitant, nous soupçonnions tous que tu avais un petit faible pour elle... Mais elle était la petite amie de Mason.

— Sauf que Mason avait rompu avec elle avant de partir au Pérou. Elle était seule. Quelle conclusion devais-je en tirer ? Durant toutes ces années, je suis resté en retrait afin qu'ils puissent être heureux ensemble...

— Je ne te juge pas, crois-moi. Je tenais seulement à m'assurer que tu savais ce que tu faisais. Ma m'a conseillé de ne pas m'en mêler. Elle disait que, si tu avais envie de venir nous en parler, tu le ferais.

— Elle avait raison.

— Comme tu voudras.

Ethan remonta dans son bolide et, en suivant son frère en direction de la petite maison où leurs parents s'étaient installés en quittant le ranch, il sentit qu'il avait fait un grand pas vers l'acceptation des sentiments qu'il éprouvait pour Crissanne.

La jolie Ferrin Caruthers était professeure à l'université du Texas. Elle était aussi la fille d'un célèbre entraîneur de football universitaire. Elle avait épousé Hunter, bad boy notoire, au cours d'une somptueuse cérémonie que Kinley avait organisée personnellement, en se déplaçant à Cole's Hill pour cette mission. Les équipes du câble étaient toutes là et l'événement avait été retransmis en direct pour des millions de téléspectateurs. Crissanne ne savait donc pas à quoi s'attendre avant de l'avoir rencontrée. À son grand soulagement, elle découvrit que Ferrin était une femme aux manières simples et à l'humour vif. Moins extravertie que Kinley et Bianca, mais tout aussi déterminée qu'elles à l'intégrer dans leur groupe.

Crissanne hésitait à leur rappeler qu'Ethan et elle étaient… Qu'étaient-ils vraiment, en réalité ? Elle l'appréciait énormément, cela, c'était certain. Et, ce soir-là, sitôt qu'il apparut en compagnie de son frère dans le patio de la maison de ses parents, elle se sentit frissonner de la tête aux pieds. Elle mourait d'envie de se précipiter dans ses bras mais, naturellement, s'en garda bien.

Elle devait reconnaître qu'un lien puissant les unissait l'un à l'autre, mais son origine semblait être le sexe. Il leur arrivait d'avoir quelques conversations à cœur ouvert dans le silence de la nuit, mais elle savait que ni l'un ni l'autre ne parvenaient à se livrer facilement. Ethan parce que, dans son travail d'avocat, il voyait constamment ses clients essayer de se servir de la loi pour éviter d'avoir à payer le prix de leurs turpitudes, et elle à cause de ses expériences douloureuses dans une suite de familles d'accueil.

En réalité, elle faisait confiance à Ethan. Elle ne serait jamais venue à Cole's Hill lorsque Mason avait rompu avec elle si cela n'avait pas été le cas. Or tout le problème était là : ses sentiments pour lui étaient-ils réels, ou Ethan n'était-il pour elle qu'une sorte de filet de sécurité ?

Elle savait que la suite serait difficile. Il comptait beaucoup pour elle. Presque comme si elle commençait... À l'aimer ? Elle n'avait pas une idée très précise de ce qu'était l'amour, et personne qui puisse la renseigner. Elle avait bien songé à aborder le sujet avec les belles-sœurs d'Ethan, mais elles étaient toutes installées dans des relations solides et semblaient beaucoup plus sereines qu'elle-même ne l'avait jamais été. Ces femmes connaissaient leurs parents et avaient vécu le genre d'existence dont Crissanne n'avait fait que rêver. Elles étaient trop différentes d'elle pour que leurs conseils puissent beaucoup l'aider.

Elle passait une grande partie de ses journées à saisir les moments importants de la vie des autres à travers son objectif, mais jamais de la sienne.

Elle reposa le cocktail qu'elle sirotait pour éviter de sombrer dans l'ivresse triste, et ce, devant toute la famille d'Ethan.

Le dîner était un barbecue. Ethan et ses frères étaient rassemblés autour du foyer avec leur père et Quinten, l'ancien contremaître, le père de Kinley. Benito et Penny jouaient dans la piscine, sous l'œil vigilant de Pippa, la nounou britannique de Penny, une ravissante jeune fille blonde à la peau claire qui supportait mal le soleil brûlant du Texas.

Ils dînèrent tous ensemble à la grande table sous la pergola. Crissanne était assise juste en face d'Ethan et, lorsque leurs regards se rencontrèrent, elle sut qu'elle allait devoir lui parler. Mais pas en plein milieu d'un dîner de famille.

Pour commencer, elle allait l'informer qu'elle avait signé le bail pour son studio en ville et, qu'après réflexion, elle avait décidé d'emménager dans le loft au-dessus de l'espace commercial.

Elle devait le lui annoncer avant qu'il ne l'apprenne par sa mère. Ma Caruthers avait visité le local avec elle, et la gentillesse de cette femme lui avait donné l'impression de faire partie de la famille.

C'était ce qu'elle désirait, bien sûr, mais pas si cela devait mettre en danger son amitié avec Ethan. Son amitié, mais aussi cet autre sentiment qui commençait à naître entre eux.

— J'ai une annonce à faire, déclara Hunter en se levant, son verre de tequila à la main.

— *Nous* avons une annonce à faire, corrigea Ferrin.

— C'est vrai, convint Hunter en lui enlaçant tendrement la taille. Ferrin et moi avons quelque chose à vous dire.

Ils se tenaient face à face, les yeux dans les yeux, et Crissanne comprit que c'était ce qu'elle désirait le plus au monde : qu'Ethan la regarde comme Hunter regardait Ferrin à cet instant. Comme si elle était son univers tout entier. Comme si rien ne comptait plus, à part elle.

Mais alors qu'elle était passée dans tant de familles d'accueil successives, qu'elle venait de vivre la fin d'une relation de plus d'une décennie suivie de la mort de son ancien compagnon, elle n'était pas très sûre de mériter ce genre de regard. Ni qu'un homme la désire à ce point.

Surtout un homme comme Ethan. Elle l'avait toujours soupçonné d'avoir un petit faible pour elle, mais elle s'apercevait aujourd'hui que c'était bien davantage que cela.

— Ferrin et moi allons être parents, déclara Hunter.

Il y eut des exclamations de joie autour de la table, et tout le monde leva son verre pour porter un toast. Crissanne se joignit aux autres pour serrer Ferrin et Hunter dans ses bras, mais elle comprit où était sa véritable place lorsqu'on lui demanda de prendre une photo de la famille.

Refoulant sa tristesse, elle retourna dans la maison pour prendre son appareil photo, puis ressortit dans le patio et prit une série de photos du groupe.

Contempler le monde à travers son objectif calmait le tumulte de ses émotions et lui donnait la perspective dont elle avait besoin. Pa Caruthers rassemblait à présent la famille autour de lui, et Ferrin se pencha à son oreille :

— Prépare-toi, chuchota-t-elle. Ce qui va suivre est la chanson fétiche des Caruthers.

Pa Caruthers venait de réussir, après quelques tentatives infructueuses, à faire marcher son smartphone, et elles entendirent les premiers accords de *Good Hearted Woman*, un classique de la country.

Winston Caruthers commença à chanter cet air célèbre et Hunter se joignit à lui. Bientôt, les cinq représentants masculins de la famille Caruthers chantaient en chœur. Puis, chacun d'eux alla rejoindre la femme de sa vie. Ethan lui tendit sa main et, durant un instant, Crissanne eut l'impression d'avoir enfin un homme réellement à elle.

11

Ethan n'avait pas prévu de boire autant, ni de danser avec Crissanne jusqu'après minuit. Mais, bien sûr, avec elle, rien ne se passait jamais comme escompté. La chanson mélancolique qu'il avait écoutée d'une oreille distraite dans sa voiture, en venant ici, prenait désormais tout son sens. Il savait à présent ce qu'il attendait de Crissanne.

— Pourquoi me dévisages-tu ainsi ? lui demanda-t-elle.

— Je viens de trouver la réponse à une question qui m'obsédait depuis plusieurs jours, expliqua-t-il.

— Ah ? Et qu'est-ce que c'est ?

— Je crois que... tu es précieuse à mes yeux, avoua-t-il alors qu'ils sortaient dans le patio, bras dessus bras dessous, puis entraient dans le jardin qui faisait l'orgueil de sa mère.

Le sentier qui le traversait était discrètement éclairé, et le parfum du jasmin et des roses embaumait l'air de la nuit. Ethan prit une profonde inspiration, levant son visage vers le ciel étoilé avec le sentiment de regarder enfin la vérité en face.

— Toi aussi, tu comptes énormément pour moi, murmura-t-elle alors qu'il la conduisait jusqu'au banc placé près de la fontaine, au centre du jardin.

Derrière eux, les bruits de la fête leur parvenaient faiblement. Ce qu'il avait à lui dire, il le gardait en lui depuis longtemps, mais il était terrorisé à l'idée de l'admettre. Rassemblant tout son courage, il finit par se jeter à l'eau :

— Je suis désolé de n'avoir pu t'accompagner visiter ton

nouveau studio, tout à l'heure, dit-il d'une voix douce. J'avais toujours cru vivre une vie ordinaire, loin des tentations et de l'incertitude. Mais, avec toi, je ne suis plus sûr de rien.

— Que veux-tu dire ? s'étonna-t-elle.

— Je n'ai plus aucune certitude, Crissanne. Je sais seulement que je te désire, et que ta présence dans la maison, ces six dernières semaines, m'a rendu heureux au-delà de toutes mes espérances.

— Cela a été une expérience merveilleuse pour moi aussi, avoua-t-elle. Mais il y a un sujet dont j'ai besoin de te parler. Tu comprends, il est difficile de considérer notre relation dans une juste perspective alors que nous sommes constamment ensemble.

Ethan cessa de respirer. Où voulait-elle en venir ? Avait-il trouvé la femme de sa vie, mais trop tard ? Ils étaient assis sur le banc, à présent, et il demeura un long moment silencieux, parcourant du regard les massifs fleuris à peine visibles dans la pénombre, avant de remarquer :

— Mes parents ont emménagé dans cette maison il y a un peu plus de trois ans, et maman a tout de suite commencé à cultiver ce jardin.

— Il est magnifique.

— Oui, n'est-ce pas ? Maman n'avait jamais eu de jardin à elle parce qu'elle était trop occupée par ses devoirs d'épouse du maître d'un grand ranch. Elle cuisinait pour les cow-boys avec l'aide de notre gouvernante, conduisait ses enfants à l'école et était active dans plusieurs associations de la ville. Mais, lorsque papa a pris sa retraite et qu'ils sont arrivés ici, elle lui a déclaré que tout le reste de sa vie n'avait servi qu'à la guider jusqu'à ce lieu.

— C'est une très jolie phrase. Mais pourquoi me racontes-tu cela ?

— Je n'ai jamais eu le sentiment que ma vie me guidait vers quoi que ce soit. Je suis l'associé principal de ma société, bien sûr, mais ce n'est pas à cela que maman faisait allusion. Elle considérait la vie dans son ensemble. Et moi, je n'ai jamais eu le sentiment d'avoir vraiment réalisé mes rêves dans ma vie personnelle... Jusqu'à ce que tu sois ici, auprès de moi.

Crissanne se contenta de le dévisager en silence. Était-ce de la peur qu'il lisait dans ses yeux ? De l'espoir ?

— Je sais qu'il est encore un peu trop tôt pour te dire tout ceci, reprit-il précipitamment. Je ne t'ai pas fait une cour traditionnelle, et nous n'avons pas fait les choses que la plupart des couples font ensemble avant de s'engager. Mais, lorsque je me projette dans l'avenir, je me rends compte que c'est toi que je vois à mes côtés.

— Ethan...

— Non, ne dis rien. Je t'explique simplement où j'en suis. Je sais que tu as des priorités très différentes des miennes.

Comment pourrait-il en être autrement ? Mason et elle avaient rompu, et ensuite il avait péri dans cet accident. Pour finir, Crissanne avait laissé toute sa vie derrière elle, quittant la Californie pour venir s'installer au Texas.

— Peut-être pas si différentes, observa-t-elle d'une voix douce, se tournant vers lui pour prendre ses mains dans les siennes. J'ai quelque chose à te dire, moi aussi, avant que tu ne l'apprennes par quelqu'un d'autre.

— Qu'est-ce que c'est ?

Il n'était pas très sûr de ce qu'elle allait lui dire. Désirait-elle une vraie relation avec lui ? Ou voulait-elle laisser les choses telles qu'elles étaient ?

— Aujourd'hui, j'ai signé le bail pour mon studio en ville, mais aussi pour l'appartement du dessus, lui dit-elle. Je compte m'y installer dès ce week-end.

Elle allait quitter sa maison.

— Pourquoi ? s'étonna-t-il. Il y a assez d'espace chez moi pour deux.

— Oui et non, répliqua-t-elle. Partout où je pose les yeux dans ta maison, j'ai l'impression d'être chez moi, mais je ne suis pas réellement sûre que ce soit vrai. C'est assez logique, n'est-ce pas ?

— Pas du tout, répondit-il. J'aime beaucoup que tu habites dans ma maison.

— Moi aussi, j'aime y vivre. Mais je tiens encore plus à toi. Il me serait trop facile de t'aimer. Tu m'offres quelque chose que j'ai toujours désiré : je n'ai jamais eu personne qui soit à moi. Réellement à moi. Vivre ici avec toi serait une chose réelle, solide, mais cela me fait peur.

— De quoi t'inquiètes-tu ? s'étonna-t-il. Qu'est-ce qui t'effraie chez moi ? Que suis-je pour toi, qui te fait si peur ?

— Un foyer.

Elle n'eut pas besoin d'en dire davantage. Il comprenait. Elle avait besoin d'espace pour réfléchir à son avenir. Tout comme il avait besoin de se réveiller chaque matin auprès d'elle pour se sentir en paix, elle avait besoin de son propre appartement.

— Veux-tu que je te laisse un peu seule ?

— Non, répondit-elle. Je pensais que nous pourrions continuer à sortir ensemble, et essayer de vivre comme des gens normaux.

Des gens normaux. Il ne comprenait pas vraiment en quoi ce qu'elle proposait était plus normal mais, si elle souhaitait vivre en ville pour se sentir plus indépendante, il n'allait pas la contrarier. Elle avait habité avec Mason pendant très longtemps, et cela ne lui avait pas apporté la relation qu'elle attendait. Ethan était donc prêt à se montrer chevaleresque et à lui laisser tout l'espace dont elle aurait besoin.

Pourtant, il détestait devoir s'y résoudre.

Il avait le désagréable pressentiment que, s'il laissait Crissanne partir maintenant, il la perdrait.

— Très bien, capitula-t-il. Je t'aiderai à déménager ce week-end.

Ethan avait tenu sa promesse, au point même de demander à son décorateur de veiller à ce qu'elle ne manque de rien.

Peu de temps après son déménagement, Crissanne dut se rendre à New York pour rencontrer les représentants d'une marque qui souhaitaient travailler avec elle. À son retour, elle s'attendait à trouver l'appartement en désordre et encombré de cartons, mais Ethan s'était occupé de tout.

Ce jour-là, il était venu la chercher à l'aéroport. Lorsqu'elle poussa la porte de son nouveau chez-elle, elle eut eu la surprise de constater que le décorateur avait déjà terminé son travail.

— Qu'en penses-tu ? s'enquit Ethan.

— C'est magnifique ! s'exclama-t-elle en parcourant les pièces une à une. Je n'arrive pas à croire qu'il ait fallu si peu de temps pour tout transformer !

Le seul mur dans le loft était celui qui séparait la salle de bains du reste de l'espace. Elle avait commandé une cloison mobile pour créer une chambre dans une partie du salon, et Bart s'était chargé de lui bâtir un plan de travail qui délimitait le coin cuisine. Le parquet de chêne massif avait été rénové, et les habillages des fenêtres étaient modernes et somptueux.

Le loft tout entier avait été décoré avec un goût exquis. C'était la première fois de sa vie qu'elle avait un espace de vie vraiment à elle et, en le parcourant du regard, elle sentit sa gorge se serrer d'émotion.

— Merci, murmura-t-elle en se tournant vers Ethan.

— Je n'ai fait que surveiller le travail et m'assurer que tout le monde suivait tes instructions, répondit-il. Je trouve que c'est assez réussi. — C'est gentil. Je n'étais pas très sûre du résultat final mais c'est encore plus joli que je ne l'avais imaginé.

— Ellen a été très impressionnée par ton talent, observa-t-il en riant. Elle a déclaré que, si tu décidais d'abandonner la photographie, elle était prête à te recruter dans sa société d'architecture d'intérieur.

— Non, je ne crois pas que cela me plairait, répondit-elle. Ce projet était une démarche très personnelle, pour moi.

— Je vais aller chercher les ustensiles de cuisine pendant que tu t'installes, dit-il. Bart a promis de passer plus tard pour mettre les dernières touches au plan de travail.

— Bart est un excellent travailleur, déclara Crissanne. J'avoue avoir un peu hésité en apprenant son parcours de vie, mais j'avais tort. J'aurais dû me souvenir de l'effet Ethan.

— Je ne suis pas très sûr de vouloir savoir ce que tu entends par là, observa-t-il en fronçant les sourcils.

— Seulement que tu fais ressortir ce qu'il y a de meilleur en chacun. Je pense que c'est parce que tu ne juges pas les gens.

Elle nota qu'il rougissait et trouva ce détail charmant. La

présence d'Ethan chez elle venait lui rappeler à quel point sa cohabitation avec lui allait lui manquer. Mais ils avaient besoin de séparation, tous les deux. Elle désirait être absolument sûre que ce qu'elle ressentait pour lui n'avait aucun rapport avec la vie dans une belle maison, ou avec la présence d'un groupe de gens attachants autour d'elle.

C'était probablement le cas, bien sûr, mais cette expérience l'aiderait à se le prouver.

— Qui suis-je pour les juger ? répliqua Ethan en souriant. Je ne suis qu'un pauvre avocat.

— Tu es un homme bien.

Il se contenta de hausser les épaules puis s'éloigna. S'asseyant en tailleur sur le parquet ciré, Crissanne tourna son attention vers le grand carton contenant ses photos.

La première qu'elle en sortit était une photo encadrée de Mason et Ethan, qu'elle avait prise lorsqu'ils étaient encore à l'université. Ils avaient des avis différents sur un sujet quelconque, et chacun d'eux avait été si déterminé à défendre son point de vue qu'elle avait pu prendre toute une série de clichés avant qu'ils ne remarquent sa présence.

Elle appuya le cadre contre un pied de la table basse et sortit une autre photo du carton. La plupart étaient des clichés d'Ethan et Mason, ou des prises de vue liées à son travail. Au cours des années, elle avait remporté plusieurs prix pour certains de ses travaux, et ces photos-là seraient exposées sur les murs de son bureau, au rez-de-chaussée.

Mais elle allait encore devoir décider de l'endroit où elle placerait ses photos personnelles dans la chambre.

— Je me souviens de ce jour-là, dit Ethan d'une voix douce en venant la rejoindre.

— À quel sujet vous disputiez-vous ? s'enquit-elle, tournant son regard vers la photo appuyée contre la table basse.

— Nous nous disputions à cause de toi.

— Euh… Ah bon ? Pourquoi ?

— Je pensais que Mason ne te donnait pas ce dont tu avais besoin, qu'il te poussait vers une carrière de photographe de voyages parce que cela l'arrangeait et correspondait à son mode de vie. Pas au tien.

Elle se contenta de le dévisager. Il avait raison, bien sûr. Mais n'était-ce pas toujours le cas, avec Ethan ? Mason et elle avaient eu de nombreuses disputes à ce sujet, au cours des années. Mason insistait pour qu'elle voyage au moins autant que lui.

Il disait que, de cette façon, aucun d'eux ne resterait tout seul à la maison à attendre l'autre. Avec le recul, elle comprenait désormais que la véritable explication, c'était que Mason n'avait pas envie qu'ils s'habituent trop l'un à l'autre.

— J'adore mon travail, déclara-t-elle.

— Vraiment ? Je pense que tu aimes particulièrement l'idée de créer ton studio ici, en ville. Je suis très heureux que tu aies choisi de t'installer à Cole's Hill.

Elle leva ses yeux vers lui et lui sourit. Elle était venue au Texas pour des raisons plus complexes qu'elle ne voulait bien l'admettre, mais ses raisons pour rester semblaient toutes concerner Ethan.

Plus tard, cet après-midi-là, les parents d'Ethan, Derek et Bianca, Hunter et Ferrin étaient passés au loft pour déposer des cadeaux de bienvenue et donner un coup de main à Crissanne pour une multitude de tâches. Ethan luttait avec ses émotions depuis que la jeune femme lui avait annoncé son intention de quitter sa maison mais, en la voyant si heureuse, ici, dans son propre environnement, il comprit que cela avait été une sage décision pour elle.

Et pour lui aussi.

Il avait toujours parlé de Mason en termes élogieux, mais aujourd'hui, alors qu'il lui apparaissait de plus en plus clairement que son avenir était aux côtés de Crissanne, il commençait à comprendre que son meilleur ami n'avait jamais envisagé sa propre destinée autrement qu'en solitaire. Il n'était resté avec Crissanne que parce qu'il ne savait pas comment se libérer d'elle.

Lorsqu'elle était apparue sur le pas de sa porte, Ethan avait pensé que ce ne serait qu'une situation temporaire. Une querelle d'amoureux qui trouverait sa solution avec le temps. Aujourd'hui, cependant, il prenait conscience qu'il avait mal jugé le problème. Il n'y aurait jamais eu de réconciliation. Naturellement, avec la disparition de Mason, cette hypothèse ne pourrait jamais se voir confirmée, mais il était certain que son ami n'aurait pas désapprouvé sa relation avec Crissanne.

— As-tu une minute à m'accorder, Ethan ? s'enquit Hunter alors qu'ils étaient tous dans la cuisine, occupés à préparer des sandwichs.

— Oui, qu'y a-t-il ?

— Rien d'important. J'avais seulement envie de te parler seul à seul.

— Vous pouvez utiliser mon bureau au rez-de-chaussée, suggéra Crissanne en souriant.

— Merci, répondit Ethan, entraînant son frère en direction de l'escalier.

— Je dois reprendre l'entraînement à la base spatiale de College Station, cet après-midi, expliqua Hunter, et j'ai pensé qu'il serait préférable de te poser ces questions en personne. Je voudrais protéger Ferrin si un malheur m'arrivait. Depuis que nous nous sommes mariés, l'année dernière, j'ai fait d'elle ma légataire universelle, mais je pense que je devrais faire davantage.

Ethan gérait les affaires financières de toute sa famille, y compris la fondation familiale et les comptes d'entreprise du Rockin' C.

— En ce qui concerne la fondation familiale et le ranch, vous êtes déjà parfaitement couverts. À ta mort, c'est elle qui héritera tes parts, et j'ai créé un compte séparé pour votre futur enfant, auquel il ou elle aura accès à sa majorité. Aimerais-tu apporter des modifications quelconques ?

— Je n'en sais rien, convint Hunter en soupirant. Je n'y avais même jamais réfléchi jusqu'à ce que Ferrin évoque la mort prématurée de Mason. Qui peut dire ce que l'avenir nous réserve ?

— C'est vrai, reconnut Ethan.

Durant l'heure qui suivit, il se pencha avec son frère sur le sujet de ses finances, précisant certains détails et rassurant Hunter sur le fait que tout était en ordre.

— J'ai passé tant de temps à lutter pour que mon innocence soit reconnue, au cours de ces dernières années, que l'idée même de cette démarche me paraît surréaliste, avoua Hunter. Je n'aurais jamais pensé que j'aurais Ferrin, ou un bébé, dans ma vie.

— Je sais, convint Ethan d'une voix douce. Mais tu mérites ce bonheur, et je ferai tout ce qui est légalement en mon pouvoir pour t'éviter tout souci.

— Je sais que tu feras au mieux, Ethan, répondit Hunter. Qu'y a-t-il entre Crissanne et toi ? Je l'aime beaucoup. Et, entre nous, je pense qu'elle serait parfaite pour toi.

— Parfaite pour moi ?

— Elle t'a convaincu de danser, l'autre soir, au lieu de rester assis devant ton verre à broyer du noir.

— Je l'aime beaucoup, moi aussi, avoua Ethan, mais sa vie est... à une croisée des chemins.

Il essayait d'expliquer quelque chose qu'il ne comprenait pas vraiment lui-même. Il faisait simplement de son mieux pour lui donner ce dont elle avait besoin, sans rien attendre en retour. Car il ne lui avait pas échappé que, l'unique fois où il l'avait tenue dans ses bras, il n'avait pas su la retenir.

— À la croisée des chemins ? répéta Hunter, fronçant les sourcils. Que veux-tu dire ?

Ethan prit une profonde inspiration, puis il confia enfin à son frère une idée qui le torturait depuis trop longtemps déjà. À savoir que son meilleur ami serait toujours comme une ombre entre eux. Il importait peu que Crissanne et Mason aient rompu juste avant sa mort. Tout au fond de lui-même, Ethan se sentirait toujours coupable de faire l'amour à la compagne de son meilleur ami.

— Quelque part à mi-chemin entre Mason et moi, répondit-il en soupirant.

— C'est ridicule ! protesta Hunter. Lorsqu'elle vivait avec Mason, elle était constamment seule. Leur relation ne tenait plus qu'à un fil.

Ethan n'y croyait pas un instant. Pourquoi Crissanne serait-elle restée aussi longtemps avec Mason si elle n'avait pas été persuadée que leur relation finirait par fonctionner ?

— Peut-être. Nous n'en saurons jamais rien. Quoi qu'il en soit, elle est ici, et nous allons essayer de passer un peu de temps ensemble. Quelques sorties, des dîners, enfin des choses de ce genre.

— Tu me fais rire, observa Hunter.

— Pourquoi ?

— Je sais que tu essaies de tout gérer de façon rationnelle, mais l'amour ne fonctionne pas de cette façon.

— Je n'ai pas dit que je l'aimais.

— Ce n'était pas nécessaire, répliqua Hunter. Lorsqu'elle rit, tu souris d'une oreille à l'autre.

— Heu...

— Inutile de le nier. Personne ne sait mieux que moi à quel point l'amour d'une femme peut ébranler toutes les certitudes d'un homme. En revanche, laisse-moi te dire que cela en vaut la peine. Ferrin a changé ma vie d'une façon dont je n'avais même pas rêvé. Et je pense que Crissanne peut faire la même chose pour toi, si tu le lui permets.

Ethan ne savait pas quoi répondre à cela mais, par bonheur, Hunter changea de sujet.

Plus tard, lorsque sa famille fut repartie et que Crissanne et lui se retrouvèrent seuls, force lui fut cependant d'admettre qu'il était en train de tomber amoureux d'elle.

12

Ethan l'avait aidée à remettre de l'ordre dans son loft après leur petite soirée, puis il était rentré chez lui. Et, tout à coup, elle s'était retrouvée seule. Elle comprenait maintenant pourquoi elle était restée avec Mason toutes ces années, alors que leur relation n'était plus qu'un souvenir. Alors qu'elle avait passé une si grande partie de sa vie toute seule, elle s'apercevait maintenant qu'elle détestait la solitude. Peu importe qu'elle ait choisi elle-même la décoration de cet appartement et qu'elle soit enfin réellement chez elle. Elle s'y sentait aussi étrangère que dans n'importe laquelle des chambres où on l'avait placée sans lui demander son avis lorsqu'elle était enfant.

L'appartement était trop grand. Trop vide.

Ce vaste espace était tout à elle mais, une nouvelle fois, il n'y avait personne pour l'aider à le remplir. Elle avait besoin de quelqu'un dans sa vie. Un homme en qui elle aurait confiance, et avec qui elle pourrait fonder une famille. Et elle désirait qu'Ethan soit cet homme-là.

Elle ramassa son téléphone pour lui envoyer un SMS avant de se figer. Comment pourrait-elle être sûre de ses sentiments pour Ethan si elle se servait constamment de lui comme d'une béquille ? Elle finit par se lever, alla allumer son ordinateur sur la table de la cuisine et entreprit de passer en revue les photos qu'elle avait prises au cours de la semaine qui venait de s'écouler.

Les visages des habitants de Cole's Hill commençaient à lui être familiers. Elle avait appris de nombreux détails sur la vie des uns et des autres en travaillant avec le groupe des célibataires de la ville, et en bavardant avec d'autres personnes qu'elle avait croisées dans le parc. Contrairement à Los Angeles, où personne ne connaissait vraiment personne, ici, tous ces gens étaient ses voisins.

Elle désirait faire de cette ville son foyer, son point d'attache. Elle luttait depuis une éternité pour trouver sa place dans l'univers et elle savait que, cette fois-ci, elle allait réussir.

Elle entendit qu'on frappait à la porte et alla ouvrir, laissant la photo d'Ethan affichée sur l'écran.

Lorsqu'elle jeta un coup d'œil à travers le judas de la porte, elle cessa de respirer.

C'était lui.

— Bonsoir, toi, dit-elle en ouvrant la porte en grand.

— Je sais que c'est ta première soirée chez toi, répondit-il en brandissant une bouteille de champagne, mais j'ai pensé que nous pourrions tout de même boire une petite coupe pour fêter ton installation. Et peut-être bavarder un peu. Qu'en dis-tu ?

— J'ai failli t'envoyer un SMS pour te dire de revenir, avoua-t-elle, s'écartant pour le laisser entrer. Mais je me suis sentie bête. Après tout, c'est moi qui ai déménagé. Je devrais savoir me débrouiller toute seule.

— Qui t'a dit que tu n'y arriverais pas ? Je t'ai apporté un petit cadeau.

Il alla poser sa bouteille de champagne sur la table de la cuisine et, en passant, il vit sa photo affichée sur l'écran.

— C'est pour les enchères, expliqua-t-elle.

Il se contenta de hocher la tête en silence et commença à déboucher le champagne, avant de demander :

— N'es-tu pas curieuse de voir ce que je t'ai apporté ?

— Si, si, assura-t-elle en allant s'asseoir devant le comptoir. Qu'est-ce que c'est ?

Il poussa vers elle un paquet arborant le logo d'une grande marque de luxe, qu'elle ouvrit pendant qu'il s'affairait avec le bouchon du champagne. À l'intérieur elle découvrit deux exquises flûtes à champagne de cristal portant son nom en filigrane d'or.

Elle les contempla un instant en silence. Elle savait qu'elle aurait dû remercier Ethan, mais elle avait la gorge nouée. Cela semblait incroyable pour une femme de trente ans, mais elle n'avait jamais possédé aucun objet de valeur. Avec Mason, elle avait vécu uniquement dans le présent, parce que c'était ce qu'il désirait. Et, durant son enfance, elle n'avait jamais rien emporté avec elle lorsqu'on la déplaçait d'un foyer à l'autre. De cette période de sa vie, il ne lui restait plus que le modeste appareil photo qu'elle avait acheté d'occasion avant de partir à l'université.

— Ethan...

— Ces flûtes devaient être livrées ce matin mais, bien entendu, elles ne l'ont été que dans la soirée. Je tenais à ce que tu les aies pour porter un toast à ton nouvel appartement.

— C'est une merveilleuse idée, dit-elle en souriant.

Tandis qu'Ethan rinçait et essuyait les flûtes à champagne, Crissanne revint au sujet des enchères.

— J'ai été surprise d'apprendre que c'était ta première participation à cet événement, remarqua-t-elle.

— À cette époque de l'année, je m'accorde généralement un petit voyage et je ne suis donc pas en ville lorsque cette manifestation a lieu, expliqua-t-il.

— Mais pas cette année ? s'étonna-t-elle.

— Cette année, j'avais prévu de partir... avec Mason.

Un long silence s'étira entre eux, puis elle l'interrogea d'une voix faible :

— Crois-tu que Mason planera toujours comme une ombre entre nous ?

— Je le crains, répondit-il, versant le champagne dans leurs flûtes. Il a fait partie de nos vies pendant trop longtemps pour qu'il en soit autrement.

C'était un fait, songea Crissanne, mais cette présence constante commençait à lui peser car elle les empêchait, Ethan et elle, de baisser leur garde. Elle était trop fatiguée pour y réfléchir maintenant, mais il devait bien exister un moyen de tourner cette page pour qu'ils soient heureux ensemble.

— À ton premier appartement, et au début de ton aventure à Cole's Hill, dit Ethan en levant sa flûte de champagne.

Elle fit tinter leurs verres l'un contre l'autre et sirota une première gorgée, fermant les yeux un instant.

— Aux bons amis.

— Je désire être davantage qu'un simple ami pour toi, Crissanne, murmura Ethan.

Elle aussi, mais il était trop tôt pour le reconnaître.

— J'aimerais que nous en soyons vraiment sûrs, Ethan. Je ne veux pas te faire souffrir. Ce serait injuste, et tu ne le mérites pas.

— Et cet appartement ?

— Cette petite ville, ta famille, c'est tout ce dont j'ai toujours secrètement rêvé.

Ethan reposa sa flûte de champagne et, faisant rapidement le tour du plan de travail, il fit pivoter le tabouret de Crissanne pour la tourner face à lui, avant de dire d'une voix émue :

— Tu es celle dont j'ai toujours secrètement rêvé, Crissanne. Si tu as besoin de vivre seule pour te convaincre que nous sommes faits l'un pour l'autre, alors qu'il en soit ainsi.

Ils avaient décidé de regarder un film ensemble, assis côte à côte sur le canapé : une comédie légère qui ne solliciterait pas trop leur attention. Ethan avait posé le bol de pop-corn sur ses genoux et, chaque fois que Crissanne y plongeait sa main, il sentait son corps réagir violemment. Il la désirait, c'était certain, mais elle venait de déménager, et il aurait fallu être idiot pour ne pas comprendre qu'elle avait besoin de rester un peu seule pour réfléchir.

— Je vais rentrer, déclara-t-il alors que le générique de fin défilait sur l'écran.

— Pourquoi si vite ? s'étonna-t-elle.

— Si je reste, je crains que nous ne fassions des bêtises, répondit-il, face à son regard gris comme un ciel d'orage. Es-tu certaine de vouloir prendre ce risque ?

— Je ne suis plus sûre de rien, avoua-t-elle d'une voix douce, tendant sa main pour glisser les doigts dans ses cheveux. Mais j'ai envie de toi, Ethan. Et le fait de disposer de mon propre appartement n'y a rien changé.

Lorsqu'elle se tourna pour s'installer à califourchon sur ses genoux, il sentit un frisson de désir le parcourir tout entier, et glissa les mains sous l'ourlet de son chemisier. La peau de Crissanne était incroyablement douce. Puis elle l'embrassa. Il n'avait jamais connu une femme aussi spontanée, aussi naturelle. Crissanne était hardie, elle prenait des risques en allant vers lui sans savoir s'il répondrait ou non, tandis qu'il avait besoin de certitudes avant de remettre son cœur entre ses mains. Mais il avait peut-être tort.

Sa seule certitude, à cet instant, c'était qu'il était heureux de la sentir dans ses bras.

— Je crois que j'aimerais que tu restes dormir ici, murmura-t-elle. Tu veux bien ?

— Bien sûr.

— Et, puisque demain c'est dimanche, tu n'auras pas besoin de te lever tôt.

Ce qu'elle lui disait, c'était qu'elle désirait passer la matinée au lit avec lui, et il n'était pas sûr d'en avoir la force.

— Euh... Oui, c'est vrai.

— Qu'y a-t-il ? s'enquit-elle en plongeant son regard au fond du sien, toujours assise sur lui, rendant toute retraite impossible.

— Si je reste, il va m'être encore plus difficile par la suite de te laisser l'espace dont tu as besoin. Je regrette déjà que tu te sois installée en ville sans moi.

Elle redressa le buste et resta songeuse un instant, puis elle poussa un soupir.

— Moi aussi, convint-elle. Mais je devais le faire. J'avais besoin de me prouver à moi-même que j'étais forte, même sans toi.

— As-tu réussi ?

— Pas encore, reconnut-elle. Tout ce que je suis parvenue à prouver, c'est que je suis têtue et que je ne cède pas facilement à la tentation. Car tu représentes une tentation pour moi, Ethan Caruthers. Le problème, c'est que je n'ai pas envie de te repousser.

— Moi non plus.

Elle se leva et lui tendit la main, qu'il prit dans la sienne pour traverser le loft avec elle, en direction de son lit.

Celui-ci était un peu plus petit que le sien, et recouvert d'une couette toute simple couleur crème. Lorsque Crissanne s'arrêta au pied du lit, Ethan la serra dans ses bras et ferma les yeux. Jamais aucune autre femme ne l'avait obsédé ainsi. Elle était le fruit défendu : toujours hors d'atteinte et d'autant plus attirant.

Même après lui avoir fait l'amour, il continuait d'éprouver ce sentiment. Cela devait cesser. Bien sûr, il aurait été plus intelligent et plus raisonnable de lui laisser tout l'espace dont elle avait besoin, en attendant qu'elle revienne vers lui d'elle-même. Mais, comme ses frères le lui avaient fait remarquer, l'amour ne suivait pas toujours des voies logiques.

Crissanne lui rendit son étreinte et, à cet instant, il comprit qu'il l'aimait. Il avait fait de son mieux pour se convaincre qu'ils n'étaient que des amis mais, la vérité, c'était qu'il aimait cette femme de toute son âme.

Elle trébucha sur la descente de lit, et ils basculèrent sur le matelas en riant.

— Doucement, femme ! fit-il mine de protester.

— Ma méthode a fonctionné, remarqua-t-elle entre deux hoquets. Et maintenant, je veux te voir nu.

— Tout nu ?

— Oui, entièrement nu. Cela fait trop longtemps que je n'ai pas admiré ton corps magnifique.

— D'accord, mais à condition que tu te déshabilles aussi.

— Marché conclu.

Elle se releva d'un bond, se débarrassa prestement de sa jupe et fit passer son chemisier par-dessus sa tête. Ethan la contempla d'un regard émerveillé. Sa peau hâlée avait la couleur du miel. Elle avait la taille fine, des hanches doucement évasées... et des jambes interminables.

— Je n'enlève rien d'autre tant que vous serez habillé, mon petit monsieur.

— Comme cela ? s'enquit-il en faisant passer son T-shirt par-dessus sa tête.

— Pas mal. Mais, ne t'arrête pas en si bon chemin.

Il se redressa dans le lit pour lui enlacer la taille, et l'attira entre ses jambes avant de s'allonger à nouveau, l'entraînant sur lui. Puis il s'empara de sa bouche et l'embrassa à perdre haleine, défaisant l'agrafe de son soutien-gorge avant de le faire glisser sur ses bras.

Il sentait les pointes durcies de ses mamelons presser contre son torse, ses hanches onduler contre les siennes. Alors qu'elle s'apprêtait à changer de position, il glissa les deux mains sous l'élastique de sa culotte et empoigna fermement ses fesses pour la serrer tout contre lui.

— Tu triches, gémit-elle.

— Objection, Votre Honneur, répliqua-t-il en riant. À présent, nous sommes à égalité. Torses nus.

— Vous abusez de notre patience, maître Caruthers. Je vous ordonne d'ôter ce jean.

Il se leva en lui prodiguant une dernière caresse, avant de faire glisser son jean et son boxer sur ses jambes. Il se retourna ensuite face à elle.

— Maintenant, c'est ton tour d'enlever cette culotte, murmura-t-il.

Sans le quitter du regard, elle se débarrassa du bout de tissu et le laissa tomber sur le sol. Puis, elle empoigna son pénis et le caressa lentement jusqu'à ce qu'il soit totalement dur.

Il la fit basculer à nouveau sur le matelas et, s'adossant à la tête de lit, la saisit par la taille et l'installa à califourchon sur ses jambes. Elle referma à nouveau ses doigts autour de sa douloureuse érection et reprit aussitôt ses caresses.

S'emparant de la main de Crissanne, il déposa un baiser brûlant au creux de sa paume, puis traça avec ses lèvres un chemin de baisers de son poignet délicat jusqu'à son épaule. Recueillant enfin un sein dans sa paume, il inclina sa tête.

Elle avait de jolis seins, dotés de pointes roses contrastant avec le hâle de sa peau. Il les agaça gentiment de ses lèvres et de ses dents jusqu'à ce qu'il les sente durcir sous ses caresses. Crissanne frissonna et se cramponna à ses épaules, enfonçant ses ongles dans sa peau.

Les doigts délicats de la jeune femme entreprirent alors de caresser sa nuque avec une lenteur sensuelle, et il frissonna à son tour. Il avança les hanches par réflexe, mais il était déterminé à faire durer cette nuit. C'était la première fois qu'il lui faisait l'amour depuis qu'il s'était avoué qu'il l'aimait : il lui avait fallu une éternité pour oser enfin le reconnaître, et il voulait déguster chaque seconde de cet instant unique. C'était tout du moins ce que désirait son esprit. Son corps, quant à lui, semblait voir les choses autrement. Crissanne le privait de toute volonté, éveillait en lui un désir insatiable. Il avait soif de sa bouche, de son corps, de ses caresses.

Elle se déplaça sur lui et, dans ce mouvement, son sexe effleura l'érection d'Ethan.

Abandonnant son sein, il releva la tête pour la fixer tout au fond des yeux. Elle soutint son regard un long moment, puis se pencha en avant et l'embrassa tandis qu'il entrait lentement en elle.

Il renonça alors à toute idée de contrôler la situation et la laissa descendre elle-même sur son érection. Glissant sa main entre leurs corps, il effleura son clitoris d'une lente caresse et la sentit tressaillir. Tandis qu'il continuait d'effleurer le bouton ultrasensible, elle commença à onduler des hanches contre lui.

Agrippant sa taille, il l'obligea à ralentir, à faire durer son plaisir, mais elle glissa à nouveau les doigts dans ses cheveux et l'attira à elle pour l'embrasser passionnément. Alors, il cessa de lutter. Elle était délicieuse. S'abandonnant tout entier à ce baiser d'une sensualité brûlante, il oublia instantanément tout ce qui n'était pas la sensation du corps de Crissanne entre ses bras.

Il avança les hanches pour entrer encore plus profondément en elle. Mais ce n'était encore pas assez. Elle avait crispé les doigts sur la tête de lit et, dans cette position, ses seins généreux étaient à portée de sa bouche. Il entreprit d'agacer leurs pointes avec sa langue, tout en l'incitant à le chevaucher plus vite, avec plus de vigueur.

Crissanne rejeta la tête en arrière et, s'agrippant à ses épaules, augmenta encore l'intensité de ses coups de reins. Un éclair éblouissant le traversa tout entier, et il fut envahi soudain par l'orgasme. Il avait cru pouvoir attendre mais, en s'enfonçant en elle une dernière fois, il se sentit vidé de toute énergie. Comme en apesanteur.

Se laissant emporter par la passion à son tour, Crissanne cria son nom tandis qu'un frisson la secouait tout entière.

Elle s'affala sur lui, la tête au creux de son épaule, son souffle haletant caressant le cou d'Ethan.

Il effleura lentement son dos, laissant glisser ses doigts jusqu'au creux de ses hanches, et elle releva ses yeux vers les siens.

Il se sentit alors ébranlé jusqu'au tréfonds de son âme. Cette nuit, tout était différent. Faire l'amour avec Crissanne dans cet appartement inconnu lui avait confirmé ce qu'il n'avait jamais osé reconnaître... Jusqu'à ce soir.

Il se laissa rouler sur le côté, la gardant bien serrée contre lui. Il brûlait de lui avouer la profondeur de ses sentiments, mais n'en eut pas le courage.

— Alors ? s'enquit-il seulement. Allons-nous faire la grasse matinée ensemble, demain ?

— Oui, murmura-t-elle. Vas-tu rester ?

— J'essaierai, répondit-il.

Passer la nuit ici avec elle était ce qu'il désirait le plus au monde, mais aussi ce qui l'effrayait le plus.

Et s'il lui avouait qu'il l'aimait, et qu'elle lui répondait qu'elle n'était pas prête ? Et si...

Elle se blottit contre lui et, posant les lèvres sur son torse, elle y déposa un doux baiser.

— Bonne nuit, murmura-t-elle d'une voix ensommeillée.

Alors, il la serra plus fort entre ses bras et, soudain, il sentit toute sa peur s'envoler.

13

Le téléphone de Crissanne sonna à 2 heures du matin, la tirant d'un profond sommeil. Elle tendit la main vers l'appareil et, dans ce geste, heurta le réveil sur la table de chevet, qui tomba sur le sol. Rien n'était plus à sa place normale.

— C'est ton téléphone, marmonna Ethan en quittant le lit pour aller récupérer l'appareil sur le comptoir de la cuisine où elle l'avait laissé à charger.

La sonnerie avait cessé et il lui tendit le téléphone sans un mot.

Au même instant, le smartphone d'Ethan retentit à son tour, annonçant qu'il avait reçu un SMS. Ce que Crissanne remarqua à peine, car elle venait de lire le nom qui apparaissait sur l'écran du sien.

L'appel qu'elle avait manqué provenait de Mason.

C'était sa photo qui apparaissait sur l'écran et, malgré elle, des larmes lui brûlèrent les paupières. Portant l'appareil à son oreille, elle écouta le message vocal. Quelqu'un avait probablement trouvé son téléphone et essayait de joindre son propriétaire.

Il y eut un bruit, puis une voix masculine :

— Crissanne ? C'est moi. Je suis en vie. Nous devons parler. Appelle-moi.

Elle laissa tomber le téléphone sur le lit. Mason ? Mason en vie ? Tremblant de tout son corps, elle se tourna vers Ethan, qui venait de lire le SMS qu'il avait reçu et arborait une expression stupéfaite.

— Mason est vivant, dit-il d'une voix blanche.

— Oui, répondit-elle faiblement. Je viens de l'entendre.

Oh ! Seigneur...

— Je ne peux pas rester ici, déclara Ethan.

— Pourquoi ? murmura-t-elle, le cœur serré face à la panique et la culpabilité qu'elle lisait dans les yeux d'Ethan.

— Ce ne serait pas correct, argua-t-il. Il est blessé. Dans son message, il me dit qu'il a la jambe gauche dans le plâtre, et que ses côtes ne sont pas encore entièrement ressoudées. Tu as besoin de temps pour régler tes affaires avec lui sans aucune interférence de ma part.

Crissanne dévisagea l'homme qui, en six semaines à peine, avait conquis son cœur plus que Mason n'avait su le faire en douze ans. Et c'était lui qui lui suggérait qu'elle avait besoin d'espace ?

— Non, Ethan, répliqua-t-elle. Je ne pense pas que tout s'arrangera simplement parce que tu t'enfuis de chez moi au milieu de la nuit.

— Mason est en route pour venir me voir, précisa Ethan.

— Quoi ?

— C'est ce qu'il dit dans son SMS.

— Très bien. Dans ce cas, allons le voir ensemble. Je n'arrive pas à croire qu'il soit encore en vie !

— Moi non plus.

— Mais j'en suis très heureuse, ajouta-t-elle. Il était beaucoup trop jeune pour mourir.

Toute la joie, toute l'affection qui les avaient rapprochés, s'évanouirent subitement.

Aux yeux de Crissanne, son appartement lui apparaissait tout à coup étranger. Comme elle se sentait gênée d'être nue, elle quitta le lit et sortit un jean et un sweat-shirt des tiroirs de sa commode pour se rhabiller. Lorsqu'elle se retourna vers Ethan, il tapait un message sur son téléphone, planté au milieu du coin salon.

Soudain, elle eut l'impression qu'un nuage noir planait au-dessus de leurs têtes.

— Avant d'aller le voir, nous devrions parler, tous les deux, observa-t-elle.

— J'en conviens, mais je ne suis pas sûr que le moment soit bien choisi.

Elle reconnaissait cette expression sur le visage d'Ethan. C'était celle qu'il arborait au tribunal. Détachée, dénuée de toute trace d'émotion. À des années-lumière de l'homme avec qui elle venait de faire l'amour.

— Cela m'est égal, rétorqua-t-elle.

Elle refusait de perdre Ethan à présent qu'elle l'avait trouvé. Pour la première fois de sa vie, elle était toute proche du bonheur dont elle avait toujours rêvé. Et elle savait que ce bonheur dépendait de lui.

Elle ne comprenait peut-être pas totalement les sentiments qu'elle éprouvait pour Ethan mais, si elle avait une certitude, c'était qu'elle ne pouvait pas simplement le laisser partir. Elle avait attendu, des années durant, que Mason change d'attitude avec elle, ce qu'il n'avait jamais fait. À présent, il semblait qu'il soit revenu d'outre-tombe, mais dans l'esprit de Crissanne, c'était un problème différent. Elle réglerait seule ses affaires avec Mason.

— Je ne peux pas faire cela, déclara Ethan. C'était différent lorsque je pensais que vous aviez rompu. Ensuite, nous l'avons cru mort, et cela a tout changé entre nous. Mais à présent qu'il est de retour... je me sens simplement coupable, c'est tout.

— M'as-tu jamais désirée pour moi-même ? répliqua-t-elle, blessée par ses paroles.

— Que veux-tu dire ?

— Dois-je penser que c'est seulement un élan de sympathie qui t'a poussé dans mes bras ? Car, si c'est le cas, nous aurions dû tout arrêter après l'épisode de la salle de conférences.

— Ce n'est pas du tout cela.

— Mais que pensais-tu vraiment ? Tu es plus habile que moi avec les mots et, lorsque tu restes vague, je suis bien obligée de croire que tu as une bonne raison pour cela.

— Il y a effectivement une raison, gronda Ethan en pivotant vers elle. Je n'ai pas envie d'en parler maintenant. Nous devons aller voir Mason. Il est en vie, et c'est cela qui doit être notre première préoccupation.

— Ce n'est pas la mienne, murmura Crissanne d'une voix à peine audible. Mason et moi avions rompu avant sa mort… Sa mort présumée. Cette page de ma vie était tournée. Ta présence ici, avec moi, m'a aidée à comprendre ce qui avait toujours manqué, entre Mason et moi. Je pense qu'il l'avait simplement compris avant moi.

— Je me réjouis que tu sois dans cet état d'esprit, répondit Ethan. Mais ce n'est pas mon cas. Mason savait que je te désirais. Il savait que, des années durant, je t'ai observée de loin lorsque tu étais dans ses bras.

— Tout cela, c'est du passé, répliqua-t-elle.

Mais elle découvrait avec stupeur la vraie nature des sentiments d'Ethan pour elle alors qu'elle vivait en couple avec Mason.

Elle ne s'étonnait plus qu'il n'ait pas envie d'en parler.

Mais elle avait besoin de l'entendre de sa bouche. Ethan n'avait jamais essayé de se servir d'elle durant toutes ces années. Elle refusait de croire qu'il ait changé à ce point.

— Et que suis-je pour toi ? s'enquit-elle d'une voix tendue. Une partie de jambes en l'air longtemps attendue ?

— Non ! s'insurgea-t-il. Tu sais parfaitement que c'est faux.

Mais elle n'était plus sûre de rien. La dernière fois qu'elle avait cédé à des certitudes, cela lui avait coûté douze années de sa vie avec un homme qui avait fini par la quitter.

— Alors, quoi ? répliqua-t-elle.

Ethan n'avait pas envie d'avoir cette conversation. Pas maintenant. Il se réjouissait que Mason ne soit pas mort, mais il fallait avouer que son ami aurait pu choisir un meilleur moment pour faire son grand retour. Alors qu'Ethan avait enfin décidé de baisser sa garde, Mason réapparaissait dans leurs vies. Il savait qu'il devait reprendre ses distances, pour laisser Mason et Crissanne faire tranquillement le point sur leur relation, même si elle affirmait que cela n'était pas nécessaire.

Cherchait-elle à se disputer avec lui ? Pour quel motif ? Il essayait de comprendre mais, comme toujours lorsqu'il s'agissait de Crissanne, sa perspective était faussée. Il la désirait, il ne pouvait pas se mentir à ce sujet. Et désormais, après douze longues années, elle voulait savoir s'il ne voyait en elle qu'une simple partenaire de coucheries ?

— Le moment est assez mal choisi pour ce genre de discussion, remarqua-t-il en soupirant.

Il avait besoin d'une douche pour effacer de sa peau l'odeur du sexe et la fragrance de Crissanne. Ensuite, peut-être, il trouverait un moyen pour la garder auprès de lui sans trahir son ami.

Hélas, quelle que soit la façon d'analyser la situation, tout cela ressemblait fort à une trahison.

— C'est le seul moment dont nous disposons, insista-t-elle. Mason va bientôt arriver. Tu désires visiblement partir, or je n'ai pas envie que tu t'en ailles avant que nous ayons résolu ce problème.

— Pourquoi ?

Étouffant un cri de frustration, elle se détourna de lui. Peu désireux d'ajouter encore à son désarroi, Ethan murmura :

— Mason est comme un frère pour moi. Il va avoir besoin de nous tous pour l'aider à recouvrer la santé. Toi et moi ne pouvons pas simplement nous présenter devant lui, main dans la main, comme des amoureux. Ce ne serait pas juste.

Crissanne pivota face à lui et le dévisagea si longtemps qu'il sentit presque physiquement tout le poids de sa déception.

— Et où est la justice pour nous deux ? s'enquit-elle enfin.

— Nous pourrions en parler plus tard...

— Non, coupa-t-elle. Si tu ne peux pas régler cette question avec moi avant...

Elle s'interrompit, fronçant les sourcils, avant d'ajouter :

— Attends une seconde. As-tu l'intention de demander à Mason sa permission avant de lui expliquer ce qu'il y a entre nous ?

Ce n'était pas du tout ainsi qu'il aurait décrit la situation. Mais, la vérité, c'était qu'il n'en avait jamais parlé avec Mason, qu'il n'avait jamais entendu sa version de l'histoire. Et si Mason aimait encore Crissanne et qu'il souffrait ? Ethan devait éclaircir ces détails avec lui avant de franchir ce nouveau cap dans leur relation.

Ce qu'il envisageait avec Crissanne n'était pas une simple passade. La nuit précédente, il s'était avoué à lui-même qu'il l'aimait. Or, Mason était comme un frère pour lui, pas un inconnu qu'il pouvait facilement écarter de sa vie.

— Non, ce n'est pas cela, se défendit-il. Mais il est vrai que Mason n'a jamais mentionné en ma présence que vous aviez rompu, et il est mort sans savoir que tu viendrais chez moi. Ce que je veux dire, c'est qu'il serait peut-être préférable de le mettre au courant de la situation.

— Je suis du même avis, répondit-elle. Je n'ai aucune envie de parader avec toi comme un couple officiel, et le faire souffrir inutilement. Mais j'ai besoin de savoir que tu me soutiendras. Puis-je compter sur toi ?

Il lui fallut moins d'une seconde pour répondre à cette question.

— Oui, bien sûr.

— Parfait.

Elle s'approcha pour le serrer dans ses bras, ses yeux gris levés vers les siens.

Tout au fond de lui-même, Ethan songea qu'il avait encore le douloureux sentiment que Crissanne était la femme de son ami.

— Tu ne peux pas, n'est-ce pas ? remarqua-t-elle enfin.

— Ce n'est pas cela. Je voudrais que nous soyons ensemble, mais je ne peux pas trahir Mason. Il m'a sauvé à un moment de ma vie où j'étais sur une pente dangereuse...

— Tu t'es sauvé toi-même, Ethan, le corrigea-t-elle. Tu as toujours sous-estimé tes qualités. Mason lui-même reconnaîtrait que tu as résolu tes problèmes sans aucune aide extérieure. Tu ne serais jamais devenu dépendant des médicaments. Tu le sais aussi bien que moi.

— Je n'en suis pas aussi sûr.

— Pourquoi ?

— Parce que l'addiction fait partie de ma personnalité.

— Cite-moi un seul exemple d'addiction dans ta vie, répliqua-t-elle d'un ton de défi.

— Toi.

Voilà, il l'avait dit. Et, sans se donner le temps d'hésiter, il poursuivit :

— Tu es celle que je ne peux oublier. Celle que j'observe en silence, que je désire depuis des années. Et je pense que si je m'engage tout de suite avec toi, sans te laisser le temps de vérifier par toi-même où tu en es avec Mason après ce tragique épisode, tu en viendras peut-être à le regretter plus tard. Et alors, j'aurais obtenu ce que je désirais, mais à un prix que je ne suis pas prêt à payer.

— Quel prix ? s'étonna-t-elle.

— Ton bonheur.

Sur ces mots, il se détourna d'elle et se dirigea vers la porte.

— Je ne pense pas que ce soit une possibilité, déclara-t-elle.

— Ni toi ni moi ne pouvons prédire ce que nous ressentirons en le voyant.

Au même instant, son téléphone tinta, et il jeta un coup d'œil à l'écran avant de relever le regard vers elle.

— Il est chez moi, lui dit-il. Bart l'a fait entrer, et il l'a installé dans la chambre d'amis. Apparemment, il ne va pas très bien et, pour le moment, il dort. Nous devons nous mettre en route.

— Très bien, répondit-elle. Allons-y. Ma voiture m'a été livrée cette semaine. Je vais te suivre, si cela ne te fait rien.

Il acquiesça en silence. Il n'y avait rien d'autre à dire. En tout cas pour le moment. Ils devaient aller voir Mason et s'assurer qu'il allait bien. Après cela, Ethan réfléchirait à son avenir avec cette femme qui l'avait changé au-delà de tout ce qu'il aurait cru possible. Mais il savait que s'il devait s'effacer pour qu'elle soit heureuse, il n'hésiterait pas.

C'était l'essence même de l'amour. Il se souvenait d'un poème que leur mère leur avait lu à ses frères et lui, lorsqu'ils étaient enfants, qui disait qu'il fallait laisser partir l'objet de son amour et attendre qu'il revienne librement. Ethan n'avait jamais aussi bien compris le sens de ces vers qu'à cet instant, alors qu'il accompagnait Crissanne vers le parking au bout de sa rue.

C'était le pire moment possible pour lui avouer qu'il l'aimait, il le savait bien. Elle avait le droit de prendre ses propres décisions sans aucune pression de sa part.

En suivant Ethan à travers la ville dans sa propre voiture, Crissanne luttait contre un sentiment d'irréalité. Elle ignorait comment c'était possible, mais Mason venait de réapparaître dans sa vie.

Elle s'en réjouissait sincèrement, et ne comprenait toujours pas ce que cela changeait entre Ethan et elle. Or, à voir le comportement présent d'Ethan, elle en venait à se demander s'il plaçait le bonheur de Mason au-dessus du leur. Il lui avait affirmé, bien sûr, qu'elle occupait la première place dans son cœur, mais elle commençait à en douter.

C'était comme si...

Elle ne savait plus.

Elle s'aperçut soudain qu'elle pleurait. Qu'allait-elle bien pouvoir faire ?

Mason était en vie. Était-il possible que cet accident d'avion ait fait de lui un autre homme ? Elle en doutait. Elle avait vainement essayé, douze années durant, d'obtenir de lui un engagement clair. Il semblait peu probable qu'un accident d'avion l'ait transformé à ce point. Mais, bien sûr, il venait de traverser une terrible épreuve. Cela avait peut-être suffi à lui faire envisager leur relation autrement.

Le problème, c'était qu'entre-temps elle aussi avait changé. Si Mason n'était plus le même homme qui avait rompu avec elle à Los Angeles, elle n'était plus non plus la même femme. Avec le temps, elle avait fini par se persuader qu'elle n'était pas digne de fonder une famille, avec Mason ou qui que ce soit d'autre. Mais, auprès d'Ethan, elle avait retrouvé la force et le courage d'admettre qu'elle voulait des enfants – et qu'elle le méritait.

Mais elle n'en serait vraiment certaine qu'après l'avoir vu.

Elle essuya ses larmes d'un revers de main impatient en arrêtant sa voiture derrière celle d'Ethan dans l'allée circulaire, devant sa maison. Puis, prenant une profonde inspiration, elle ouvrit sa portière.

Ethan l'attendait en haut des marches du porche. Levant son regard vers lui, elle se rendit compte qu'elle lui en voulait. Comment pouvait-il les faire douter de ce qu'ils pourraient vivre l'un avec l'autre, après ce qu'ils avaient construit lorsqu'ils croyaient que Mason était mort ?

Elle ne prononça pas un seul mot en le rejoignant devant la porte. Il parut sur le point de lui faire une remarque, mais elle le fusilla du regard et il y renonça.

Le problème, avec Ethan, c'était qu'il croyait pouvoir tout expliquer, persuadé qu'il était qu'elle finirait par accepter son point de vue. Mais cela ne fonctionnerait pas. Pas ce soir.

En entrant dans le couloir, elle éprouva un intense sentiment de déjà-vu. Lorsqu'elle était arrivée au Texas après que Mason avait rompu avec elle, elle cherchait un havre de paix. Et elle l'avait trouvé, et pas seulement dans cette maison mais avec Ethan.

Mason cherchait vraisemblablement la même chose qu'elle, dans cette maison. Il venait pour voir Ethan, pas elle. Elle le comprenait, à présent.

— Je ne pense pas que Mason soit ici pour moi, déclara-t-elle d'une voix rendue un peu chevrotante par toutes les larmes qu'elle avait versées dans sa voiture.

Mason l'avait déjà exclue de sa vie une fois. Et, même si Ethan restait persuadé qu'ils pourraient continuer à être un trio d'amis, elle en doutait fort.

Or, elle ne voulait pour rien au monde qu'Ethan la voie comme Mason la voyait – indigne du désir d'un homme. Indigne de son amour.

— La seule manière de le savoir, c'est de lui parler, déclara Ethan.

— C'est seulement que je ne voudrais pas que l'opinion qu'il avait de moi déteigne sur toi, murmura-t-elle. Mason ne m'a jamais vraiment désirée.

Pour toute réponse, Ethan l'attira doucement à lui et la serra dans ses bras. Elle sentit alors son espoir renaître. Tout allait peut-être finir par s'arranger. Elle savait qu'elle devait mettre fin à leur étreinte, au cas où Mason viendrait à sortir de la chambre où, d'après Bart, il était endormi.

— En ce qui me concerne, répondit Ethan, déposant un doux baiser sur sa tempe, je ne pourrai jamais poser les yeux sur toi sans te désirer.

— Comme c'est mignon ! observa soudain Mason, planté sur le seuil de la chambre. Je suis laissé pour mort, et ma petite amie et mon vieux copain en profitent aussitôt pour filer le parfait amour.

Crissanne s'écarta précipitamment d'Ethan qui, laissant retomber ses bras, se tourna face à Mason. Son ami avait une jambe dans le plâtre et s'appuyait sur une béquille. Il avait les yeux un peu injectés de sang, et son nez semblait avoir été cassé.

Crissanne sentit son cœur se serrer. Six semaines s'étaient écoulées depuis le crash, mais c'était un homme brisé qui se tenait devant elle. Elle comprenait enfin ce qu'Ethan avait essayé de lui expliquer. Ce dont Mason avait réellement besoin.

Avec un ensemble parfait, Ethan et elle se précipitèrent pour serrer Mason dans leurs bras.

— Je suis si heureuse de te voir en vie ! s'exclama-t-elle, la vue brouillée par un nouveau flot de larmes.

— Vu d'ici, on aurait pu croire le contraire, observa-t-il.

— Mason, nous pensions que tu étais mort, rappela Ethan, passant son bras autour de la taille du blessé pour l'aider à rentrer dans la chambre. Croyais-tu réellement que les deux personnes qui t'aiment le plus au monde ne se rapprocheraient pas pour partager leur chagrin ?

— Était-ce réellement tout ce que j'ai vu ? s'enquit Mason.

Ethan se tourna vers elle, et Crissanne haussa les épaules.

— Comment as-tu survécu ? l'interrogea-t-elle. Les responsables de la société de production te croyaient mort. Tout le monde nous a assuré qu'il n'y avait eu aucun survivant, dans ce crash.

Elle se précipita pour remettre de l'ordre dans les couvertures.

À l'évidence, Mason avait quitté le lit à toute vitesse. Ethan l'aida à se recoucher, et elle tira un fauteuil pour s'asseoir au pied du lit.

— J'étais prisonnier d'une section de l'épave, expliqua-t-il d'un ton las. Je n'avais que quelques brefs épisodes de lucidité, et quand je suis réellement revenu à moi, je me suis réveillé dans un village. Ces gens m'ont soigné jusqu'à ce que je sois assez fort pour redescendre dans la vallée, et être transporté par avion jusqu'à un hôpital de Lima.

— Je me réjouis que ces villageois t'aient trouvé, murmura-t-elle.

Mason hocha faiblement la tête, et Crissanne comprit qu'il était loin d'être rétabli. Son séjour au Texas ne serait pas une brève visite. Il était venu chez Ethan pour recouvrer la santé, et elle savait qu'elle ne ferait que les gêner en restant.

— La nouvelle de ton retour va-t-elle être rendue publique ? s'enquit Ethan.

— Oui. La société de production va publier un communiqué de presse plus tard dans la matinée. Ils souhaitaient que je parle aux journalistes, mais j'ai préféré d'abord venir te voir… Tu étais comme un frère pour moi.

— Je le suis toujours, affirma Ethan.

— À cet instant précis, mon vieux, je n'en ai pas vraiment l'impression.

— Pourquoi es-tu venu ici ? répliqua Ethan. C'est parce que nous sommes une famille, non ? Et tu désirais être avec ta famille au lieu de rester seul. Rien n'a changé.

Ces deux hommes étaient comme des frères, et Crissanne avait parfois eu l'impression que les liens entre Mason et elle n'étaient pas aussi solides que ceux qui l'unissaient à Ethan.

Mason parut glisser dans le sommeil, et Ethan se tourna vers elle.

Crissanne hocha la tête en silence.

Il avait raison. Ils allaient devoir attendre que l'état de santé de Mason s'améliore avant d'envisager quoi que ce soit d'autre.

Elle ne put s'empêcher de penser que la famille dont elle avait tant rêvé lui échappait une nouvelle fois.

— Je prends le premier tour de veille, déclara Ethan.

14

Les deux semaines suivantes parurent interminables. Le mois d'octobre apporta quelques journées automnales mais, comme on était au Texas, les températures restaient encore très clémentes. Les enchères aux célibataires auraient lieu seulement une semaine plus tard, et Mason se remettait lentement de ses blessures. Depuis le soir de son arrivée, il n'avait plus jamais mentionné le nom de Crissanne dans ses conversations avec Ethan.

Crissanne était pourtant venue lui rendre visite en plusieurs occasions, et restait à son chevet lorsque Ethan devait retourner travailler. Mais Ethan et Crissanne n'avaient eu que de rares moments pour parler ensemble. Ethan se réjouissait d'avoir retrouvé son ami en vie, mais Crissanne commençait à lui manquer douloureusement.

Il l'avait rencontrée par hasard un matin, au café, en ville. Elle paraissait fatiguée, mais elle était si belle qu'il avait ressenti une furieuse envie de l'embrasser. Mais, bien sûr, il n'en avait rien fait.

Mason s'était rendu à Houston pour une émission retransmise par satellite et des interviews avec les journalistes des chaînes d'information. À part cela, il faisait profil bas à Cole's Hill en attendant d'avoir retrouvé toutes ses forces, et il réfléchissait à la suite de sa carrière.

Comme Ethan ignorait où Mason et Crissanne en étaient, il avait veillé à lui laisser tout l'espace dont elle pourrait avoir besoin. Mais il avait hâte qu'elle revienne dans sa vie. Et il n'osait pas lui poser la question qui lui brûlait les lèvres : Mason et elle étaient-ils à nouveau ensemble ?

Alors, il lui avait lancé un regard gêné, puis il avait tourné les talons et était ressorti dans la rue sans avoir bu son café. Au travail, son assistante lui avait dit qu'il s'était transformé en tyran, et qu'à moins de changer d'attitude, il n'aurait aucun succès aux enchères des célibataires.

Carlene n'avait pas tort. Ethan savait qu'il devait trouver un moyen de revenir à ses anciens rapports avec Mason et Crissanne. Mais il en était incapable. À l'époque, il n'avait jamais serré la jeune femme dans ses bras, il ne l'avait jamais embrassée, il ne lui avait pas encore fait l'amour.

— Dis donc, Ethan, as-tu entendu un seul mot de ce que je viens de te dire ? s'enquit Mason, l'arrachant à ces pensées mélancoliques.

Ils étaient installés à une table près de la piscine et faisaient une partie de cartes. Ils étaient censés réfléchir à un moyen de rendre à Mason son existence juridique après qu'il avait été officiellement déclaré décédé. Ce n'était pas chose facile, et cela nécessiterait une montagne de paperasse. Ethan y travaillait encore, et il n'était pas au bout de ses peines.

— Désolé, répondit-il. Je pensais à autre chose. Que disais-tu ?

— Qu'y a-t-il entre Crissanne et toi ?

— Rien, répondit Ethan.

— Derek t'a-t-il conseillé de me mentir pour accélérer ma guérison ? ironisa Mason, reposant ses cartes sur la table et s'adossant à son fauteuil.

— Derek est cardiologue, rappela Ethan. S'il m'avait dit une chose pareille, je ne l'aurais pas cru.

— Je ne suis pas aveugle, répliqua Mason. Votre embarras mutuel lorsque vous êtes dans la même pièce me dit tout ce que j'ai besoin de savoir.

— Je n'ai pas envie de parler d'elle, marmonna Ethan, haussant les épaules.

— Tu n'as jamais dit un mot à son sujet. Même le jour où je

lui ai demandé de sortir avec moi dans le seul but de te rendre jaloux.

— Est-ce uniquement pour cela que tu le lui avais proposé ? s'enquit Ethan, cessant de respirer.

Il n'avait jamais réfléchi à cette possibilité. Pourquoi, en effet, Mason n'aurait-il pas désiré Crissanne, lui aussi ? Dès la seconde où Ethan avait posé les yeux sur elle, il avait été charmé par sa blondeur, par ses grands yeux gris comme les nuages d'orage, et il l'avait désirée.

— C'est possible, convint Mason. Mais ce n'est pas pour cette raison que je suis resté avec elle pendant douze ans.

— Mais, depuis, vous avez rompu, n'est-ce pas ? C'est ce qu'elle m'a dit, en tout cas.

— C'est vrai, reconnut Mason en soupirant. Je... Je n'étais pas prêt à m'engager autant qu'elle le désirait. Elle a envie de fonder une famille, d'élever des enfants...

À l'idée de Crissanne et Mason élevant ensemble une ribambelle de rejetons, Ethan ressentit un brûlant accès de jalousie. Il n'allait pas pouvoir sauver son amitié avec Mason. Ce serait impossible. Il aimait cet homme comme un frère, mais l'idée que Crissanne et lui redeviennent un couple était une véritable torture. Il avait cru pouvoir faire preuve de noblesse d'âme, mais il savait maintenant que ce serait la fin de leur longue amitié.

— Elle le mérite, observa-t-il. Elle n'avait jamais eu un appartement à elle avant ce petit loft qu'elle vient de louer en ville.

— Je sais, convint Mason. Je pensais... que Crissanne et moi étions très semblables. Mais elle a grandi en s'accrochant à des rêves de bonheur familial, tandis que ma propre expérience m'a appris très tôt que la famille était un carcan dans lequel je ne voulais jamais être enfermé.

Pour la première fois depuis son retour à Cole's Hill, Ethan retrouvait le Mason qu'il connaissait.

— Je pensais que ma mère t'aurait fait changer d'avis, remarqua-t-il en souriant.

— Non, répondit Mason d'un ton catégorique. Ta famille est

très attachante, mais elle est seulement l'exception qui confirme la règle. Crissanne n'a jamais pu comprendre ça.

— Comptes-tu renouer avec elle ? s'enquit Ethan.

— Crissanne est entièrement libre de ses choix, et il ne nous appartient ni à toi ni à moi de décider à sa place, observa Mason. Tu sais aussi bien que moi qu'elle nous mettrait en pièces si elle nous entendait parler ainsi d'elle.

— Je sais. Mais, depuis que tu as frôlé la mort, tu as changé… de bien des manières. Je ne t'avais jamais vu aussi serein, aussi détendu.

Mason ôta ses lunettes de soleil et Ethan sonda les profondeurs vertes de ses yeux, cherchant les réponses à des questions qu'il n'osait pas poser. Ayant frôlé la mort, son ami avait-il décidé qu'il avait besoin d'une famille ?

— C'est peut-être l'effet des médicaments antidouleur que je prends.

Mais Ethan connaissait son ami, et il constatait un changement fondamental chez lui. Mason avait exprimé le souhait de rester vivre ici, à Cole's Hill, au lieu de retourner à Los Angeles. Il avait été très clair à ce sujet, et cela, c'était un énorme changement. Ethan soupçonnait qu'il était né d'un profond désir de se rapprocher d'un environnement familial stable. Sa famille. Et, naturellement, Crissanne. Si Mason se mettait en tête de la reprendre… Il y réussirait probablement.

C'était désolant.

— Elle a souffert à cause de moi, poursuivit Mason d'un ton douloureux. Je lui ai dit des mots volontairement blessants. Et je pense qu'elle ne me le pardonnera jamais.

— Pourquoi as-tu fait cela ?

— Parce qu'elle mérite un homme meilleur que moi. Tu m'as demandé si j'avais changé, et la vraie réponse est un vague peut-être. Je ne sais pas encore. Quand je vous vois ensemble, Crissanne et toi, je la désire, bien sûr, mais c'est seulement parce que je suis égoïste et que je ne veux pas que tu aies tout, et qu'il ne me reste rien. Je t'ai toujours envié d'avoir des frères, une famille, et j'étais même jaloux de cette petite ville où tu as fait ta vie. Si, en plus de cela, tu as la femme dont tu as toujours rêvé... Enfin, je te laisse deviner le reste. Comme tu le vois, je suis capable de me comporter comme un parfait salaud.

Profondément ému par l'honnêteté de son ami, Ethan se leva et fit rapidement le tour de la table pour le serrer dans une étreinte fraternelle.

— Tout ce que j'ai est à toi aussi, Mason, déclara-t-il. Ma famille est ta famille. Ma ville est ta ville.

— Et Crissanne ?

— Crissanne est parfaitement capable de prendre ses propres décisions, annonça Crissanne, entrant dans le patio au même instant, les faisant tous deux sursauter.

Crissanne s'était rendue en ville pour acheter quelques vêtements et objets de toilette, à la demande de Mason. Au cours des deux semaines qui venaient de s'écouler, il était devenu évident que les rapports entre Mason et elle étaient entrés dans une nouvelle phase. L'étincelle qui jaillissait autrefois entre eux avait disparu. Elle s'était éteinte depuis longtemps, et c'était la principale cause de leur rupture. Mais, à sa place, un sentiment nouveau était né.

Cela ressemblait fort à de l'amitié, et c'était extrêmement plaisant. Mason poursuivait sa convalescence et, à chaque jour qui passait, l'espoir de retrouver son chemin vers le cœur d'Ethan brillait plus fort dans le cœur de Crissanne. Elle était tombée follement amoureuse de lui. Jamais, durant toutes ces années passées auprès de Mason, elle n'avait ressenti une telle plénitude, une telle joie.

— Mason, déclara-t-elle, toi et moi n'étions déjà plus un couple bien avant cette confrontation que j'ai forcée entre nous, et qui a causé notre rupture. Lorsque je t'ai cru mort, je me suis rendu compte à quel point tu étais cher à mes yeux, mais je me dois d'être honnête avec toi : mes sentiments pour toi ne sont pas les mêmes que ceux que je ressens pour Ethan.

— J'en prends note, répondit Mason. Mais je sais que ni lui

ni toi n'avez mentionné ce que je vous avais dit le premier soir. À savoir qu'aujourd'hui vous êtes bien davantage que de simples amis, tous les deux.

— Je n'ai jamais trouvé le bon moment pour t'en parler, expliqua Ethan en se levant. Notre priorité, à Crissanne et à moi, c'était ta santé.

— Très aimable, répondit Mason d'un ton un peu sarcastique.

— C'est la stricte vérité, insista Crissanne.

Mason se tourna vers elle et son expression s'adoucit.

— Je le sais, reconnut-il. J'étais jaloux, et aussi un tout petit peu triste parce qu'il n'y avait jamais eu entre nous ce que je remarquais entre Ethan et toi. Je sais que mon arrivée vous a plongés dans l'incertitude, tous les deux, et c'est la dernière chose que je souhaiterais aux deux personnes que j'aime le plus au monde.

Mason se leva et s'approcha d'Ethan, boitillant sur sa béquille, avant de déclarer d'une voix douce :

— Je sais que la décision d'un tiers importe peu lorsque deux personnes s'aiment, mais je veux que vous sachiez que je me retire sans regrets de l'équation. Et que, quoi qu'il advienne, nous serons toujours amis, tous les trois.

Sur ces mots, Mason s'éloigna pour rentrer dans la maison. Ethan se tourna vers Crissanne, qui suivait leur ami des yeux, se demandant ce qu'il pourrait bien lui dire. Lorsqu'elle lui fit à nouveau face, il devina qu'elle ne le savait pas non plus.

— Je t'aime, murmura-t-il. Avant toute autre chose, j'ai besoin que tu le saches. Je pensais pouvoir m'effacer s'il le fallait, si c'était le prix à payer pour que tu sois heureuse. Mais j'ai fini par comprendre que ce serait au-dessus de mes forces. Je désire que tu restes dans ma vie, Crissanne. Je veux fonder une famille avec toi.

— Ethan...

— Laisse-moi terminer, s'il te plaît. Je sais que j'ai insisté pour que nous prenions le temps de réfléchir au sens de notre relation mais, pour être honnête, ces quelques jours de séparation ont suffi à m'ouvrir les yeux. Mes sentiments pour toi sont parfaitement clairs. Je sais qu'il est injuste de te faire une déclaration pareille alors que Mason est encore convalescent. Je suis prêt à attendre, bien sûr, mais je tiens à ce que tu saches que je n'ai pas l'intention de rester sur la touche pendant que tu prends une décision. Je vais faire tout ce qui est en mon pouvoir pour te montrer combien je t'aime, et à quel point notre vie ensemble serait parfaite.

— La perfection n'est qu'une illusion, rappela-t-elle en se rapprochant de lui. La vie comporte forcément des hauts et des bas, mais je suis heureuse, Ethan. Parce que, moi aussi, je t'aime. Je n'ai jamais ressenti pour une autre personne ce que je ressens pour toi. Jamais de toute ma vie. J'ai fait de mon mieux pour te laisser tout le temps nécessaire pour clarifier la situation avec Mason, mais tu me manques affreusement. La nuit, j'étreins l'oreiller sur lequel tu as posé ta tête en dormant dans mon lit. Et, chaque matin, je m'attarde dans ce petit café en ville dans l'espoir de te voir.

— Vraiment ? murmura-t-il.

— Sincèrement, affirma-t-elle.

Il la prit dans ses bras et l'embrassa, car son esprit tourbillonnant le rendait incapable d'exprimer avec des mots ce qu'il ressentait pour elle, et il avait peur de se mettre à babiller comme un idiot.

— Je veux t'épouser.

— Oui, moi aussi je désire être ton épouse.

— Parfait, conclut-il. Pour commencer, tu pourrais revenir t'installer chez moi.

— D'accord, répondit-elle sans hésiter.

Son cœur débordait d'amour, et elle craignait presque de croire qu'un tel bonheur soit possible. Puis, Ethan la souleva dans ses bras vigoureux pour l'emporter à grands pas vers la maison et elle sut, au plus profond d'elle-même, qu'elle avait enfin trouvé la sécurité. Il était celui en qui elle pouvait avoir une confiance absolue. Celui qui serait toujours là pour elle.

Épilogue

Alors que les enchères aux célibataires battaient leur plein, Crissanne quitta sa place dans les coulisses pour gagner la salle de bal. Mason lui avait réservé une place à la table des Caruthers, et elle ne put s'empêcher de sourire à l'idée qu'ils avaient tous deux trouvé la famille dont ils avaient toujours rêvé. Elle s'assit entre la nounou de Kinley et Mason, prête à faire monter les enchères pour l'homme qu'elle aimait.

Crissanne portait une bague de fiançailles toute simple qu'Ethan avait glissée à son doigt le soir précédent, au dîner chez ses parents. Elle la contemplait une nouvelle fois lorsque Mason lui adressa un clin d'œil.

— Vous êtes parfaits, tous les deux. Cela me donnerait presque envie de retrouver quelqu'un moi-même.

— J'ai peine à le croire, répliqua-t-elle. Quelle femme pourrait rivaliser avec les sommets que tu rêves encore de conquérir ?

— Touché, convint-il en souriant.

Pa Caruthers s'adressa à lui à cet instant, et Mason se détourna d'elle pour lui répondre. Pippa feuilletait le catalogue comme si elle cherchait quelqu'un en particulier.

— Allez-vous participer aux enchères, ce soir ? s'enquit Crissanne.

— Oui, répondit Pippa, j'en ai bien l'intention. J'ai remarqué un certain Texan depuis quelque temps déjà et, comme c'est mon anniversaire aujourd'hui, j'ai décidé de m'accorder cette petite fantaisie.

Elle désigna sur une page Diego Velasquez, et Crissanne pouffa de rire derrière sa main.

— De la fantaisie, il en a à revendre, convint-elle. Diego est le plus grand séducteur de la ville. Je suis persuadée que vous vous amuserez énormément en sa compagnie.

— Je l'espère, répondit Pippa avec un soupir théâtral. J'ai bien besoin d'un peu de bon temps.

Avant que Crissanne n'ait pu répondre, Nate, qui faisait office de présentateur de l'événement, annonça le nom d'Ethan au micro. Crissanne tourna la tête, et elle vit son fiancé gagner le centre de la scène. Le présentateur lisait une biographie d'Ethan, et elle nota que ce n'était pas celle qu'elle avait lue dans la brochure officielle des enchères.

— Ethan Caruthers était le dernier des indomptables frères Caruthers à ne pas s'être laissé passer la corde au cou. Certains diront que c'était parce qu'il attendait de rencontrer la femme idéale. En principe, bien sûr, les enchères sont ouvertes, mais Ethan nous a avertis que son cœur et son âme appartenaient déjà à une femme, la femme de sa vie, et que ses jours de célibataire sont derrière lui. Il a donc fait une très généreuse donation à l'association pour compenser les enchères, et nous a demandé de ne le proposer qu'à celle qui l'aime sincèrement et qui désire passer le reste de sa vie auprès de lui.

— J'accepte ! dit Crissanne en bondissant, la main levée.

— Venez réclamer votre célibataire, l'encouragea Nate.

Elle avait à peine parcouru la moitié de la distance jusqu'à la scène quand Ethan accourut à sa rencontre pour la serrer dans ses bras et la couvrir de baisers. Autour d'eux, les applaudissements et les bravos éclatèrent.

— Maintenant, tu es à moi, murmura-t-elle, prenant le visage d'Ethan entre ses mains.

— Pour toujours, promit-il.

— Et maintenant, mesdames et mesdemoiselles, enchaînait déjà le présentateur, préparez-vous à être tentées par l'unique, l'inégalable, Diego Velasquez !

RESTEZ CONNECTÉ AVEC HARLEQUIN

Harlequin vous offre un large choix de littérature sentimentale !

Sélectionnez votre style parmi toutes les idées de lecture proposées !

www.harlequin.fr

- **Découvrez** toutes nos actualités, exclusivités, promotions, parutions à venir...
- **Partagez** vos avis sur vos dernières lectures...
- **Lisez** gratuitement en ligne
- **Retrouvez** vos abonnements, vos romans dédicacés, vos livres et vos ebooks en précommande...

L'application Harlequin

- Des **ebooks gratuits** inclus dans l'application
- **+ de 50 nouveautés tous les mois !**
- Des **petits prix** toute l'année
- Une **facilité de lecture** en un clic hors connexion
- Et plein d'autres avantages...

Téléchargez notre application gratuitement

Télécharger dans l'App Store

DISPONIBLE SUR Google Play

SUIVEZ-NOUS !

facebook.com/HarlequinFrance
twitter.com/harlequinfrance